W0240711

INU gGmbH Bücherbörse
unverkäufliche Spende

Zum Buch:

»Mir war bewusst, dass ich nicht so weitermachen konnte. Ich war nicht glücklich. Ich lebte wie ein Roboter, der Tag für Tag mechanisch seinen Aufgaben nachging. Seit ich von jetzt auf gleich Grandma verloren hatte, fragte ich mich, was mir eigentlich wichtig war und was ich mit meinem Leben anstellen wollte.
Ich musste etwas ändern. Und zwar schnell. Meine Zukunft am Schlafittchen packen und ordentlich durchschütteln. Aber wie sollte ich das anstellen?«

Zur Autorin:

Julie Shackman ist eine ehemalige Journalistin und arbeitet heute als Schriftstellerin. Sie lebt mit ihrem Mann und ihren zwei Söhnen in Schottland.

Julie
SHACKMAN

FÜR *immer* AB *jetzt*

ROMAN

Übersetzt aus dem Englischen von
Sarah Heidelberger

HarperCollins

Die Originalausgabe erschien 2022 unter dem Titel
A Scottish Highland Surprise bei One More Chapter, London.

1. Auflage 2025
© 2022 Julie Shackman
Deutsche Erstausgabe
© 2025 für die deutschsprachige Ausgabe
HarperCollins in der
Verlagsgruppe HarperCollins Deutschland GmbH,
Valentinskamp 24 · 20354 Hamburg
info@harpercollins.de
Umschlaggestaltung von Büro Süd GmbH, München
Umschlagabbildung von mauritius images / Sonja Jordan / imageBROKER /
Creative Travel Projects / chainarong06 / Bokeh Blur Background /
Mrs.Moon / ARTYuSTUDIO / icemanphotos / Shutterstock
Gesetzt aus der Stempel Garamond
von GGP Media GmbH, Pößneck
Druck und Bindung von CPI books GmbH, Leck
Printed in Germany
ISBN 978-3-365-00765-5
www.harpercollins.de

Jegliche nicht autorisierte Verwendung dieser Publikation zum Training generativer Technologien der künstlichen Intelligenz (KI) ist ausdrücklich verboten. Die Rechte der Urheberin und des Verlags bleiben davon unberührt.

Druckprodukt mit finanziellem
Klimabeitrag
ClimatePartner.com/15109-2009-1001

FSC
MIX
Papier
FSC® C083411

Eine Geschichte über die Dinge, die wir bereuen,
weil wir sie nicht getan haben …
nicht, weil wir sie getan haben.

Kapitel 1

»Was, in aller Welt, soll *das* denn sein? Das ist nicht der Farbton, den ich ausgesucht habe!« Das per Selbstbräuner auf Mahagonibraun getrimmte Gesicht meiner Kundin kam meinem gefährlich nah.

Ich warf einen Blick auf das hübsche olivfarbene Seidenband, mit dem die Braut vor mir herumwedelte. »Entschuldigen Sie bitte, Ms. Carberry … ähm … Ich meine natürlich … Mrs. Carberry-Joyce«, korrigierte ich mich hastig, während die Hochzeitsgäste um uns herumstolzierten und unter wieherndem Gelächter Champagner in sich hineinkippten. »Aber das ist genau die Farbe, die Sie für die Gastgeschenke ausgewählt haben.«

Sie kniff die hellen Katzenaugen zu schmalen Schlitzen zusammen. »Oh, aber ganz sicher ist sie das nicht.« Der Schleier umwölkte ihren Kopf wie ein schneeweißer Vulkanausbruch. »Ich wollte Papageiengrün!«

»Liebes«, versuchte ihr frischgebackener Ehemann, der hinter ihr aufgetaucht war, sie zu beruhigen. »Kann das nicht bis später warten? Bunty und Seb müssen schon los, damit sie den Morgenflug nach Gstaad erwischen.«

Sie schüttelte seine blasse Hand von ihrem Arm ab. »Siehst du nicht, dass ich gerade beschäftigt bin?«

Ich holte die Mappe unter meinem Arm hervor und blätterte durch die Seiten, auf denen minutiös jedes noch so kleine Detail aufgelistet war, auf das Misha Carberry-Joyce für ihre Hochzeit beharrt hatte.

Da stand es alles klar und deutlich in Schriftart Arial – von dem Dutzend rosafarbener Kanarienvögel, die auf dem Hotelgelände freigelassen werden sollten, bis hin zu den beiden ineinander verschlungenen, aus einem Eisblock gehauenen Herzen.

Inzwischen war der Empfang in vollem Gang, die Gäste hatten die Tanzfläche erobert, die Kronleuchter verbreiteten gedämpftes Licht, und die kunstvolle Eisskulptur wurde nach und nach Opfer der Wärme. Ein wenig erinnerte sie mich an eine schmelzende Wachsfigur in einem Horrorfilm, und ich konnte gar nicht anders, als fasziniert zu beobachten, wie sie langsam in sich zusammenfiel. Die Pfütze kam der mannshohen Hochzeitstorte mit Zitronen- und Schokoladencremefüllung gefährlich nahe. Ich empfand eine tiefe innere Verbundenheit mit der Skulptur.

Mühsam riss ich mich von dem Anblick los und durchsuchte weiter meine Mappe nach dem Belegstreifen für das Seidenband, den Mrs. Carberry-Joyce mir schon vor Monaten mitgebracht hatte. Wobei »Mappe« es nicht ganz traf. Das Ding erinnerte eher an ein Telefonbuch. Manchmal kam es mir so vor, als hätte ich die letzten zwei Jahre meines Lebens nichts anderes getan, als diese verdammte Hochzeit zu organisieren.

Doch ich verdrängte meinen aufflammenden Unmut sofort wieder. *Reiß dich zusammen, Sophie. Nur noch ein paar Stunden, dann hast du diesen Höllenritt hinter dir.*

Aus Sicherheitsgründen hatte ich das Schleifenstück in einem Plastiktütchen untergebracht. Nun zog ich es heraus und reichte es der Braut. »Ist dies das Stück Seidenband, das

Sie mir mit der Bitte, damit die Gastgeschenke zu verzieren, überreicht haben, Madam?« Ich versuchte, mir meine zunehmende Genervtheit nicht anmerken zu lassen. Für diese Hochzeit hatte ich wirklich alles gegeben. Hatte Überstunden geschoben, meine Kontakte spielen lassen und dafür am Ende nicht mal ein Dankeschön zu hören bekommen.

Hinter uns hatte das Streichquartett zusammengepackt und ein affektiert klingender DJ namens Astor hatte das Mikro an sich gerissen.

Während die ersten Beats eines Songs von Pharrell Williams erklangen, musterte die angriffslustige Braut das Seidenband. Dann trat sie in ihren Killerabsätzen verlegen auf der Stelle und schluckte. »Das Belegstück müssen Sie mit dem von einer anderen Hochzeit verwechselt haben. Ich werde mich beschwe…«

Ihre anklagende Stimme verstummte, als ich das Band umdrehte. Auf der Rückseite stand in ihrer krakeligen Handschrift *Olivgrün für die Gastgeschenke.*

Zwei rote Flecke erschienen auf ihren Wangen.

Ich wartete auf ihre Entschuldigung, aber sie zappelte nur in ihrem weißen Baiser-Albtraum von Kleid herum und suchte nach Worten.

»Alles in Ordnung, Ms. Harkness?«

Mir rutschte das Herz in die Hose. *Na toll. Der auch noch!*

Heston Cole war der Manager des Luxushotels Castle Marrian und mein Chef. Irgendwie war es ihm gelungen, sich wie von Geisterhand neben mir zu materialisieren. Wie machte er das nur? Auf den dicken Teppichen in den Hotelgängen hätte ich es mir ja erklären können. Aber hier auf dem polierten Kirschholzparkett im großen Saal?

»Danke, alles bestens«, flötete ich und betete dabei insgeheim, dass er sich gleich wieder verzog.

Ohne weiter auf mich zu achten, richtete Heston sein schmieriges Lächeln auf die nörgelige Braut. »Ich hoffe, alles ist zu Ihrer Zufriedenheit, Madam.«

Sie presste die Lippen zusammen. Ihr war anzusehen, wie ihre Gedanken ratterten. Nach einem kurzen Blick in meine Richtung antwortete sie: »Ja, danke. Es ist alles ... zufriedenstellend.«

Zufriedenstellend? Sollte das ein Witz sein?

Die Eisskulptur, die rosafarbenen Vögel, der Ed-Sheeran-Doppelgänger, der auf dem Weg zum Altar für sie gesungen hatte, und die mit roségoldenen Strasssteinen besetzte Limousine, in der sie und ihr Mann nachher in die Flitterwochen fahren würden, fand sie ... zufriedenstellend? Und dabei war das noch längst nicht alles!

Mein Blut begann zu köcheln. Die monatelange Arbeit an dieser verfluchten Hochzeit hatte meinen Stresspegel in den Turbomodus versetzt. Noch nie war ich so häufig mit Kopfschmerzen nach Hause gegangen. Neben der heutigen Feier kamen mir die Dutzende von Hochzeiten, die ich hier auf Castle Marrian bereits organisiert hatte, wie Kindergeburtstage vor.

Heston schien zu spüren, wie kurz meine Lunte war, und wandte sich mir zu. »Wenn Sie möchten, können Sie für heute Abend gern Schluss machen, Ms. Harkness. Ich übernehme. Während der verbleibenden Feierlichkeiten kann sich Madam mit allen Wünschen an mich wenden.«

Ich ballte die Fäuste. Es war mir nahezu unmöglich, Misha Carberry-Joyce anzusehen, ohne ihr ins Gesicht zu springen.

Der Anflug eines Lächelns umspielte ihre Mundwinkel.

Ich setzte ebenfalls ein Lächeln auf und marschierte zwischen den Gästen hindurch und weiter den schwarz-weiß gefliesten, mit Porträts geschmückten Gang entlang zur Terrassentür, hinter der sich die parkähnliche Hotelanlage erstreckte. Die Tür stand offen, und die frische Frühlingsluft dieses an sich herrlichen Aprilabends drang herein. Weiter hinten im Garten hielt sich ein Gästepaar ein wenig unbeholfen umschlungen.

Ich ließ meine Mappe neben mir auf den Kiesweg fallen. Da stand ich nun in meinem zerknitterten marineblauen Hosenanzug und den spitzen Pumps. Ein paarmal atmete ich tief durch und sog den scharfen Duft der Pfefferminzbeete in meine Lunge. In der Ferne plätscherten glockenhell die Meerjungfrauen-Wasserspiele.

Ich war so glücklich und aufgeregt gewesen, als ich nach meiner Stelle in der PR-Abteilung des Gemeinderats diesen Job hier ergattert hatte. Irgendwann waren mir die Lust an Pressemitteilungen über behördliche Ausgaben und die Ideen für neue Ausflüchte bezüglich eines zwielichtigen Stadtrats, der absurd hohe Spesen produzierte, weil er gleichzeitig seine Frau und seine Geliebte zufriedenstellen musste, ver- beziehungsweise ausgegangen.

Aber nach und nach hatte auch das weitläufige Luxushotel mit seinen sahneweißen Türmchen, den smaragdgrünen Rasenflächen und hochkarätigen Gästen einiges von der Anziehungskraft verloren, die es ursprünglich einmal auf mich ausgeübt hatte.

Die Ansprüche der Hochzeitspaare wurden von Jahr zu Jahr abstruser, insbesondere bei unserer gut betuchten Kundschaft.

Unter den zukünftigen Bräuten der gehobenen Gesellschaft hatte sich schnell herumgesprochen, dass ich gute Arbeit leistete, was dazu geführt hatte, dass mein liebenswürdiger Chef Heston mehr und mehr Aufgaben an mich delegierte und gleichzeitig immer häufiger durch Abwesenheit glänzte. Und ehe ich michs versah, war ich ausgebrannt gewesen, ohne einen Funken Anerkennung für meine Leistungen zu erfahren, ganz abgesehen davon, dass der Begriff Work-Life-Balance ein Fremdwort für mich war.

Wenigstens ließ sich nicht leugnen, dass es um meinen Kontostand recht rosig bestellt war, da der Job hier auf Castle Marrian deutlich besser bezahlt war als der bei der Stadt. Was mir allerdings nicht viel brachte, solange ich aussah wie Freddy Kruegers kleine Schwester.

Kein Wunder, dass mein Ex Callum meine ständigen Überstunden irgendwann sattgehabt hatte. Dass er Trost in den Armen seiner deutlich älteren Chefin in der Bank gefunden hatte, würde ich ihm allerdings trotzdem nie verzeihen. Eine hässliche Trennung später bezweifelte ich, dass ich in Männerfragen je wieder auf mein Bauchgefühl vertrauen würde.

Blinzelnd zwang ich mich zurück in die Gegenwart und schlang die Arme um meinen Oberkörper. Im Frühlingswind hatten sich ein paar hellblonde Strähnen aus meiner Hochsteckfrisur gelöst, aber das scherte mich nicht. Ich wollte gerade nur noch eins: in einer nach Lavendel duftenden heißen Badewanne untertauchen und Grandma anrufen, um mich auszuheulen.

Meine Gedanken legten eine Vollbremsung ein. *Das geht nicht mehr, Sophie.* Auf einmal hatte ich einen dicken Kloß im Hals. Grandmas Tod war erst zwei Wochen her, und die

Trauer traf mich erneut mit voller Wucht. Ich ließ die Schultern hängen. Solange ich etwas zu tun hatte, konnte ich das Thema verdrängen, aber jetzt, da ich allein, erschöpft und aufgebracht im Hotelgarten stand …

Mir brannten Tränen in den Augen, aber ich bemühte mich redlich, sie wegzublinzeln. Durch die offene Tür hinter mir drang das Geräusch von klirrenden Gläsern und quietschenden Stühlen in den Garten.

Noch immer hatte ich den intensiven Geruch der weißen Lilien in der Nase und konnte den verlorenen Ausdruck in Mums Augen auf der Beerdigung vor mir sehen, während Dad uns beide umarmte und tröstliche Worte murmelte.

Grandma Helena war im Alter von achtzig Jahren gestorben und hatte bis zu ihrem Tod absolut unbesiegbar gewirkt.

Sie war es, der ich meine Liebe zu allem, was mit Porzellan zu tun hat, zu verdanken habe. Ich war noch ein kleines Mädchen gewesen, als sie mir die zarte Schönheit des weißen Goldes und seine teils faszinierende Geschichte nahegebracht hatte. Sie hatte mir gezeigt, wie herrlich es sich anfühlte, seinen Tee aus filigranen Tassen mit hauchzarten Untertassen zu trinken.

Stundenlang hatten wir dasitzen und davon träumen können, eines Tages ein seltenes Stück von Meissen oder Spode zu entdecken.

Sie hatte Porzellan gesammelt und ihren beachtlichen Schatz an schönen Stücken in den zahlreichen Glasvitrinen in dem kleinen Wohnzimmer ihres Cottages voller Stolz zur Schau gestellt.

Neben ihrer Liebe zu Porzellan hatte sie auch einen großartigen Sinn für Humor besessen. Bei dem Gedanken daran, wie Grandma ihre unangenehm neugierigen Nachbarn häufig als »Waldorf und Statler« bezeichnet und jedes Mal die Titelmelodie der *Muppet Show* gesummt hatte, wenn sie die beiden in ihrem Garten sah, musste ich lächeln.

Meine Mum hatte daraufhin immer die Augen verdreht und gesagt: »Musst du so sarkastisch sein, Mutter?«, woraufhin Grandma mit fröhlich funkelnden Augen erwidert hatte: »Das nennt man Witz, Liebes.«

An einem Sonntagnachmittag im März war sie unerwartet in ihrem Sessel in ihrem gemütlichen kleinen Cottage eingeschlafen und nicht mehr aufgewacht – umgeben von ihrem geschätzten Porzellan und in dem Wissen, dass wir sie von ganzem Herzen geliebt hatten.

Ich schluckte schwer, wischte mir die Tränen mit dem Handrücken weg und hob die Mappe mit den Hochzeitsinformationen wieder auf.

Zum Glück hatte ich morgen frei. Ein sonderlich ruhiger und friedlicher Tag erwartete mich allerdings nicht, denn ich hatte Mum versprochen, ihr dabei zu helfen, Grandmas Cottage auszuräumen. Wir hätten schon längst damit anfangen sollen, aber Mum hatte es nicht übers Herz gebracht.

Ich zupfte meinen weißen Rüschenkragen zurecht und sah in den Himmel hinauf, über den sich orangerot leuchtende Streifen spannten.

Mir war bewusst, dass ich nicht so weitermachen konnte. Ich war nicht glücklich. Ich lebte wie ein Roboter, der Tag für Tag mechanisch seinen Aufgaben nachging. Seit ich von jetzt auf gleich Grandma verloren hatte, fragte ich mich, was mir eigentlich wichtig war und was ich mit meinem Leben anstellen wollte.

Ich musste etwas ändern. Und zwar schnell. Meine Zukunft am Schlafittchen packen und ordentlich durchschütteln. Aber wie sollte ich das anstellen?

»Du fehlst mir, Gran«, murmelte ich. Dann kehrte ich ins Hotel zurück, um meine Tasche aus dem Büro zu holen und nach Hause zu fahren.

Kapitel 2

Grandmas freistehendes Cottage lag gegenüber von einem Spielplatz, nicht weit von meiner Wohnung und dem Haus meiner Eltern in der pittoresken schottischen Kleinstadt Briar Glen, auch bekannt als das »Tor zu den Highlands«.

Als wir vor der Ferry Loan 94 hielten, schlugen in der Ferne träge die Sonntagsglocken. Die Hügel hinter dem Park waren mit Heidekraut bedeckt. Zwischen ihnen hing Nebel, der eine melancholische Atmosphäre schuf.

Dad stellte den Motor ab und drehte sich zu Mum um, die hinter ihm auf dem Beifahrersitz saß. »Marnie?«

Durch die Fensterscheibe betrachtete sie das gepflegte kleine Häuschen mit der kobaltblauen Tür, dem kurzen Rasen und den hübschen Blumentöpfen in Teetassenform, in denen elfenbeinfarbene Tulpen, knallrosa Stiefmütterchen und leuchtend gelbe Narzissen wuchsen. Ich erinnerte mich noch, wie Gran die Töpfe vor einigen Jahren drüben im Gartencenter entdeckt hatte. Sie hatte sich sofort entschieden, sie zu kaufen, und war zum Servicetresen geflitzt, um einen Liefertermin zu vereinbaren.

Mum hatte die Töpfe, die in der Tat ein wenig an Requisiten aus *Alice im Wunderland* erinnerten, zu auffällig gefunden, aber mir zauberte der Anblick ein Lächeln ins Gesicht.

»Kommt«, seufzte Mum, schnallte sich ab und drückte Dads Hand. »Bringen wir's hinter uns.«

Dad sah sich zu mir um und schenkte mir ein sanftes Lächeln.

Dann stiegen wir nacheinander aus, und Dad ging uns den kleinen Asphaltweg entlang voraus, schloss Grans Haustür auf und stieß sie auf.

Ein Teil von mir erwartete immer noch, sie dort stehen zu sehen, ihr kehliges Lachen zu hören und in eine feste, nach Lavendel duftende Umarmung gezogen zu werden.

Doch stattdessen erwartete uns lastende Stille im Haus. Ihr Flur mit dem bordeauxroten Teppich war bis auf einen Sekretär aus Eichenholz, auf dem mehrere Fotos von uns standen, leer.

Rechts ging ihr Wohnzimmer ab: offene Vorhänge mit Paisley-Muster, ein massiver gemauerter Kamin, ein weiches meergrünes Sofa und zwei passende Sessel. Dazu weitere Bilder in Goldrahmen: Mum und Dad noch vor ihrer Hochzeit mit einem jugendlichen Funkeln in den Augen. Gran und ich – sechs Jahre alt – am Meer in Ayr, wie wir lachend zu den Möwen hochschauten, die am Himmel ihre Kreise zogen. Der Sommer war schottisch ausgefallen, was uns aber nicht davon abgehalten hatte, riesige Eiswaffeln zu verputzen.

»Ich weiß gar nicht, wo ich anfangen soll«, sagte Mum und sah sich ratlos um.

Dad legte ihr die Hand auf die Schulter. »Du brauchst einfach nur die Gegenstände von Helena zusammenzusuchen, die dir etwas bedeuten. Um den Rest kümmern sich die Entrümpler.«

Mum versenkte die Hände in den Hosentaschen ihrer schwarzen Jeans und schlug vor, dass wir uns als Erstes das Wohnzimmer vornehmen sollten.

Die beiden verschwanden hinter dem Durchgang, und ich blieb noch einen Moment lang im Flur stehen. Wie oft hatten Gran und ich an ihrem runden Küchentisch aus Holz gesessen, Tee aus ihrem geliebten Porzellangeschirr getrunken und über Gott und die Welt geplaudert? Ich hatte ihr von der Arbeit auf Castle Marrian erzählt – von den anstrengenden und den schönen Momenten und später fast nur noch von dem nicht enden wollenden Strom an Ansprüchen von Menschen, die keine Ahnung vom wahren Leben hatten. Und Gran hatte mit ruhiger Miene, nickend und voller Mitgefühl zugehört, wie ich mir meinen aufgestauten Frust von der Seele geredet hatte.

Als ich noch jünger war, hatte ich vor meinen Besuchen jedes Mal zu erraten versucht, welche Teekanne Gran diesmal wohl benutzen würde. Die Royal Albert Roses? Die Wedgwood Butterfly Bloom? Oder das Aynsley-Blue-Crocus-Set? Ihre Sammlung war ziemlich umfangreich, weswegen ich meistens danebenlag. Aber hin und wieder landete ich einen Treffer, und dann klatschte Gran erfreut in die Hände und überreichte mir meine »Belohnung« in Form eines extragroßen Stücks ihres berühmten selbst gebackenen Chocolate Fudge Cakes. Aber selbst wenn ich mich mit meiner Kannenwahl vertan hatte, hatte das Kuchenstück in der Regel das Format einer Fußmatte.

Der Trauerkloß in meinem Hals wurde größer. Ich schluckte gegen die Tränen an und machte mich in meinen Glitzerturnschuhen auf den Weg in die Küche, um mir die Nase zu putzen und anschließend Mum und Dad zur Hand zu gehen. Ich musste mich zusammenreißen. Mum trauerte auch, und ich wollte ihr eine Stütze sein.

Als ich die Küche gerade wieder verlassen wollte, ließ mich im letzten Moment etwas innehalten. Hinter einer von Grans Teekannen lehnte ein länglicher weißer Umschlag. Alle anderen Kannen befanden sich beim Rest der Service in den Glasvitrinen im Wohnzimmer. Nur diese hier stand einsam und verlassen auf der Arbeitsfläche neben dem Toaster.

Ich runzelte die Stirn. Seltsam. Gran hatte ihre geliebten Teeservice gehütet wie ihren Augapfel. Was also hatte die Kanne hier zu suchen? Und was hatte es mit dem Umschlag auf sich?

Vielleicht enthielt er ja eine Rechnung, die dringend bezahlt werden musste. Ich nahm ihn und wollte gerade nach Mum rufen, als mir auffiel, dass etwas in Grans ausladender geschwungener Handschrift darauf stand. *Sophie.*

Der Anblick ihrer Schrift überraschte mich so, dass mein Herz einen kleinen Satz machte.

Ich schloss den Mund. Erst einmal würde ich den Brief lesen. Danach konnte ich Mum und Dad ja immer noch rufen, um ihnen zu erzählen, was darin stand. Was, wenn es sich um ein düsteres Familiengeheimnis handelte? Vielleicht war meine Mutter ja mit sechzehn ausgebüxt, hatte sich einer Metalband angeschlossen, und mein leiblicher Vater war in Wahrheit ein alternder Rocker! Oder meine Gran hatte in jungen Jahren für den Geheimdienst gearbeitet!

Bei der Vorstellung musste ich laut lachen. Bestimmt enthielt der Brief etwas viel weniger Spektakuläres. Dass mein Dad Ken wirklich mein Vater war, stand außer Frage. Wir hatten dasselbe schiefe Lächeln und knabberten uns beide an der Wangeninnenseite herum, wenn uns etwas Sorgen bereitete. Und beim MI5 hätte Gran es keine fünf Minuten lang ausgehalten, weil sie nichts für sich behalten konnte. Staatsgeheimnisse hätten da sicherlich keine Ausnahme gebildet.

Ich schob den Finger unter die Lasche und holte einen zusammengefalteten blassrosa Briefbogen aus steifem Papier heraus.

Schnell überflog ich, was Gran mir geschrieben hatte, aber irgendwie konnte ich den Worten nicht richtig folgen. Als der Inhalt schließlich doch bei mir ankam, legte mein Magen einen beeindruckenden Mehrfachsalto hin.

Was sollte das alles? Was hatte sich Gran nur dabei gedacht?

Kapitel 3

Liebe Sophie,
bitte mach dir wegen dieses Briefs keine allzu großen Gedanken. Und bitte versuch, nicht traurig zu sein. Ich weiß, du findest solche Behauptungen ein wenig albern, aber ich hatte immer schon eine Art sechsten Sinn, und jetzt sagt er mir, dass mir womöglich nicht mehr viel Zeit bleibt. Ich habe achtzig wunderbare Jahre lang gelebt, und es gibt nichts, was ich bereuen würde. Nun, eins vielleicht doch. Es gibt etwas, das ich gern getan hätte, und das ist der Grund, aus dem ich dir diesen Brief schreibe.

Ich las den Brief erneut, aber es gelang mir nicht recht, mich zu fokussieren. Mum und Dad raschelten einen Raum weiter im Wohnzimmer herum, nichts ahnend, dass ich mit heftig pochendem Herzen in der Küche stand. Hin und wieder hörte ich Mum leise über Grans Yucca-Palme schimpfen, die Weihnachtsbaumgröße erreicht hatte.

Ich richtete meine Aufmerksamkeit wieder auf Grans Brief. Über den Linoleumküchenboden kroch blasses Morgenlicht.

Ich weiß, wie hart deine Arbeit auf Castle Marrian ist und wie anstrengend es sein muss, ständig nach der Pfeife versnobter Bräute zu tanzen, die sich für den Mittelpunkt der Welt halten.

In meinem Kopf drehte sich zwar gerade alles, aber ich musste trotzdem lächeln, als ich mir vorstellte, wie Grans helle Augen vor Wut gefunkelt haben mussten, als sie diese Zeilen schrieb.

Und das ist der zweite Grund für diesen Brief.
Wie schon erwähnt, gibt es nur eins, was ich in meinem Leben bereue.
Eigentlich geht es um nichts Großartiges. Ich hätte weder gern das Great Barrier Reef gesehen noch die Queen kennengelernt – auch wenn beides sicherlich wunderbare Erlebnisse gewesen wären!
Sicherlich werden viele Leute nicht nachvollziehen können, wie mir etwas so Unbedeutendes auf der Seele lasten kann. Andererseits: Kann etwas unbedeutend sein, wenn man es so sehr liebt?

Ich knabberte mir auf der Unterlippe herum. Grandma Helena mochte vieles gewesen sein – aber ganz sicher nicht unbedeutend.

Ich hätte nie zulassen dürfen, dass mein Herz über meinen Kopf bestimmt. Und ich werde auf ewig bereuen, dass ich es doch getan habe.
Und nun möchte ich dich bitten, einen Blick in die Abseite unter der Treppe zu werfen, Sophie. Wenn du gesehen hast, was sich darin befindet, wird es dir sicher deutlich leichter fallen, zu begreifen, worauf ich hinauswill.

Ich ließ den Brief sinken und sah mich orientierungslos um. Einen Moment lang hatte ich ganz vergessen, wo ich war.

Meine Großmutter hatte immer schon einen Hang zur Dramatik gehabt, aber diesmal hatte sie sich selbst übertroffen.

Wovon, zum Teufel, redete sie da nur?

Nebenan klapperten Mum und Dad weiter herum, ohne zu ahnen, was mir gerade durch den Kopf ging. Ich hörte Dad die Beistelltischchen beiseiteräumen, die Gran immer an den Sessel gerückt hatte, um darauf zu essen.

Nachdem ich den Brief auf den Küchentisch gelegt hatte, ging ich in den Flur zurück.

Die Tür zur Abseite unter der Treppe war passend zum Treppengeländer weiß gestrichen. Sie war so unauffällig, dass ich ihr nie groß Beachtung geschenkt hatte. Ich war einfach davon ausgegangen, dass Gran ihre beachtliche Schuhkollektion darin aufbewahrte oder vielleicht die letzten Überreste der Angelausrüstung meines verstorbenen Großvaters.

Nun kauerte ich mich davor und zog am Griff.

Die Tür öffnete sich knarrend, und der Duft von Staub und Raumspray mit Apfelaroma stieg mir in die Nase.

Ich spähte ins Dunkel. Einen Lichtschalter gab es nicht, also schaltete ich die Taschenlampenfunktion auf meinem Handy ein und leuchtete die Wände ab.

Die Abseite war überraschend groß und tief, sie reichte bis in den hintersten Winkel unter dem Treppenabsatz. Auf allen vieren kroch ich vorwärts und reckte den Hals, während ich weiter umherleuchtete.

An der hintersten Wand waren vier braune, mit Paketband zugeklebte Pappkartons gestapelt. Auf jedem stand mit schwarzem Filzstift *Sophie* geschrieben.

Die Angelegenheit wurde immer mysteriöser.

Ich zog den ersten Karton, der mit einer 1 versehen war, aus dem engen Kabuff. Er war ziemlich schwer.

Vermutlich war es besser, ihn mit einer Schere zu öffnen. Ich rappelte mich auf und holte eine aus der Küchenschublade. Dann kniete ich mich wieder vor die geöffnete Tür der Abseite und schlitzte das Klebeband auf. Der Inhalt war in Luftpolsterfolie verpackt, und obenauf lag ein weiterer Umschlag. Ich legte ihn beiseite und entfernte aufgeregt die Folie.

Als ich den Inhalt sah, keuchte ich laut auf.

Die Schachtel enthielt ein wunderhübsches Teeservice in hellem Gelb, das mit einem Efeumuster versehen war. Es war alles da: eine rundliche Teekanne, zarte Tassen und Untertassen, ein Milchkännchen. Ich hatte das Geschirr noch nie zuvor gesehen. Bisher war ich stets davon ausgegangen, dass Gran ihre vollständige Sammlung im Wohnzimmer ausgestellt hatte.

Vorsichtig hob ich eine Tasse an und bewunderte die fließenden Efeuranken. Ich hätte schwören können, dass es sich um ein echtes Burleigh-Service handelte – handdekoriert mit einem Kupferroller.

Ob Gran mir das Geschirr in ihrem Testament hinterlassen hatte? Ich hatte ja keine Ahnung gehabt, dass sie so wertvolles Porzellan besaß, schließlich hatte sie nie ein Wort darüber verloren! Nun war ich umso neugieriger, was sich in den übrigen Kisten befand.

Ich war so vertieft in den Anblick des zartgelben Porzellans, dass ich darüber fast Grans zweiten Brief vergessen hätte.

Ich griff danach und riss ihn auf.

Meine liebe Sophie,
wie ich dich kenne, hast du sicherlich bereits einen ersten Blick auf den Inhalt dieser Schachtel geworfen. Ist das Service nicht herrlich? Vermutlich hast du auf den ersten Blick erkannt, dass es sich um echtes Burleigh-Geschirr handelt. Und es ist nicht das einzige.

Mit großen Augen sah ich von ihrem Brief zu den drei weiteren Kisten in der Abseite.

In den übrigen Schachteln befinden sich ebenfalls Teeservice, jedes von ihnen ähnlich wertvoll wie dieses. Ich habe mir meinen Lebenstraum, einen kleinen Porzellanwarenladen zu eröffnen, niemals erfüllen können. Deswegen mache ich nun dir dieses Geschenk.

Fassungslos ließ ich mich mit dem Rücken gegen die Wand sinken und streckte die Beine vor mir aus. *O Gran. Was hast du da nur wieder ausgeheckt?*

Als hätte sie geahnt, dass ich mir diese Frage stellen würde, fuhr Gran in ihrem Brief fort:

Wie du vielleicht mitbekommen hast, verkauft Mrs. Cotter ihren Blumenladen A Bloom with a View. Oder ich sollte wohl besser sagen: Sie hat ihn verkauft. Als ich davon erfuhr, habe ich mich nämlich umgehend mit ihr getroffen und ihr von meinen Plänen berichtet. Sie war sofort begeistert. Also habe ich ihren Laden gekauft – für dich.

Was?! Jetzt kam ich endgültig nicht mehr hinterher. Meine verstorbene Großmutter hatte Mrs. Cotters Laden für mich gekauft?

Bilder von dem niedlichen kleinen Blumengeschäft in der Hauptstraße von Briar Glen, flankiert von unserem Dorfjuwelier und der Apotheke, zogen vor meinem geistigen Auge vorbei.

Einen Moment lang saß ich einfach nur ungläubig da, ohne mich auf etwas konzentrieren zu können. Dann fuhr ich mir mit der Zunge über die Lippen und krabbelte mit einem langen, tiefen Seufzer zu den anderen drei Kartons. Nachdem ich sie hervorgezogen hatte, las ich den Brief zu Ende.

> *Unten in der ersten Kiste findest du eine Liste, in der ich alle weiteren Service und ihren ungefähren Wert aufgeführt habe. Ich habe mir die Freiheit genommen, sie vor einigen Monaten schätzen zu lassen. Mein Wunsch ist es, dass du diese Teeservice verkaufst und den Erlös nutzt, um deinen eigenen Porzellanwarenladen zu eröffnen.*

Das wurde ja immer besser! Was mich wohl noch alles erwartete?

> *Zudem findest du eine Liste renommierter Porzellanmanufakturen und -lieferanten mit allen relevanten Informationen. Dort kannst du dein eigenes Sortiment auswählen, wenn du so weit bist.*

Verblüfft strich ich mir den Zopf glatt. Die gesamte Situation erschien mir vollkommen surreal. Saß ich gerade wirklich umgeben von kostbarem Porzellan auf dem Boden in Grans Flur?

Das hier ist deine Chance, etwas zu tun, das du liebst, Sophie. Ich weiß, dass dich deine Arbeit schon lange nicht mehr glücklich macht. Du fühlst dich nicht wertgeschätzt. Und da dachte ich, vielleicht kann ich dir auf diese Weise einen kleinen Stups in die richtige Richtung verpassen. Ergreif die Gelegenheit beim Schopf! Für dich, aber ein wenig auch für mich. Ich werde dich voller Stolz und Freude beobachten. Du bist eine wunderbare junge Frau geworden, und ich kann mich glücklich schätzen, dich zur Enkelin zu haben.
In Liebe
Gran XX

Ich hatte keine Ahnung, wie lange ich dort im Flur saß, vor mir der halb geöffnete Karton, in dem das entzückende Teeservice mit dem Efeumuster aus der Luftpolsterfolie hervorblitzte. Mein Handy lag neben mir auf dem Teppich, und die Tür der Abseite stand noch immer offen.

Aber irgendwann musste mein tränenersticktes Keuchen laut genug geworden sein, um Mums und Dads Aufmerksamkeit zu erregen, denn die beiden kamen aus dem Wohnzimmer gelaufen, um nachzusehen, was mit mir los war.

Kapitel 4

Ich reichte meinen verblüfften Eltern die beiden Briefe von Gran und öffnete schniefend die restlichen Kartons. Darin befanden sich Unmengen an Teeservicen in den verschiedensten Stilen von klassischem Wedgwood-Geschirr bis hin zu einem antiken Silberservice aus dem Jahr 1903.

Dad konnte sich nicht entscheiden, womit er sich zuerst auseinandersetzen sollte: den Teeservicen oder den geheimnisvollen Briefen meiner Großmutter. »Was, in Gottes Namen, ist das alles? Was ist hier los, Sophie?«

Doch ich schüttelte nur den Kopf. Schließlich war ich selbst vollkommen überfordert mit der Situation! »Lies die Briefe, Dad.«

Er wechselte einen Blick mit Mum, dann überflog er rasch den Inhalt. »Verdammte Axt! Deine Grandma hatte es wirklich faustdick hinter den Ohren …«

Mum wurde langsam ungeduldig. »Nun sag schon, Kenny, was steht da?«

Dad reichte ihr die Briefe, während ich zwischen all dem Porzellan auf dem Flurboden sitzen blieb.

»Sie hat dir einen Laden gekauft?« Mum legte sich die Hand aufs Herz.

Ich nickte.

»Aber … Aber wieso …«

Dad zuckte mit den Schultern. »Helena war eine gewitzte

alte Dame. Aber wo, zum Teufel, hat sie all das Geschirr herbekommen?«

Ratlos warf Mum die Hände in die Luft. »Sag du es mir. Ich hatte keine Ahnung davon. Ich meine, von den Servicen in ihren Wohnzimmervitrinen natürlich schon, aber …«

Ich rieb mir die Stirn und bemühte mich, den Überblick zu bewahren. »Weiß der Himmel, was das alles wert ist!«

Dad hob eine seiner dicken grau melierten Brauen. »Oh, ein kleines Vermögen, so viel kann ich dir sagen. Vor dir steht antikes Porzellan im Wert von mehreren Tausend Pfund.«

Mum deutete fassungslos auf die Kisten zu ihren Füßen. »Aber woher hatte sie das Geschirr denn nur?« Ihre rauchblauen Augen weiteten sich. »O Gott. Ihr glaubt doch nicht, dass es gestohlen ist, oder?«

Dad musste laut lachen. »Deine Mutter soll Diebesgut gekauft haben? Sei nicht albern, Marnie. Hast du schon vergessen, wie Helena die gesamte Hauptstraße von Briar Glen abgesucht hat, um den Besitzer einer verloren gegangenen Fünfzig-Pence-Münze zu finden?«

So schockiert ich über die Situation auch war – bei der Erinnerung musste ich ebenfalls lachen.

»Aber irgendwoher muss sie die Sachen doch bekommen haben. Und was meint sie damit, sie hätte nie zulassen dürfen, dass ihr Herz über ihren Kopf regiert?«, fragte Mum.

»Woher soll ich das wissen?« Erneut zuckte Dad mit den Achseln. »Wie auch immer deine Mutter an das Porzellan herangekommen ist, jedenfalls hat sie es Sophie vererbt.«

Ich schluckte. »Ja. Und sie wollte, dass ich meinen eigenen Porzellanwarenladen eröffne.«

Da wir alle zu überwältigt waren, um weiter Ordnung in Grans Haus zu schaffen, schlug Dad vor, dass wir zunächst nur die vier Porzellankisten mitnehmen sollten. »Und wenn ich deine Mutter und dich zu Hause abgesetzt habe, fahre ich noch einmal los und hole die Beistelltische und den Rest.«

Die gesamte Heimfahrt über machte ich mir Sorgen um die Kartons und ihren Inhalt. Zum Glück wohnten Mum und Dad nur zehn Minuten von Grans Cottage entfernt. Bei einer längeren Fahrt mit dieser wertvollen Fracht im Gepäck hätte ich vermutlich einen mittleren Nervenzusammenbruch bekommen.

Gran musste die gesamte Aktion mindestens seit drei Monaten geplant haben, vermutlich sogar länger. Immerhin hatte sie nicht nur das seltene Geschirr besorgen, sondern auch das Ladenlokal kaufen müssen – und das alles, ohne dass Mum, Dad oder ich etwas mitbekamen.

Im Auto herrschte betretenes Schweigen. Erst als Dad in die Einfahrt bog, kam wieder Leben in uns.

Im Gänsemarsch trugen wir die Kisten durch den spätvormittäglichen Sonnenschein in den mit beigefarbenem Teppich ausgelegten Flur meiner Eltern und stellten sie dort ab.

Nachdem Dad seinen Karton, in dem sich ein seltenes Minton-Green-Cockatrice-Service aus Knochenporzellan befand, in der Ecke hinter der Treppe verstaut hatte, richtete er sich so plötzlich auf, als wäre ihm ein wichtiger Gedanke gekommen. An Mum gerichtet sagte er: »Ob es wohl darum ging, als ich vor ein paar Wochen bei Helena vorbeigeschaut habe?«

»Wovon sprichst du?«

Nachdenklich schob er die Hände in die Hosentaschen.

»Damals habe ich mir nicht viel dabei gedacht, aber ich habe sie einmal beim Telefonieren erwischt, als ich bei ihr vorbeigeschaut habe, um nach dem Rechten zu sehen. *Erwischt* sage ich deshalb, weil sie sich benommen hat, als würde sie sich ertappt fühlen, und gar nicht schnell genug auflegen konnte.«

Ich fragte Dad, ob sie erwähnt habe, mit wem sie telefonierte.

»Nein. Sie hat sofort das Thema gewechselt. Es war offensichtlich, dass sie nicht darüber reden wollte«, antwortete er. »Ich fand ihre Reaktion zwar etwas seltsam, habe mir aber nichts weiter dabei gedacht.«

Mum warf mir einen Blick zu. »Sicherlich war sie damals schon dabei, diese ganze Angelegenheit zu organisieren.«

Nachdem Dad die letzte Kiste vom Auto in den Flur getragen hatte, machte Mum uns ein paar Sandwiches mit Käse und Gewürzgurken zum Mittagessen. Dann fuhr ich mit Dad noch einmal zu Gran, um die Wohnzimmervitrinen mit ihrer »offiziellen« Teeservicesammlung zu leeren.

Mum bestand darauf, dass wir nach unserer Rückkehr noch gemeinsam Tee tranken, und wir drei sanken dankbar auf die Sitzgarnitur im Wohnzimmer, wo wir zum ersten Mal richtig sacken ließen, welch gewaltige Bombe meine verstorbene Gran da hatte platzen lassen.

Das Wohnzimmer mit dem stimmungsvollen Aquarellbild, das die Hügel um Briar Glen zeigte, und seiner großen Terrassentür, die auf den gepflegten Garten voller hübscher Keramiktöpfe und sorgsam gestutzter Hecken hinausging, war eigentlich ein idyllischer, friedvoller Ort. Aber es half alles nichts – wir drei waren und blieben aufgewühlt.

»Das ist doch Wahnsinn!«, platzte es aus mir heraus. »Ich hab doch einen Job!« Zugegebenermaßen keinen, den ich sonderlich mochte, aber es war eine Festanstellung, die mir ein sicheres Einkommen bot. Jedenfalls so sicher, wie man das heutzutage erwarten konnte. Ich warf einen Blick durch die offene Wohnzimmertür, hinter der mir Grans geheime Porzellansammlung aus den Kartons heraus zuzuzwinkern schien. »Ich kann doch nicht einfach meinen Job aufgeben und einen Laden eröffnen.«

Mum schnalzte zustimmend mit der Zunge. »Keine Ahnung, was sie sich dabei gedacht hat. Sosehr ich sie auch geliebt habe, aber manche ihrer Ideen waren einfach zu verrückt.« Unbehaglich rutschte sie auf dem Sofa herum. »Ihr glaubt doch nicht etwa, dass sie vielleicht einen … einen senilen Anfall hatte und gar nicht wusste, was sie tut?«

Dad sah erst Mum, dann mich an. »Helena war mehr bei Verstand als wir drei zusammen. Nur war sie eben ein Freigeist. Oder hat zumindest versucht, einer zu sein, soweit dein Vater es zugelassen hat. Er hat sie nicht unbedingt dabei unterstützt, ihre Ziele zu erreichen, oder?«

Mum ließ sich Dads Worte durch den Kopf gehen. »Mein Vater war ein Gewohnheitstier, und weil er solche Angst vor Risiken hatte, erwartete er von Mum, dass sie es genauso hielt wie er.« Sie hob eine Braue. »Die beiden waren sehr unterschiedlich. Ehrlich gesagt habe ich mich oft gefragt, was sie überhaupt aneinander gefunden haben.« Mit einem Blick auf die inzwischen etwas zerknitterten Briefe von Gran in ihrem Schoß fuhr sie fort: »Und ich habe keine Ahnung, was sie damit meint, dass die Zeiten damals anders waren und es etwas gibt, das sie bereut.«

»Offenbar wollte Helena dir ermöglichen, den Traum zu leben, der ihr selbst verwehrt geblieben ist«, sagte Dad zu mir. »Offensichtlich hat sie gehofft, dass du bereit bist, ein Risiko einzugehen und einer Arbeit nachzugehen, die du wirklich liebst.«

Ich öffnete den Mund, um etwas zu erwidern, schloss ihn aber sofort wieder.

Mum schüttelte so heftig den Kopf, dass ihr roter Bob hin und her schwang. »Also, ich finde das egoistisch von ihr.« In ihren Augen schimmerten Tränen, und ich sprang vom Sessel auf und zog sie in die Arme. Ihr unaufdringlicher Duft nach *Coco* von Chanel stieg mir in die Nase, als sie ihr Gesicht in meine Halsbeuge schmiegte. »Ich weiß ja, dass deine Großmutter ihr Leben ohne deinen Großvater häufig frustrierend fand. Aber sie kann doch ihre unerfüllten Lebensträume nicht auf dich projizieren! Das ist einfach nicht fair.«

Ich drückte sie fest an mich. »Ich glaube, Gran wollte nur helfen. Kein Wunder, so oft, wie ich mich über meine anstrengende Hochzeitsklientel beschwert habe.«

Mum strich sich die Tränen von den Wangen. »Ich weiß, dass sie gedacht hat, auf ihre Weise würde sie das Richtige tun. Aber trotzdem …« Sie verstummte und richtete den Blick auf den Sisalteppich, der in der Nachmittagssonne schimmerte.

Dad sah mich an. »Dann hast du also nicht vor, den Vorschlag deiner Großmutter wenigstens in Erwägung zu ziehen?«

In einem Anflug von Schuldgefühlen rieb ich mir die Stirn. Natürlich wollte ich meine Gran nicht enttäuschen! Aber ihr Vorschlag erschien selbst mir zu abwegig. Ich liebte schönes Porzellan genauso wie sie. Doch aus dieser Leidenschaft ein erfolgreiches Unternehmen machen? Augenblicklich fielen mir ausnahmslos Gründe ein, aus denen ihr Plan zum Scheitern verurteilt war. Ich hatte keinerlei Erfahrungen im Einzelhandel. So schlecht, wie es aktuell um die wirtschaftliche Lage bestellt war, hatten selbst die wenigen kleinen Läden, die sich schon ewig in Briar Glen hielten, Schwierigkeiten zurechtzukommen. Ich hatte keine Ahnung, wie man einen Businessplan erstellte. Die Liste der Dinge, die dagegensprachen, wuchs und wuchs, je länger ich darüber nachdachte.

Ich schüttelte den Kopf und seufzte tief gegen das schlechte Gewissen an, das an meinem Herzen zerrte. Grans Idee war lieb, schön und mehr als großzügig gewesen, und sie würde niemals erfahren, wie sehr ich zu schätzen wusste, was sie mir damit zu ermöglichen versucht hatte. Aber ich konnte diese Chance unmöglich ergreifen.

Also verzog ich den Mund zu einem entschlossenen, traurigen Lächeln. »Es ist eine tolle Idee, Dad, aber Gran hat sie nicht in allen Konsequenzen durchdacht. Was sie mir da vorschlägt, kommt gar nicht infrage.«

Kapitel 5

Und dann war es auch schon wieder Montag, und eine neue Arbeitswoche mit all ihren Freuden brach an.

Eigentlich hatte ich damit gerechnet, den Sonntag damit zu verbringen, Mum und Dad dabei zu helfen, Grans Sachen zu sortieren – und nun war ich plötzlich Besitzerin einer umfangreichen Sammlung von antikem Teegeschirr, um die mich sogar Harrods beneidet hätte, inklusive eines Geschäfts, in dem ich einen Porzellanwarenladen eröffnen sollte.

Dass es diesen Laden niemals geben würde, war klar. Blieb noch die Frage, was ich nun mit Grandmas Geschirr anfangen sollte.

Mir waren schon mehrere Ideen dazu gekommen. Was, wenn ich das Ladenlokal weiterverkaufte und den Erlös an Einrichtungen spendete, die Gran etwas bedeutet hatten? Und die Teeservice konnte ich vielleicht dem Glasgow History Museum stiften.

Eine ganze Weile blieb ich auf dem Angestelltenparkplatz des Hotels in meinem roségoldenen Skoda Citigo sitzen. Das Castle Marrian ragte vor mir in den Himmel. Seine schimmernden Fenster und Türmchen spiegelten das warme Aprillicht wider.

Im Augenblick erstrahlte Briar Glen in all seiner grünen Pracht. Kein Wunder, dass die Gegend im Frühling so beliebt bei Hochzeitspaaren war.

Seufzend nahm ich meine Tasche vom Rücksitz und strich mir den knielangen marineblauen Rock zurecht.

In der Lobby, die vornehmlich in Glas und Chrom gehalten und mit abstrakten Kunstinstallationen dekoriert war, liefen zahlreiche Gäste hin und her, und aus dem in Schokoladenbraun und Cremeweiß tapezierten Frühstücksraum, in dem noch einige Tische besetzt waren, drangen entspanntes Gemurmel und das Klirren von Geschirr und Besteck zu mir herüber.

Ich begrüßte Una und Derek, die heute am Empfang arbeiteten, dann ging ich weiter in den Frühstücksraum, der auf das hügelige Hotelgelände mit seinem alten Baumbestand und den hübsch angelegten Blumenbeeten hinausging.

Mein Büro lag am Ende eines langen Korridors mit einer eisblauen Milchglastür, der außerdem zum Sensations Spa führte.

Kaum hatte ich meine Jacke abgelegt und den Rechner hochgefahren, um einen Blick auf meine heutigen Termine zu werfen, da kam auch schon Heston mit seiner dunklen Föhnfrisur und seiner dauergestressten Miene hereingeplatzt. Mit seinen langen, schmalen Fingern nestelte er an seiner Castle-Marrian-Krawatte herum, auf die in Gold die Initialen C und M gestickt waren.

»Und, wie war dein Sonntag?« Er lächelte, wobei er eine gewisse Ähnlichkeit mit einem hungrigen Krokodil aufwies.

Alarmiert wandte ich mich von meinem halbrunden Schreibtisch aus Walnussholz, auf dem Fotos von meinen Eltern und ein Porträt von Gran standen, das sie an ihrem siebzigsten Geburtstag mit einer Torte in Flieder und Rosa zeigte, zu ihm um. »Ganz okay, Heston. Sag einfach, welchen Gefallen ich dir diesmal tun soll.«

Er mimte den Schockierten. »Darf ich mich etwa nicht ganz ohne Hintergedanken bei meiner Lieblings-Hochzeitsplanerin nach ihrem Wochenende erkundigen?«

Ehe ich etwas erwidern konnte, hatte er sich schon auf den Stuhl auf der gegenüberliegenden Seite meines Schreibtischs gepflanzt.

»Ich muss mir spontan ab heute Nachmittag eine Woche freinehmen. Pablo hat mich eingeladen, seine Eltern in Spanien kennenzulernen«, erklärte er.

Ich war kurz davor, an die Decke zu gehen. »Aber Heston, schau doch mal!« Ich drehte ihm den Bildschirm hin. Mein Kalender war so vollgepackt, dass beinahe die gesamte Fläche hellgrün leuchtete. »Das hier ist nicht etwa das Ergebnis einer erfolgreichen Partie Tetris, sondern mein Terminplan für diese Woche. Kannst du mir mal verraten, wie ich zusätzlich auch noch deine Aufgaben erledigen soll?«

Doch Heston winkte nur mit seiner gewohnt entspannten Art ab. »Ach Sophie, nun mach dir nicht ins Höschen, Liebes. Natürlich verlege ich so viele Termine wie möglich auf die kommende Woche.«

Das war zwar immerhin etwas, aber trotzdem würde ich es bis dahin mit einer ganzen Flut an Hochzeiten in verschiedenen Planungsstadien zu tun haben.

»Wenn du die Organisation von Ulrika Bonningtons Hochzeit übernehmen könntest, wäre das allerdings hervorragend. Mein Termin mit ihrer Mutter und ihr wäre eigentlich heute Vormittag um elf, aber ich habe vor der Abreise noch so entsetzlich viel zu tun!«

Was? Auf keinen Fall. Das konnte er mir nicht antun. Unmöglich!

Aber so schnell, wie er gerade die Flucht aus meinem Büro antrat, konnte er es offenbar doch.

Ulrika war die Tochter von Chastity und Spence Bonnington, denen eine Flotte Luxuskreuzfahrtschiffe gehörte, auf denen sie Schottlandrundreisen anboten. Bei ihrem Zukünftigen handelte es sich um irgendeinen weich gespülten Politikerspross, und die Hochzeit sollte am 22. Dezember hier auf Castle Marrian ausgerichtet werden. Als Ulrika im Hotel angerufen und verkündet hatte, dass die Hochzeit hier stattfinden sollte, hatte sich Heston praktisch überschlagen, um diese »sexy Promihochzeit« zu übernehmen.

Doch laut unserem schwedischen Rezeptionisten Casper trieb Ms. Bonnington unseren lieben Heston seitdem mit einem nicht enden wollenden Strom an abstrusen Forderungen, wütenden Mails und hysterischen Anrufen an den Rand der Verzweiflung.

Wütend schoss ich hinter meinem Schreibtisch hervor und rannte Heston hinterher. »Heston. Heston! Bleib auf der Stelle stehen! *Du* hast unter Berufung auf deine Vorgesetztenposition darauf bestanden, diese Hochzeit unbedingt persönlich betreuen zu wollen.«

Doch Hestons beeindruckend lange Beine hatten ihn schon fast bis ans andere Ende des Korridors getragen, der von Sockeln mit Vasen voller frischer Blumensträuße flankiert wurde, die einen Hauch von Regenwaldflair verbreiteten. »Die Erfahrung wird dich weiterbringen, Liebes«, flötete er mir über die Schulter zu. »Ich muss jetzt wirklich gehen, Sorcha hat mir für halb neun extra noch einen Augenbrauen-

Termin freigeschaufelt. Cia-hao!« Und schon war er durch die Spa-Tür verschwunden.

Entrüstet stapfte ich in mein Büro zurück.

So ein verdammter Mist! Wie konnte Heston mich nur so ins kalte Wasser schubsen? Aber was sollte ich schon groß machen? Die Hochzeit würde in jedem Hochglanzmagazin des Landes erscheinen, und der Betrag, den die Bonningtons dafür auszugeben bereit waren, grenzte ans Absurde.

Mir blieb keine Wahl. Solange Heston nicht da war, würde ich mich der Sache annehmen müssen.

Ein leises *Ping!* verriet mir, dass ich eine E-Mail erhalten hatte. Sie stammte von Heston und enthielt die Notizen, die er sich bei seinem ersten Treffen mit Ulrika Bonnington und ihrer Mutter gemacht hatte. Na ja, wenigstens *daran* hatte er gedacht.

Fassungslos ließ ich mich in meinen Schreibtischstuhl plumpsen und verschob meinen eigentlichen Elf-Uhr-Termin mit einer Floristin, die einen neuen Laden in der Gegend eröffnet hatte, auf einen späteren Tag in der Woche, damit ich Zeit für die Bonningtons hatte.

Wenn es mir gelang, den Termin mit den beiden innerhalb einer Stunde abzuwickeln, blieb mir vor meinem Anschlusstermin mit einem frisch verlobten Paar vielleicht sogar noch Zeit, mein mitgebrachtes Lunchpaket zu essen.

Missmutig fuhr ich in meinem Stuhl herum zu meinem Bürofenster, das auf ein paar Bäume und eine weite Rasenfläche hinausging.

Heston schuldete mir was. Und zwar keine Kleinigkeit.

Ulrika Bonnington sah sich in meinem Büro mit seinem petrolfarbenen Teppich und den zurückgebundenen Karovorhängen um, als hätte sie gerade die inneren Kreise der Hölle betreten. »Ich dachte, Heston Cole betreut meine Hochzeit.«

Ich auch.

Doch ich überspielte meine Genervtheit mit einem professionellen Lächeln. »Mr. Cole ist diese Woche im Urlaub und hat mich gebeten, ihn solange zu vertreten.«

Missbilligend rümpfte Ulrika Bonnington die Nase.

»Also.« Ich tippte auf der Tastatur herum und öffnete Hestons Notizen über die Bonnington-Barclay-Hochzeit. »Wie ich sehe, werden Sie am 22. Dezember hier auf Castle Marrian heiraten.«

»Also was das betrifft …«, meldete sich die Brautmutter Chastity Bonnington zu Wort, die neben ihrer Tochter saß wie ein Bodyguard im Nachtclub. »Wir haben festgestellt, dass wir mit dem Datum doch nicht glücklich sind und die Hochzeit verschieben möchten.«

Leise Sorge regte sich in mir. Hoffentlich wollten sie die Hochzeit nicht nach vorn verlegen. Bis Ende des Jahres war der Hotelkalender randvoll mit Veranstaltungen. Um einen gelassenen Tonfall bemüht antwortete ich: »Dürfte ich fragen, weshalb?«

Ulrika nagelte mich mit ihrem Blick förmlich an meinem Drehstuhl fest. Der Ausdruck in ihren Augen verriet deutlich, dass sie mich für den letzten Bauerntrampel hielt. »Selbstverständlich weil der 22. Dezember nicht weihnachtlich genug ist.«

Ich blinzelte gegen ihre grellblonden Extensions und die blassrosa Pelzjacke an. »Nicht … nicht weihnachtlich genug?«

»Ganz genau. Ich habe mit Gideon darüber gesprochen, und wir möchten unsere Hochzeit gern am Weihnachtsabend abhalten.«

Das kann unmöglich dein Ernst sein.

Eine kühle Brise wehte durch mein Büro.

Auf Castle Marrian wurden niemals Hochzeiten am 24. Dezember abgehalten. Die Familie Marrian war überzeugt davon, dass die Angestellten ein Recht auf Zeit mit ihren Familien hatten, und das galt insbesondere für die Weihnachtszeit. Aber ausgerechnet in diesem Jahr hatten sie eine absolute Ausnahme von der Regel gemacht – und zwar für Tony und Sonya, den Sohn und die zukünftige Schwiegertochter von Ivy Dunsmuir, der langjährigsten Hotelmitarbeiterin. Sie waren eine mehr als liebenswürdige Familie, und Sir Guy und Lady Josephine Marrian, Besitzer der Cascada Marrian Hotel Group, hatten darauf bestanden, dass sie eine Rundum-Sonderbehandlung erhalten sollten. Einen nicht unbeträchtlichen Beitrag zu dieser Entscheidung hatte wohl auch mein Anruf in der Zentrale geleistet, bei dem ich in den buntesten Farben ausgemalt hatte, welch herzerwärmende Weihnachts-PR eine Geschichte wie diese bringen würde. Am Ende hatte die Zentrale sogar darauf bestanden, fünfzig Prozent der Rechnung zu übernehmen, was gemessen an der kostenlosen Publicity, die das Unternehmen dadurch generierte, vermutlich immer noch ein Klacks war.

»Ich befürchte, dass wir am 24. Dezember keine Hochzeiten ausrichten. Es tut mir leid, aber das ist einer unserer Unternehmensgrundsätze«, erwiderte ich mit einem freundlichen Lächeln, auf das die beiden mit unbeeindrucktem Starren reagierten. »Lassen Sie mich schauen, ob ich eine

Alternative finde.« Ich scrollte durch den Dezember, doch die knallrot markierten Reservierungen nahmen kein Ende. Die einzige Lücke war eine Stornierung am Nachmittag des 18. Dezember.

Ulrika Bonnington explodierte. »Am 18.? Aber das ist ja noch weniger weihnachtlich als der 22.!«

Erschrocken zuckte ich zurück, als Ms. Bonnington aufsprang und zu mir hinter den Schreibtisch stürmte, um anklagend mit einer ihrer rot lackierten Krallen auf meinen Monitor zu deuten. »Sagten Sie nicht, Sie richten am 24. keine Hochzeiten aus? Und was ist dann das da? Die Reservierung an Weihnachten um elf Uhr?«

Hastig versuchte ich, den Hochzeitskalender wegzuklicken, aber es war zu spät. Sie hatte bereits alles gesehen. Ich hätte vorsichtiger sein müssen. Aber wie hätte ich ahnen sollen, dass sie sich auf diesen halsbrecherischen Acrylabsätzen derart schnell bewegen konnte?

Ich versuchte, mich aus der Affäre zu ziehen. »Welche Reservierung meinen Sie?«

Ulrika stöckelte wieder um den Schreibtisch herum zu ihrer Mutter und stemmte die Hände in die knochigen Hüften. »Die Buchung auf Sonya und Tony – *Hochzeit Dunsmuir und Lovegood* stand daneben.«

Hilfe suchend sah ich zu Chastity Bonnington, die mich inzwischen aber ebenso finster anfunkelte wie ihre Tochter und mir ähnlich viel Angst machte.

Ulrika nahm wieder Platz und starrte mich mit hochgezogenen Brauen abwartend an.

Nun war es an mir, meinen Funkelblick auszupacken. Ich verschränkte die Arme. Zum Schutz, weil ich schon ahnte, wie die Reaktion der beiden ausfallen würde. »Es tut mir ausgesprochen leid, aber dabei handelt es sich um eine Veranstaltung, die unmöglich verschoben werden kann. Sie steht bereits seit Monaten im Kalender.« Ich hätte mir eher den Arm abgehackt, als Ivy und ihrer Familie diesen wichtigen Tag zu ruinieren, nur um den wechselhaften Launen einer Ulrika Bonnington beizukommen.

Ulrika verzog ihre grünen Katzenaugen zu Schlitzen. »Tja, nun, ich bin mir sicher, dass diese Leute Verständnis haben werden, wenn Sie ihnen mitteilen, wer wir sind.«

Ich gab einen erstickten Laut der Empörung von mir. Hatte sie das gerade wirklich gesagt? Die Unverfrorenheit dieser Frau war wirklich sagenhaft. Bildete sie sich ernsthaft ein, auf Verständnis dafür zu stoßen, dass ein verwöhntes, anspruchsvolles Töchterchen aus der höheren Gesellschaft darauf bestand, jemandem das Hochzeitsdatum wegzunehmen?

Ich schüttelte so entschieden den Kopf, dass mir der Flechtzopf auf dem Rücken tanzte. »Es tut mir ausgesprochen leid, Ms. Bonnington, aber das ist unmöglich.« Mit einem kühlen Lächeln fügte ich hinzu: »Wie ich bereits sagte, kann ich Ihnen einen Ausweichtermin am 18. anbieten, oder Sie behalten das ursprüngliche Datum am 22. bei. In beiden Fällen möchte ich Sie und Ihre Gäste als kleines Entgegenkommen gern auf eine Fahrt mit unserer Weihnachtskutsche auf dem Hotelgelände einladen.« Ohne weiter auf Ulrikas unzufriedenes Schnauben zu achten, fuhr ich fort: »Das Team von Castle Marrian wird außerdem alles dafür tun, das von Ihnen gewünschte Thema *Eispalast* zu Ihrer vollsten Zufriedenheit umzusetzen.«

Unter ihrem dicken Make-up lief Ulrika feuerrot an. »Ich will aber keine Kutschfahrt mit einem klapprigen alten Esel! Ich will an Weihnachten heiraten!«

Es kostete mich meine gesamte Selbstbeherrschung, nach außen hin Ruhe zu bewahren, denn in mir wütete ein Sturm der Entrüstung. Selbst Chastity Bonnington legte in dem Versuch, ihre Tochter zu beschwichtigen, eine Hand auf deren Arm. Aber auch ihre Anstrengungen waren nicht von Erfolg gekrönt.

»Ms. Bonnington, ich kann Ihre Enttäuschung verstehen«, log ich mit zusammengebissenen Zähnen. »Aber ich versichere Ihnen, dass Sie und Ihre Gäste am 22. Dezember eine herrlich weihnachtliche Hochzeit erwarten wird.«

Ulrikas zweigdürre, braun gebrannte Ärmchen spähten unter ihren Pelzärmeln hervor. »Das ist doch lächerlich. Wo ist Heston? Ich will auf der Stelle mit Heston reden.« Ihre kalten Augen blitzten auf. »Wie heißt es doch so schön? Man soll zum Schmied gehen, nicht zum Schmiedchen.«

Unter dem Tisch ballte ich die Fäuste. »Ms. Bonnington, wie bereits gesagt bereitet Mr. Cole gerade seine Abreise vor.«

»Aha! Dann ist er also noch gar nicht im Urlaub!« Sie ließ sich mit verschränkten Armen zurücksinken wie eine bösartige blonde Medusa.

Oh, verdammt! Das hätte mir nicht rausrutschen dürfen!

Ich versuchte, einen Blick mit ihrer Mutter zu wechseln, die aber konzentriert den Büroteppich musterte. Offenbar bekam ihre Tochter üblicherweise alles, was sie wollte. Nun, diesmal nicht. Nicht auf Kosten unserer überaus geschätzten und liebenswürdigen Ivy und ihrer Familie.

Ich schnappte mir den Hörer und ließ mich ins Spa durchstellen. Heston wirkte vollkommen unbeeindruckt von meinem Anruf. »Meine Brauen sind erst halb fertig!« Es raschelte, vermutlich weil er sich aufsetzte. »Ich kann doch nicht nach Spanien fliegen und dabei nur halb überrascht aussehen!«

Als ich ihm unter Ulrikas bohrendem Blick eine kurze Zusammenfassung der Situation lieferte, gab er ein gequältes Stöhnen von sich. »Bei aller Liebe, Sophie. Wir können es uns nicht leisten, auf ihr Geld zu verzichten. Gib mir fünf Minuten, ich komme gleich bei dir vorbei.«

Leicht besorgt legte ich den Hörer auf. Aber nein, Heston würde sich garantiert nicht auf Ulrika Bonningtons Seite schlagen! Er war mein Chef und würde mir den Rücken stärken. Wir repräsentierten das Castle Marrian als eine Einheit. Geld hin oder her, ich war nicht bereit, Ivy um diesen wichtigen Tag für ihre Familie zu betrügen. Und Heston sah das bestimmt genauso.

Fünf Minuten später platzte er mit mehreren puterrot leuchtenden Stellen auf dem Jochbein in mein Büro. Nachdem er die Bonningtons überschwänglich begrüßt hatte, holte er sich einen Ersatzstuhl aus dem Gang.

»Also, Heston, wie ich Ms. Bonnington bereits erklärt habe, ist es leider nicht möglich, dass sie ihre Hochzeit auf den 24. Dezember verschiebt«, sagte ich ihm und hob die Brauen, um meinen Standpunkt zu unterstreichen. Doch zu meinem Entsetzen musste ich mit ansehen, wie Heston ins Zaudern geriet.

»Können wir die Termine denn nicht einfach tauschen?«, murmelte er schließlich.

Ich richtete mich ruckartig auf und blinzelte vor Wut. Er war ernsthaft bereit, vor diesem gemeinen Biest zu kapitulieren?

Unbeirrt fuhr er fort: »Ich bin mir sicher, wenn wir Ivy und ihrem Sohn die Lage erklären, können wir die Hochzeit auf den 22. verschieben, sodass Ms. Bonnington ihre Feier am 24. abhalten kann.«

Ulrikas bonbonrosa Lippen verzogen sich zu einem selbstzufriedenen Grinsen.

Meine professionelle Fassade bröckelte. Meine Bereitschaft zur Diplomatie war erschöpft. »Aber das ist einfach unfair!«, platzte es aus mir heraus. »Wir haben bereits vor Monaten vereinbart, dass Sonya und Tony an Weihnachten heiraten dürfen. Ivy und ihr verstorbener Ehemann haben ebenfalls am 24. geheiratet. Das Datum bedeutet ihr so viel!«

Heston machte eine beschwichtigende Geste und warf Ulrika ein Lächeln zu, bei dessen Anblick sich mir vor Wut der Magen umdrehte. »Ich bin mir absolut sicher, dass Ivy nichts dagegen hätte. Sie ist ein ausgesprochen verständnisvoller und entgegenkommender Mensch. Ich werde gleich im Anschluss an unseren Termin mit ihr reden.«

Fassungslos schaute ich zwischen Ulrika, ihrer Mutter und Heston hin und her. Das war doch alles die reinste Farce! Und so herzlos!

Ich straffte die Schultern. »Tut mir leid, aber ich halte diese Lösung für inakzeptabel. Ich sehe die Angelegenheit vollkommen anders. Unsere Bräute haben es verdient, sich auf unsere Abmachungen verlassen zu können. *Alle,* nicht nur ein paar wenige.«

Ulrika Bonnington schob ihr spitzes Kinn vor, und Heston verdrehte die Augen gen puterrote Stirn. »Da bin ich natürlich ganz deiner Meinung, Sophie.« Nein, war er nicht! »Wir sind stolz darauf, jeder Braut die Hochzeit zu ermöglichen, die sie verdient hat. Aber der Ruf von Castle Marrian beruht nun einmal auf seiner hochkarätigen Klientel.«

Bei dem Wort *hochkarätig* wechselten Ulrika und ihre Mutter einen zufriedenen Blick.

Aufgebracht trommelte ich mit den Fingern auf der Tischplatte herum. »Ohne so treue und hart arbeitende Angestellte wie Ivy Dunsmuir hätten wir aber gar keine hochkarätige Klientel. Ohne Menschen wie sie hätten wir faktisch *gar* kein Luxushotel. Sie sind das Herz und die Seele von Castle Marrian.«

Nun wirkte auch Heston zunehmend verärgert. Und ehe ich michs versah, war er aufgesprungen, hatte mich am Ellenbogen gepackt und schleifte mich in den Korridor, wo er die Bürotür hinter uns schloss. »Ich sehe das doch genauso!«, zischte er. »Aber du musst das vom wirtschaftlichen Standpunkt aus betrachten.«

Ich musste hier gar nichts betrachten. Denn die Wahrheit starrte mir gerade ganz von selbst ins Gesicht.

Wenn ich bei dieser Sache mitspielte, würde ich Ivy nie wieder in die Augen sehen können. Auch wenn mir bewusst war, welch großes Risiko ich damit einging, schluckte ich schwer und beugte mich zu ihm vor. »Ist dir eigentlich klar, was für negative Presse es bringen würde, wenn herauskommt, dass wir die Familienhochzeit eines langjährigen Stabsmitglieds verschieben, nur um es der Tochter eines Kreuzfahrtschiffmagnaten recht zu machen?«

Heston stieß einen verächtlichen Laut aus. »Und warum sollte das je rauskommen?«

Mir rauschte das Blut in den Ohren. Aber ich durfte jetzt nicht klein beigeben! Hier ging es ums Prinzip. Ich hob eine Braue. »Tja, warum sollte es?«

Heston schnappte entsetzt nach Luft, sah mich mit weit aufgerissenen Augen an und stützte sich an der nächstbesten Säule ab, als würde er gleich in Ohnmacht fallen. »Willst du mich etwa erpressen?«

Ich musterte ihn eindringlich. »Manche nennen es Erpressung, andere Ehrlichkeit.«

Hestons Augenbrauen (oder was davon übrig war) schossen überrascht nach oben, und sein Blick zuckte zwischen Bürotür und mir hin und her.

Dann gab er ein gequältes Stöhnen von sich und trat wieder ein. Als hätte jemand einen Schalter umgelegt, setzte er sein übliches Haifischgrinsen auf.

Chastity Bonnington musterte uns nachdenklich und legte ihrer Tochter die Hand auf den Arm. »Liebes, du solltest dir das wirklich genau überlegen. Wenn du darauf bestehst, am 24. Dezember zu heiraten, und ein anderes Paar dafür seine Hochzeit verschieben muss …« Ihre Stimme nahm einen flehenden Unterton an. »Überleg doch nur, wie mein Vater und ich dastehen würden. Was, wenn die Angelegenheit unserem Geschäft schadet?«

Entweder hatte sie unser Gespräch belauscht, oder ihr war selbst aufgegangen, dass Ulrikas Verhalten Risiken barg. Ulrikas Augen jedenfalls glommen vor Wut, doch die Vorstellung, dass ihr Erbe schrumpfen könnte, schien ihr zu denken zu geben. Sie schluckte vernehmbar. »Na gut«, stieß sie nach einigen quälenden Augenblicken hervor. »Gut, dann bleibt es beim 22. Dezember.« Und damit sprang sie auf und stöckelte auf ihren Acrylabsätzen davon.

Heston hastete ihr hinterher. »Und Sie sind wirklich sicher, dass Sie damit leben können, Madam?«

Als Ulrika ein zustimmendes Brummeln von sich gab, schloss Heston noch weiter auf. »Aber wollen Sie denn wirklich schon gehen? Ich dachte, Sie wollten noch über die Rentiere und die Weihnachtsbäume sprechen, mit denen Sie den Weg zum Altar schmücken möchten?«

Ulrika Bonnington blieb stehen und warf mir über ihre in rosa Pelz gehüllte Schulter hinweg einen vernichtenden Blick zu. »Tut mir leid, Heston, aber in Zukunft möchte ich ausschließlich mit Ihnen arbeiten.«

Ich setzte ein so höfliches wie erleichtertes Lächeln auf. »Aber sicher doch! Das ist Ihr gutes Recht, Ms. Bonnington.«

Heston sah aus, als hätte er irgendetwas Vergammeltes verschluckt. Ehe er Mutter und Tochter nach draußen in die Lobby geleitete, bedachte er mich mit einem Blick, der selbst die Arktis zum Frieren gebracht hätte. »Nächsten Dienstag bin ich zurück. Dann melde ich mich als Erstes bei Ihnen, Ms. Bonnington, und wir vereinbaren einen neuen Termin, um Ihre Pläne und Wünsche zu besprechen, ja?« Wenn er so weitermachte, kroch er gleich auf allen vieren vor Unterwürfigkeit.

Ulrika Bonnington schob sich den Riemen ihrer cremegoldenen Marc-Jacobs-Handtasche über die Schulter und warf mir einen letzten bitterbösen Blick zu. »Danke. Bei Ihnen weiß ich zumindest, dass ich mich in professionellen Händen befinde.«

Ich starrte zurück. Offenbar war sie es nicht gewohnt, dass ihr jemand die Stirn bot.

Heston tippelte den beiden hinterher, und ich sah ihnen nach, bis sie in einer Wolke aus teurem Parfüm und erbosten Kommentaren hinter der nächsten Ecke verschwunden waren. Am besten, ich wappnete mich schon mal für die verbale Abreibung, die Heston mir gleich verpassen würde.

Als er einige Minuten später zurückkehrte, knallte er so fest die Tür hinter sich zu, dass die Vorhänge an den Bürofenstern vor Empörung bebten. »Was, zum Henker, sollte das?«

»Das war eine Frage des Anstands, Heston. Dabei geht es doch nicht mal nur um Ivy und ihre Familie. Sondern auch um den Ruf von Castle Marrian.«

Heston sog die Wangen ein.

»Ich muss dir nicht erst erklären, dass Castle Marrian aktuell einen makellosen Ruf hat. Wenn wir jetzt Ulrika Bonningtons Forderungen nachgegeben hätten, hätte das ein PR-Desaster auslösen können.«

Heston öffnete seine schmalen Lippen, um etwas zu erwidern, schloss sie dann aber wieder.

Ich blickte ihm direkt in die Augen. »Offen gestanden gehe ich davon aus, dass die Marrians die Angelegenheit ähnlich gehandhabt hätten wie ich.«

Man konnte ihm förmlich ansehen, wie die Zahnrädchen in seinem Kopf zu arbeiten begannen. Die Marrians waren sofort bereit gewesen, für Ivys Sohn eine Ausnahme von der Regel zu machen und ihm eine Hochzeit am Weihnachtstag zu ermöglichen. Denn sie wussten genau, wie viele Jahre ihres Lebens Ivy bereits im Dienst des Hotels stand.

»Nun gut. Ja. Womöglich hast du recht.« Heston zupfte

sich die Manschetten an seinem gestärkten weißen Hemd zurecht, während ich mich wieder meinem Monitor zuwandte. Die Anzahl meiner ungelesenen E-Mails schien sich innerhalb der vergangenen halben Stunde verdoppelt zu haben.

»Ich bin mir sicher, Ulrika Bonnington wird darüber hinwegkommen«, bemerkte ich noch.

Aber Heston wirkte nicht sonderlich überzeugt.

Kapitel 6

Die restliche Woche verging wie im Flug. Zwischen meinen eigenen Terminen und denen, die ich von Heston übernommen hatte, blieb mir kaum Zeit zum Luftholen. Jedes Mal wenn ich daran dachte, wie er mit Pablo im spanischen Sonnenuntergang Sangria trank, bekam ich regelrecht Herzrasen vor Wut.

Natürlich mussten auch Vorgesetzte Urlaub machen. Aber doch nicht ausgerechnet jetzt und ohne Vorwarnung! Der April war in jedem Jahr der Monat, in dem ein regelrechtes Hochzeitsfieber ausbrach und sich ein Termin erbarmungslos an den nächsten reihte, sei es mit aufgeregten Brautpaaren oder mit neuen Floristinnen, Bands und anderen Dienstleistern, die uns ihr Angebot vorstellen wollten.

Manchmal fiel es mir richtig schwer, die Gesichter der Brautpaare, die nahezu alle aus wohlhabenden Familien stammten, auseinanderzuhalten. Alle seufzten entzückt, wenn sie die Hotelanlage mit ihrem romantischen Park besichtigten, um sich als Nächstes lobend über die dezente, aber überaus geschmackvolle Kunstsammlung des Hotels zu äußern. Und alle versuchten sie, einen besonders guten Termin zu ergattern. Manche von ihnen reservierten das Datum deshalb sogar bis zu anderthalb Jahre im Voraus.

Aber niemand von ihnen hatte sich je so niederträchtig benommen wie Ulrika Bonnington.

Abend für Abend fuhr ich mit vor Erschöpfung brennenden Augen nach Hause in meine Wohnung. Manchmal hatte ich das Gefühl, dass ich einen Nervenzusammenbruch erleiden würde, wenn ich nur noch eine einzige achtstöckige, mit Strasssteinen verzierte Hochzeitstorte oder eine weitere Stoffprobe aus französischem Seidentüll zu sehen bekäme.

Als ich Mitte der Woche meinen Eltern einen kurzen Besuch abstattete, sorgte sich meine Mutter, dass ich »nicht anständig essen« würde, und brachte mir am nächsten Abend Fischauflauf und an dem darauffolgenden Lasagne mit Salat und knusprigem Knoblauchbrot vorbei. Obwohl ich zu Fuß nur zehn Minuten die Straße hinauf wohnte, kam sie mit dem Auto, weil sie solche Essensberge dabeihatte, dass sie gefühlt kaum durchs Treppenhaus des Mehrfamilienhauses passte, in dem sich meine Wohnung befand. Als sie oben ankam, wirkte sie, als hätte sie sich durch einen feindseligen Dschungel zu mir durchkämpfen müssen.

Meine Eltern sprachen mich zwar beide immer wieder auf Grans Briefe und das wertvolle Erbe an, das sie mir hinterlassen hatte, aber ich wollte nichts davon hören. Ich bekam ja schon bei der bloßen Vorstellung Panik, ich müsste selbst ein Unternehmen führen! Es war einfach unrealistisch, sich einzubilden, jemand mit einem absoluten Mangel an betriebswirtschaftlichen Vorkenntnissen könnte einen Laden eröffnen.

Dann kam der Freitag mit einer Flut an Anrufen, unbeantworteten E-Mails und dringend notwendigen Vorbereitungen für die Bollywood-Hochzeit am Samstag, auf die ich mich ausnahmsweise einmal freute.

Nina und Dev, das Brautpaar, waren die vergangenen zwölf Monate lang mehr als angenehme Klienten gewesen, und es war immer wieder besonders schön, zu sehen, dass meine organisatorischen Bemühungen Früchte trugen, wenn sie auch von anderen wertgeschätzt wurden. Am Sonntag war mein freier Tag, und mein Plan bestand darin, ihn damit zu verbringen, zu schlafen, zu essen und die neusten Folgen *Haus des Geldes* auf Netflix zu schauen. Trotzdem bot ich Mum und Dad an, dass ich ihnen zur Hand gehen könne, falls sie weiter bei Gran ausmisten wollten. Mir gefiel der Gedanke nicht, dass Mum vielleicht wieder von Trauer übermannt würde und ich nicht bei ihr wäre.

Aber sie bestand darauf, dass ich mich entspannen sollte. »Dein Dad und ich kommen wunderbar allein zurecht. Gönn dir eine Pause, Liebes. Du musst dringend deinen Akku aufladen.«

Am Freitagmorgen stellte ich meinen Wagen auf dem Angestelltenparkplatz hinter Castle Marrian ab, der neben dem Gästeparkplatz, auf dem Lamborghinis, Porsches und Aston Martins in der Frühlingssonne blitzten, einen eher bescheidenen Anblick bot.

Auf Höhe der großen Frühlingssträuße aus cremefarbenen Rosen, zitronengelben Tulpen und lilafarbenen Iris hinter dem Eingang eilte mir unsere Rezeptionistin Carrie entgegen.

»Morgen, Carrie. Wie läuft's heute? Und wie geht's deinem entzückenden Sohnemann?«

Doch ihr hübsches Elfengesicht strahlte Besorgnis aus. Sie zögerte und hatte Schwierigkeiten, mir in die Augen zu sehen. »Morgen, Sophie. Carter geht's prima, danke. Im Augenblick ist er besessen von Tigern.« Sie trat nervös auf der Stelle. »Ich wollte dich vorwarnen, dass Taylor McKendrick hier ist, um mit dir zu reden.«

Hinter ihr schlenderten einige geschmackvoll gekleidete Gäste mit der Morgenzeitung unter dem Arm in Richtung Frühstückssaal.

Carries Warnung überraschte mich. Taylor McKendrick leitete die Personalabteilung der Cascada Marrian Hotel Group. Sie war gleichermaßen geachtet wie gefürchtet. Und sie stattete keine Höflichkeitsbesuche ab. Wenn sie sich unangekündigt blicken ließ, verhieß das nichts Gutes. Ein nervöses Kribbeln breitete sich in meiner Magengrube aus. Hatte ich das Management irgendwie gegen mich aufgebracht? Aber mir wollte nichts einfallen. »Oh, alles klar. Hat sie gesagt, worum es geht?«

Carrie schüttelte ihre brünetten Locken, aber ich konnte die unausgesprochene Anspannung von ihren grünbraunen Augen ablesen. Mit gesenkter Stimme erklärte sie: »Sie wartet in deinem Büro. Ich hab ihr vor fünf Minuten Kaffee gebracht.«

»Hoffentlich mit jeder Menge Zucker drin«, bemerkte ich und versuchte, meine Besorgnis hinter einem Lächeln zu verbergen. »Vielleicht entdeckt sie dann ja ihre süße Seite.«

Nachdem ich mich bei Carrie für die Warnung und den Kaffee für Taylor bedankt hatte, klackerte ich über den weißbraunen Schachbrettboden in Richtung Büro. Aus dem Spa dudelte beruhigende Harfenmusik, und der Duft von Zitrusduftkerzen und Aromaölen stieg mir in die Nase.

Was wollte Taylor McKendrick von mir? Und warum tauchte sie unangekündigt an einem Freitagmorgen hier auf, nur um sich mit mir zu treffen?

Meine Besorgnis nahm zu. Ich war mir zwar keines Fehlers bewusst, aber …

Ach, hör schon auf, dich in irgendwelche Katastrophenszenarien reinzusteigern, Sophie!

Hinter der Milchglasscheibe in meiner Bürotür machte ich Taylors große Gestalt aus. Ich hob die Hand, um zu klopfen, merkte aber noch rechtzeitig, dass ich mich vollkommen hirnrissig benahm. Das hier war *mein* Büro. Ich brauchte nicht anzuklopfen!

Aber diese Wirkung hatte die Frau auf die meisten Menschen. Ein strenger Blick von ihr, und man machte sich klein und konnte kaum mehr einen klaren Gedanken fassen.

Ich straffte die Schultern und strich meinen Zopf glatt. Dann setzte ich ein Lächeln auf, das gleichermaßen freundlich und professionell wirken sollte.

Als ich die Bürotür aufstieß, stellte Taylor die Kaffeetasse weg und schraubte sich aus dem Besucherstuhl hoch. Sie schien nur aus roten, spitzen Pumps und strengem blonden Bob zu bestehen. »Sophie. Sie sehen fantastisch aus.«

Ich wusste, dass sie log. Aufgrund meiner ständigen Spätschichten hatte ich dunkle Augenringe, und mein Teint war leichenblass. »Danke, Taylor, Sie ebenso.«

Ich war im Begriff, meinen taillierten Blazer auszuziehen, überlegte es mir unter Taylors prüfendem Blick aber noch im selben Moment anders, weil ich so professionell wie möglich wirken wollte.

Als ich mich hinter meinen Schreibtisch setzte, kam ich mir vor wie ein verlegener Teenager, der nicht wusste, wohin mit seinen Armen und Beinen. »Und, was gibt es Neues aus dem Hauptquartier in Glasgow?«, fragte ich.

Sie reagierte mit einem bedächtigen Blick. »Nichts Nennenswertes, danke der Nachfrage.«

Und warum bist du dann hier?

Ich fuhr den Rechner hoch und ertappte mich dabei, wie ich nervös mit der Maus herumspielte. Hastig bemühte ich mich, stillzuhalten. »Und? Welchem Umstand habe ich das Vergnügen Ihres Besuchs zu verdanken, Taylor?«

O Gott! Wieso rede ich wie jemand aus einer Schwarz-Weiß-Komödie aus den Fünfzigerjahren?

Langsam trank sie einen Schluck Kaffee, dann stellte sie Tasse und Untertasse mit einem resoluten Klirren auf meinem Schreibtisch ab. »Ich fürchte, ich bin nicht zum Plaudern hier, Sophie.«

So viel hatte ich mir schon gedacht. Plaudern war nicht Taylors Art. Mir schnürte sich die Kehle zusammen.

Sie lehnte sich auf ihrem Stuhl zurück und schlug elegant die durchtrainierten Beine übereinander. Das unangenehme Kribbeln in meinem Bauch wich einem flauen Gefühl. Was war hier los?

Aus ihren kühlen azurblauen Augen musterte sie mich von Kopf bis Fuß. »Leider muss ich Ihnen mitteilen, dass es eine Beschwerde gab.«

Verwirrt blinzelte ich Taylor an. »Wie bitte? Eine Beschwerde? Aber weshalb? Und von wem?«

Taylor verschränkte die manikürten Hände im Schoß. »Es handelt sich um eine Beschwerde über Sie.«

Mein Mund öffnete und schloss sich wie von selbst, sodass ich bewusst die Lippen zusammenpresste. Ein seltsamer Laut hallte durch mein Büro. Kurz fragte ich mich, woher er kam, dann begriff ich, dass ich es gewesen war, die ihn von sich gegeben hatte.

»Über mich?«, krächzte ich mit einem gezwungenen

Lacher. »Aber das verstehe ich nicht! Was soll ich denn getan haben?«

Die Morgensonne brach sich in Taylors gepflegter Frisur. Der Personalchefin war anzusehen, dass sie ihre folgenden Worte mit Bedacht wählte. »Es geht nicht um Ihre Arbeit, Sophie. Jeder hier weiß, dass Sie eine herausragende Hochzeitsplanerin sind.«

»Und worum bitte ging es dann bei dieser Beschwerde?« Ich hörte selbst, wie angespannt ich klang. »Ich hoffe, Sie verzeihen mir meine Verwirrung.«

In ihrem schnörkellosen dunkelgrauen Seidenkostüm rutschte Taylor auf ihrem Stuhl nach vorn. »Bedauerlicherweise handelte es sich um eine Beschwerde über Ihr Verhalten.«

Meine Augenbrauen schossen so weit nach oben, dass sie mit meinem Haaransatz zu verschmelzen drohten. »Mein … Verhalten? Entschuldigung, aber ich komme wirklich nicht mehr hinterher.«

»Die Beschwerde stammte von einer gewissen Ms. Ulrika Bonnington.«

Es dauerte etwas, bis die Information wirklich bei mir angekommen war. Doch dann wich mein anfänglicher Schock fassungslosem Lachen. »Das kann ja wohl nicht Ihr Ernst sein!«

Taylor hob die Hände zu einer beschwichtigenden Geste, die den Bernsteinring an ihrer rechten Hand zum Schimmern brachte. »Sie behauptet, Sie hätten sich bei Ihrem Termin am Montag ihr gegenüber nicht kompromissbereit gezeigt und ein unhöfliches und ablehnendes Verhalten an den Tag gelegt.«

»So ein Unsinn!«, rief ich. Vor meinem geistigen Auge tauchten Bilder von Ulrikas medusenähnlichen Extensions auf. »Sie wollte, dass wir die Hochzeit vom 22. Dezember auf Weihnachten verlegen. Ich habe mein Bedauern zum Ausdruck gebracht und ihr mitgeteilt, das sei unmöglich …«

Taylor unterbrach mich, indem sie mit gehobenen Brauen fragte: »Und wieso genau sollte das unmöglich sein?«

Was sollte das denn nun wieder heißen? »Das Problem ist, dass am 24. Dezember die Hochzeit von Ivy Dunsmuirs Sohn stattfindet. Sie kennen Ivy? Sie ist seit fünfundzwanzig Jahren als Hausdame bei uns beschäftigt und geht ihrer Arbeit stets mit Leib und Seele nach.« Meine Stimme troff förmlich vor Sarkasmus, aber das war mir egal.

Taylors linke Braue wanderte noch ein Stückchen weiter nach oben.

»Und Sie wissen ja selbst, dass in den Marrian Hotels am 24. normalerweise keine Hochzeiten und anderen größeren Events ausgerichtet werden. Sir und Lady Marrian legen Wert darauf, dass diese Zeit den Familien der Angestellten vorbehalten bleibt. Aber als ich ihnen erzählte, dass es um Ivys Sohn geht, waren sie sofort bereit, eine Ausnahme zu machen.«

Taylor nickte. »Sie haben recht, Sophie, ich kenne die Unternehmensgrundsätze. Immerhin arbeite ich seit zwölf Jahren für die Marrians.«

Erneut straffte ich die Schultern. So leicht würde ich die Vorwürfe nicht auf mir sitzen lassen. »Es hat sich noch nie jemand über meine Arbeit beschwert. Noch *nie!* Ich habe immer hervorragendes Feedback erhalten. Und Sie wissen das.« Ich öffnete meine Schreibtischschublade. »Hier drin habe ich einen ganzen Stapel Dankeskarten von glücklichen Paaren, die von meinem Organisationstalent schwärmen.« Sechs Karten als Stapel zu bezeichnen, war vielleicht ein wenig gewagt, aber sechs waren besser als nichts. *Hey-ho!* Die meisten Marrian-Bräute verschwendeten vermutlich einfach keinen Gedanken daran, dass sich andere Menschen Mühe gegeben hatten, um ihnen einen schönen Tag zu bereiten.

Taylors Stimme nahm einen versöhnlicheren Ton an. »Sophie, ich verstehe Sie doch. Wirklich.« Ihre raue Stimme sank noch einmal um eine Oktave. »Aber Sie dürfen nicht vergessen, was für ein finanzielles und soziales Potenzial Ulrika Bonnington und ihre Familie für dieses Haus bedeuten.«

Ich verdrehte die Augen. Mein Gerechtigkeitssinn hinderte mich daran, mich mit der Situation abzufinden. »Aber als sie gegangen sind, war Ms. Bonnington – wenn auch mit leisem Widerwillen – bereit, den 22. Dezember beizubehalten. Was hat sich seitdem geändert?«

Taylor atmete tief durch. Es war nicht zu übersehen, auf wessen Seite sie in Wahrheit stand.

Ich stieß hörbar die Luft aus, und gleichzeitig sog sie ihre roten Lippen ein. »Ms. Bonnington ist noch einmal in sich gekehrt und hat dabei den Eindruck gewonnen, eine Hochzeit am 24. würde ihrer Familie und unserem Haus langfristig deutlich mehr Publicity bringen. Zudem meinte sie, das Datum sei von größter persönlicher Bedeutung für sie, da ihre Eltern ebenfalls an Weihnachten geheiratet hätten. Anschließend hat sie angeboten, ihre Beschwerde fallen zu lassen, wenn Castle Marrian die Situation wieder geradebiegt.«

Eine rasende Wut kochte in mir hoch. Warum hatte Ulrika Bonnington den Hochzeitstag ihrer Eltern am Montag mit keinem Wort erwähnt? Die Antwort lag auf der Hand: weil sie sich die Geschichte nur ausgedacht hatte, damit sie ihren Willen bekam. Ich verschränkte die Arme. Mir war klar, was Taylor von mir wollte: dass ich kapitulierte. Sie erwartete, dass ich eine komplette Kehrtwendung machte, nur damit diese fürchterliche Furie Ulrika die Hochzeit von Ivys Sohn sabotieren konnte.

Ich schnappte nach Luft, versuchte, Ruhe zu bewahren. »Aber wir haben Ulrika Bonnington doch bereits erklärt, dass der 24. Dezember nicht mehr zur Verfügung steht. Und ich habe ihr versichert, dass ihre Eispalast-Hochzeit am 22. spektakul…«

Taylor unterbrach mich mit einer unwirschen Geste. »Sie lassen eine Menge Geld hier, Sophie, aber das wissen Sie ja sicherlich selbst. Und dann all die Magazinartikel in Verbindung mit der Wichtigkeit des Datums für die Familie …«

Wütend rieb ich mir die Stirn. »Ich glaube nicht, dass ihre Eltern am 24. geheiratet haben. Weder Mutter noch Tochter haben das Thema am Montag mit einem Wort erwähnt.« Ich bemühte mich, nicht hysterisch zu klingen. »Dann sind Sie also wirklich bereit, die Hochzeit von Ivys Sohn zu verschieben, nur um es dieser fiesen kleinen Barbiepuppe recht zu machen?«

Missbilligend verzog Taylor die Lippen zu einem dünnen Strich. Eisiges Schweigen folgte. Nur das leise Dudeln der Spa-Musik war noch zu hören. »Sophie. Ich bin mir sicher, wenn Sie Ivy im Detail erklären, worum es hier geht, wird sie sofort einverstanden sein, die Hochzeit ihres Sohns auf den 22. zu verschieben.« Sie warf mir einen vielsagenden Blick zu. »Und sobald Sie sich bei Ms. Bonnington entschuldigt haben, können wir diese unglückliche Angelegenheit hoffentlich hinter uns lassen und noch einmal von vorn mit ihr anfangen.«

Ich schoss auf meinem Bürostuhl nach vorn. Alles drehte sich. Wie konnte die Welt nur so ungerecht sein? Mein Hauptproblem lag noch nicht einmal darin, dass ich mich bei dieser fürchterlichen Frau entschuldigen musste. Was mich wirklich wütend machte, war die allgemeine Bereitschaft, Ivy und ihrem Sohn Umstände zu bereiten. Sie war eine hart arbeitende, freundliche Frau und tausendmal mehr wert als Ulrika Bonnington. »Das wird ja immer besser«, stieß ich hervor und ließ mich mit verschränkten Armen wieder zurücksinken. »Ich soll also Ivys Hochzeit verschieben *und* mich bei Ulrika Bonnington entschuldigen?«

Taylor reckte das Kinn. »Wenn's ums Geschäft geht, muss man manchmal eben in den sauren Apfel beißen.«

In den sauren Apfel beißen?

Inzwischen hämmerte mir der Puls so laut in den Ohren wie der Bass auf einer Techno-Party.

»Dann kann ich also darauf zählen, dass Sie diese unangenehme Situation direkt aus der Welt schaffen? Und danach müssen wir hoffentlich nie wieder ein Wort darüber verlieren.« Taylor stand auf und glättete sich mit zufriedener Miene den Rock.

Ich antwortete nicht. Ich *konnte* einfach nicht. Stattdessen sah ich mich nur wortlos in meinem Büro um, musterte den Schreibtisch, die Vorhänge, die leuchtend grüne Gartenlandschaft dahinter.

Taylor war auf ihren turmhohen Absätzen schon auf dem Weg zur Tür. »Danke für Ihre Kooperation, Sophie. Ich fahre jetzt zurück ins Büro und teile Ms. Bonnington mit, dass alles für sie geregelt ist und Sie sich heute noch bei ihr melden werden.« Sie rückte ihre Handtasche zurecht. »Und mit Nancy werden Sie sich bestimmt ebenfalls einig werden.«

Wie in Zeitlupe stand ich auf und stützte mich mit beiden Händen so fest gegen die Schreibtischkante, dass es wehtat. In meinem Kopf herrschte ein einziger Orkan aus schwierigen Entscheidungen und widersprüchlichen Gedanken. »Ihr Name lautet Ivy«, stieß ich hervor. »Der Name unserer treuen Mitarbeiterin lautet Ivy.«

Taylor, die bereits im Türrahmen stand, musterte mich gewollt verlegen. »Ach, wie dumm von mir. Namen konnte ich mir noch nie gut merken. Aber natürlich, Ivy, sicher.«

Ich beobachtete, wie sie sich davonstehlen wollte. »Taylor?« Meine Stimme glich eher einem Knurren, aber die Personalchefin schien meinen veränderten Tonfall nicht einmal zu bemerken.

Mit einem ungeduldigen Lächeln auf den Lippen drehte sie sich noch einmal zu mir um. »Gibt es sonst noch etwas zu besprechen? Da ich schon einmal hier bin, würde sich das natürlich anbieten.« Sie lachte gekünstelt auf.

Die endlosen Überstunden, die unzähligen E-Mails, all die Nächte, in denen ich wach lag und über Brautsträuße, Schokoladenhochzeitstorten und Eisskulpturen grübelte – das alles zog wie ein Film vor meinem geistigen Auge vorbei. Wie Heston immer öfter Aufgaben »delegierte«, sodass ich kaum mehr wusste, wo mir der Kopf stand.

Ich war gut in dem, was ich tat. Aber was sich hier gerade abspielte, konnte ich nicht mit meinem Gewissen vereinbaren.

Ich würde das nicht machen. Konnte es gar nicht. Offenbar war Taylor nicht bewusst, wie inakzeptabel ihre Forderung war. Was sie da von mir verlangte, war moralisch gesehen durch und durch falsch. Mit der Entschuldigung hätte ich leben können. Irgendwie wäre es mir schon gelungen, sie herauszuwürgen, um den Ruf des Hotels zu wahren.

Aber wie hier langjährige, treue Angestellte behandelt wurden, ging mir grundlegend gegen den Strich. Und ich würde da nicht mitmachen.

Mit diesem Gedanken im Kopf informierte ich eine vollkommen verblüffte Taylor über meine Entscheidung – und wagte den Schritt in eine neue Zukunft.

»Ich kündige.«

Kapitel 7

»Du hast was?!« Mum schluckte. »Aber das … das …«

Wir standen zu dritt bei meinen Eltern im Flur, und soeben hatte ich ihnen mitgeteilt, dass ich vor zwei Stunden meinen Job gekündigt hatte.

Um ehrlich zu sein, kam ich aktuell noch nicht einmal selbst richtig hinterher. Doch ich hielt den Kopf hocherhoben und hoffte, dass ich überzeugter und selbstsicherer klang, als ich mich fühlte. Zweifel nagten an mir – aber sobald die Panik überhandzunehmen drohte, schlug mir mein Gewissen anerkennend auf den Rücken. »Sie haben etwas von mir erwartet, das ich einfach nicht übers Herz gebracht hätte, Mum. Was sie da von mir wollten, war einfach falsch.«

Dad winkte uns ins Wohnzimmer, wo ich mich auf ihr weiches Ledersofa sinken ließ.

»Was genau ist denn passiert?«, hakte Mum nach und wechselte einen besorgten Blick mit Dad, der im Sessel neben ihrem Platz genommen hatte.

Sie hörten sich die Geschichte an, die mir mit Ulrika Bonnington widerfahren war. »Und dann hat sie zu guter Letzt auch noch Beschwerde gegen mich eingelegt und eine Entschuldigung gefordert.«

Die Mienen der beiden waren schwer zu deuten, aber Mum wirkte besorgter als Dad, so viel war sicher.

»Die PR- und Personalleute haben Angst bekommen, dass die Bonningtons ihr Geld vielleicht anderswo ausgeben würden und wir die Magazin-Publicity verlieren könnten, die so ein Event mit sich bringt.«

»Und was geschieht jetzt mit der Hochzeit vom Sohn dieser Ivy?«, fragte Dad nach kurzem Schweigen.

Ich atmete tief durch. »Mein Abschiedsgeschenk an Taylor McKendrick – das ist die Personalchefin – war die Drohung, dass ich mich direkt an die Presse wende, sollte auch nur das Echo eines Gerüchts an meine Ohren dringen, dass die Hochzeit verschoben wird.«

»Ach Sophie ...« Mum stöhnte händeringend. »Das ist Erpressung!«

»Das ist mir bewusst, Mum. Aber was sollte ich denn tun? Ich hätte Ivy nie mehr in die Augen schauen können.«

Dad nickte verständnisvoll. »Und diese Personalerin hat sich darauf eingelassen?«

»Sie hat versprochen, die Hochzeit von Ivys Sohn nicht zu verschieben. Ulrika Bonnington wird wie gehabt am 22. Dezember heiraten müssen. Sollte sie ihre Meinung doch noch einmal ändern, weiß sie, dass die Geschichte in der Zeitung landet.«

»Ich wette, das wird dieser verwöhnten Göre gar nicht schmecken«, brummelte Dad.

»Oh, wie ich gehört habe, war sie einverstanden«, stieß ich erbost hervor. »Allerdings erst, sobald sie erfahren hat, dass ich gekündigt habe und Castle Marrian ihr einen Rabatt von fünfundzwanzig Prozent auf sämtliche Ausgaben im Hotel gewährt. Es heißt, dass ich keinen Job mehr habe, hätte sie deutlich mehr gefreut als der Preisnachlass.« Ich schüttelte den Kopf. »Immerhin kann Ivys Sohn jetzt weiterhin am 24. Dezember heiraten, und ich muss mir nicht den Zirkus um Ulrika Bonningtons Eispalast-Hochzeit antun.«

Bei der Vorstellung empfand ich einen Anflug von Befriedigung.

Ungefähr eine Stunde nachdem ich wie in Watte gehüllt meinen Schreibtisch geräumt und auf wackligen Beinen das Castle Marrian verlassen hatte, war ein Anruf von der Rezeptionistin Carrie bei mir eingegangen. Auf dem Weg in die Kaffeepause hatte sie belauschen können, wie Taylor Ulrika Bennington berichtete, dass ich nicht mehr für die Gruppe arbeiten würde. Es hatte wohl einen hitzigen Austausch gegeben. Richtig zufrieden war Ulrika nach allem, was Carrie gehört hatte, zwar trotzdem nicht damit gewesen, beim Datum Kompromisse eingehen zu müssen, aber am Ende war ihr keine andere Wahl geblieben, als sich darauf einzulassen.

»Ich glaube, die Neuigkeit, dass ich gekündigt habe, hat ihr einen kurzen Kick gegeben, der aber schnell wieder verflogen ist, als sie erfahren hat, dass sie ihren Wunschtermin ausgerechnet an eine Reinigungskraft verloren hat.«

»Dann hast du deinen Job also aus Prinzipientreue aufgegeben?«, fragte Dad.

Ich musterte die cremefarbenen Wände und den Kaminsims voller Fotos von uns dreien und Gran. »Na ja, zumindest teilweise. Dazu kamen noch die vielen Überstunden und wie Heston manchmal mit mir umgesprungen ist …« Ich warf Mum einen flehenden Blick zu. Hoffentlich konnte sie meine Entscheidung zumindest ansatzweise nachvollziehen. »Die Bonnington-Hochzeit war am Ende nur der Tropfen, der das Fass zum Überlaufen gebracht hat.«

Mum wirkte dennoch besorgt. »Liebes, ich weiß doch, wie wichtig dir deine Prinzipien sind. Und ich finde das toll, ehrlich! Aber Prinzipien bezahlen nun mal keine Rechnungen.«

Ich setzte ein Lächeln auf. »Das weiß ich doch. Und ich werde mich umgehend auf die Suche nach einem neuen Job machen.«

»Du tust so, als wäre das super easy, Sophie.« Dad verzog das Gesicht. »Ich glaube, du vergisst, wie hoch die Arbeitslosenquote aktuell ist.«

Da hatte er recht. O Gott. Ich war arbeitslos! *So* hatte ich das noch gar nicht betrachtet! Ich hoffte, dass meine Eltern mir den kurzen Panikmoment nicht anmerkten. »Ich habe einen Abschluss in Eventmanagement«, beeilte ich mich zu sagen. »Ich bin sicher, dass ich schnell etwas Neues finde.«

Mum machte eine grimmige Miene. »Weiß der Himmel, wann das sein wird.«

»Danke auch für deine Unterstützung, Mum. Wenn Gran noch hier wäre …« Ich ließ den Satz unbeendet in der Luft hängen.

»Du meinst, im Gegensatz zu mir hätte sie deine Entscheidung verstanden«, ergänzte Mum.

»So habe ich das nicht gesagt.«

Nun mischte sich auch Dad ein. »Nun kommt schon, ihr beiden. Der Drops ist doch sowieso gelutscht.«

Angespanntes Schweigen senkte sich über das Wohnzimmer, dann hob Dad einen Finger, und auf seinem wettergegerbten Gesicht erschien ein verschmitztes Lächeln. »Deine Gran! Aber natürlich! Wir sitzen hier und sorgen uns um deine Zukunft, dabei ist die Lösung so offensichtlich!«

Ich blinzelte verwirrt. »Wie meinst du das, Dad?«

»Jetzt sag bloß nicht, du hast ihren Vorschlag mit dem Porzellanwarenladen schon vergessen?« Dad wechselte einen Blick mit Mum. »Ich habe die Kartons allesamt im Gästezimmer untergebracht.«

Natürlich hatte ich Grans Briefe und das Porzellan nicht vergessen. Aber die Vorstellung, ohne jede Erfahrung einen eigenen Laden zu eröffnen, machte mir einfach zu viel Angst. Ich wusste, dass meine Großmutter nur die besten Absichten gehabt hatte, und liebte sie dafür noch ein kleines bisschen mehr. Aber nichtsdestotrotz war es eine Schnapsidee … oder?

»Kenny, das war doch nur eine der üblichen Spinnereien meiner Mutter. Ich glaube nicht, dass sie je geglaubt hat, Sophie würde wirklich einen Laden eröffnen.«

»Und warum dann die ganze Geheimniskrämerei? Und vor allem: Wieso hat deine Mutter dann keine Kosten und Mühen gescheut, um den Laden zu kaufen?«, warf Dad ein.

Meine Mum gab einen abschätzigen Laut von sich, aber Dad achtete nicht weiter auf sie. »Nun sieh es dir doch wenigstens mal an, Spatz«, sagte er stattdessen zu mir. »Und sprich mit Mrs. Cotter. Du hast doch nichts zu verlieren.«

Mein gesunder Menschenverstand saß auf meiner linken Schulter, die Leidenschaft auf der rechten. Und beide redeten auf mich ein. Dad hatte recht. Wenn es Gran nicht ernst mit ihrer Idee gewesen wäre, warum hätte sie dann die Teeservice beschaffen und Mrs. Cotters Ladenlokal kaufen sollen?

Ich presste die Lippen zusammen. Normalerweise war ich nicht so unentschlossen, sondern eher eine Macherin. Die Aussicht, wochenlang herumzusitzen, mich in Selbstmitleid zu suhlen und über die Frage zu grübeln, ob es richtig oder falsch gewesen war, Castle Marrian zu verlassen, war mehr als deprimierend. Ähnlich deprimierend wie die Aussicht, die Zeit bis zu meinem nächsten Job vor dem Fernseher totzuschlagen.

Für jemanden in meiner Situation war Grans Erbe ein Geschenk – wenn auch ein verdammt großes und beängstigendes.

Aber die Vorstellung, zumindest zu versuchen, meine eigene Chefin zu sein, hatte durchaus ihren Reiz. Herauszufinden, ob ich wirklich das Zeug dazu hatte, Grans Glauben an mich gerecht zu werden. Vielleicht steckte ja sogar ein tieferer Sinn dahinter, dass ich meiner Arbeit im Castle Marrian den Rücken gekehrt hatte?

Mein Ex Callum hatte sich ständig mit sarkastischen Kommentaren über mich lustig gemacht, wenn ich von schönem oder seltenem Porzellan schwärmte, das ich irgendwo entdeckt hatte. »Ein klarer Fall von unnützem Wissen«, war einer seiner Lieblingssprüche gewesen. »Jedenfalls bezweifle ich, dass es dir irgendwann mal von Nutzen sein wird.«

Bei dem Gedanken daran, ihm das Gegenteil zu beweisen, breitete sich ein Kribbeln in meinem Bauch aus. Die Vorstellung war aufregend und verlockend zugleich.

Die gesamte vergangene Woche über hatte ich versucht, nicht an Gran und das Geschirr zu denken und die ganze Idee als bloße Marotte von ihr abzutun. Aber jetzt …

Ich sprang auf. »Gleich heute Nachmittag rufe ich Mrs. Cotter an und frage sie, ob ich morgen im A Bloom with a View vorbeischauen darf. Ein kleiner Plausch mit ihr kann ja nicht schaden.«

Mum wirkte weiterhin wenig überzeugt und warf Dad einen missbilligenden Blick zu. Doch er war längst aufgesprungen und klatschte in die Hände. »Das klingt doch nach einem Plan. Und jetzt ein Tässchen Tee für alle?«

Kapitel 8

Am nächsten Morgen erwachte ich mit dem Gefühl, ein schweres Gewicht würde auf meiner Brust lasten. Es war Samstag, der Tag, an dem Nina und Dev heirateten. Sie waren so ein nettes Paar, und die Zusammenarbeit mit ihnen hatte Spaß gemacht.

Frustriert stöhnend steckte ich den Kopf unter das Kissen. Erst nach und nach wurde mir bewusst, welche Konsequenzen meine Kündigung hatte.

Heute hätte ich eigentlich noch arbeiten müssen, aber Taylor hatte darauf bestanden, mich sofort freizustellen. Das Thema Castle Marrian war damit ein für alle Mal für mich erledigt.

Einzelne Sonnenstrahlen tasteten sich an meinen lavendelfarbenen Baumwollvorhängen vorbei über meine weiße Bettdecke. Wie es aussah, hatten Nina und Dev Glück mit dem Wetter. Ihre Hochzeitsfotos würden vor dem Hintergrund dieses strahlenden Frühlingstags sicherlich besonders schön werden. Ich freute mich für die beiden, sie hatten es verdient.

Ich schob die Hand unter der Decke hervor und tastete nach meinem Handy auf dem Nachttisch.

Sobald ich es eingeschaltet hatte, gab es eine lange Reihe von Pieptönen von sich. Nachdem ich gestern direkt meinen Schreibtisch hatte räumen müssen, hatte ich es bewusst ausgeschaltet, weil ich vorerst mit niemandem über meine Entscheidung reden wollte – insbesondere nicht mit meinen

Kolleginnen und Kollegen. Ich hatte erst einmal selbst begreifen müssen, was da eigentlich passiert war.

Nun zahlte ich den Preis für meine Entscheidung: Meine Mailbox platzte fast vor Nachrichten.

Die erste stammte von Ivy, die vom Rezeptionspersonal erfahren hatte, dass Taylor eine kurze, knapp formulierte Rundmail geschrieben hatte, in der es hieß, ich sei »mit sofortiger Wirkung« von der Arbeit für die Cascada Marrian Group freigestellt. Man danke mir »für die hervorragende Arbeit während der vergangenen drei Jahre«, zudem glaube Taylor, im Namen aller zu sprechen, wenn sie »Sophie alles Gute für ihren zukünftigen Lebensweg« wünsche.

»Ruf mich bitte an, Liebes«, tönte Ivys besorgte Stimme von meiner Mailbox. »Hier brodelt die Gerüchteküche. Derek vom Empfang behauptet, deine Kündigung hätte was mit einer Auseinandersetzung wegen Tonys Hochzeit zu tun, und ich wüsste gern, ob das stimmt.«

Ich nagte an meiner Unterlippe. Ich würde mich später bei Ivy melden. Sie klang aufgewühlt, und ich selbst war nach allem, was in den vergangenen vierundzwanzig Stunden passiert war, noch so durcheinander, dass ich mich für ein Gespräch mit ihr nicht gewappnet fühlte. Es würde sicher nicht leicht werden, ihr klarzumachen, dass ich aus Gewissensgründen gekündigt hatte und sie sich deswegen nicht schlecht zu fühlen brauchte. Und wenn diese Entscheidung bedeutete, dass ich mich nur noch von Baked Beans ernähren und in ständiger Angst vor der nächsten Heizkostenabrechnung leben musste, dann war es eben so.

Die nächste Nachricht war unterkühlt und stammte von Taylors Personalteam. Es ging um meine restlichen Urlaubstage, die man mir gern ausbezahlen würde (was aus meiner Sicht das Mindeste war, das sie für mich tun konnten). Es folgte eine hysterische Message von Heston aus Spanien. »Sophie, was ist da los, verdammt noch mal? Ich hab gerade einen Anruf von der Eiskönigin bekommen. Sie behauptet, du hättest gekündigt!«

Im Hintergrund konnte ich spanische Wortfetzen und das Rauschen des Mittelmeers hören.

»Ruf mich auf der Stelle an, Sophie. Ich hoffe doch sehr, dass das alles ein Irrtum war. Du ruinierst Pablo und mir nämlich gerade unseren wohlverdienten Urlaub!«

Ich bedachte mein Handy mit einem Augenrollen. Heston hatte doch nur Angst, weil ihm sein zuverlässigster Ackergaul davongelaufen war.

Die nächste Nachricht nahm mich ähnlich mit wie die von Ivy. Sie stammte von Nina und war erst wenige Minuten alt. Die angehende Braut klang sehr betrübt. »Ich habe hier auf Castle Marrian übernachtet«, sagte sie und schniefte. »Mensch, ich hatte mich so gefreut, vor der Zeremonie mit dir zu sprechen.« Nach einer kurzen Pause fuhr sie fort: »Dev und ich haben dir ein kleines Geschenk besorgt, weil du dich so für unsere Hochzeit ins Zeug gelegt und meine vielen Launen ertragen hast.«

Mit einem traurigen Lächeln klemmte ich mir das Handy ans Ohr. Nina hatte offenbar keine Ahnung, was »viele Launen« tatsächlich bedeutete. Ich blinzelte gegen die Tränen an, die mir plötzlich in den Augen brannten.

»Ruf mich zurück, wenn du Zeit hast, ja?«, sagte sie noch, dann legte sie auf.

Ich richtete mich in meinem Bett auf und warf einen Blick

in meinen langen Spiegel aus hellgebeiztem Holz. Ich sah aus wie eine Vogelscheuche, und meine Haare erinnerten an eine Löwenzahnblüte.

Nachdem ich erfolglos versucht hatte, meine Frisur zu bändigen, gab ich mich geschlagen und rief Nina zurück. Sobald sie abnahm, setzte ich zu einer wortreichen Entschuldigung an. Ich hatte Angst, in Tränen auszubrechen, wenn ich aufhörte zu reden. »Heute um zwei werde ich fest an Dev und dich denken. Ich wünschte wirklich, ich hätte dabei sein können. Es tut mir so leid.«

»Ich bin mir sicher, dass es für deine Kündigung gute Gründe gegeben haben muss. Aber ein Schock war es trotzdem, als mir die Kosmetikerin im Spa gestern davon erzählt hat. Der heutige Tag wäre ohne dich so nicht möglich gewesen.« Ich konnte Nina anhören, dass sie lächelte. »Da Dev und ich dir unsere kleine Aufmerksamkeit heute nicht persönlich überreichen können, würden wir sie dir gern in deine Wohnung schicken lassen.«

Ich biss mir auf die Lippe. Ihre Worte hatten mir einen Stich ins Herz versetzt. »Wie lieb von euch. Aber das ist wirklich nicht nötig.«

Doch Nina war nicht bereit, ein Nein zu akzeptieren. »Aber natürlich ist es nötig! Nun gib mir schon deine Adresse. Sonst muss ich noch einen Privatdetektiv anheuern.«

Lächelnd nannte ich ihr meine Adresse. »Ehrlich, Nina, es tut mir so leid, aber mir blieb keine andere Wahl, als Castle Marrian zu verlassen. Alles andere hätte mir mein Gewissen nicht erlaubt.«

»Ja, das ist mir auch schon zu Ohren gekommen«, erwiderte sie finster. »Ich musste diesen schwedischen Mitarbeiter an der Rezeption förmlich grillen, damit er mir die ganze Geschichte erzählt.«

Obwohl ich einen dicken Kloß im Hals hatte, musste ich lachen. Der arme Casper!

»Manchmal muss man einfach seinem Herzen folgen. Das ist vielleicht kein großer Trost, aber ich bin mir sicher, du hast das Richtige getan. Es gibt kaum etwas Schlimmeres, als nicht mehr in den Spiegel sehen zu können.«

Nach unserem Telefonat, das damit geendet hatte, dass Nina mich fragte, wie es beruflich für mich weitergehen solle, worauf ich selbst keine Antwort hatte, fühlte ich mich leer und ausgebrannt.

Ich beschloss, nicht mehr zurückzublicken. Castle Marrian war jetzt Teil meiner Vergangenheit, und mit meiner Entscheidung zu hadern, half mir nicht weiter.

Mit einem Blick auf die Leuchtziffern auf meinem Wecker fuhr ich hoch. Verflixt! Ich musste sofort aufstehen und mich fertig machen! In einer Stunde war ich mit Mrs. Cotter verabredet.

Es kam mir so vor, als würde ich mir selbst von außen dabei zuschauen, wie ich duschte und anschließend meine Lieblingsjeans und eine hellrosa Bluse mit Schalkragen und passendem Cardigan anzog. Es fühlte sich seltsam an, nicht zu einem meiner Businesskostüme zu greifen.

Während ich in meinen Cornflakes herumrührte, versicherte ich mir ungefähr zum zehnten Mal an diesem Morgen, dass ich meine Entscheidung nicht bereute.

Gleich würde ich mich mit Mrs. Cotter unterhalten und herausfinden, ob es in Briar Glen überhaupt Laufkundschaft gab. Dann würde ich mich mit der Briar Glen Business Association auseinandersetzen müssen, wo mir hoffentlich jemand helfen konnte, einen Businessplan zu erstellen und mich bezüglich der Finanzierung zu beraten. Und wie warb man eigentlich für einen Porzellanwarenladen und …? *Ach, verdammt noch mal!* Die Fragen nahmen einfach kein Ende. Tief in mir flammte wieder einmal Panik auf, aber ich ignorierte sie geflissentlich.

Nachdem ich mir die Zähne geputzt und mir ein letztes Mal den Pferdeschwanz zurechtgezupft hatte, wollte ich mich auf den Weg zum Blumenladen machen, als es unerwartet an meiner Wohnungstür klopfte.

Hinter der Milchglasscheibe konnte ich einen vertrauten kurvenreichen, etwas gedrungenen Umriss ausmachen. »Ivy?«

Ich zog die Tür auf – und da stand sie mit einem riesigen Strauß gelber Rosen, bunter Gerbera und rosa Tulpen im Arm vor mir. Irgendwie gelang es ihr, mich, ohne den Strauß loszulassen, an ihren üppigen, unter einem weiten roten Regenmantel verborgenen Busen zu drücken. Ihr kastanienbraun gefärbtes Haar war frisch onduliert und verströmte leisen Haarsprayduft.

Ich bat sie in mein Wohnzimmer, wo sie mir die Blumen überreichte. »Womit habe ich die denn verdient?«, fragte ich. »Die sind ja wunderschön.«

Ivy streifte ihren Regenmantel ab und machte es sich auf meinem Sofa bequem. »Womit du die verdient hast? Und da fragst du noch?« Sie warf mir einen strengen Blick zu. »Ich kann das nicht zulassen, Sophie. Das wäre einfach nicht richtig.« Ungläubig schüttelte sie den Kopf. »Ich kann einfach nicht fassen, dass du das wirklich getan hast.«

»Aber Ivy, das war doch selbstverständlich.« Ich musterte die Blumen. »Die sind wunderschön, danke.« Schnell verschwand ich in der Küche und stellte den riesigen Strauß in eine Vase. Dann kehrte ich zu Ivy ins Wohnzimmer zurück und setzte mich ihr gegenüber auf meinen Sessel.

»Warum rufst du nicht gleich am Montagmorgen Ms. McKendrick an und sagst ihr, dass Tony und Sonya selbstverständlich gern bereit sind, ihre Hochzeit zu verschieben?«, fragte sie flehentlich.

Ich schüttelte so heftig den Kopf, dass mir ein Schleudertrauma drohte. »Nein, Ivy. Hier geht es ums Prinzip. Dass dein Sohn am 24. Dezember heiratet, steht seit Monaten fest, und ich bin nicht bereit zu springen, nur weil irgend so ein verwöhntes kleines Mädchen mit der Peitsche knallt.«

Ivy nahm meine Hand, und ich spürte ihren kühlen Ehering an meinen Fingern.

»Ich habe Taylor McKendrick gedroht, mich an die Presse zu wenden, sollte sie Tonys Hochzeit doch verschieben wollen.« Plötzlich kam mir ein schrecklicher Gedanke. »O nein. Das hat sie doch nicht etwa, oder? Ich meine, euch zu überreden versucht, dass ihr auf ein anderes Datum ausweicht?«

»Nein, keine Sorge.« Ivy warf mir einen dankbaren Blick zu. »Du weißt doch, wie besessen das Management vom Thema Publicity ist.« Sie senkte die Stimme zu einem verschwörerischen Flüstern, obwohl wir in meiner Wohnung allein waren. »Nachdem du gegangen bist, hat Ms. McKendrick mit mir reden wollen. Als ich die Nachricht bekam, dass ich in deinem Büro erwartet werde, dachte ich erst, ich hätte wieder den Mopp an der Rezeption vergessen.« Sie schürzte missbilligend die Lippen. »Sie war zuckersüß und meinte, Castle Marrian würde dafür sorgen, dass Tonys und Sonyas Hochzeit für alle Beteiligten ein unvergessliches Ereignis wird. Aber dich hat sie mit keinem Wort erwähnt. Diesen Teil der Geschichte habe ich erst von dem schwedischen Burschen erfahren, der an der Rezeption arbeitet.« Aus großen Augen sah sie mich an. »Aber dass du dafür deine Arbeit verlierst?!«

Wieder einmal griff die Erkenntnis, dass ich nun arbeitslos war, mit eiskalter Hand nach meinem Herzen. Aber der Gedanke an Grans Erbe und meinen Termin mit Mrs. Cotter hielt mich aufrecht. »Mach dir darüber keine Gedanken«, versicherte ich ihr nach kurzem Schweigen. »Ich bin mir sicher, dass sich in dieser Hinsicht schon bald etwas tun wird.«

Ivys stahlgraue Augen funkelten vor Optimismus. »Hast du etwa schon eine Alternative in Aussicht? Jemand von deinem Kaliber dürfte sicherlich keine Schwierigkeiten haben, eine neue Anstellung zu finden.«

Ich rutschte in meinem Sessel herum. »Ja … Nein … Also … Na ja, vielleicht.«

»Oh, nun hör schon auf, mich auf die Folter zu spannen, junge Dame! Worum geht's?«

Mir war zwar bewusst, dass ich es war, die die Worte aussprach, aber es fühlte sich trotzdem so an, als hätte jemand anders sie gesagt. »Ich überlege, ein Geschäft zu eröffnen. Einen Porzellanwarenladen.«

Ivy klappte die Kinnlade herunter. »Also, das gibt's ja nicht! Damit hätte ich im Leben nicht gerechnet!«

»Ich auch nicht«, gestand ich und lachte nervös.

»Mir war gar nicht bewusst, dass du dich für Porzellan interessierst«, bemerkte Ivy.

»O doch, immer schon! Diese Leidenschaft habe ich meiner Großmutter zu verdanken. Sie konnte aus drei Meilen Entfernung ein Royal Doulton von einem Royal Albert unterscheiden.«

»Sie ist kürzlich verstorben, richtig?«

Ich nickte. »Ja, das war ein ziemlicher Schock.«

»Leider ist man nie dafür gewappnet, einen geliebten Menschen zu verlieren.«

»Ihr Tod war nicht der einzige Schock.« Ich seufzte tief. »Wie sich herausstellte, war meine Großmutter im Besitz einer ganzen Reihe seltener Teeservice, die ich versteigern lassen soll.«

»Oh.«

»Und das war noch nicht alles. Sie hat mir außerdem ein ganzes Ladenlokal hinterlassen, in dem ich mein Geschäft eröffnen soll.«

»Oh!« Ivys Gesichtsausdruck war einfach unbezahlbar. »Nicht dein Ernst. Das gibt's ja nicht!«

»Unglaublich, oder?« Ich gab einen fassungslosen kleinen Lacher von mir. »Bei dem Laden handelt es sich um Mrs. Cotters Geschäft unten im Dorfkern.«

»Die kleine Blumenhandlung?«, fragte Ivy, der die Kinnlade inzwischen bis zu den Knien zu hängen schien.

»Genau die.«

»Und wie geht es dir damit? Gefällt dir die Idee deiner Großmutter?«

Ich sah aus dem Wohnzimmerfenster. Und auf einmal brachen all die angestaute Nervosität und Sorge aus mir hervor. »Weißt du, ich habe keine Ahnung, woher sie das Geschirr hatte und wie sie sich diesen Laden leisten konnte.« Ich schüttelte den Kopf. Nun ja, Gran hatte im Laufe der Jahre so manche Überraschung für uns bereitgehalten. »Ich weiß nur, dass ich Angst habe, ihre Erwartungen nicht erfüllen zu können.«

Ivy hörte mir aufmerksam zu und drückte mir am Schluss aufmunternd die Hand.

Nachdem ich ihr mein Herz ausgeschüttet hatte, fühlte ich mich richtiggehend ausgelaugt. »So, nun kennst du die ganze Wahrheit«, murmelte ich.

Der Ausdruck auf Ivys rotwangigem Gesicht hätte im Lexikon unter dem Wort »verblüfft« abgebildet werden können. Doch sie fing sich schnell wieder. »Wenn du wirklich so entschlossen bist, Castle Marrian den Rücken zu kehren, dann weißt du meiner Meinung nach, was jetzt zu tun ist.« Sie beugte sich vor, und ihre abgetragenen braunen Lederschuhe knarzten. »Deine Grandma war der Meinung, du schaffst das. Und ich bin es auch.«

Ich warf ihr einen fragenden Blick zu.

»Wenn du es jetzt nicht versuchst, wirst du dir den Rest deines Lebens lang die Frage stellen, was wohl gewesen wäre, wenn.« Sie lachte leise. »Und glaub mir, das ist etwas, das du dir lieber ersparen möchtest.«

Und damit erhob sie sich vom Sofa. Ich stand ebenfalls auf, und sie zog mich in ihre warmen Arme und hielt mich eine Weile fest. »Danke, Sophie. Wir wissen sehr zu schätzen, was du für uns getan hast.« Sie hielt mich auf Armeslänge von sich. »Ich werde zu deinen ersten Kundinnen gehören, das verspreche ich dir. Es ist ohnehin an der Zeit, dass Len und ich uns eine neue Teekanne besorgen.«

Sobald Ivy nach mehrfachen Versicherungen, dass wir in Kontakt bleiben würden, gegangen war, beschloss ich, statt mit dem Auto zu fahren zu Fuß in den Dorfkern von Briar Glen zu laufen. Die frische Luft würde mir guttun und mir helfen, den Kopf freizubekommen.

Mein Handy brummte in den Tiefen meiner Handtasche. Es war Heston. Himmel noch mal! Es war Samstag, und er war im Urlaub. Was dachte sich der Mann denn? Hätte er sich auch nur halb so viel für mich interessiert, als ich noch für ihn gearbeitet hatte, hätte die Situation jetzt vielleicht ganz anders ausgesehen.

Mir war zwar klar, dass ich irgendwann mit ihm würde sprechen müssen, aber im Augenblick konnte ich auf sein Gejammer, dass ich ihn »ganz schön hängen lassen« würde, gut verzichten. Also beschloss ich, nicht ranzugehen.

Das lang gezogene Gurren einer Ringeltaube schwebte durch die Luft, und die Vormittagssonne schimmerte durch die Bäume auf der anderen Straßenseite. Auf meinem Weg entlang an sorgsam gepflegten Gärten und reetgedeckten Cottages schwenkten Narzissen ihre gelben Köpfe in der Brise.

Die herrliche Umgebung machte mir Mut. Ich hatte drei Jahre als Hochzeitsplanerin in einem der exklusivsten Hotels in ganz Schottland gearbeitet und einen Abschluss in Eventmanagement in der Tasche. Da sollte es doch möglich sein, rasch eine neue Anstellung zu finden, falls mein Versuch mit dem Porzellanwarenladen tatsächlich scheitern sollte.

Ich nickte im Gehen, als wollte ich mich selbst davon überzeugen.

In die Ziegelsteine einiger der Cottages am Wegesrand war das Symbol von Briar Glen eingebrannt: die blaue Rose, die angeblich dafür stand, selbst die unwahrscheinlichsten Ziele erreichen zu können. Hoffentlich galt dieser Grundsatz auch für mich.

Die Hauptstraße von Briar Glen mit ihrem bunten Sammelsurium an Lädchen und den hübschen Kutscherlaternen kam in Sicht. Durch die Fußgängerzone schlängelte sich eine Reihe viereckiger Pflanzenkübel, in denen Tulpen und Krokusse in Weiß, Lila und Knallgelb um die Wette leuchteten.

Die ehrenamtliche lokale Gruppe »The Friends of Briar Glen« war fleißig gewesen und hatte das Dorf auf das Eintreffen der üblichen Schwärme von Frühlingsbesuchern vorbereitet.

A Bloom with a View lag in der Mitte der Einkaufsstraße zwischen unserer Dorfapotheke und dem Juwelier. Der Laden hatte Sprossenfenster und eine Tür aus gebeiztem Birkenholz, in die vier kleine Milchglasscheiben und eine weitere halbmondförmige darüber eingelassen waren.

Die Außenwand war weiß gestrichen, die Fenstersimse strahlten in Bordeauxrot. Von einer silbernen Stange hing ein Schild mit der ebenfalls dunkelroten Aufschrift »A Bloom with a View«. Rechts und links des Ladennamens waren zarte rote Rosen aufgemalt.

In Mrs. Cotters Schaufenster waren vorrangig frühlingshaft gelbe Blumen ausgestellt. Und in den beiden Fenstern hingen »Räumungsverkauf wegen Ruhestand«-Schilder.

Als ich eintrat, bimmelte eine kleine Glocke über der Tür.

Blumen und Pflanzen in hübschen Kelchvasen und verzierten Eimern und Töpfen auf mehreren weißen Holzbänken begrüßten mich. Die Luft war derart geschwängert von all den verschiedenen Düften, dass ich mir vorkam, als hätte ich eine riesige Parfümflasche betreten. Neben den Bänken befand sich ein altmodischer Verkaufstresen mit einer Klappe, um ein- und austreten zu können.

An den Wänden hingen hier und da Skizzen und Gemälde von Blumenarrangements. Weiter hinten im Gebäude schien sich eine kleine Werkstatt zu befinden, in der eine junge Frau in einer bonbonfarben gestreiften Schürze damit beschäftigt war, ein Karoband um einen Strauß pink-weißer Lilien zu binden. Sie warf mir ein freundliches Lächeln zu, dann widmete sie sich wieder ihrer Arbeit.

Mrs. Cotter stand hinter dem Tresen und strahlte mich an. Dann hob sie die Klappe, um mich durchzuwinken. »Wie schön, Sie zu sehen, Sophie. Es tut mir so leid um Helena. Wie geht es Ihnen und Ihren Eltern?«

Nachdem wir Höflichkeiten ausgetauscht hatten, brachte sie mich nach hinten in die Werkstatt, in der Seidenbänder in den verschiedensten Farben und Texturen von einem Ständer auf einem Resopaltisch hingen. Daneben stapelte sich Seidenpapier in Pastelltönen, und in zwei sorgfältig beschrifteten Schränken wurden Trocken- und Kunstblumen gelagert.

Mrs. Cotter führte mich weiter in ihr kleines Büro, das von der Werkstatt abging und vollgestopft war mit Hochglanzbroschüren von Zulieferern, die sich auf der einen Seite ihres überfüllten Schreibtischs stapelten, der außerdem noch Computer und Telefon beherbergte.

Mrs. Cotter schloss die Tür hinter sich und bedeutete mir, ihr gegenüber auf einem Stuhl mit hoher Lehne Platz zu nehmen, der auch schon bessere Tage gesehen hatte. Durch ein Sprossenfenster fielen die Strahlen der Morgensonne auf den rotbraunen Teppich.

Sie schlug ihr weites Denimhemd nach hinten, als sie sich setzte. Mit ihrem zitronengelben Shirt und der bequemen Jeans war sie sportlich, aber stylish gekleidet. Ihr moderner silbriger Kurzhaarschnitt leistete einen beträchtlichen Beitrag zu ihrem gepflegten Erscheinungsbild. Sie nickte freundlich in meine Richtung. »Ihre Großmutter war wirklich eine großartige Frau. Ein absolutes Unikat.«

Ich musste lächeln. »Das kann man laut sagen.«

Mrs. Cotter legte die gefalteten Hände auf ihren Schreibtisch. »Und Sie sind also wegen des Ladens gekommen, den Sie bald in diesen Räumlichkeiten eröffnen wollen?« Ihre grünbraunen, sorgsam geschminkten Augen funkelten unternehmungslustig.

»Tja.« Ich lachte angespannt auf. »Ja, so ist es wohl.« Nachdem ich mich geräuspert hatte, fuhr ich fort: »Ich wollte mich gern bei Ihnen erkundigen, wie es mit der Laufkundschaft aussieht. Und ich wäre Ihnen unendlich dankbar, wenn Sie mir einen Kontakt zur Briar Glen Business Association vermitteln könnten.« Ich lächelte verlegen. »Wissen Sie, bisher habe ich keine Ahnung von Businessplänen und Marketingmöglichkeiten in diesem Bereich.« Dann erzählte ich ihr, dass ich meinen bisherigen Job gekündigt hatte, allerdings ohne weiter ins Detail zu gehen. »Wenn es mit dem Laden nicht so läuft wie erhofft, werde ich mir einfach direkt etwas Neues suchen müssen. Tut mir leid, falls ich schwarzmalerisch klinge. Ich versuche einfach, realistisch zu sein. Es müssten auch gar nicht wieder Hochzeiten sein, aber Eventmanagement mochte ich schon sehr gern und …« Ich merkte selbst, dass ich ins Faseln geraten war, und beschloss, lieber den Mund zu halten.

Mrs. Cotter lachte gutmütig auf. »Ich muss Ihnen gestehen, Sophie, als ich A Bloom with a View eröffnet habe, fehlte es mir genauso an Erfahrung wie Ihnen jetzt.«

Ich blinzelte überrascht. »Ach, wirklich?«

»Ja. Dafür besaß ich aber Enthusiasmus, Durchhaltevermögen und ein Gefühl dafür, was Kunden wollen. Weil ich selbst mal eine Kundin gewesen war.« Sie warf mir ein aufmunterndes Lächeln zu. »Und irgendetwas verrät mir, wenn Sie auch nur in Ansätzen nach Ihrer lieben Großmutter kommen, werden Sie hier vollen Einsatz zeigen und es sicherlich schaffen, den Laden zum Laufen zu bringen.«

»Danke.« Ich schluckte. »Das hoffe ich auch.«

Sie machte eine ausladende Geste. »Willkommen in Ihrem kleinen Königreich, Sophie. Ich bin mir sicher, dass Sie diesem Ort alle Ehre machen werden.«

Ich sah mich um. Ja, ich befand mich hier in einem gemütlichen, idyllischen kleinen Laden in einer guten Lage.

Mrs. Cotter hielt mir die Hand hin. Ihre kleinen Ohrstecker blitzten im Licht auf.

Ich hatte keine Arbeit mehr, auch sonst keine wichtigen Projekte vor mir, und meine Großmutter hatte weder Kosten noch Mühen gescheut. Ich fühlte mich, als stünde ich am Rand einer Klippe und müsste entscheiden, ob ich ins kalte Wasser springen wollte oder nicht. Ich dachte an Grans Begeisterung für Porzellan und wie sie ihre Liebe an mich weitergegeben hatte. Vielleicht hatte Ivy recht, und es war an der Zeit, ein Risiko einzugehen. Vielleicht war ich das meiner Gran schuldig.

Aber wenn ich weitergrübelte, kam ich am Ende gar nicht mehr von der Stelle. Also schlug ich ein, und so gaben

Mrs. Cotter und ich uns die Hand auf die Übergabe ihres Ladens.

Ihre Lippen verzogen sich zu einem triumphierenden Lächeln. »Hervorragend. Und jetzt lassen Sie uns den Wasserkessel anwerfen. Dann unterhalten wir uns bei einer schönen Tasse Tee über den ganzen langweiligen Papierkram.«

Ich sah ihr hinterher, wie sie mit flatterndem Jeanshemd durch die Bürotür davoneilte. Mein Magen legte einen beeindruckenden Mehrfachsalto hin.

Nun führte kein Weg mehr zurück. Das alles geschah wirklich.

Kapitel 9

1970, Cadder Grove Nr. 12, Briar Glen

»Sag das noch mal. Du willst was?*«*

Helena spürte, wie sich ihre Wangen dunkelrot verfärbten. Sie wollte nicht, dass Donald laut wurde. Gerade erst hatte sie Marnie von der Schule abgeholt, die zu ihrem Verdruss nicht nur eine Menge Hausaufgaben machen, sondern auch noch zwei Seiten Janet and John *lesen sollte.*

Von ihrer avocadogrünen Einbauküche aus konnte Helena ihre sechsjährige Tochter am Esstisch hinten im Wohnzimmer sitzen sehen, wo sie ihre spindeldürren Beine vom Stuhl baumeln ließ. Mit den schweren dunkelblonden Flechtzöpfen, die ihr Gesicht umrahmten, und dem finsteren Blick, mit dem sie ihr Lesebuch bedachte, erinnerte sie ein wenig an Pippi Langstrumpf. Bei dem Anblick musste Helena lächeln.

»Hörst du mir überhaupt zu?«

Helena richtete ihre Aufmerksamkeit wieder auf ihren Ehemann. »Natürlich. Aber hörst du *denn auch* mir *zu?«*

Donalds blassgraue Augen wirkten müde. »Ich tue den ganzen Tag nichts anderes«, erwiderte er genervt.

Helena lief es vor Wut heiß und kalt den Rücken hinunter. Welch lächerlicher Kommentar! Er war doch nie hier! Als Bürovorsteher der örtlichen Glasfabrik verließ Donald das Haus, sobald die ersten Sonnenstrahlen auf die Dächer von

Briar Glen fielen. Sie sorgte stets noch am Vorabend dafür, dass der Frühstückstisch bereits für ihn gedeckt war und im Kühlschrank eine Tupperdose mit seinem Lunchpaket auf ihn wartete. Abends war er nie vor sechs zu Hause.

Marnie und sie konnten schon von Glück reden, wenn sie hin und wieder ein paar Stunden mit ihm verbringen konnten, ehe Marnie ins Bett musste. Donald ging immer kurz nach seiner Tochter schlafen, und am nächsten Morgen begann der ganze Trott von vorn.

Helena zwirbelte ihre langen brünetten Haare, die sie in der Mitte gescheitelt trug. Sie versuchte sich an demselben Look wie Ali MacGraw aus Love Story, die im Moment die angesagteste Schauspielerin überhaupt war. Als letzte Woche jemand in dem kleinen Tante-Emma-Laden unten an der Ecke zu ihr gesagt hatte, sie würde Ali ähnlich sehen, war sie richtig rot geworden vor Freude. Gott, was liebte sie diesen Film!

»Und was ist mit Marnie?«

Helena blinzelte. »Was soll mit ihr sein?«

»Am Ende wird sie noch eins von diesen Schlüsselkindern.«

»Ach, nun mach dich nicht lächerlich! Darum geht es doch gerade, Don. Das würde sie nicht.«

Helena achtete auf Dons Körpersprache. Unter seinem Peter-Wyngarde-Schnauzer hatte er den Mund zu einer grimmigen Linie verzogen. Außerdem hatte er die Arme vor der Brust verschränkt.

»Es ist die ideale Gelegenheit! Dieser neue Souvenirladen im Dorf hat erst vor wenigen Wochen eröffnet, und sie suchen schon jetzt händeringend nach Teilzeitkräften.«

Donald zuckte mit seinen feinen Augenbrauen. Das tat er immer, wenn er etwas missbilligte.

»Sie eröffnen eine Porzellanwarenabteilung, und als ich Mrs. Auld erzählt habe, wie sehr ich mich für Teegeschirr interessiere …«

Donald lehnte sich gegen die Spüle.

»Ich habe Marnie nicht vergessen, Don. Aber sie geht von neun bis drei zur Schule. Deswegen ist die Stelle ja auch wie für mich gemacht! Mrs. Auld meinte, ich könnte mit drei Tagen die Woche von halb zehn bis halb drei anfangen und dann auf fünf Tage die Woche erweitern, wenn ich möchte.« Sie war so verärgert, dass sie sich zusammennehmen musste, um nicht selbst laut zu werden. »Glaubst du wirklich, ich hätte auch nur darüber nachgedacht, wenn die Stelle hier zu Hause Probleme verursachen würde?« Sie sah noch einmal zu ihrer Tochter, die Orangensaft durch einen Strohhalm schlürfte und noch wilder mit den Beinen baumelte als vorher.

»Natürlich nicht«, stieß Donald zwischen zusammengebissenen Zähnen hervor. Heute war einer der seltenen Tage, an denen er zu einer halbwegs vernünftigen Zeit nach Hause gekommen war, diesmal aufgrund eines Termins beim Optiker. Er trug noch seinen Anzug und lockerte jetzt die Paisley-Krawatte. »Ich finde nur einfach, dass Frauen … also, Ehefrauen und Mütter zumindest … für Haushalt und Kinder da sein sollten, anstatt arbeiten zu gehen.«

Mit offenem Mund starrte Helena ihn an. Sie kam sich vor wie in einer amerikanischen Sitcom. »Es mag dir vielleicht entgangen sein, aber inzwischen gibt es durchaus Frauen, die Kinder bekommen und anschließend wieder arbeiten gehen. Connie aus Nummer 3 zum Beispiel! Sie arbeitet drei Tage die Woche in einem Frisörsalon.«

Bei der Erwähnung ihrer glamourösen Nachbarin zuckte

Donalds Schnurrbart. »Und schau sie dir an. Ihr armer Ehemann muss einen Teil der Einkäufe erledigen und Louise und Paul zur Schule bringen.«

»Aber nur hin und wieder, und das auch bloß, weil Connie inzwischen befördert wurde!«

Darum ging es hier also! Donald hatte Angst, ihr mit Marnie helfen zu müssen. Sie – Himmel, hilf! – vielleicht sogar zur Schule zu fahren oder auf dem Heimweg Brot und Milch vom Laden an der Ecke mitzubringen. Das war seine Sorge? Dass es an seinem Sockel des Familienernährers kratzen würde, wenn seine Frau ein paar Stunden die Woche arbeiten ging?

Helena musterte ihren Mann voller Missmut, wie er da in ihrer grün-weiß gekachelten Einbauküche mit dem Linoleumboden und den Webvorhängen stand. Insgeheim fragte sie sich, was eine Germaine Greer wohl aus diesem Gespräch machen würde. Ms. Greer hätte vermutlich Donalds Hoden in einen Schraubstock gespannt. Und so, wie Helena sich gerade fühlte, hätte sie nichts dagegen gehabt, die Schrauben anzuziehen.

Für Donald schien die Diskussion damit beendet. Er stieß sich von der Spüle ab und nahm Helena steif in die Arme. Sein Duft nach Old Spice und Fabrikmaschinen stieg ihr in die Nase. »Zerbrich dir nicht dein hübsches Köpfchen über solch schwierige Angelegenheiten, Hels. Ich verdiene mehr als genug, um unsere Familie zu versorgen.«

Aber es geht doch nicht ums Geld!, *schrie Helena innerlich.* Verstehst du das denn nicht? Ich möchte einen sinnvollen Beitrag leisten!

Er schenkte ihr ein joviales Lächeln. »Du machst einfach weiter das, was du am besten kannst. Und das ist, für Marnie und mich da zu sein. Wir sind dir sehr dankbar dafür, aber das weißt du ja hoffentlich.«

Sie warf ihm einen vernichtenden Blick hinterher, als er im Wohnzimmer verschwand, um Zeit mit seiner Tochter zu verbringen. Sie konnte Marnie über einen von seinen albernen Witzen lachen hören.

Wütend klammerte sie sich an der Kante des Fichtenholztischs fest. Genug war genug.

Sie war dreißig Jahre alt und brauchte Donald Hamilton nicht um Erlaubnis zu fragen! Sie hatte geglaubt, das Richtige zu tun, als sie das Thema ihm gegenüber erneut angesprochen hatte. Schließlich sollten Paare über ihre Probleme und Sorgen reden, weil Ehen Partnerschaften waren. So hatte sie es jedenfalls in der Cosmopolitan *gelesen. Sie hatte versucht, vernünftig zu argumentieren, aber Donald hatte nur mit seinen üblichen Plattitüden darauf reagiert.*

Drüben im Wohnzimmer stieß Marnie einen gelangweilten Seufzer aus. »Mummy? Kannst du kommen und mir die Wörter diktieren?«

Helena verschränkte die Arme. »Natürlich, mein Schatz. Ich komme gleich.«

Sie sah sich um. Es musste doch noch mehr im Leben geben, als einmal die Woche einkaufen zu gehen und den Haushalt zu erledigen! Vor ihrem geistigen Auge flatterten wie exotische Tropenvögel Bilder von den selbstbewussten, eleganten Frauen in den Zeitschriften vorbei, die sie las, wenn Donald nicht in der Nähe war. Sie wollte *nicht einfach nur Hausfrau und Mutter sein!*

Ihre Kenntnisse und ihre aufrichtige Liebe zu edlem Porzellan wären so eine Bereicherung für den kleinen Souvenir-

laden. Und was sie alles erleben würde! Sie würde aus dem Haus kommen, Leute kennenlernen, könnte ihrer Leidenschaft nachgehen und dabei sogar ihr eigenes Geld verdienen! Und gleichzeitig wäre sie Marnie immer noch die Mutter, die ihre entzückende kleine Tochter verdient hatte.

Helenas Herz wummerte. Sie hatte sich entschlossen. Auch wenn ihr bewusst war, dass sie damit endlose Diskussionen riskierte. Morgen früh, gleich nachdem sie Marnie in die Schule gebracht hätte, würde sie Mrs. Auld anrufen und ihr mitteilen, dass sie sofort anfangen könnte.

»Gran hat diesen Laden also gekauft«, murmelte ich mit einem Becher Tee in der Hand und bestaunte mit großen Augen meine Umgebung. »Es kommt mir immer noch wie ein Traum vor.«

Mrs. Cotters Augen blitzten auf. »Oh, ja, das hat sie. Und ich habe hier all die Unterlagen, die es beweisen.«

Wir saßen uns wieder in ihrem Büro gegenüber. »Sagen Sie, Mrs. Cotter, wann hat Gran zum ersten Mal mit Ihnen darüber gesprochen? Den Laden zu kaufen, meine ich?«

Die alte Dame musterte mich nachdenklich. »Hm, lassen Sie mich mal nachdenken. Das ist schon eine Weile her.« Sie blickte zur Decke, als müsste sie scharf überlegen. »Ah, ja, jetzt weiß ich's wieder. Das war kurz vor dem Wochenende, an dem mein Mann siebzig geworden ist. Also vor vierzehn Monaten.«

Vor Überraschung hätte ich fast meinen Tee ausgespuckt. »So lange hat meine Großmutter das schon geplant? Und da sind Sie ganz sicher, Mrs. Cotter?«

»Absolut sicher sogar. Ich erinnere mich noch daran, als

wäre es gestern gewesen. Ihre Großmutter kam an einem Freitagnachmittag auf einen Plausch vorbei, als ich gerade etwas früher als üblich den Laden abschließen wollte, um Martin zu einem Überraschungs-Geburtstagsessen mit der Familie am Loch Lomond zu entführen.«

Dann hatte Gran das alles also seit über einem Jahr geplant, ohne es Mum, Dad oder mir gegenüber auch nur mit einem Wort zu erwähnen.

Als hätte Mrs. Cotter meine Gedanken gelesen, fuhr sie fort: »Sie hat mich schwören lassen, dass ich die Sache geheim halte, Sophie.«

Fassungslos schüttelte ich den Kopf. »Das kann ich mir vorstellen.«

Amüsiert verdrehte sie die Augen. »Das war so typisch für Helena Hamilton. Sie war immer für eine Überraschung gut.«

»Aber … aber warum hat sie mir nicht früher etwas gesagt?«

»Vielleicht hat sie befürchtet, dass Sie Nein sagen, wenn Sie zu gründlich darüber nachdenken. So, wie sie es jetzt organisiert hat, bleibt Ihnen nicht viel Bedenkzeit. Und vielleicht ist das auch besser so. Carpe diem und so weiter.«

Ich rieb mir das Gesicht. *Grundgütiger …* Das war wirklich eine Entscheidung, die mein gesamtes Leben beeinflussen würde. Meine Gefühlslage schwankte zwischen Dankbarkeit, extremer Verunsicherung darüber, was ich mir da aufhalste, und Vorfreude auf die Zukunft hin und her. Gestern hatte ich noch Luxushochzeiten organisiert, heute fand ich heraus, dass ich Ladenbesitzerin war und eine große Sammlung wertvoller Teeservice geerbt hatte.

Mrs. Cotter trank einen Schluck Tee und beobachtete mich dabei genau. Sie gab mir Zeit, die neuen Informationen zu verdauen, ehe sie fortfuhr: »Ich weiß, das muss ein ziemlicher Schock für Sie sein …«

Ich lachte laut auf.

»Aber Ihre Gran hätte das nie getan, wenn sie nicht sicher gewesen wäre, dass Sie es schaffen können.«

Ich seufzte. »Das sagen mir alle. Aber ich habe keine Ahnung, was es braucht, um hier in Briar Glen einen Laden zu führen.« Ich brach ab und trank einen Schluck Tee. »Sie kennen nicht zufällig einen guten Steuerberater?«, fragte ich dann.

»Aber natürlich!« Mrs. Cotter strahlte. »Ich gebe Ihnen seine Kontaktdaten. Er heißt Craig Adler und ist ausgesprochen professionell, aber trotzdem sehr umgänglich. Er hat vom ersten Tag an meine Buchhaltung und die Steuern für diesen Laden gemacht.«

»Danke.« Ich lächelte. Ein Funke der Erleichterung flammte in mir auf. Und war da nicht vielleicht sogar eine Prise Optimismus im Spiel? »Das wäre toll.«

»Sehen Sie?«, jubelte Mrs. Cotter. »Schon jetzt findet Stückchen für Stückchen alles an seinen Platz. Und wenn wir unseren Tee ausgetrunken haben, gebe ich Ihnen eine kleine Führung. Der Verkaufsraum ist zwar überschaubar, aber nach hinten raus haben wir mehr Platz, als man denken möchte. Mehr als genug Lagerfläche also.« Sie runzelte die Stirn. »Ihre Gran hat darauf bestanden, dass es unbedingt dieser Laden sein muss und keiner sonst. Das weiß ich, weil zeitgleich auch das Ladenlokal des alten Herrenfrisörs zum Verkauf stand, aber das wollte sie auf keinen Fall.« Sie gab einen mitfühlenden Laut von sich. »Der arme Keith McLeod und seine Arthritis. Sein Partner und er haben beschlossen, den Laden zu verkaufen und nach Spanien zu ziehen, weil ihm das Klima dort besser bekommt. Deswegen ist The Steadings ebenfalls auf dem Markt.«

Jetzt kam ich nicht mehr mit. »Entschuldigung. The Steadings?«

Sie musterte mich, als wäre mir gerade ein zweiter Kopf gewachsen. »So heißt das Haus, in dem Keith und Andrew wohnen.«

»Oh, natürlich. Stimmt ja.« Es handelte sich um eine moderne Villa mit Aussicht auf die Hügel um Briar Glen. Ich versuchte, mich wieder zu konzentrieren. »Dann sagen Sie also, meine Großmutter hätte sich nicht für den Frisiersalon interessiert?«

»Kein bisschen.« Mrs. Cotter nahm noch einen Schluck Tee. »Dabei liegt Hair Apparent näher am Bahnhof und hat entsprechend mehr Laufkundschaft. Aber es sollte unbedingt A Bloom with a View sein.«

Ich sah mich um. Wieso dieser kleine Laden Gran wohl so wichtig gewesen war? »Wissen Sie zufällig, welche Art Laden vor Ihrer Blumenhandlung in diesen Räumlichkeiten geführt wurde?«

»Oh, das Haus ist schon durch eine Menge Hände gegangen, aber zuletzt war es ein äußerst erfolgreicher Fahrradladen.« Mit dem Teebecher in ihren altersfleckigen Händen beugte sie sich vor. »Am 1. Mai habe ich offiziell meinen letzten Arbeitstag. Das ist in zwei Wochen.« Sie legte eine dramatische Pause ein. »Dann gehört der Laden ganz Ihnen.«

»Ich halte das alles für puren Wahnsinn«, brummelte Mum und warf ihr Geschirrtuch auf den Küchentisch. »Wo hatte meine Mutter überhaupt das Geld für den Laden her?«

»Soweit ich weiß, hat sie hin und wieder mit Aktien spekuliert.« Dad zuckte mit den Achseln. »Deine Mutter war eine scharfsinnige Frau.«

Mum war zwar eindeutig frustriert, aber seine Worte entlockten ihr den Anflug eines Lächelns. »So kann man es natürlich auch ausdrücken.«

Dad wandte sich an mich. »Dann wirst du es also probieren, Spatz?«

Ich nickte entschlossen. »Das werde ich. Gran hat mir den Laden gekauft und mir die Teeservice hinterlassen, also gebe ich ihrer Idee eine Chance.« Auch wenn mir die Vorstellung eine Heidenangst einjagte. »Ich überlege sogar schon, wie ich den Laden nennen könnte, wie ich ihn gestalten will und was an Social-Media-Marketing nötig sein wird, um ihm zum Erfolg zu verhelfen.«

»Aber … Teekannen verkaufen?« Mum schüttelte den Kopf. Sie sorgte sich um mich, das stand außer Frage.

»Warum nicht?«, fragte Dad. »Du weißt doch, wie sehr das Mädchen Porzellan liebt. Und sie hat Ahnung. Dank Helena konnte Sophie ein Royal Doulton erkennen, ehe sie das Alphabet gelernt hatte!« Er zwinkerte mir aufmunternd zu. »Vielleicht ist deine Job-Katastrophe ja nicht ganz grundlos passiert.«

Mum schnappte sich ihr Geschirrtuch. »Oh, jetzt bekommt der Herr noch philosophische Anwandlungen!«

Dad grinste und drückte sie an sich, woraufhin sie ihm in übertriebener Empörung auf die Finger schlug.

Während ich die beiden beobachtete, überlegte ich, was die Zukunft wohl für mich bereithielt. War ich wirklich dazu in der Lage, diesen Schritt zu gehen? Nicht nur für mich, sondern auch für meine Großmutter? Sie hatte solches Vertrauen in mich gehabt und gewollt, dass ich die Möglichkeiten bekam, die ihr verwehrt geblieben waren.

Ich straffte die Schultern.

O Gott.

Ich würde es wirklich tun. Ich würde meinen eigenen Laden eröffnen.

Kapitel 10

Die nächsten Wochen verbrachte ich damit, E-Mails zu schreiben und herumzutelefonieren, sodass mir kaum Zeit blieb, meine Arbeit auf Castle Marrian zu vermissen.

Am 1. Mai schloss A Bloom with a View seine Türen, und der Ladenschlüssel ging an mich über.

Ich kontaktierte umgehend den Auktionator Howard Thrall, den Gran mir empfohlen hatte und der sich als überaus hilfreich entpuppte. Er war zwar betrübt, als er von Grans Tod hörte, überschlug sich gleichzeitig aber auch fast vor Begeisterung, als ich ihm von den Teeservicen erzählte, die Gran mir zum Verkauf überlassen hatte – besonders als ich ihm Fotos davon schickte.

»Ich wusste ja, dass Helena einige interessante Stücke besitzt. Aber dass darunter auch ein Theodor Wende und ein Roy Lichtenstein sein würden?«, meinte er aufgeregt. »Sagenhaft. Mir fallen direkt mehrere potenzielle Käufer ein, die sonst was dafür geben würden, ihrer Sammlung diese Stücke hinzuzufügen.«

Ich runzelte die Stirn. »Aber Sie haben keine Ahnung, woher meine Großmutter die Service gehabt haben könnte?«

»Nein, nicht die geringste. Sie sagte nur, sie seien ihr vor vielen Jahren geschenkt worden. Aber warum und von wem, weiß ich nicht.«

Mein Herz tat zwar einen Satz, als ich daran dachte, wie

viel zusätzliches – und dringend notwendiges – Startkapital mir die Service bringen würden, aber die Frage, wer Gran etwas so Wertvolles geschenkt haben mochte, ließ mich einfach nicht los. Ein teures Parfüm, meinetwegen. Ein schönes Foto? Sicher. Aber Geschirr im Wert von Tausenden von Pfund?

Howards Stimme riss mich aus meinen Gedanken. »Ich schicke Ihnen ein paar meiner Leute vorbei, die das Geschirr abholen.«

Zum Glück hatte Mrs. Cotter Haus und Ladenlokal liebevoll gepflegt, sodass keine größeren Renovierungsarbeiten anfielen. Ich musste den Laden nur noch umdekorieren und ihm meine eigene Note verpassen. Die Außenfront konnte einen neuen Anstrich vertragen, und ich würde die Fensterbretter und die Tür in Pastelllila lackieren. Im Schaufenster wollte ich eine bunte Mischung aus traditionellem und modernem Geschirr und verschiedenen Stilen ausstellen. Mir geisterten auch Ideen zu verschiedenen Mottos durch den Kopf, die regelmäßig wechseln und über die üblichen Weihnachts- und Osterdekorationen hinausgehen sollten. Vielleicht würde ich mich an einer Alice-im-Wunderland-Auslage probieren und meine eigene Vorstellung von der verrückten Teeparty umsetzen? Oder mich an einer Hommage an Tassilo und Madame Pottine aus *Die Schöne und das Biest* versuchen?

Ich hatte auch ein wenig Detektivarbeit geleistet und in den umliegenden Geschäften bei Betreibern und Kunden nachgefragt, wie sie es finden würden, wenn es in Briar Glen einen Porzellanwarenladen gäbe. Das Feedback war allgemein positiv ausgefallen. Die Antworten reichten von »Das wird sicherlich ein Touristenmagnet« über »Das ist ganz klar eine

Marktlücke« bis hin zu »O Gott, dann bekomme ich meine Frau vermutlich nie wieder zu Gesicht«. Die begeisterten Reaktionen auf mein zukünftiges Geschäft taten mir zwar gut, aber ich wusste auch, dass ich noch nicht einmal richtig angefangen hatte und deswegen vorsichtig an die Sache herangehen sollte. Vor allem war es wichtig, die Personalkosten so gering wie möglich zu halten.

Ein wichtiger Punkt auf meiner endlosen To-do-Liste war der, mir einen ansprechenden Namen für den Laden einfallen zu lassen. Inzwischen waren nur noch fünf Möglichkeiten übrig, zwischen denen ich täglich hin und her schwankte.

Da Dad Klempner war, kannte er eine Menge Handwerker aus der Gegend. »Wenn du dich für ein Dekor entschieden hast, sag einfach Bescheid, und ich rede mit ein paar Kollegen, die ich zuverlässig finde, ja?«, bot er mir an.

Auch Mrs. Cotter stand mir mit Rat und Tat zur Seite. »Ich werde mich im Ruhestand vermutlich zu Tode langweilen, also zögern Sie nicht, mich jederzeit anzurufen, wenn Sie Fragen haben.« Mit diesen Worten hatte sie mir eine ihrer alten Visitenkarten in die Hand gedrückt.

Zudem erwies es sich als überaus glücklicher Umstand, dass ich in meinem früheren Leben Hochzeitsplanerin gewesen war. Wie meine Mutter war ich eine hingebungsvolle Listenschreiberin und hatte Organisationstalent, das sich aktuell als überlebenswichtig entpuppte. Ich verfasste genaue Pläne, was alles zu erledigen war – von der neuen Deko für den Laden bis hin zur Anschaffung einer Kasse und eines Kartenzahlungsgeräts. Dann die Erstellung einer Webseite und die Eröffnung von Social-Media-Accounts auf allen wichtigen Plattformen. Ich musste Kontakt zu den Geschirrmanufakturen herstellen, die Gran mir in ihrem Brief empfohlen hatte, und überlegen, ob ich Personal brauchte. Zudem wollte ich herausfinden, was es mich kosten würde, Werbung in der Lokal- und Regionalpresse zu schalten.

Mrs. Cotters Steuerberater Craig Adler war nun ebenfalls an Bord, was mir eine gewaltige Last von den Schultern nahm. Ich hatte viel in verschiedenen Onlineshops für Geschirr recherchiert, um ein Gefühl für die Preise zu bekommen. Der Großteil meiner Ware würde sich zwar im hochpreisigen Segment bewegen, aber ich wollte auch erschwinglicheres Porzellan anbieten, das trotzdem schön anzusehen war. Es war mir wichtig, auch der breiten Masse die Liebe zu gutem Geschirr nahezubringen, und das würde mir sicherlich nicht gelingen, wenn ich ausschließlich Luxusware verkaufte.

Mein Ziel war es, ein gemütliches kleines Geschäft aufzubauen, einen Ort, an dem die Kundschaft in Ruhe stöbern, das Angebot bewundern und natürlich kaufen konnte.

Nachdem ich bergeweise Hochglanzbroschüren von verschiedenen Inneneinrichtern durchforstet und über Farbpaletten gebrütet hatte, entschied ich mich für meine Lieblingsfarbe Flieder für die Innenwände und *Scottish Mist,* ein zartes Perlgrau, für die Regale und den Tresen.

Der dunkel schimmernde Dielenboden war zu meiner Erleichterung in einem guten Zustand, und Dad meinte, es würde reichen, ihn neu zu beizen.

Mrs. Cotters ehemalige Werkstatt sollte in denselben Farben gehalten werden wie der Verkaufsraum. Hier würde ich mein Warenlager einrichten.

Im Büro stand noch der Schreibtisch von Mrs. Cotter, ein etwas verloren wirkendes, zerkratztes Ungetüm aus

Mahagoni mit jeder Menge Charakter. Ich war mir sicher, dass er ein echtes Schmuckstück sein würde, wenn ich ihm neues Leben einhauchte, und informierte mich online über Restaurationsmöglichkeiten. Offenbar musste ich ihn mit Feuerzeugbenzin und feinem Sandpapier behandeln und dann mit Öllack streichen.

Dad half mir, den Tisch in meine Wohnung zu transportieren, wo ich abendelang in alten Jeans und mit zusammengebundenem Haar mit Abbeizen, Abschmirgeln und Lackieren beschäftigt war. Ich empfand die Arbeit als befriedigend. Es war einfach schön, dabei zuzusehen, wie das abgenutzte Holz wieder zu neuem Glanz erweckt wurde. Und nebenbei entspannte mich die praktische Tätigkeit nach meinen hektischen Tagen.

Während ich die letzte Lackschicht auftrug, überlegte ich, was Gran wohl gedacht hätte, wenn sie mich so gesehen hätte.

Ich arbeitete mit Hochdruck, und meine Gedanken kreisten rund um die Uhr um den Laden – sei es um den Namen oder das Sortiment, das ich anbieten wollte. Unter anderem überlegte ich, herauszufinden, was es kosten würde, eine spezielle Briar-Glen-Kanne anfertigen zu lassen, vielleicht mit dem schlichten Emblem der blauen Rose darauf.

Ich war wild entschlossen, meine gesamte Energie in mein neues Unternehmen zu stecken. Aber das änderte natürlich nichts daran, dass ich hin und wieder Anfälle von Unsicherheit und Nervosität hatte.

Der Anruf von Howard Thrall, der ausgerechnet einging, als ich gerade meine Ausgabenliste durchsah, kam da gerade recht.

Eigentlich hatte ich damit gerechnet, dass es Monate dauern würden, bis er Käufer für Grandmas Sammlerstücke finden würde. Doch tatsächlich meldete er sich bereits nach zwei Wochen.

»Ich habe erfreuliche Nachrichten«, sagte er, und ich konnte ihm sein Grinsen förmlich anhören. »Die Sammlung hat sich nahezu von selbst verkauft.«

Unwillkürlich fuhr ich von meinem silbergrauen Sofa hoch. Es war Mitte Mai, und am Nachmittag hatte es heftig geregnet. Nun glitzerten die Felder, auf die mein Wohnzimmerfenster hinausging, in der Abendsonne.

Es dauerte kurz, bis die Neuigkeiten zur Gänze zu mir durchgedrungen waren. Dann flüsterte ich ebenso überrascht wie erleichtert: »Wow! Danke! Oh, ich kann Ihnen gar nicht genug danken.«

»Es war mir ein Vergnügen«, antwortete er. Dann hörte ich ihn auf seiner Computertastatur herumtippen. »Das Lichtenstein, das Paragon und das Josiah Spode waren überaus gefragt, besonders bei Interessenten aus Italien und den Staaten.« Nach einer kurzen Kunstpause fuhr er fort: »Und? Wollen Sie wissen, wie viel wir bei der Privatauktion erzielt haben?«

»Ja, bitte!«

Ich schnappte mir Papier und Stift, um mitschreiben zu können. Aber als Howard den Betrag nannte, erstarrte ich mitten in der Bewegung. Das konnte doch nicht sein! Das war doch mindestens eine Null zu viel!

Ich schnappte nach Luft. »Ich … ähm … Entschuldigung. Ich möchte ja nicht unhöflich sein, aber … aber sind Sie wirklich sicher, dass die Zahlen korrekt sind?«

Howard Thrall stieß ein kaum hörbares, liebenswürdiges Lachen aus. »Ja, das versichere ich Ihnen. Diese Service sind der reinste Sammlertraum, Sophie. Sie sind allesamt selten und in hervorragendem Zustand gewesen. In der Welt der Antiquitäten erregt man mit solchen Gegenständen die Aufmerksamkeit äußerst solventer Interessenten. Am Ende gab es eine regelrechte Bieterschlacht um die Sammlung.«

Ich betrachtete die beeindruckende Zahl, die ich gerade aufgeschrieben hatte. »Wenn ich nur wüsste, woher meine Großmutter sie hatte«, flüsterte ich erstickt. »Ich wusste ja, dass sie eine Sammlung besaß. Aber doch nicht solche Stücke!«

Um meinen Laden zum Laufen zu bringen, brauchte ich nicht einmal einen Bruchteil des Betrags, den Howard mir gerade genannt hatte. »Ich werde einen Teil des Erlöses an Organisationen spenden, die meiner Großmutter etwas bedeutet haben«, murmelte ich vor mich hin. »Und meinen Eltern gebe ich auch etwas ab. Den Rest spare ich, für den Fall, dass sich der Laden als Katastrophe entpuppt.« Dann fiel mir wieder ein, dass Howard zuhörte und welche Rolle er bei dem Ganzen gespielt hatte. »Natürlich erst, nachdem Sie Ihre Provision abgezogen haben«, fügte ich hastig hinzu.

Er lachte gutmütig und bestätigte, dass er die entsprechende Summe abzüglich seines Anteils innerhalb der kommenden fünf bis sieben Werktage auf das Geschäftskonto überweisen würde, das ich für den Laden eröffnet hatte. »Und denken Sie daran: Sie können sich jederzeit bei mir melden, sollte ein Service Ihren Weg kreuzen, das Sie gern schätzen lassen möchten.«

»Danke.« Erleichtert atmete ich auf. »Gut zu wissen.«

Gerade als ich auflegen wollte, fügte er noch hinzu: »Ach so, Sophie? Was Ihren Laden betrifft – er wird keine Katastrophe, das versichere ich Ihnen.«

Ich streckte die Beine aus. »Ich wünschte, ich wäre in dieser Hinsicht ebenso zuversichtlich wie Sie. Wie kommen Sie darauf?«

Er lachte. »Weil Sie Ihrer Großmutter offenbar sehr ähnlich sind.«

Kapitel 11

Der Mai verging wie im Flug, und Anfang Juni sollten die Malerarbeiten im Laden beginnen. Mum und ich krempelten die Ärmel hoch, zogen unsere ältesten Sachen an und schrubbten sämtliche Oberflächen, damit alles für Dads Malerfreunde Ally und Finn bereit war, die am folgenden Tag anfangen wollten.

Finn hatte mir außerdem den Kontakt zu seinem Sohn vermittelt, der Kunst studierte und mir ein neues Ladenschild malen würde.

Dazu musste ich mich aber endlich für einen Namen entscheiden! Inzwischen standen nur noch vier auf der Liste, zwischen denen ich kontinuierlich schwankte, weil mich keiner von ihnen zu hundert Prozent überzeugte. Im Internet suchte ich nach Inspiration und zermarterte mir das Hirn, aber bisher ohne Erfolg.

Dad hatte sich heute Vormittag samt Werkzeugkasten zu Mum und mir gesellt, weil einer der Wasserhähne in der Angestelltentoilette tropfte.

Die Sonne tat ihr Bestes, sich hinter den Wolken hervorzukämpfen, und draußen in der Fußgängerzone sah ich die ersten neugierigen Passanten, die im Vorbeischlendern durch meine Scheiben spähten.

Ich leerte den Staubsaugerinhalt in eine Mülltüte und streckte mich. Manchmal stieg mir in meinem Laden immer noch ein zarter Rosenduft in die Nase, der an sein Vorleben als Blumenhandlung erinnerte.

Mein Laden.

Ein Teil von mir konnte es immer noch nicht glauben.

»Sag mal, Mum, hast du eine Ahnung, weshalb es Gran so wichtig gewesen sein könnte, ausgerechnet dieses Ladenlokal zu kaufen und nicht Hair Apparent?«

»Ach, Sophie, wie oft willst du mir diese Frage denn noch stellen? Ich habe keine Ahnung.« Sie verdrehte die Augen. »Deine Großmutter hatte nun mal stets ihre eigenen Vorstellungen.«

Ich fragte mich, ob Gran mit diesem Gebäude hier vielleicht schöne Erinnerungen verband oder es in irgendeinem Zusammenhang mit unserer Familie stand. Aber wie es aussah, würde ich es wohl nie herausfinden.

»Ja, schon klar«, erwiderte ich und stemmte die Hände in die Hüften. »So, es ist gleich Mittag. Was meint ihr, soll ich kurz zum Bäcker und uns Sandwiches holen?«

Bei der Erwähnung von Essen spähte mein Dad in seinem Blaumann mit einem Schraubenschlüssel in der Hand aus dem Hinterzimmer. »Klingt klasse, Spatz.«

Ich wühlte in meiner Handtasche unter dem Tresen nach meinem Geldbeutel.

»Nein, du zahlst nicht«, protestierte Mum. »Du brauchst dein ganzes Geld für diesen Laden.«

Dad lachte auf. »Sophie muss wohl kaum Sparsamkeit walten lassen, Schatz. So gut, wie die Auktion von Helenas Sammlung lief, hat unsere Kleine jetzt ein nettes finanzielles Polster, auf dem sie weich fällt.«

Mum hatte noch immer nicht ganz verarbeitet, wie wertvoll die Porzellanservice gewesen waren. Im Lauf der vergangenen Wochen hatte ich immer wieder versucht, die beiden auf meine Kosten zu einer Luxuskreuzfahrt zu überreden, aber meine Mum hatte sich mit den Jahren so daran gewöhnt, aufs Geld achten zu müssen, dass es ihr nun schwerfiel, damit aufzuhören. Aber zumindest die Einladung zum Mittagessen würde ich mir nicht nehmen lassen. »Ihr beide seid mir eine riesige Hilfe, also gebe ich Sandwiches aus, keine Widerrede.«

Mum entschied sich für Brie mit Salat und Weintrauben, Dad für Speck, Tomate und Salat. Bewaffnet mit meiner Sonnenbrille – man durfte ja noch hoffen! –, machte ich mich auf den Weg zum Bäcker, wo ich für später zum Nachmittagstee auch noch ein paar Blaubeer-Kopenhagener besorgen würde, für die der Laden bekannt war. Mum hatte eine Thermoskanne Tee und etwas aufgeschnittenes Obst mitgebracht.

Mit meinem zerzausten Pferdeschwanz, dem alten T-Shirt und den staubigen Jeans sah ich zwar nicht unbedingt aus wie eine angehende erfolgreiche Geschäftsfrau, aber ich hatte das Gefühl, etwas erreichen zu können.

Was ich im Castle Marrian erlebt hatte, wurmte mich zwar immer noch, aber es fiel mir immer leichter, mich von diesen Gefühlen zu distanzieren. Meine Entscheidung, dort zu kündigen, hatte ich noch nicht eine Sekunde lang bereut. Und trotz meiner anfänglichen Bedenken bezüglich des Ladens wurde ich mir von Tag zu Tag sicherer, dass ich das Richtige getan hatte.

Ich trat aus der Tür, ließ den starken Geruch nach Putzmitteln und Holzpolitur hinter mir und sog die frische Luft ein.

»Entschuldigen Sie bitte?«

Vor dem Laden stand eine besorgt dreinblickende Frau. Etwas an ihrem verlegenen Lächeln und dem kastanienbraunen, schulterlangen Haar kam mir vage vertraut vor. Sie schob die Hände in die Taschen ihrer Strickjacke. »Tut mir leid, dass ich störe, aber Sie sind Sophie Harkness, oder? Die neue Ladenbesitzerin?« Als ob sie ihre Frage unterstreichen wollte, deutete sie mit dem Kinn auf die offene Tür hinter mir.

»Ja, das stimmt. Entschuldigen Sie, aber kennen wir uns?«

Ihre sommersprossigen Wangen färbten sich rosa. »Sicher erinnern Sie sich nicht an mich. Ich bin Cass Dunlop. Ich habe für Daphne Cotter gearbeitet, im A Bloom with a View.«

Mir fiel wieder ein, dass ich sie bei meinem Termin mit Mrs. Cotter hinten in der Werkstatt gesehen hatte, wo sie einen Blumenstrauß gebunden hatte. »Ach ja, natürlich! Hi, wie geht's?«

»Na ja«, sagte sie und senkte den Blick. »Ehrlich gesagt suche ich nach einem neuen Job, jetzt, wo Daphne mich nicht mehr braucht.« Sie schluckte und fummelte am Henkel ihrer Schultertasche herum. »Ich hoffe, Sie finden mich nicht zu aufdringlich, aber ich dachte, ich frage wenigstens mal nach, ob Sie vielleicht eine Aushilfe gebrauchen könnten.« Mit ihren mandelförmigen Augen musterte sie mich gespannt.

»Tatsächlich bin ich auf der Suche«, antwortete ich. »Für den Anfang geht es aber wirklich nur um wenige Stunden, bis ich weiß, wie der Laden läuft.«

Bei meiner Antwort entspannte sie sich sichtlich. »Ich bin gelernte Floristin, aber das haben Sie sich ja vermutlich schon gedacht. Und im Augenblick gibt es hier im Ort für mich keinen Job.« Sie schob sich eine Haarsträhne hinters Ohr. »Ich bin fleißig und vertrauenswürdig, Ms. Harkness, und Mrs. Cotter meinte, dass ich sie gern als Referenz nennen darf. Wissen Sie, ich habe einen kleinen Sohn. Hudson heißt er. Er ist fünf und kommt im August in die Schule. Wir wohnen in einem der Häuser drüben bei der St. Jacob's Church«, fuhr Cass mit ihrem inoffiziellen Vorstellungsgespräch fort, während die Passanten an uns vorbei durch die Fußgängerzone schlenderten. Ich wollte gerade etwas erwidern, da ergriff sie erneut das Wort. »Eine Teilzeitstelle direkt um die Ecke wäre allein schon wegen Hudson ideal für mich.« Enthusiastisch erzählte sie weiter, dass ihr Mann mit einem eigenen Unternehmen im Baugewerbe tätig sei. »Er arbeitet quasi rund um die Uhr und ist viel unterwegs und ...« Sie verstummte und musterte mich verlegen. »Ich rede zu viel, oder? Tut mir leid, das passiert mir manchmal, wenn ich nervös bin.«

»Schon gut«, versicherte ich ihr lächelnd. Der Job schien ihr wirklich wichtig zu sein, und ihre Ausstrahlung wirkte gleichzeitig liebenswürdig und kompetent. Abgesehen davon, dass es vielleicht gar nicht so verkehrt wäre, eine Floristin im Laden zu haben. Schon ging die Fantasie mit mir durch, und ich hatte Schaufenster voller Geschirr zwischen üppigen Blumenarrangements vor Augen. »Wie man sieht, ist es bis zur Eröffnung noch eine Weile hin.« Ich deutete auf die offen stehende Ladentür, durch die man Mum von innen die Scheiben putzen und Dad die Schrauben an einem Regal nachziehen sah. »Aber ich gehe davon aus, dass es in vier bis sechs Wochen so weit sein dürfte.«

Cass quittierte alles, was ich sagte, mit einem begeisterten Nicken.

»Dann schicken Sie mir doch einfach Ihren Lebenslauf und das Arbeitszeugnis von Mrs. Cotter zu.«

Ich verschwand kurz im Laden, wo ich eine meiner alten Visitenkarten vom Castle Marrian aus meiner Handtasche angelte, auf die ich meine private Handynummer und Mail-Adresse kritzelte und die alten Kontaktdaten vom Hotel und die Jobbezeichnung »Hochzeitsplanerin« unter meinem Namen durchstrich.

Dann kehrte ich zurück nach draußen und reichte ihr die Karte. »Hier, schreiben Sie mir einfach eine Mail und rufen Sie jederzeit an, falls Sie noch Fragen haben.«

Ein Funken Hoffnung flammte in ihren Augen auf. »Vielen, vielen Dank, Ms. Harkness. Ich weiß das sehr zu schätzen. Sobald ich zu Hause bin, schreibe ich Ihnen.«

»Kein Grund zur Eile!«, rief ich ihr nach, aber sie lief bereits mit vor Optimismus wippenden Schritten davon. Doch dann blieb sie noch einmal stehen und wirbelte auf ihren silberfarbenen Turnschuhen zu mir herum. »Oh, und ich hoffe, Ihnen fällt bald ein Name ein. Der Laden wird sicher ein voller Erfolg. Ein Tässchen Freude brauchen wir schließlich alle hin und wieder!«

Dann ging sie davon, die rote Lederhandtasche über der Schulter und Sonnenlicht im Haar.

Ihre Worte gingen mir nicht mehr aus dem Kopf. *Ein Tässchen Freude brauchen wir schließlich alle hin und wieder …* Ein Tässchen Freude … *A Cup of Cheer …* Nein, wie wäre es mit … *The Cup That Cheers?* Die jubelnde Tasse.

Ich stellte mir das Ladenschild vor, wie es in Lila und Weiß von der Silberstange vor dem Eingang baumelte, darauf in geschwungener Schrift die Worte »The Cup That Cheers«.

Der Name machte gute Laune und prägte sich sofort ein.

Vor Aufregung musste ich grinsen. Der Name gefiel mir. Sehr sogar! Die Entscheidung war gefallen. So würde ich den Laden nennen.

Ich warf einen Blick auf die Uhr. Oh, verdammt! Mittag war schon vorbei!

Hastig lief ich zum Bäcker, um Sandwiches und Gebäck zu besorgen. Ich durfte nicht mit leeren Händen ins The Cup That Cheers zurückkehren. Meine fleißigen Helfer brauchten dringend Nervennahrung.

Kapitel 12

Kaum war ich mit unserem Lunch wieder zurück im The Cup That Cheers (dessen Name mir immer besser gefiel, je häufiger ich ihn wiederholte), da gab mein Handy das vertraute *Ping!* von sich.

Es war eine E-Mail von Cass Dunlop mit ihrem Lebenslauf und Arbeitszeugnissen von Mrs. Cotter sowie einer Floristin, für die sie zwei Jahre lang in Glasgow gearbeitet hatte.

Lächelnd legte ich die Sandwiches auf dem Tresen ab. Sie war bemüht, so viel war sicher.

Mum, Dad und ich setzten uns zum Essen im Halbkreis auf die Klappstühle, die Mum unbedingt hatte mitbringen wollen, und ich verkündete den beiden den Namen, den ich dem Laden geben würde, und erzählte die Geschichte, wie Cass mich zufällig darauf gebracht hatte.

Mum füllte drei Plastiktassen aus ihrer Thermoskanne mit Tee. »Ach, das war die junge Frau, mit der du vorhin geredet hast? Was für ein hübscher Name für einen Porzellanwarenladen.«

Dad biss hingebungsvoll von seinem Sandwich ab. »Und gut merken kann man ihn sich auch«, bemerkte er kauend. »Und, was meinst du? Wirst du diese Cass einstellen?«

Ich genoss das würzige Aroma des lang gereiften Wensleydale-Käses auf meinem Sandwich. »Bisher konnte ich mir ihren Lebenslauf zwar noch nicht ansehen, aber vom ersten

Eindruck her scheint sie mir gut zu passen, und sie hat deutlich mehr Erfahrung im Einzelhandel als ich.«

»Siehst du?« Zufrieden strahlte Dad mich an. »Läuft doch alles wie am Schnürchen!« Er warf Mum einen wissenden Blick zu. »Und jetzt, da du endlich einen Namen gefunden hast, kann ich auch mit Finn reden, damit er das Ladenschild bei seinem Jungen in Auftrag gibt.«

»Danke, Dad, das wäre toll.«

»Ach, und wenn du willst, hole ich irgendwann in den kommenden zwei Tagen den Schreibtisch bei dir ab und bringe ihn zurück in dein Büro. Eine Angelegenheit weniger, um die du dich kümmern musst.«

»Oh, das wäre wirklich toll, danke.« Ich biss noch einmal von meinem Sandwich ab und sah mich kauend in meinem leeren neuen Laden um. Vielleicht hatte Dad ja doch recht mit seiner Theorie, dass alles aus einem bestimmten Grund passierte.

Den restlichen Montag verbrachte ich damit, das Innere vom The Cup That Cheers zu putzen, damit Ally und Finn am nächsten Morgen direkt mit dem Streichen anfangen konnten.

Ich hatte die beiden zwar genau gebrieft, welche Farben sie wo anbringen sollten, aber ich ließ ihnen trotzdem noch einmal schriftliche Anweisungen da: *Lilac Heather* für die Wände, *Scottish Mist* für Decke, Regale und Tresen. Dasselbe Farbschema für den Lagerraum und mein zukünftiges Büro. Ich faltete das Blatt, schob es in einen Umschlag und schrieb Allys und Finns Namen darauf.

Dad beobachtete, wie ich den Umschlag auf den Tresen legte. »Du bist eben doch ganz die Tochter deiner Mutter.«

Bis zum nächsten Nachmittag gelang es mir, mich zusammenzureißen – doch dann musste ich einfach im The Cup That Cheers vorbeischauen, um mir anzusehen, wie Ally und Finn vorankamen.

Den Vormittag hatte ich damit verbracht, Cass' mehr als überzeugenden Lebenslauf und ihre hervorragenden Zeugnisse von Mrs. Cotter und Flower Power, dem Glasgower Blumenladen, in dem sie vorher einige Jahre lang tätig gewesen war, zu lesen. Sowohl Mrs. Cotter als auch Flora Graham von Flower Power hatte ich auch angerufen und beide hatten von Cass' Zuverlässigkeit und Gewissenhaftigkeit geschwärmt.

Mehr konnte ich mir nicht wünschen. Am Abend würde ich Cass anrufen und ihr eine Teilzeitstelle anbieten.

Danach blätterte ich Geschirrkatalog um Geschirrkatalog durch, um mich mit dem jeweiligen Sortiment der Manufakturen vertraut zu machen und zu überlegen, was genau ich im The Cup That Cheers anbieten wollte. Nachdem ich die Bestellungen aufgegeben hatte, kam ich mir vor wie ein Kind, das auf den Weihnachtsmann wartete. Und als ich am Nachmittag meinen neuen Laden betrat, grinste ich so breit, als *wäre* bereits Weihnachten.

Ally und Finn waren gut vorangekommen. Eine Wand war bereits fertig gestrichen. Der Lilaton hatte genau die Wirkung, die ich mir erhofft hatte, und Ally lackierte gerade den Tresen mit dem *Scottish-Mist*-Grau.

The Cup That Cheers würde hervorragend aussehen, wenn alle Arbeiten abgeschlossen wären.

Finn legte seinen Farbroller zur Seite und kam zu mir. Im Hintergrund tönte energiegeladene Musik aus einem

Digitalradio. »Na, willst du prüfen, ob wir unsere Arbeit auch anständig machen?«

»Ach was.« Ich lächelte. »Das weiß ich doch. Ich bin da, um eure Arbeit zu *bewundern.*«

Finn erwiderte mein Lächeln, wobei seine Zahnlücke zum Vorschein kam. »Ich glaube, du wirst mit dem Ergebnis mehr als zufrieden sein.«

»Das glaube ich auch.«

»Im Anschluss nehmen wir uns gleich auch noch die Außenseite vor.« Dann tippte er sich an die Schläfe. Offenbar war ihm etwas eingefallen. »Hast du noch ein paar Minuten, Mädchen? Mein Sohn Ewan ist gerade unterwegs zum Künstlerbedarf, um ein paar Sachen zu besorgen. Ich könnte ihn bitten, auf dem Rückweg vorbeizuschauen und mit dir zu reden.«

»Oh, das wäre ja super! Gern!«

Finn fischte sein Handy aus der Tasche seiner Latzhose und rief seinen Sohn an. Dann streckte er mir den erhobenen Daumen entgegen. »In ein paar Minuten ist er da.«

»Klasse, Finn, danke! Kann ich euch beiden vielleicht irgendwas zu essen besorgen?«

Ally schüttelte den Kopf, dass seine blonde Zottelmähne flog. »Nein danke, Sophie. Und Finns laschen Tee kann ich schon nicht mehr sehen.«

Kurze Zeit später kam ein junger Kerl von vielleicht neunzehn Jahren in den Laden. Er schien ausschließlich aus langen Beinen, zerzaustem braunem Haar und einem schüchternen Lächeln zu bestehen.

»Ah, da ist ja der Wunderknabe«, witzelte Finn auf seiner Leiter.

Ewan wurde rot und verdrehte die hellen Augen. »Sind Sie Sophie?«, fragte er dann.

»Ja, die bin ich.«

Er hatte eine braune Papiertüte unter dem Arm, aus der Pinsel in verschiedenen Größen ragten. »Dad hat mir erzählt, Sie brauchen ein Ladenschild?«

»Genau. Eigentlich sogar zwei, falls du genügend Zeit hast. Ein großes und ein kleineres, das an der Stange dort hängen soll.« Ich führte Ewan nach draußen, damit er sich den Laden von außen ansehen konnte.

Er holte ein kleines Notizbuch und einen Bleistiftstummel aus der Gesäßtasche seiner schwarzen Jeans. »Ich habe gerade Ferien und noch etwas Zeit, ehe die Kunsthochschule wieder losgeht. Bald komme ich ins zweite Jahr.« Er blinzelte ins helle Sonnenlicht. »Haben Sie denn schon eine grobe Vorstellung, was Sie gern hätten?«

Ich erzählte ihm, wie das Geschäft heißen sollte. »Dein Dad hat dir vermutlich erzählt, dass ich Geschirr verkaufen will, oder?«

Der Wind spielte mit Ewans karamellfarbenem welligem Haar. »Ja, ich weiß Bescheid. Das wird sicher ein Erfolg, besonders bei den Tagestouristen.«

»Das hoffe ich.«

Sofort machte Ewan sich daran, eine bemerkenswert gelungene Skizze von der Ladenfront anzufertigen. »Ich könnte Ihnen ein paar Entwürfe schicken, und dann entscheiden Sie, welcher Ihnen am besten gefällt, ja?«

»Oh, das wäre toll. Danke!«

Danach gingen wir wieder nach drinnen, wo Finn und Ally sich über den Radiolärm hinweg über die Fußballergebnisse vom Vortag unterhielten. Ewan deutete auf die lilafarbene Wand, die sein Dad gerade strich. »Und das ist die Farbpalette, die Sie auch für das Schild beibehalten wollen?«

»Genau.«

Nickend ließ Ewan das Notizbuch in seiner Hosentasche verschwinden. »Danke für den Auftrag, Sophie.« Er lief ein kleines bisschen rot an und sah nach unten auf den Boden, den Finn und Ally mit Filzstoff ausgelegt hatten, um ihn vor Farbspritzern zu schützen. »Ich arbeite in Teilzeit in dem neuen Fischrestaurant am Ortsrand, um mir während der Ferien ein bisschen was dazuzuverdienen, aber ich kann wirklich jeden Penny brauchen.«

»Glaub mir, *ich* bin hier diejenige, die dankbar sein muss.«

Ich gab Ewan noch meine Mailadresse mit, und er versprach, mir bis Ende der Woche die ersten Entwürfe zu schicken. Beim Verlassen des Ladens salutierte er seinem Dad noch süffisant zu, wobei er fast in eine ältere Dame hineingerannt wäre, die gerade hereinkommen wollte.

Sie hielt einen zugeklebten Pappkarton in den Armen und hatte einen teuer aussehenden, taillierten dunkelroten Mantel an. Ihr Haar trug sie in kurzen silbernen Wellen.

»Bin ich hier richtig?«, fragte sie Ewan mit einem Anflug von Verzweiflung in der Stimme. »Ist das hier der neue Porzellanwarenladen?«

Ewan blinzelte verwirrt. »Ich … ähm … ja, also … zumindest bald.«

Sie schob sich an dem Jungen vorbei, der eine Grimasse schnitt und dann nach draußen verschwand. Derweil musterte mich die Dame kritisch von Kopf bis Fuß. »Sind Sie die Ladenbesitzerin?«

»Ja, aber …«

Ehe ich wusste, wie mir geschah, hatte mir die Frau den Karton in die Hand gedrückt. Im Inneren klapperte es indigniert. »Hier, bitte, das will ich nicht haben. Aber ich bin sicher, Sie finden jemanden, der sich darüber freut.«

Verwirrt musterte ich den Karton. »Entschuldigen Sie bitte, Madam, aber was ist das überhaupt?«

»Nun ja, kein Kreuzfahrtschiff jedenfalls.«

Hinter mir hörte ich, dass Ally und Finn die Arbeit niederlegten. Vermutlich beobachteten sie gerade mit großen Augen unseren bizarren Austausch.

Ich stellte die schwere Kiste auf dem Campingtisch ab, den meine Mutter angeschleppt hatte, damit ich eine Ablagefläche hatte, solange Tresen und Regale gestrichen wurden.

Während ich den Karton öffnete, verzog die Dame immer mehr das Gesicht, bis sie schließlich auf dem Absatz kehrtmachte und mit wehendem Mantel zur Tür stürmte.

»Entschuldigen Sie bitte?«, rief ich ihr hinterher. »Nun warten Sie doch kurz. Ich kenne ja nicht mal Ihren Namen!«

Wer sie auch war, offenbar hatte sie keinerlei Interesse an höflichem Geplänkel, denn sie floh förmlich aus dem Laden.

Ich lief ihr hinterher auf die inzwischen sonnenbeschienene Straße. »Entschuldigung? Warten Sie doch! Bitte bleiben Sie stehen!« Ich sah nach rechts und links, aber die Frau war verschwunden, und so kehrte ich frustriert in den Laden zurück.

»Wo ist sie hin?«, fragte Ally und sah mich unter seinem fransigen Pony heraus verblüfft an.

»Keine Ahnung. Nicht mal ihren Namen hat sie genannt. Sie hat einfach den Karton hier abgegeben und ist verschwunden.«

Finn tauchte seinen Pinsel in die Farbe. »Vielleicht ist der Inhalt der Schachtel ja irgendwo vom Laster gefallen.«

Ally warf ihm einen skeptischen Blick zu. »Findest du echt, sie sah aus wie jemand, der mit Diebesgut zu tun hat?«

Nachdenklich rieb Finn sich die gerade, schmale Nase. »Man kann nie wissen, Kumpel. Man kann nie wissen.«

Ich richtete meine Aufmerksamkeit wieder auf die teilweise geöffnete Kiste. Was auch immer sie enthielt, es war der Frau offenbar ausgesprochen wichtig gewesen, es loszuwerden.

Ich zog das Paketband ab und öffnete die Klappen. Ein bisschen fühlte ich mich wie damals, als ich Grans Kisten voller Sammlerstücke unter der Treppe entdeckt hatte.

Vorsichtig schob ich das vergilbte, knisternde Zeitungspapier in der Kiste auseinander. Es fühlte sich rau und spröde an. Darunter befand sich ein abgenutzter alter Koffer aus cremefarbenem Leder mit goldener Schließe. Er roch nach Mottenkugeln und Lavendel.

Was, in Gottes Namen, war das? Nun ja, da die flüchtige Dame sich erkundigt hatte, ob sie hier richtig im Porzellanwarenladen sei, konnte ich es mir denken. Aber warum hatte sie den Inhalt des Lederkoffers so dringend loswerden wollen? Und wieso hatte sie ihn mir nicht verkaufen oder zumindest ihre Kontaktdaten hinterlassen wollen? Erneut musste ich daran denken, wie sie mit wehendem Mantel aus dem Laden gestürmt war. Als hätte sie es gar nicht eilig genug haben können. Was der Koffer auch enthielt – offenbar wollte diese Frau so viel Abstand dazu wie möglich.

Da mir bewusst war, dass der Koffer vermutlich zerbrechliche Fracht enthielt, schob ich vorsichtig beide Hände darunter und hob ihn sachte an.

»Warte«, sagte Ally und kam angelaufen. »Lass dir helfen.«

»Danke, das Ding ist wirklich schwer!«

Ally stellte die Kiste auf dem Boden ab, damit sie aus dem Weg war, und half mir, den Koffer auf den Klapptisch zu befördern. Jetzt kam auch Finn neugierig näher.

Ich drückte auf den Scharnierverschluss, der mit einem eleganten Klacken hochsprang.

Als ich den Deckel hochklappte und einen Schritt zurückwich, um den geheimnisvollen Inhalt des Koffers in Gänze bewundern zu können, fielen mir fast die Augen aus dem Kopf.

Etwas Vergleichbares hatte ich noch nie gesehen.

Kapitel 13

Das Innere des Lederkoffers war mit schwarzem Samt bezogen. In die kleinen Fächer schmiegten sich die Einzelteile eines Teeservice, bestehend aus vier Tassen samt Untertassen, einem Milchkännchen und einer Teekanne.

Das Geschirr war mit einem Pfauenfedermuster in verschiedenen leuchtenden Grüntönen und Gold bemalt. Auf der Teekanne war das imposante Federrad eines Pfaus abgebildet, das bis zur Tülle reichte.

Für meinen Geschmack war das Geschirr ein wenig zu überladen, aber der Detailreichtum und die Farben waren umwerfend: Oliv, Petrolblau, Grasgrün, ergänzt von dem satten Gold auf den Griffen von Tassen und Kanne.

»Wie alt das Zeug wohl ist?«, meinte Ally, der mir über die Schulter spähte.

Mit dem Finger fuhr ich vorsichtig den Rand einer Untertasse nach. »Ich würde sagen, ziemlich alt. Der Goldrand an den Teetassengriffen ist teilweise abgegriffen, das Service scheint also viel genutzt worden zu sein.«

Finn deutete mit dem Kopf auf den Inhalt des Koffers. »Sieht ungewöhnlich aus. Aber meine bessere Hälfte fände den Kram sicher schick.«

Ich kam immer noch nicht darüber hinweg, wie bizarr sich die fremde Frau verhalten hatte. »Ich wünschte, meine Gran wäre hier. Sie könnte sich bestimmt einen Reim darauf machen.«

Aber auch wenn meine Großmutter nicht hier war, um mich bei des Rätsels Lösung zu unterstützen, hatte ich wenigstens den Kontakt zu Howard Thrall.

Ally und Finn machten sich wieder an die Arbeit, während ich das Geschirr sowie den geschlossenen Koffer mit dem Handy fotografierte und die Bilder an Howard weiterleitete. Dann steckte ich das Telefon weg und machte mich wieder daran, die Ladenfenster zu putzen.

Keine Viertelstunde später leuchtete Howards Nummer im Display auf. »Also, Sophie!«, rief er ohne große Vorrede, nachdem ich abgenommen hatte. »Da haben Sie sich aber eine wirklich harte Nuss gesucht!«

Ich ging zum Telefonieren nach draußen. Die Ladenfronten schimmerten im Junilicht, und aus dem Café um die Straßenecke drang leises Besteckgeklapper herüber. Mein Magen zog sich vor Enttäuschung zusammen. »Dann erkennen Sie es also nicht?«

»Nein«, gestand Howard. »Es ist ein wenig überladen, was? Wenn auch auf entzückende Weise.«

Ich musste lachen. »Ja, genau das dachte ich auch.« Ich spähte durchs Schaufenster zum Tisch, auf dem das Teeservice in seinem Koffer glänzte.

»Und Sie haben auch keine Ahnung, wer der Künstler sein könnte oder wie alt es ist?«

»Nun … ja und nein.«

Ich runzelte die Stirn. Wie meinte er das?

»Den Künstler oder das Muster erkenne ich zwar nicht, aber ich weiß, dass im vergangenen Jahr eine Reihe ähnlicher Teeservice entdeckt wurden, die aus dem frühen 19. Jahrhundert stammen.«

Ich schluckte. Verdammt! Wenn das Geschirr wirklich so alt war, verstand ich umso weniger, weshalb die Dame es so dringend hatte loswerden wollen. Es musste doch ein Vermögen wert sein! Oder hatte die Fremde vielleicht gar nicht geahnt, welchen Schatz sie da mit sich herumtrug?

»Könnten Sie bitte versuchen, mehr darüber herauszufinden, Howard?« Erneut spähte ich durch die Scheibe. »Das Verhalten der Frau erschien mir so merkwürdig!«

Doch anstatt begeistert zuzustimmen, wie ich es mir erhofft hatte, entschuldigte sich Howard bei mir. »Das würde ich wirklich gern, Sophie, aber ich reise morgen beruflich nach Venedig und werde erst in einigen Wochen wieder Zeit haben.«

Mir rutschte das Herz in die Hose, aber ich versuchte, mir nichts anmerken zu lassen. »Wie schön für Sie! Wenn ich einige Wochen in Venedig verbringen könnte, würde ich dafür alles stehen und liegen lassen!«

Am anderen Ende der Leitung herrschte einen Moment nachdenkliches Schweigen. Dann sagte Howard: »Aber wissen Sie was? Ich habe eine Idee. Für einen so aufregenden Fall könnte ich eins meiner ganz großen Asse im Ärmel ausspielen.« Er senkte die Stimme. »Haben Sie schon mal den Namen Xander North gehört?«

Nein, das hatte ich nicht.

»Xander ist ein sehr angesehener Kunstkritiker. Ich kenne ihn bereits seit Jahren und habe ein paarmal mit ihm den Hintergrund von Kunstwerken durchleuchtet, die sich nicht direkt zuordnen ließen. Meiner Meinung nach ist er genau der Richtige für Ihr Service.«

Howard erzählte mir von einigen großen Auktionen, an

denen Xander North in den vergangenen Jahren beteiligt gewesen war. »Unter anderem spielte er eine zentrale Rolle, als in Boston das silberne Tee-und-Kaffee-Service von Tiffany & Co. aus dem Jahr 1873 versteigert wurde – für das Vierfache des Schätzwerts!«

Beeindruckt schnappte ich nach Luft, da ich mich noch gut daran erinnern konnte, von dieser öffentlichkeitswirksamen Auktion in der Zeitung gelesen zu haben.

»Und er hat bei der Versteigerung eines Theodor-Wende-Teeservice bei Sotheby's geholfen, das für einen sechsstelligen Betrag verkauft wurde. Übrigens war es im selben Stil gehalten wie das Ihrer Großmutter.«

Jetzt erinnerte ich mich auch an diesen Fall. Vor einigen Monaten hatte es dazu einen Beitrag in der Sonntagsbeilage gegeben, über den ich mich mit Gran unterhalten hatte. »War das nicht das Service in Elfenbeinweiß und Silber mit den deutschen Stempeln?«

»Genau das«, erwiderte Howard beeindruckt. »Es stammt aus dem Jahr 1927 und galt damals aus ausgesprochen avantgardistisch.«

Ich hörte Howard auf seinem Schreibtisch herumrascheln. »Versprechen kann ich Ihnen zwar nichts, aber ich würde mich mit Ihrem Einverständnis noch heute bei Xander melden und versuchen, sein Interesse zu wecken.«

Mit zunehmendem Kribbeln im Bauch antwortete ich: »Unbedingt, Howard, das wäre toll! Danke.«

»Aber gern doch. Es tut mir leid, dass ich Ihnen nicht persönlich helfen kann. Aber ich melde mich bei Ihnen, sobald ich mit Xander gesprochen und ihm die Fotos weitergeleitet habe, ja?«

»Genießen Sie Ihre Zeit in Venedig, und bitte richten Sie Mr. North aus, dass ich mich sehr über eine Zusammenarbeit freuen würde.«

Howard seufzte. »Leider werde ich nicht viel Zeit für Gondelfahrten haben. Ich soll dort verschiedene Kunstwerke für eine Reihe von privaten Sammlern schätzen.« Nach einer bedeutungsschweren Pause fügte er hinzu: »Sophie, ich muss Sie warnen. Xander North ist kein Teamplayer. Nicht einmal mit mir arbeitet er gern zusammen, so schwer das zu glauben ist. Er ist der klassische einsame Wolf.«

Ich lachte auf. Von so etwas ließ ich mich nicht abschrecken. Dazu hatte ich viel zu lange Hochzeiten für schwierige Kunden organisiert.

Wie schwer konnte es im Vergleich dazu schon sein, einen bekannten Kunstkritiker bei Laune zu halten?

Kapitel 14

Noch am selben Nachmittag schrieb mir Howard, dass er mit Xander North gesprochen habe, der fasziniert von der Thematik sei und sich gern mit mir treffen wolle.

Das klang für meinen Geschmack zwar alles ein bisschen zu hochtrabend und agentenmäßig, aber ich freute mich trotzdem, die Möglichkeit zu bekommen, mehr über das Teeservice und die Hintergründe des merkwürdigen Verhaltens seiner Vorbesitzerin herauszufinden. Vielleicht würde es mir ja sogar gelingen, sie ausfindig zu machen, sodass ich sie selbst fragen konnte, weshalb sie das Geschirr so dringend hatte loswerden wollen.

Am nächsten Morgen gegen zehn leuchtete eine unbekannte Nummer auf meinem Handydisplay auf, als ich im The Cup That Cheers gerade auf die Lieferung der neuen Telefonanlage wartete. Mrs. Cotter hatte mir ein nicht mehr ganz funktionstüchtiges Gerät in tristem Grau hinterlassen, das ich durch ein hellrosafarbenes im Retrostil ersetzen würde, das gut zum Innendesign des Ladens passte.

Ein Mann mit einer tiefen, distinguierten Stimme begrüßte mich im Befehlston.

Im Verkaufsraum war Finn dabei, die Decke in *Scottish Mist* zu malern, und Ally hatte sich für heute die Regale vorgenommen.

Gerade wollte ich etwas erwidern, da fuhr der Mann am

anderen Ende der Leitung fort: »Sophie Harkness? Xander North hier.«

Ich straffte die Schultern und bemühte mich um einen professionellen Tonfall. »Guten Morgen, Mr. North. Schön, von Ihnen zu hören.«

»Ebenso. Was dieses mysteriöse Teeservice betrifft – Howard hat mir die Bilder geschickt.«

Danach schwieg er. Beharrlich. Offenbar erwartete er, dass ich etwas sagte. Aber was? »Ja?«, erwiderte ich etwas ratlos, um das Schweigen zu brechen.

»Ich könnte in circa einer Stunde bei Ihnen sein. Direkt danach bin ich geschäftlich zum Essen in Glasgow verabredet.«

Ich erklärte ihm, dass ich das Service nicht bei mir hätte, es aber nur einige Minuten dauern würde, es bei mir zu Hause abzuholen.

»Gut!«

Ich blinzelte. Wie es aussah, war höfliche Konversation nicht gerade seine Stärke.

Nachdem ich ihm die Adresse des Ladens durchgegeben hatte, verabschiedete er sich mit einem »Dann bis gleich!«, und schon hatte er aufgelegt. Und da stand ich nun mit meinem Telefon in der Hand und wusste gar nicht recht, wie mir geschah.

Ich musterte mein Spiegelbild in der Fensterscheibe. Mein Outfit – schwarze Jeans und knallblaues Tanktop – war wohl kaum das Passende für ein Treffen mit einem renommierten Kunstkritiker.

Nachdem ich Ally und Finn, die gerade mit den Fußbodenleisten beschäftigt waren, erklärt hatte, worum es ging, schoben sie mich förmlich aus dem Laden. »Wir nehmen das neue

Telefon für dich in Empfang«, versicherte mir Ally. »Los, auf mit dir, kümmere dich um deine Angelegenheiten.«

Ich bedankte mich und sprang ins Auto, um zu meiner Wohnung zu fahren, wo ich das geheimnisvolle Teeservice mit dem Pfauenmuster einsammelte, das ich ganz unten in meinem Schrank verstaut hatte. Ich legte den cremefarbenen Lederkoffer auf dem Bett ab und durchwühlte den Schrank nach etwas Passendem zum Anziehen.

Am Ende entschied ich mich für eine schmal geschnittene Nadelstreifenhose und eine hochgeschlossene Rüschenbluse in Rubinrot. Jeans und Tanktop landeten in einem unordentlichen Haufen auf dem Bett.

Nachdem ich mich umgezogen hatte, versuchte ich, meinen außer Kontrolle geratenen Pferdeschwanz zu bändigen. Da mir nicht mehr viel Zeit blieb, schnappte ich mir eine Handvoll Haarklemmen aus dem Badezimmerschrank und steckte meine Haare hastig zu einer Banane hoch. Perfekt gelang sie zwar nicht, aber mehr konnte ich auf die Schnelle nicht tun.

Nachdem ich meine Turnschuhe durch rote Ballerinas ersetzt hatte, lief ich mit dem Koffer voll leise klirrendem Geschirr zu meinem Wagen. Bei der Vorstellung, diesem Xander North mit einem Koffer voller Scherben unter die Augen treten zu müssen, bekam ich rote Panikflecke im Gesicht. Vorsorglich wickelte ich das Teeservice in mehrere Decken, die ich stets im Kofferraum aufbewahrte, und schnallte es auf dem Rücksitz fest. So vorsichtig, als hätte ich ein Neugeborenes dabei, fuhr ich zurück zum Laden. Zum Glück fand ich direkt hinter dem Haus einen freien Parkplatz.

Finn begrüßte mich in der Tür. »Du siehst smart aus. Wie eine von den Teilnehmerinnen bei *The Apprentice.*«

»Soll das ein Kompliment sein?«, witzelte ich.

Ally wischte sich einen Farbklecks von der sommersprossigen Wange. »Dein neues Telefon ist übrigens da. Wir haben dem Typen gesagt, er soll es dort installieren, wo das alte auch war. Ich hoffe, das passt so.«

»Super, perfekt. Danke!«

»Und wir sind mit dem Fenster in deinem Büro fertig.« Finn strahlte. »Willst du es dir mal ansehen?«

Ich verstaute den Koffer mit dem Geschirr unter dem Tresen und hastete nach hinten ins Büro, um die Malerarbeiten zu begutachten, ehe Xander North eintraf.

Die Bürotür erstrahlte bereits in *Scottish Mist,* und dahinter standen der restaurierte Mahagonitisch sowie ein schwarzer Bürostuhl und ein Besucherstuhl aus Leder und Chrom, die vor einigen Tagen geliefert worden waren. Ich stieß einen begeisterten Laut aus. Dad hatte mir gar nicht erzählt, dass er den Tisch heute vorbeibringen würde.

Es war das erste Mal, dass ich mein fertig eingerichtetes Büro sah, und ich kam mir vor wie ein kleines Mädchen, das ein neues Puppenhaus bekommen hatte. Ich setzte mich auf den Drehstuhl, fuhr nach links und rechts, öffnete die frisch gebeizten Schreibtischschubladen und spürte den petrolblauen Teppich unter meinen Füßen, den Dad für mich ausgelegt hatte.

Nein, ich war kein kleines Mädchen mit einem neuen Puppenhaus. Ich war ein Bond-Schurke in seinem Arbeitszimmer!

Ausgelassen wirbelte ich in meinem Stuhl herum und brummelte mit meiner besten Sean-Connery-Stimme: »Erwarten Sie von mir, dass ich rede?«

Dann erwiderte ich als Bösewicht Goldfinger: »Nein, ich erwarte von Ihnen, dass Sie sterben, Mr. Bond.«

Kichernd drehte ich mich weiter auf dem Stuhl herum, bis ich einen Blick auf die Tür erhaschte.

Ein Augenpaar von der Farbe des Mittelmeers musterte mich hart und unbeeindruckt. »Ms. Harkness, nehme ich an?«

Ich fühlte mich, als wäre mein Hintern am Stuhl festgeklebt. Hastig sprang ich auf. So heiß, wie meine Wangen waren, musste ich krebsrot sein. »Ich … ähm … Entschuldigen Sie, ich … Ich habe die Ergonomie getestet und …«

Nun halt schon den Mund, Sophie! Halt einfach den Mund!

Der Mann mit den bemerkenswert blaugrünen Augen musterte mich von Kopf bis Fuß. »Ich habe nicht viel Zeit«, bemerkte er sichtlich gelangweilt.

Mir rutschte das Herz in die Hose. *O nein. Sag bitte nicht, das ist er …*

Ich sah auf die Uhr. Es war elf. Entsetzt sackte ich in mich zusammen.

Resigniert hörte ich den Mann mit den faszinierenden Augen und dem geringschätzigen Blick die Worte sagen, die meine schlimmsten Befürchtungen bestätigten: »Ich bin Xander North.«

Kapitel 15

Dieser Mann entsprach nicht im Geringsten meinen Erwartungen.

Ich hatte mir Xander North als älteren Herrn mit elegantem Gehstock und Krawattenschal vorgestellt – einer von diesen stattlichen altmodischen Briten mit Schnurrbart und gepunktetem Einstecktuch in der Jacketttasche. In Wahrheit aber war er ein großer, ziemlich beeindruckender Typ Ende dreißig mit dichtem dunklem Haar, missmutig zusammengezogenen Augenbrauen und einer insgesamt eher düsteren Ausstrahlung. Einen Krawattenschal trug er auch nicht. Stattdessen hatte er einen perfekt sitzenden dunkelblauen Anzug und darunter ein weißes Hemd an, bei dem die obersten beiden Knöpfe offen standen.

Ich stand da und knetete nervös die Finger. *O Gott.* Er musste meine James-Bond-Imitation mitbekommen haben. Mir brannten die Wangen vor Scham, und ich konnte ihm nicht ins Gesicht sehen. Ich räusperte mich und reichte ihm die Hand. »Sophie Harkness. Schön, Sie kennenzulernen.«

Er nahm meine Hand und drückte sie kurz und professionell. »Ich hoffe, ich störe nicht.« Seine Worte troffen förmlich vor Sarkasmus.

Ich hätte im Erdboden versinken können. *Was? Nein, ganz und gar nicht. Sie haben mich nur dabei erwischt, wie ich mich komplett blamiere.*

»Nein, natürlich nicht«, sagte ich laut und verzog den Mund zu einem hoffentlich halbwegs entspannten Lächeln. »Darf ich Ihnen vielleicht einen Tee oder Kaffee anbieten?«

Er warf einen ungeduldigen Blick auf seine klobige Armbanduhr. »Nein danke. Ich stehe unter Zeitdruck und würde gern einfach nur einen Blick auf das Teeservice werfen.«

Seine brüske Art traf mich zwar, aber ich antwortete nur: »Ja, natürlich.« Dann bedeutete ich ihm, mir nach vorn in den Verkaufsraum zu folgen. Während er hinter mir herlief, schloss ich kurz die Augen vor Scham. Xander North musste mich für die letzte Idiotin halten.

Ally und Finn verdünnisierten sich in weiser Voraussicht zum Bäcker, um frischen Kaffee und Mittagessen zu holen, und ich bückte mich unter den Tresen, um den Koffer mit dem Geschirr hervorzuziehen. Dann öffnete ich die Verschlüsse, der Deckel sprang auf, und das Geschirr in all seiner blau-grün-goldenen Pracht kam zum Vorschein.

Ich riskierte einen kurzen Blick auf Xander North, der neben mir stand und unter beeindrucktem Murmeln die einzelnen Bestandteile des Sets begutachtete, die im warmen Licht der Junisonne schimmerten, die durchs Ladenfenster hereinfiel. Er deutete auf die Teetassen. »Darf ich?«

»Aber natürlich.«

Er nahm eine Tasse aus ihrer Mulde aus schwarzem Samt und drehte sie im Licht. Insbesondere achtete er dabei auf die Unterseite. »Und Howard meinte, das Service sei Ihnen einfach in die Hand gedrückt worden?«

»Ja. Eine elegant gekleidete ältere Dame kam herein, drückte mir einen Karton mit dem Koffer darin in die Hand und verschwand sofort wieder. Nicht einmal ihre Kontaktdaten hat sie mir dagelassen.«

Verstohlen betrachtete ich das Profil dieses imposanten Mannes. Er hatte ein ausdrucksstarkes Kinn, das Entschlossenheit verriet.

Die Stille war fast schon greifbar. Ob er wohl ahnte, aus welcher Manufaktur das Geschirr stammte? Falls ja, ließ er sich nichts anmerken.

Ein letztes Mal musterte er die Tasse von allen Seiten. »Seltsam«, murmelte er mit einem Hauch von schottischem Akzent in seinem ansonsten blütenreinen Oxford-Englisch. »Normalerweise gibt es irgendeine Marke – einen Stempel oder ein Malerzeichen. Aber hier ist nichts.« Sorgfältig verstaute er die Tasse wieder in ihrem Fach. »Was wissen Sie über Porzellan, Ms. Harkness?«

Ich reckte das Kinn. »Ich würde sagen, ich kenne mich ganz gut aus. Meine Großmutter war eine leidenschaftliche Sammlerin antiker Porzellanwaren. Deswegen eröffne ich diesen Laden hier überhaupt.«

Xander North musterte mich verblüfft. »Sie wollen Geschirr verkaufen? Hier, mitten im Nirgendwo? Ich bin mir sicher, die Anwohner sind bereits mit Teekannen versorgt, meinen Sie nicht?«

Ich setzte ein kühles Lächeln auf. Er tat ja fast so, als wäre Briar Glen das Ende der Welt! »Wir haben hier viel Tourismus, und die Anwohner waren richtiggehend begeistert von der Idee, diesen Laden zu eröffnen. Ich werde eine bunte Mischung aus modernen und traditionellen Waren anbieten. The Cup That Cheers …«

Sein skeptischer Blick ließ mich innehalten, und ich biss

gefrustet die Zähne zusammen. Offenbar hielt er sich für *die* Koryphäe in Sachen Teegeschirr.

»Howard meinte, er hätte mir gern geholfen, den Ursprung dieses Service zu ermitteln, aber da er nach Venedig musste, hatte er keine Zeit. So ein Jammer.« Ich ließ meine Worte bedeutungsschwanger in der Luft hängen. Es war wirklich schade, dass Howard mir nicht helfen konnte, denn jetzt musste ich diesen fürchterlichen Xander North mit seinen kritischen Blicken und seiner brüsken Art ertragen.

Er musterte mich abschätzig. »Es mag Ihnen nicht bewusst sein, aber ich bin Experte für antikes Geschirr.«

Ich presste die Lippen zusammen. Dann erwiderte ich: »Howard hat mir nur erzählt, dass Sie Kunstkritiker sind.«

»Das stimmt auch. Aber zudem handle ich mit antiken Teeservicen. Und zwar äußerst erfolgreich.«

Innerlich verdrehte ich die Augen. Wie konnte man nur so von sich selbst überzeugt sein?

Erneut richtete er seine Aufmerksamkeit auf das Porzellan. »Sie sind eine ganz besondere Leidenschaft von mir.«

Ich hatte so meine Schwierigkeiten, diesen Mann und das Wort »Leidenschaft« unter einen Hut zu bringen.

Xander North hob den Koffer, um auch die Unterseite begutachten zu können. Unter seinem Hemd spannten sich seine Muskeln an. »Ich muss gestehen, etwas Ähnliches habe ich noch nie gesehen.«

»Haben Sie eine Ahnung, aus welcher Epoche es stammen oder wer der Künstler sein könnte?«

Er betrachtete das Pfauenmotiv. »Die Verwendung dieser Art von Vergoldungen hier wurde Ende des 19. Jahrhunderts sehr beliebt.«

»Ja, das meinte Howard auch schon.«

Er warf mir einen genervten Blick zu, der wohl so viel sagen sollte wie: *Und warum verschwenden wir dann meine kostbare Zeit?* Danach musterte er unbeeindruckt meinen frisch gestrichenen Laden. »Wenn ich mich nicht irre und das Service wirklich so alt ist, dürfte die Umgebung hier nicht unbedingt förderlich sein.«

Jetzt wurde ich aber langsam richtig sauer. Wollte er damit etwa sagen, dass das Geschirr bei mir nicht in guten Händen war? So ein Mistkerl! »Mr. North, ich habe das Teeservice an einem sicheren Ort bei mir zu Hause aufbewahrt und gut darauf aufgepasst. Daran wird sich auch in Zukunft nichts ändern.«

Doch er hob nur eine Braue. Herrgott noch mal! Der Mann tat ja gerade so, als würde ich hier Schmuddelhefte an schmierige Typen in Regenmänteln verkaufen! Langsam reichte es mir. Er war hier, um mich zu beraten, nicht um meinen Laden schlechtzumachen.

»Wenn Sie mich jetzt bitte entschuldigen würden, Mr. North.« Ich nahm ihm den Koffer ab.

Ihm klappte die Kinnlade herunter. »Was glauben Sie, was Sie da machen?«

»Auf mein Teeservice aufpassen«, fauchte ich. »Ich habe keine Eile und werde einfach auf Howards Rückkehr warten.«

Verärgert bedeutete mir Xander North, ihm den Koffer zurückzugeben. Tatsächlich war er höllisch schwer, aber das würde ich vor Mr. Stock-im-Hintern garantiert nicht zugeben. Ich biss die Zähne zusammen und hoffte, dass man mir die Anstrengung nicht allzu sehr ansah. Dann stellte ich den Koffer auf Mums Klapptisch ab.

Gerade wollte ich den Deckel zuklappen, da sah ich etwas Weißes durch die Luft flattern. Es war ein Blatt Papier. Offenbar war es in einem Geheimfach in dem samtgepolsterten Deckel verborgen gewesen.

Wie in Zeitlupe segelte es zwischen uns auf den mit Spritzschutz bedeckten Boden.

Ich bückte mich und hob es auf. Es schien sich um einen Brief zu handeln, der in einer geschwungenen schwarzen Handschrift verfasst war.

»Was ist das?«, fragte Xander North und versuchte, über meine Schulter mitzulesen, aber ich wandte mich schnell ab. »Mit Sicherheit nichts Wichtiges.«

Missbilligend runzelte er die Stirn. »Aber das sah aus wie ein Brief.«

»Tja, nun, ich bin sicher, wir brauchen uns nicht damit auseinanderzusetzen.«

Ich faltete den Brief sorgsam zusammen und verstaute ihn unter dem Tresen. Vor Xander »Sonnenschein« North würde ich ihn ganz sicher nicht lesen.

Seine Vorurteile gegenüber Briar Glen und meinem Geschäft hatten mir den Rest gegeben. Auf diese Art Hilfe konnte ich gut und gern verzichten!

Kapitel 16

31. März 1900

Jonathan,
warum behandeln Sie und Ihre Familie mich auf diese Weise? Die Lügen und Gerüchte, die Sie in die Welt gesetzt haben, sind schlichtweg grausam. Sie können nicht auf ewig vor Ihrem schlechten Gewissen davonlaufen. Gestehen Sie sich endlich ein, dass Ihr Verhalten ebenso wie das Ihrer Familie mir gegenüber unehrenhaft war.
Auch wenn dieses Geschirr fraglos wunderschön ist, würde ich niemals akzeptieren, was Sie mir nahelegen. Ich wünsche und erwarte auch keine Reichtümer. Ich will einzig, dass die Wahrheit ans Licht kommt und der Gerechtigkeit Genüge getan wird. Ihnen muss doch bewusst sein, dass die Wahrheit eines Tages unweigerlich ans Licht kommen wird! Sie können dem Geschehenen und seinen Folgen für alle Beteiligten nicht entkommen. Glauben Sie nicht, dass meine Forderung nach Gerechtigkeit von entsprechender Wichtigkeit ist? Sehen Sie denn wirklich nicht, wie viel ich erleiden musste?
Ich bitte Sie, mein Flehen zu erhören und einzugestehen, dass ich dessen, was mir zum Vorwurf gemacht wird, nicht schuldig bin. Sie wissen sehr wohl, wer der wahre Schuldige ist und was zu erleben ich gezwungen war.
Freundlich Briar Forsyth

Xander North warf einen gestressten Blick auf seine Uhr. »Entschuldigen Sie, aber ich muss jetzt wirklich gehen, sonst komme ich zu spät zu meinem Geschäftsessen.«

Doch ich war in Gedanken viel zu sehr mit dem Brief beschäftigt, den ich gleich noch einmal sorgfältig lesen würde. Schon die wenigen Worte, die ich beim Überfliegen erfasst hatte, wühlten mich auf.

»Ms. Harkness«, riss mich Xander North unhöflich aus meinen Grübeleien.

Ruckartig sah ich auf. »Ähm, ja, Entschuldigung.«

Sichtlich genervt seufzte er auf. »Wenn Sie mir freundlicherweise gestatten würden, das Teeservice mitzunehmen, könnte ich einen bekannten Porzellanspezialisten kontaktieren, mit dem ich befreundet bin, und es ihm zeigen.«

Entschlossen schüttelte ich den Kopf. »Ich möchte das Geschirr aktuell nicht aus der Hand geben.«

Er verschränkte die Arme vor der Brust. »Aber wollten Sie es nicht schätzen lassen?«

»Sicher.« Ich nickte Ally und Finn zu, die mit frischem Kaffee und braunen Papiertüten voller Speckbrötchen, die einen köstlichen Duft verströmten, aus der Mittagspause zurückkamen. »Aber nachdem der Brief aufgetaucht ist, würde ich zunächst lieber selbst etwas recherchieren.«

Xander North wirkte ungerührt. »Ich dachte, Sie wollen einen Laden eröffnen.«

»Will ich und werde ich«, erwiderte ich.

»Multitasking also«, antwortete er leicht spöttisch.

Ich war kurz davor, an die Decke zu gehen. »So könnte man es ausdrücken, ja.«

Er zupfte die Manschetten seines makellos weißen Hemds

zurecht. »Dann sind Sie also nicht bereit, mir das Teeservice mitzugeben?«

Ich merkte, wie ich rot wurde. »Genau, ich werde es erst mal behalten.«

Xander North machte sich nicht die Mühe, sich ein entnervtes Augenrollen zu verkneifen. »Es gibt nichts, was ich dagegen tun könnte. Aber wenn es Ihnen nichts ausmacht, könnte ich in den Archiven stöbern, um herauszufinden, ob es irgendwo Aufzeichnungen zu ähnlichen Entwürfen gibt.«

»Ja, das wäre sehr freundlich, danke.«

Ich beobachtete, wie er in seine Jacketttasche griff und eine schwarze, mit goldener Schrift geprägte Visitenkarte herausholte. *Xander North, Kunstkritiker & Auktionator* stand darauf, gefolgt von seiner E-Mail-Adresse und Handynummer. »Ich melde mich bei Ihnen.«

Und damit verließ er den Laden.

Nachdem ich mich kurz geschüttelt hatte, um das unangenehme Gefühl loszuwerden, das er mit seiner herablassenden Art bei mir ausgelöst hatte, holte ich den Brief wieder unter dem Tresen hervor und las ihn noch einmal gründlich.

Wer auch immer diese Briar Forsyth gewesen war, ihr musste großes Leid widerfahren sein. Aber wer war sie gewesen? Und war sie nach dieser Stadt benannt worden? Es schien fast so, denn als Vorname war »Briar« überaus ungewöhnlich. Wenn sie aber nach Briar Glen benannt war, dann bestand eine hohe Wahrscheinlichkeit, dass sie hier in der Gegend gelebt hatte. Und wer war dieser Jonathan, an den der Brief gerichtet war?

Ich sah auf und musterte noch einmal das Teeservice mit seinen auffälligen Farben und dem Pfauenmotiv. Zwischen dieser Briar Forsyth, dem Service und dem Mann namens Jonathan musste irgendeine Verbindung bestanden haben. Aber welche?

Mich beschlich das seltsame Gefühl, Briar Forsyth würde aus der Vergangenheit die Hand nach mir ausstrecken. Als wäre in dem Brief noch vieles ungesagt geblieben. Als gäbe es Fragen, auf die ich eine Antwort finden sollte.

Kapitel 17

1970, Briar Glen

Zwar hatte Helena erst einige wenige Vormittage für Mrs. Auld gearbeitet, wusste aber jetzt schon, dass sie ihre neue Tätigkeit liebte.

Montags, mittwochs und freitags von halb zehn bis halb drei würde sie von nun an regelmäßig bei Sparkling Gifts aushelfen.

Der Souvenirladen befand sich in der ehemaligen Kurzwarenhandlung am Rand des Marktplatzes. Mrs. Auld hatte ihren Feenstaub über den Räumlichkeiten verstreut und aus dem etwas tristen kleinen Laden mit dem einfachen Tresen aus Holz und Glas, kopflosen Holzpuppen und dunkel getäfelten Wänden eine farbenfrohe Oase erschaffen, in der es von Untersetzern und Gläsern über Schreibwaren und sogar Geschirrtücher nahezu jeden denkbaren Gegenstand mit Briar-Glen-Motiv zu kaufen gab.

Doch das war Mrs. Auld nicht genug gewesen, und so hatte sie noch ein Sortiment an Porzellanwaren mit Blumenmuster bestellt, das sie in den Regalen in der Ladenmitte ausstellen wollte. Dort würde sich Helenas Reich befinden.

Helena war begeistert von der Atmosphäre des Ladens mit seiner bunten Mischung aus Eindrücken und Mustern, den Schottenkaros und Bildern von Seen und Burgen tief in den Highlands.

An ihren bisherigen Arbeitstagen hatte sie Marnie in die Schule gebracht und war von dort aus direkt in den Laden gegangen. Aber es fiel ihr immer schwerer, die nagende Sorge zu unterdrücken, dass Donald ihr kleines Geheimnis entdecken könnte.

Dennoch verspürte sie eine tiefe Zufriedenheit, als sie an diesem Tag auf Sparkling Gifts zulief und die schimmernden Fenster und das in Hellblau und Silber gehaltene Ladenschild vor ihr auftauchten. Es war ein unscheinbarer Junimorgen, und die anderen Geschäfte erwachten gerade erst aus ihrem Schlummer.

Helena genoss das Gefühl, ein Teil vom alldem zu sein. Sie schob sich das dunkle, schimmernde Haar über die Schulter und trat ein.

Die erste Geschirrlieferung war eingetroffen, und Mrs. Auld mit ihrem warmen Lächeln, der üppigen Oberweite und der dauergewellten kupferfarbenen Mähne stand schon über die Kisten gebeugt da, die der Lieferant auf dem Tresen abgestellt hatte. »Ah, du kommst genau richtig, Helena! Ich glaube, die sind für dich.«

Während Mrs. Auld einige Zierrahmen sortierte, verschwand Helena im Hinterzimmer, wo sie ihre taillierte weiße Jacke ablegte.

Sie dachte zurück an den Tag, an dem sie zögernd vor dem einladenden Eingang des Souvenirladens gestanden hatte, nachdem sie die Stellenanzeige entdeckt hatte. Die Chance hatte sich ihr wie von selbst geboten.

Vor der Hochzeit mit Donald hatte sie in verschiedenen Kaufhäusern in Glasgow gearbeitet. Dort hatte sie auch ihre Liebe zu Porzellanwaren entdeckt. Hatte sich über die neusten Geschirrmoden belesen und herausgefunden, dass

Biskuitporzellan die bekannteste Art des Brennens war und eine poröse Oberfläche erzeugte, die vor dem Glasieren eine größere Auswahl an Verzierungsarbeiten mit Farben und Unterglasuren erlaubte und gleichzeitig das Geschirr so stark härtete, dass es deutlich stärker als bei manch anderen Verfahren vor Sprüngen und Rissen geschützt war. Sie hatte gelernt, dass viele Hersteller gezogene Henkel dem Bandhenkel vorzogen, da sie organischer wirkten und eine fließendere Linie ergaben. Insgesamt konnte Helena im Gegensatz zu ihren Kolleginnen mit ihrem beträchtlichen Wissensschatz über verschiedene Geschirrstile und -moden glänzen, anstatt die Kunden in Verkaufsgesprächen mit dem hübschen Aussehen oder dem günstigen Preis der Ware locken zu müssen.

Ihre erste Stelle hatte Helena in der Parfümabteilung des renommierten Glasgower Kaufhauses Drury's angetreten. Sie hatte es genossen, zwischen exotischen Düften und eleganten Flakons zu arbeiten. Und doch war es stets die Porzellanwarenabteilung, die sie angezogen hatte wie ein Magnet. Die Gingan-Tischtücher, schimmernden Tassen und bemalten Teekannen, die von üppigen Blumendekorationen umgeben waren, waren für sie das reinste Fest der Sinne gewesen.

Als Helena glaubte, sich ausreichend Wissen angelesen zu haben, nahm sie eines Tages allen Mut zusammen und wandte sich an Mr. Hannigan, der die Porzellanwarenabteilung leitete.

Anfangs schien er nicht recht zu wissen, was er von dieser jungen Frau mit den großen Augen, dem langen Haar und den vielen Kurven halten sollte, die aus der Parfümabteilung zu ihm wechseln wollte. Doch als Helena zwischen den Vitrinen umherlief, voller Begeisterung von seinem Sortiment schwärmte und ihm einen Vortrag darüber hielt, dass Deckel und Kanne niemals richtig zusammenpassen würden, wenn sie während des Trocknungsprozesses voneinander getrennt wurden, begriff Edgar Hannigan, dass sie eine echte Bereicherung für seine Belegschaft sein würde.

Helena bildete sich kontinuierlich weiter, und nachdem sie zwei Jahre lang Erfahrungen in der Porzellanwarenabteilung bei Drury's gesammelt hatte, wurde sie vom Leiter des konkurrierenden Kaufhauses Carter's abgeworben. Da er ihr nicht nur ein deutlich höheres Gehalt, sondern auch die Position der Abteilungsleiterin anbot, hatte Helena nicht widerstehen können.

Carter's war eigentlich nicht die Art Laden, in der Donald häufiger einkaufte. Doch eines Tages hatte er auf der Suche nach einem Geschenk für seine Mum in der Porzellanwarenabteilung gestanden. Aber es waren nicht das Spode oder das Royal Albert, die seine Aufmerksamkeit fesselten, sondern die entzückende Abteilungsleiterin mit ihren funkelnden blauen Augen und dem dunklen Haar.

Wie hatte sich ihr Leben nur verändert, seit sie Donald kennengelernt und geheiratet hatte! Und diese Stelle hier bei Sparkling Gifts war ihre Chance, wieder zu ihrem alten Ich zurückzufinden, das sie im Lauf der Jahre verloren hatte.

Donald hatte keine Ahnung, dass seine Frau sich danach sehnte, ihren eigenen kleinen Porzellanwarenladen zu eröffnen. Dass sie ihrer Leidenschaft nachgehen und gleichzeitig mehr Unabhängigkeit erreichen wollte. Genauso wenig wie er wusste, dass Helena heimlich ihre liebsten Teeservice behalten hatte.

Sie warteten ordentlich in Schachteln verpackt hinter ihrer Schuhsammlung ganz hinten in ihrem Schrank. Sie brachte es einfach nicht über sich, sich von ihnen zu trennen. Weil es einem Eingeständnis gleichgekommen wäre, dass ihr Traum niemals wahr werden würde. Und diese Vorstellung ertrug sie nicht.

Nun straffte sie die Schultern und machte sich daran, die Lieferung auszupacken. Im Geiste war sie schon dabei, das Arrangement in den Vitrinen und Regalen zu planen.

An jenem Tag einige Wochen zuvor hatte sie Sparkling Gifts betreten und Mrs. Auld gleich in ihrem ersten Vorstellungsgespräch nahegelegt, dass sie ihren Umsatz steigern könne, wenn sie auch Porzellanwaren in ihr Sortiment aufnähme, und dass sie selbst gern einen Teil dazu beitragen würde, dem kleinen Laden, der ja noch in den Kinderschuhen steckte, zum Erfolg zu verhelfen.

Anfangs hatte Mrs. Auld mit sichtlicher Zurückhaltung reagiert. Aber Helena hatte recht damit gehabt, dass es in der Ladenmitte noch einen großen Bereich gab, der aktuell keinem Zweck diente. Ein bisschen gutes Zureden war zwar noch nötig gewesen, aber schließlich war es Helena gelungen, Mrs. Auld von ihrem Vorschlag zu überzeugen.

Und da war sie nun, bereit für eine neue Schicht und einen neuen Tag.

Helena nahm die Schere und öffnete einen weiteren Karton. Ihr war bewusst, dass es nur noch eine Frage der Zeit wäre, bis Donald entdecken würde, was sie hier trieb. Es würde Streit geben, heftige Vorwürfe, dass sie hinter seinem Rücken gehandelt hatte.

Doch damit würde sie sich auseinandersetzen, wenn es so weit wäre. Und bis dahin würde sie das herrliche Gefühl genießen, endlich wieder ihren Lebenstraum zu verfolgen.

Die nächsten Tage verbrachte ich damit, Warenbestellungen zu bestätigen und die Lieferdaten für meine neue Kasse und das Kartenlesegerät zu vereinbaren. Außerdem trafen die Logo-Entwürfe von Ewan ein.

Er hatte sich drei verschiedene Versionen ausgedacht – eine schöner als die andere. Am Ende entschied ich mich aber für Entwurf Nummer zwei, der mir auf dem Bildschirm sofort ins Auge gesprungen war und genau den traditionellen, gemütlichen Charme versprühte, den ich auch im Inneren des Ladens erzeugen wollte. Das Logo zeigte die Worte *The Cup That Cheers* in weißer Schnörkelschrift auf einem Hintergrund in sattem Flieder.

Links neben dem Wort *The* befand sich ein Teekessel in Lila und Weiß, rechts neben dem *Cheers* eine passende Teetasse. Ewan hatte außerdem eine kleinere Version des Logos für das Schild gestaltet, das von der Stange über der Tür hängen sollte.

Bei dem Anblick der Entwürfe hatte ich das Gefühl, dass langsam alle Fäden zusammenliefen. Mein Plan schien aufzugehen – auch wenn mir bewusst war, dass das nicht immer so bleiben musste. Die Lektion, wie schnell ein Projekt trotz aller Organisation und akribischen Planungen den Bach hinuntergehen konnte, hatte ich aus meinem letzten Leben als Hochzeitsplanerin mitgenommen.

Aber wenn alles so weiterlief wie erhofft, würde The Cup That Cheers am 30. Juni seine Türen öffnen können.

Den Laptop mit Ewans Entwürfen auf dem Schoß kuschelte ich mich auf dem Sofa ein und rief ihn an, um einige Details abzuklären.

Er war überglücklich, dass mir seine Entwürfe so gut gefielen. Innerhalb der nächsten Tage würde er mir die Rechnung schicken. »Ach so, und haben Sie eigentlich schon mehr über das geheimnisvolle Teeservice herausgefunden, das diese Frau neulich bei Ihnen abgegeben hat?«

»Noch nicht. Der Auktionator, den mir meine Großmutter empfohlen hat, kann mir leider nicht helfen und hat mich an einen Typen namens Xander North verwiesen, der …«

Am anderen Ende der Leitung schnappte Ewan beeindruckt nach Luft. »Sagten Sie gerade Xander North? *Der* Xander North?«

»Ähm … ja? Ich denke schon. Wieso?«

Ewan klang fast schon ehrerbietig, als er antwortete: »Er hat vor ein paar Monaten einen Vortrag an meiner Uni gehalten. Es ging darum, ob Graffitis als Kunst gelten sollten oder nicht. Die meisten Mädchen im Kurs waren völlig hin und weg von ihm.«

Ich stieß einen entrüsteten Laut aus. »Also, was das Teeservice betrifft, hat er keinen nennenswerten Beitrag geleistet. Er meinte allerdings, dass er in den Archiven nach möglichen ähnlichen Entwürfen suchen will, die ihm vielleicht weiterhelfen.«

Ewan schien immer noch total von den Socken zu sein. »Nach allem, was ich über ihn weiß, *liebt* er antikes Porzellan. Keine Ahnung, ob er nur bescheiden wirken wollte, aber er meinte, die paar Mega-Auktionen, die ihm gelungen seien, seien reine Glückssache gewesen.«

Ich hob die Brauen. »Bescheiden« war ungefähr das letzte Wort, das mir im Zusammenhang mit Xander North einfiel. Zwar war ich nur kurz in den Genuss des zweifelhaften Vergnügens seiner Gesellschaft gekommen, hatte dabei aber den deutlichen Eindruck gewonnen, dass er zu den Männern zählte, die morgens ihrem Spiegelbild zuzwinkerten, ehe sie das Haus verließen.

»Aber er kennt wirklich die halbe Kunstwelt«, schwärmte Ewan ungerührt weiter. »Irgendwie wird er Ihnen über seine Kontakte sicherlich weiterhelfen können.«

»Übrigens enthielt der Koffer mehr als nur das Geschirr.« Ich erzählte Ewan von dem Brief, den ich aus Angst, ihn zu verlieren, wieder in das Geheimfach in dem Koffer gesteckt hatte, der neben mir auf dem Esstisch stand. Als ich bei den flehentlichen Bitten der Verfasserin an einen gewissen Jonathan angekommen war, kam Ewan aus dem Staunen gar nicht mehr heraus.

»Wow, was für eine Geschichte. Und die Frau hieß mit Vornamen Briar? Wie cool! Bei dem Namen war sie sicher aus der Gegend, oder?«

Ich nahm meine Teetasse vom Couchtisch und trank einen Schluck, verzog aber das Gesicht, weil er inzwischen eiskalt war. »Ja, das denke ich auch. Jedenfalls glaube ich nicht an einen Zufall.«

»Und weiß Xander North ebenfalls von dem Brief?«

Ich verdrehte die Augen. Ewan klang ja so, als hätten wir es mit Captain America, Spider-Man und dem Black Panther in einer Person zu tun! »Ich glaube nicht, dass er den Inhalt des Briefs auch nur halb so interessant fände wie das Teeservice.«

»Da bin ich anderer Meinung. Jedenfalls wenn es einen Zusammenhang zwischen Geschirr und Verfasserin geben sollte. Halten Sie das für möglich?«

»Möglich ist es schon, aber genau weiß ich es nicht.« Ich spielte mit meinem Pferdeschwanz herum. »Diese Briar spricht in dem Brief zwar von etwas Wertvollem, aber ob es dabei um das Teeservice geht, kann ich nicht sagen.«

»Ich habe noch ein bisschen Zeit, bis das College wieder losgeht«, meinte Ewan. »Wenn ich irgendwas für Sie recherchieren soll, brauchen Sie nur Bescheid zu sagen.«

Das Angebot kam mir mehr als gelegen, zumal es nur noch gut drei Wochen bis zur Eröffnung vom The Cup That Cheers waren und meine To-do-Liste eher länger als kürzer wurde.

»Danke, Ewan. Dann lass uns doch beide schauen, was wir über diese Briar Forsyth herausfinden können. Außerdem muss ich noch nach Bildern für die Ladenwände suchen. Sie sollten irgendwie zum Thema Teegeschirr passen.«

»Wenn Sie möchten, kann ich Ihnen jemanden empfehlen. Jake Caldwell. Er ist einer meiner Dozenten und seine Stillleben sind fantastisch. Auf seiner Webseite finden Sie eine Auswahl an Bildern von ihm.«

»Oh, danke für den Tipp! Ich sehe sie mir an.« Ich schrieb mir den Namen auf, und gleich nachdem Ewan und ich uns verabschiedet hatten, rief ich Jake Caldwells Seite auf. Sie war elegant in Schwarz und Creme gehalten und zeigte ein professionelles Foto von ihm neben einer Galerie mit seinen Bildern, die langsam als Slideshow über den Bildschirm glitten. Er hatte dunkelblondes, kurzes Haar, funkelnde Bernsteinaugen und war ausgesprochen attraktiv. Aber ich war ja nicht wegen seines Aussehens auf seiner Seite, sondern wegen seiner künstlerischen Qualitäten. Und seine Werke waren alles andere als enttäuschend.

In der Galerie fand ich herrliche Aquarellbilder von üppigen Frühstückstischen, tropischen Blumensträußen, Porträts schmollender, nachdenklicher Frauen vor regengepeitschten Fenstern und die Kreidezeichnung eines älteren Mannes, der in seinem Sessel schlummerte.

Dann stieß ich auf ein Bild, das mich sofort fesselte. Es war deutlich schlichter als Caldwells übrige Werke und zeigte eine klobige beige Teekanne im Landhausstil auf einem alten Holztisch. Daneben standen zwei Teetassen mit passenden Untertassen, beide mit gelbem und rosafarbenem Blütenmuster verziert, und ein Teller mehlbestäubter Scones. Die Farbkontraste und die Schatteneffekte waren ganz nach meinem Geschmack. Das Bild wirkte so realistisch, dass es mir in den Fingern juckte, über die heiße, schimmernde Keramikoberfläche der Kanne zu streichen. Vor meinem geistigen Auge sah ich das Bild bereits in meinem Laden hängen.

Auf der Webseite waren keine Preise angegeben. Was Jake Caldwell wohl für seine Werke haben wollte? In seiner Biografie waren mehrere Auftragsarbeiten für Angehörige des niederen Adels, eine ehemalige Premierministerin und zwei bekannte schottische Schauspieler aufgeführt. Ganz günstig waren sie also sicherlich nicht!

»Jake hat bei dem hochgelobten modernen Künstler Dickens Muirfield in Frankreich studiert, ehe er sich mit seinen tiefgründigen Interpretationen des Menschseins in der Londoner Kunstszene einen Namen gemacht hat«, hieß es in seinem Lebenslauf. »Vor zehn Jahren ist er nach Schottland zurückgekehrt, wo er an der City School of Arts als Dozent tätig ist und weiterhin als freier Künstler Werke schafft, die ebenso sinnstiftend wie sinnlich sind.«

Mit gehobenen Brauen las ich weiter. Wenn er das selbst

geschrieben hatte, mangelte es ihm eindeutig nicht an Selbstbewusstsein. Und das würde sich sicherlich auch im Preis seiner Bilder bemerkbar machen.

Aber zum Glück musste ich dank Gran ja nicht auf jeden Penny achten.

Ich speicherte Jake Caldwells Handynummer, die auf der Webseite angegeben war, in meinem Telefon ab und beschloss, ihn am nächsten Tag anzurufen.

Am Samstag pfiff ein für Juni ungewöhnlich steifer Wind um das Haus, in dem sich meine Wohnung befand.

Gegen zehn sollten die Kasse und das Kartenlesegerät geliefert werden, aber ich wollte schon eine Weile vorher im Laden sein, Jake Caldwell anrufen und am Laptop an den Social-Media-Accounts für den Laden arbeiten.

Ich hatte ein paar Ideen für Promo-Aktionen, außerdem wollte ich auf meiner Webseite die Reihe »Teeservice der Woche« ins Leben rufen, in der ich besonders interessante historische Porzellanwaren und ihre Geschichte vorstellen würde. Vielleicht würde ich auch hin und wieder Wettbewerbe ausrichten, in denen meine Follower posten sollten, mit wem sie gern einmal Tee trinken würden und wieso. Als Gewinn würde es eine Teekanne ihrer Wahl aus meinem Sortiment und einen Rabattgutschein geben.

Allerdings fühlte ich mich mit der Einrichtung der Webseite ein wenig überfordert und beschloss, Ewan zu bitten, sich bei seinen Collegefreunden umzuhören, ob mir vielleicht jemand weiterhelfen könnte. Welch ein Glück hatte ich nur gehabt, dass Finn mir seinen Sohn empfohlen hatte. Ewan war schon jetzt ein unersetzlicher Teil meines Teams.

Danach rief ich Jake Caldwell auf dem Handy an, erreichte aber nur seine Mailbox, auf der er mit samtweicher Stimme in einem Mischmasch aus schottischem und amerikanischem Akzent darum bat, ihm eine Nachricht zu hinterlassen. Ich beschrieb kurz, wer ich war, und fragte nach dem Preis für das Teekannen-Gemälde.

Danach schenkte ich mir eine Tasse Tee aus meiner Thermoskanne ein, baute meinen Laptop auf dem Tresen auf und sah mich in meinem Laden um, der eine erwartungsvolle Atmosphäre verströmte. Wann wohl die Kasse kommen würde?

Als ich auf die Uhr sah, fiel mir auf, dass es im Laden noch keine gab. Eine ungewöhnliche Wanduhr würde den altmodischen Charme, den ich mir für The Cup That Cheers wünschte, sicherlich noch unterstreichen. Die Wand gegenüber vom Tresen erschien mir besonders geeignet für einen Hingucker, wie er mir vorschwebte.

Ich hatte gerade einen Webshop mit absolut umwerfenden Wanduhren gefunden, da erregte eine Bewegung hinter der verglasten Ladentür meine Aufmerksamkeit. Die Lieferanten mit der Kasse konnten es nicht sein, sie würden erst in einer halben Stunde eintreffen.

Ich nahm den Ladenschlüssel vom Tresen und lief zur Tür. Durch die Milchglasscheiben erkannte ich, dass draußen jemand wartete. Als die Person vor die Schaufensterscheibe trat, brauchte ich kurz, um mir einen Reim auf den Anblick zu machen. Dann begriff ich, wen ich vor mir hatte, und spürte ein nervöses Kribbeln im Magen. Es war die elegante Dame mit den silbernen Haaren, die mir das Teeservice mit dem Pfauenmuster hinterlassen hatte!

Kapitel 18

Hoffnungsvoll schob ich den goldenen Schlüssel ins Schloss der Ladentür. Ob die Frau von dem Brief gewusst hatte? In jedem Fall musste ich mit ihr darüber reden – und über das Teeservice ebenso.

Aber ich war wohl zu optimistisch gewesen. Denn als die Frau sah, dass ich sie bemerkt hatte, fuhr sie zusammen und wurde leichenblass. Dann wirbelte sie herum und lief so schnell davon, dass ihr der weite pfirsichfarbene Rock nur so um die Beine wirbelte.

»Nun warten Sie doch!«, rief ich verzweifelt, während ich noch mit dem Schloss kämpfte. »Madam? Madam, bitte! Ich muss mit Ihnen reden!«

Ich riss die Ladentür auf und rannte der Frau hinterher. Aber wieder war sie wie vom Erdboden verschluckt. *Das gibt's doch nicht!*

Ich sah die Hauptstraße hinauf und hinunter. Ein paar ältere Herren schlenderten mit dicken Wochenendausgaben unter dem Arm durch die Fußgängerzone, und ein kleines Mädchen im Karokleid hüpfte auf den Treppen um die weißgoldene Stadtuhr herum. Doch keine Spur von der Dame mit dem Silberhaar.

Frustriert ging ich zurück zu meinem Laden und schloss die Tür hinter mir. Wenn die Frau nichts mehr mit dem Geschirr zu tun haben wollte, warum lungerte sie dann hier herum? Ob sie vielleicht Gewissensbisse bekommen hatte, weil sie es mir geschenkt hatte? Und wusste sie von dem Brief in dem Geheimfach? Vermutlich nicht, denn sonst hätte sie ihn sicherlich behalten, um mehr darüber herauszufinden.

Oder wusste sie davon und fragte sich nun, ob es wirklich richtig gewesen war, ihn mir gemeinsam mit dem Teeservice zu überlassen? Vielleicht hatte sie das Service inzwischen ja auch schätzen lassen und wollte es nun zurück. Andererseits wäre sie in diesem Fall aber wohl kaum einfach davongelaufen, anstatt mit mir zu reden. Ob sie wohl durchs Fenster gespäht hatte, um herauszufinden, ob ich das Service noch hatte oder bereits weiterverkauft hatte?

Ein lautes Klopfen an der Tür riss mich aus meinen Gedanken.

Ich öffnete einem rundlichen Mann im dunklen Arbeitsoverall. Die Samstagmorgensonne verfing sich in seinem spärlichen, bereits ergrauenden Haar. Um seinen Hals baumelte eine laminierte Karte. »Ich hätte hier eine Registrierkasse und ein Kartenlesegerät abzuliefern.«

Ich nahm die Rosen und Lilien in Rot, Vanille und Apricot, die ich als Mitbringsel für Mum besorgt hatte, aus der Vase in meiner Küche, um sie mit zu meinen Eltern zu nehmen. Meine Mutter hatte darauf bestanden, heute einen ihrer legendären Sonntagsbraten zuzubereiten.

Als ich gerade die tropfenden Stängel mit einem Stück Küchenrolle trockentupfte, klingelte draußen im Flur mein Handy.

Ich ließ die Blumen liegen und beeilte mich dranzugehen.

Jake Caldwell meldete sich mit seinem ungewöhnlichen schottisch-amerikanischen Akzent.

»Danke für Ihren Rückruf, Mr. Caldwell.«

»Nennen Sie mich doch bitte Jake. Und es tut mir leid, dass ich mich nicht gleich gestern gemeldet habe, aber ich musste dringend noch einen Auftrag fertigstellen.«

Während ich ihm zuhörte, musste ich an das faszinierende Bild von der Teekanne denken.

»Und Sie haben also Interesse an meinem Stillleben mit Kanne?«, fuhr er fort.

»Genau. Ich eröffne einen Porzellanwarenladen und glaube, das Bild würde sich perfekt an einer der Wände machen.«

»Das klingt ja großartig!« Er wirkte aufrichtig interessiert. »Verständlich, dass das Bild Ihr Interesse geweckt hat.«

Ich wappnete mich innerlich für den Augenblick, in dem Jake Caldwell den Preis nannte, und als hätte er meine Gedanken erraten, sprach er das Thema direkt an und nannte mir eine Summe, die zwar recht hoch, aber noch absolut im Rahmen war.

»Einverstanden«, sagte ich lächelnd.

»Hervorragend. Wenn Sie mir Ihre Adresse geben, liefere ich Ihnen das Bild morgen gern persönlich.«

»Aber bereitet Ihnen das nicht unnötige Umstände?«, fragte ich überrascht.

Doch Jake Caldwell versicherte mir, das sei nicht der Fall.

Also gab ich ihm die Adresse vom The Cup That Cheers durch. »Können Sie mir ungefähr sagen, wann Sie hier sein werden?«

Ich hörte ihn kurz auf einer Computertastatur herumtippen, dann sagte er: »Würde es Ihnen morgen gegen elf passen?«

»Ja, wunderbar sogar, danke.« Ich strahlte. »Gegen zehn soll morgen noch eine weitere Lieferung eintreffen, ich bin also ohnehin im Haus.«

Sobald ich aufgelegt hatte, warf ich das Handy in meine Handtasche und ging noch einmal in die Küche, um Mums Blumen aus dem Spülbecken zu holen.

Aber mein Handy hatte andere Vorstellungen. Ich war noch nicht einmal über die Küchenschwelle, da klingelte es erneut.

Ich wirbelte auf dem Absatz herum und lief zu meiner Tasche, um dranzugehen. In meiner Hast sah ich nicht aufs Display und ging einfach davon aus, dass es noch einmal Jake Caldwell war. »Haben Sie etwas vergessen?«

Einen Moment herrschte Stille, dann ertönte eine andere Männerstimme – heiserer und formeller diesmal. »Hier spricht Xander North.«

Meine Wangen wurden heiß. »Oh, entschuldigen Sie bitte. Ich dachte, Sie sind jemand anders.«

»Haben Sie einen Augenblick, Ms. Harkness?«

Ich schaute auf die Uhr. Bis ich zu Mum und Dad aufbrechen musste, hatte ich noch ein paar Minuten. Ich wollte gern laufen. Vorhin hatte es kurz geregnet, und jetzt sah die Welt sauber und frisch aus und lud förmlich zu einem Spaziergang ein.

»Ja, sicher«, antwortete ich.

»Wunderbar. Also ... Ich konnte mich etwas in meinem Archiv umsehen, und dabei ist mir eine Idee gekommen.«

Er klang ein winziges bisschen aufgeregt. Nun war ich gespannt. »Ja?«

»Es könnte sich natürlich um reinen Zufall handeln, aber das bezweifle ich. Könnten Sie bitte einen kurzen Blick auf die Unterseite des Kannengriffs werfen? Ich glaube, mich zu erinnern, dort ein Motiv gesehen zu haben. Und wenn es meinen Erinnerungen entspricht …« Er verstummte.

Langsam bekam ich richtiges Herzklopfen. »Wonach suche ich?«

»Nach einem Rosensymbol«, antwortete er. »Es dürfte sehr klein sein.«

»Und wenn sich das Symbol dort befindet? Was bedeutet das für das Service?«

Xander North klang – zumindest für seine Verhältnisse – richtiggehend lebendig. »Dann könnte das ein Hinweis darauf sein, dass Ihr Teeservice zu Beginn des 20. Jahrhunderts von einem Künstler namens Ernest Telfer kreiert wurde.«

Ich musste seine Worte kurz sacken lassen. »Moment. *Der* Ernest Telfer?«

Man konnte förmlich spüren, wie Xander North seine dunklen Brauen hob. »Sie kennen ihn also?«

»Aber sicher!« Es gelang mir nicht, die Begeisterung in meinem Tonfall zu zügeln. Ich wusste noch genau, wie Gran über seine filigranen Blumen und seine Liebe zu Tier- und Naturmotiven geschwärmt hatte. »Soweit ich weiß, war er ein stark unterschätzter Künstler hier aus der Region. Ich hätte nie gedacht, dass das Service von ihm sein könnte.« Mittlerweile platzte ich fast vor Aufregung. »Aber wenn ich so darüber nachdenke, weist es gleich mehrere Eigentümlichkeiten seines Stils auf. Sie erinnern an die von Thomas

Brogue. All das Gold und die geschwungenen Details …« Als ich bemerkte, dass ich ins Schwafeln geriet, riss ich mich am Riemen. »Meine Großmutter war begeistert von Ernest Telfers Arbeiten.«

Xander North sagte keinen Ton, sodass ich mich kurz fragte, ob er womöglich aufgelegt hatte.

»Mr. North? Sind Sie noch dran?«

»Ja, natürlich.« Nach weiterem Schweigen fragte er: »Dann sind Sie also mit seinen Arbeiten vertraut? Und mit Thomas Brogue ebenso?«

»Ja.« Nun war ich es, die kurz schwieg. »Warum fragen Sie?« Doch ich glaubte, die Antwort bereits zu kennen, und ließ ihn nicht zu Wort kommen. »Ah. Liegt es daran, dass ich keinen Abschluss in Kunstgeschichte aus Cambridge vorweisen kann?«

»Aber nicht doch. Ich bin einfach nur überrascht, dass Sie Künstler wie Telfer und Brogue kennen, weil das echtes Nischenwissen ist.«

Ich bemerkte selbst, wie steif ich auf einmal klang. »Na ja, ich kann zwar kein entsprechendes Studium vorweisen, aber was Porzellanwaren betrifft, sind Sie hier nicht der Einzige, der weiß, wovon er spricht.«

Er zögerte. Offenbar musste er erst verarbeiten, was ich da gesagt hatte. »Da dürften Sie wohl recht haben.« Und schon schaltete er wieder auf Geschäftsmodus um. »Was die Ernest-Telfer-Signatur betrifft, muss ich Sie warnen, dass es sich durchaus auch bloß um eine hervorragende Kopie handeln könnte. Allerdings wusste nur eine Handvoll Personen um dieses versteckte Symbol – eine Rose, die er an der Unterseite all seiner Kannengriffe anbrachte.«

Ich schluckte. In meinem Magen kribbelte es. »Verstehe.«

»Haben Sie das Teeservice zur Hand, Ms. Harkness?«

Ich rieb mir die Stirn. »Ja, es ist hier bei mir in der Wohnung.« Unten in meinem Schrank, um genau zu sein.

»Würden Sie dann freundlicherweise einen Blick unter den Griff der Teekanne werfen? Ich warte solange.«

Ich gab einen ausgesprochen unattraktiven Laut von mir. »Ich … ähm … natürlich. Einen Moment.«

Ich legte das Handy auf dem Flurtischchen ab und ging auf wackligen Beinen ins Schlafzimmer. Als ich die Spiegeltür meines Kleiderschranks aufzog, zitterten mir die Finger. Unten zwischen meinen Handtaschen stand der cremefarbene Lederkoffer.

Ich zog ihn hervor und legte ihn auf meinem Bett ab. Mein Herz pochte wie verrückt. Nachdem ich mir die schweißfeuchten Hände an der Jeans abgewischt hatte, machte ich die Scharnierverschlüsse auf. Mit einem leisen Klicken gaben sie den Deckel frei, und das Teeservice mit dem Pfauenmuster kam zum Vorschein.

Vorsichtig nahm ich die Kanne aus der Polsterung. Ein Teil von mir fürchtete sich vor dem, was ich unter dem Griff finden würde. Was, wenn da gar kein Rosenemblem war? Das schöne Gefühl, einen großen Schritt nach vorn gemacht zu haben, würde einfach verpuffen.

Nachdem ich mich innerlich gewappnet hatte, nahm ich vorsichtshalber den Deckel ab, damit er nicht herunterfiel. Dann drehte ich die Kanne langsam um.

Behutsam strich ich über die vergoldeten Details und weiter den elegant geschwungenen Griff entlang.

Anfangs fand ich nichts, und gerade wollte die Enttäuschung einsetzen, da ertastete ich eine kaum wahrnehmbare Unebenheit. Ich neigte die Teekanne ein wenig, um mir die Stelle genauer ansehen zu können – und hielt die Luft an.

Direkt unterhalb des Griffansatzes befand sich eine winzige Gravur.

Kapitel 19

Die Gravur sah so aus, als wäre sie mit einem kleinen, scharfen Gegenstand eingeritzt worden, und zeigte eine winzige, unbemalte Rose mit vier Blütenblättern.

Ich legte die Teekanne wieder in den Koffer und rannte zurück zu meinem Handy. »Sie ist da!«, stieß ich keuchend hervor. »Direkt unter dem Griff. Eine Rose mit vier Blütenblättern!«

Falls Xander North meine Entdeckung aufregend fand, ließ er sich nichts anmerken. »Dann könnte es sich tatsächlich um einen echten Ernest Telfer handeln«, meinte er nur gelassen.

»O Gott«, flüsterte ich. »O Gott!«

Nach kurzem Schweigen fügte er hinzu: »Ich kann nur wiederholen, wie überraschend ich es finde, dass Sie ihn überhaupt kennen.«

»Ja, das sagten Sie bereits. Aber warum, Mr. North? Weil Sie davon ausgegangen sind, mein Wissen über Geschirr würde sich auf die Küchenabteilung von IKEA beschränken?«

Er gab ein genervtes Seufzen von sich. »Nun werden Sie nicht albern. Natürlich nicht!«

Ich streckte ihm die Zunge raus, auch wenn er mich nicht sehen konnte, und fühlte mich gleich deutlich besser.

»Wir werden die Echtheit des Geschirrs natürlich noch von

einem unabhängigen Gutachter bestätigen lassen müssen«, fuhr Xander North fort. »Aber das sollte reine Formsache sein. Anschließend können wir es zur Versteigerung freigeben.«

Doch da gab es noch einen weiteren Punkt zu klären! »Und was ist mit dem Brief?«

»Wie bitte?«

Ich hatte ganz vergessen, dass Mr. North den Inhalt ja noch nicht kannte. Widerwillig erzählte ich ihm, was in dem Brief stand. »Wer immer diese Briar Forsyth auch war, sie schien in ernsthaften Schwierigkeiten zu stecken.« Ich schob eine Hand in die Hosentasche. »Vielleicht wusste die Frau, die mir den Koffer überlassen hat, ja von dem Brief oder kannte zumindest in Teilen die Geschichte dieses Service. Vielleicht ist das sogar der Grund dafür, dass sie die Sachen so dringend loswerden wollte.«

Xander North gab einen desinteressierten Laut von sich. »Ich glaube, Sie romantisieren diese Angelegenheit unnötig, Ms. Harkness. Allerdings könnte ein Brief aus der damaligen Zeit den Wert des Geschirrs sogar noch steigern.«

Entrüstet reckte ich das Kinn. Es gefiel mir nicht, dass ihn die mögliche Wertsteigerung durch den Brief mehr interessierte, als die Hintergründe zu recherchieren. »Schön, dann weiß ich ja jetzt, wie es um Ihre Prioritäten bestellt ist, Mr. North«, fauchte ich. »Aber ich werde das Service nicht aus der Hand geben, solange ich nicht wenigstens versucht habe, mehr über diesen Brief herauszufinden.«

»Gut, wie Sie wollen.« Nach einer kurzen Denkpause schob er nach: »Ich gehe davon aus, dass diese Informationen wichtig dafür sein könnten, die Herkunft des Service zu ermitteln.« Er schien selbst kaum glauben zu können, was er als Nächstes sagte. »Deswegen biete ich Ihnen meine Hilfe bei Ihren Recherchen an.«

Ich blinzelte verwirrt. Damit hatte ich nicht gerechnet. »Oh, klar. Okay, danke.« Xander Norths Kontakte würden sich mit Sicherheit als äußerst hilfreich erweisen. »Das wäre wunderbar!«

»Aber seien Sie bloß nicht allzu optimistisch. Vielleicht gibt es zwischen Brief und Service ja auch gar keinen Zusammenhang.«

Die Vorstellung, dass Xander North mir seine Hilfe aus reiner Freundlichkeit angeboten haben könnte, erlosch wie eine Kerze im Wind. »Natürlich«, murmelte ich frustriert vor mich hin. »Wie habe ich mir nur einbilden können, unter der kalten Oberfläche würde ein warmes Herz pochen?«

»Wie bitte?«

Doch ein zufälliger Blick auf meine Armbanduhr verhinderte, dass ich antwortete. »Oh, verdammt! Mums Yorkshire Pudding wird kalt!«

Es war Montag, und die Morgensonne spiegelte sich auf den Schaufensterscheiben, als ich The Cup That Cheers aufschloss.

Der Geruch nach frischer Farbe war inzwischen verflogen, und die frische Rauputzfassade am Eingang strahlte schneeweiß, während Fensterbretter und Tür unter einer frischen Schicht Lack in leuchtendem Flieder glänzten. Nun mussten nur noch die leeren Regale mit dem Geschirr befüllt werden, das in einigen Tagen geliefert werden sollte.

Mum hatte dabei geholfen, alles einzurichten, genauso wie meine neue Mitarbeiterin Cass, die mir kurz nach meiner Zusage gemailt hatte, dass ich mich auch vor der Eröffnung gern jederzeit bei ihr melden könnte, falls ich Hilfe bei den Vorbereitungen bräuchte.

Draußen auf der Einkaufsstraße öffneten die anderen Geschäfte gerade nach und nach ihre Türen. Die Bäume am Straßenrand hatten inzwischen ein dichtes Blätterdach, das tanzende Schatten auf die Fußgängerzone warf.

Ich hatte gerade meine Lederjacke ausgezogen und über den Bürostuhl gehängt, da klopfte es einmal knapp an die Ladentür. Durch das Milchglas konnte ich eine große, schlanke Gestalt ausmachen, die etwas Großes, Rechteckiges unter dem Arm hatte.

Ich spähte durchs Schaufenster nach draußen. Es war Jake Caldwell, der überpünktlich zu unserer Verabredung erschienen war. Nachdem ich mir das Glitzershirt zurechtgezupft hatte, öffnete ich ihm.

»Sophie Harkness?« Er hatte ein breites Lächeln und funkelnde Bernsteinaugen, ganz wie auf dem Foto auf seiner Webseite.

»Ja. Sind Sie Mr. Caldwell?« Meine Wangen wurden warm.

»Schuldig im Sinne der Anklage. Und sag doch bitte Jake und du.«

Lachend bat ich ihn herein, und er legte das Gemälde, das er in braunes Packpapier gewickelt und mit einer braunen Kordel zugebunden hatte, auf dem Tresen ab. »Vereinbarte Gemäldelieferung ist hiermit erfolgt.«

Ich deutete auf das verpackte Bild. »Darf ich?«

»Aber sicher, du kaufst es ja auch.«

Wieder spürte ich, dass mir die Röte in die Wangen stieg. Nachdem ich die Kordel geöffnet hatte, schlug ich das Packpapier auseinander. In echt war das Bild noch beeindruckender als auf dem Monitor. Das Spiel aus Licht und Schatten auf Teekanne und Tassen war einfach herrlich. Nun konnte ich auch die kleinen Dellen und Kratzer auf dem Bauerntisch erkennen, die ich am Computer nicht gesehen hatte. »Es ist wirklich toll«, flüsterte ich.

Jake Caldwell musterte mich aufmerksam. »Danke für das Lob, davon kann man nie genug bekommen.«

Eine prickelnde Stille senkte sich über uns.

»Na dann!«, rief ich eine Spur zu fröhlich und klatschte in die Hände. Warum benahm ich mich plötzlich so peinlich? Mein Klatschen hallte durch den Laden wie ein Pistolenschuss. Schnell räusperte ich mich. »Wie soll ich denn bezahlen?«

Jake fuhr sich durch sein kurzes dunkelblondes Haar. »Wäre Überweisung okay?«

»Absolut.«

Nachdem er mir seine Bankverbindung gegeben hatte, bestand ich darauf, die Überweisung sofort zu tätigen. Jake versicherte mir zwar, dass keine Eile bestehe, aber ich schüttelte den Kopf. »Ich würde wirklich lieber direkt bezahlen, damit ich weiß, wo ich finanziell gerade stehe.«

Er lächelte. »Herzlichen Dank, das weiß ich zu schätzen.« Dann sah er sich im Laden um. »Und eröffnest du bald?«

»Ja, am 30. Juni. Nur noch drei Wochen also. Ich freue mich schon sehr darauf.«

Sein Lächeln wich einem gewinnenden Grinsen. »Ich bin mir sicher, dass der Laden ein voller Erfolg wird.«

»Danke, das hoffe ich.«

»In welchem Bereich hast du vorher gearbeitet?«

Inzwischen kam es mir fast schon so vor, als würde ich von einem anderen Leben erzählen. »Ich war Hochzeitsplanerin oben im Castle Marrian. Aber dann wollte ich mal was Neues ausprobieren.«

Sein Blick ruhte eine Spur zu lange auf meinem Gesicht. »Ich bin mir sicher, dass du alles zum Erfolg bringen würdest, was du anpackst.« Erneut schenkte er mir sein umwerfendes Lächeln und sah mich unverwandt an.

Ich betrachtete seine hohen Wangenknochen und das goldene Haar. Bildete ich mir das nur ein oder flirtete Jake Caldwell mit mir? *Ach, verdammt!* In Sachen Romantik war ich so aus der Übung, dass es fast schon peinlich war.

Nun war es an Jake Caldwell, aus unerklärlichen Gründen in die Hände zu klatschen. Offenbar war sinnloses Klatschen ähnlich ansteckend wie Gähnen. »Dann gehe ich jetzt wohl mal.« Er lief zur Tür, blieb aber noch einmal stehen und sah sich zu mir um. »Ich denke, ich werde kurz bei deiner Eröffnung vorbeischauen. Eine neue Teekanne könnte nicht schaden.«

Als ich das vergnügte Funkeln in seinen Augen bemerkte, musste ich grinsen. »Bitte, nur zu. Es wird zwar nichts Großes, aber es gibt warme Scones und Tee.«

Er sah mir in die Augen. »Wie könnte ich zu so einem Angebot Nein sagen? Du kannst mit mir rechnen.«

Dann versenkte er die Hand in der Tasche seiner Lederjacke, holte eine Visitenkarte hervor und schob sie mir über den perlgrau lackierten Tresen zu.

»Ich habe deine Nummer schon.«

»Nur zur Sicherheit. Damit du sie nicht verlierst.« Wieder dieses umwerfende Lächeln. »Schließlich weißt du noch gar nicht, welche Scones-Sorte ich am liebsten mag.«

Und schon verließ er selbstbewussten Schrittes meinen Laden.

Kapitel 20

1970, Briar Glen

Die letzten Wochen waren wie im Flug vergangen.

Helena hatte so getan, als wäre alles wie immer. Morgens machte sie Marnie für die Schule fertig und brachte sie hin, dann eilte sie vom Pausenhoflärm davon in Richtung Arbeit.

Dienstags und donnerstags, wenn sie nicht arbeitete, freute sie sich den ganzen Tag darauf, endlich wieder im Laden zu stehen, und in Gedanken war sie ständig bei neuen Ideen für Werbeaktionen und Vitrinendekorationen.

Manchmal musterte Marnie ihre Mutter mit ihren großen blauen Augen und sagte: »Du siehst so hübsch aus, Mummy. Wohin gehst du?«

Dann zupfte sich Helena ihr Blumenkleid oder ihre Stehkragenbluse zurecht und murmelte irgendetwas von wegen sie wolle doch nur einkaufen gehen.

Dass sie ihrem kleinen Mädchen nicht die Wahrheit sagen konnte, machte ihr schwer zu schaffen. Aber sie wusste, dass ein unbedachtes Wort von Marnie reichen würde, dass Donald von ihrem Geheimnis erfuhr.

Ein warmer Sommerregen war niedergegangen, und die ganze Welt wirkte wie reingewaschen und schimmerte golden im Sonnenlicht.

Mrs. Auld, deren Vorname Catherine lautete, wie Helena

inzwischen von einer Rechnung wusste, war kurz zur Bank gegangen, um ein paar Überweisungen zu tätigen.

Helena fand zwar, dass ihre Chefin eher wie eine Alexandra oder eine Victoria aussah und nicht wie eine Catherine, aber sie würde ohnehin nie in die Verlegenheit kommen, die ältere Frau mit ihrem Vornamen anzusprechen. Denn auch wenn Mrs. Auld stets freundlich zu Helena und ihren Kunden war, verströmte sie doch eine große Autorität, die eine unüberbrückbare Distanz erzeugte.

Helena flitzte im Sparkling Gifts herum, polierte die Teeservice und bediente eine ältere Dame und ihre Tochter, die in der Gegend Urlaub machten.

»Eigentlich hatten wir gehofft, die blaue Hundsrose blühen zu sehen«, erzählte die Mutter, während sie in ihrer Handtasche nach der Geldbörse suchte.

Helena antwortete mit einem mitfühlenden Lächeln. »Soweit ich weiß, hat die Rose hier schon seit Jahren nicht mehr geblüht, Madam. Aber vielleicht haben Sie ja Glück.« Währenddessen packte sie die Einkäufe – ein Glas Briar-Glen-Honig und einige Postkarten mit Motiven aus dem Dorf – in eine Tüte. Dann winkte sie den beiden Kundinnen zum Abschied fröhlich hinterher.

Wann immer sie sich allein in der gemütlichen Umgebung von Sparkling Gifts befand, ging ihre Fantasie mit ihr durch. Dann malte sie sich aus, der Laden würde ihr gehören und auf dem Schild über der Tür stünde ihr Name.

Aus Mrs. Aulds Transistorradio aus Holz und Chrom tönte eine knisternde Fassung von »Love Grows (Where My Rosemary Goes)« von Edison Lighthouse, und Helena wiegte sich beim Arbeiten sanft im Takt.

Wäre sie die Eigentümerin von Sparkling Gifts gewesen, hätte sie als Werbung in der Lokalzeitung regelmäßige Wettbewerbe ausgeschrieben. Ob sie Mrs. Auld diesen Vorschlag unterbreiten sollte? Sie wollte nicht wichtigtuerisch wirken oder ihrer Chefin das Gefühl geben, sie würde ihr in ihre Entscheidungen hineinreden. Von solchen Leuten gab es in Briar Glen auch so schon genug. Sie wünschte sich einfach nur, dass der Laden florierte und sein volles Potenzial entfalten konnte, das war alles.

Das schrille Scheppern der Türglocke ließ Helena hinter dem massiven Holztresen herumfahren. Das musste Mrs. Auld sein. Sie war bestimmt zwanzig Minuten unterwegs gewesen und sehnte sich sicher nach einem schönen Tässchen Tee. Helena würde sich sofort auf den Weg in die Küche machen, um den Kessel aufzusetzen.

Aber es war nicht Mrs. Auld. Es war ein Mann mit goldbraunen Augen, dessen Anblick sie mitten in der Bewegung innehalten ließ. Er war Mitte dreißig und hatte dunkelblonde, gewellte Haare, die ihm bis zum Kragen reichten. Sein Lächeln war breit und warm.

Unwillkürlich warf sich Helena das Haar über die Schulter. Wieso, wusste sie selbst nicht recht. »Kann ich Ihnen helfen?«

»Ich wollte nur nachsehen, ob Catherine hier ist.«

Es dauerte kurz, bis sie begriff, dass er von Mrs. Auld sprach, weil er ihren Vornamen mit einer solchen Selbstverständlichkeit benutzte.

»Mrs. Auld ist gerade außer Haus. Soll ich ihr etwas ausrichten?«

Das Grinsen des Mannes wurde breiter. »Nein danke, ich warte einfach auf sie. Natürlich nur, falls es Ihnen nichts ausmacht.«

Seine Gegenwart brachte Helena vollkommen aus dem Konzept. Himmel! Wollte er etwa die ganze Zeit über hier bei ihr im Laden herumsitzen und sie durcheinanderbringen? So lang, wie die Warteschlangen auf der Bank manchmal waren, konnte das ewig dauern! Die Angestellten waren nicht eben für ihre Geschwindigkeit und ihren hervorragenden Kundenservice bekannt.

»Das könnte aber eine Weile dauern«, antwortete sie.

Der Fremde lief interessiert zwischen den Regalen voller Sahne-Fudge in Briar-Glen-Schachteln und karierten Nadelkissen herum.

An Selbstbewusstsein mangelte es ihm jedenfalls nicht. Unbewusst rückte sie den Stehkragen ihrer Bluse zurecht, schalt sich insgeheim aber noch im selben Moment dafür und ließ die Hände wieder sinken. Dann räusperte sie sich. Aus dem Radio drang nun ein neues Lied, diesmal von Mungo Jerry.

Der Mann war groß und trug Schlaghosen und ein Jeanshemd, das seine etwas verruchte Ausstrahlung betonte. Seine Lippen waren voll, und er hatte ein Grübchen im Kinn wie Kirk Douglas.

Als Helena merkte, dass sie ihn anstarrte, wandte sie hastig den Blick ab. Er hatte keine Aktentasche dabei, und auch seine legere Kleidung deutete darauf hin, dass er wohl eher kein Handelsvertreter war, die meist in Anzug und Krawatte erschienen.

Ob er auf der Suche nach Arbeit war? Er wirkte zwar nicht wie jemand, zu dem ein Job in einem Souvenirgeschäft passte, aber man wusste ja nie.

Und was sie so aus dem Konzept brachte, war nicht sein

zugegebenermaßen äußerst attraktives Aussehen, sondern die Art, wie er im Laden herumlief und alles begutachtete.

»Sie brauchen nicht zu warten«, sagte sie mit fester Stimme. »Wenn Sie Ihren Namen und Ihre Telefonnummer hinterlassen, richte ich Mrs. Auld aus, dass Sie hier waren.« Um ihren Vorschlag zu unterstreichen, griff sie nach Block und Stift.

Der Mann wog einen der winzigen West-Highland-Terrier aus Kristall in der Hand, dann stellte er ihn vorsichtig wieder zurück auf seine Geschenkschachtel. Anschließend drehte er sich zu Helena um und musterte sie einen Augenblick lang wortlos mit funkelnden Augen. »Danke für das Angebot, aber ich bin nicht in Eile.«

Helena schluckte und spielte mit dem Wechselgeld in der Kasse herum.

Als das erneute Scheppern der Glocke das Eintreten einer Traube von Touristen ankündigte, atmete sie erleichtert auf. Sie wartete, bis die Kunden mit dem Postkartendrehständer beschäftigt waren, dann sagte sie zu dem Fremden: »Bitte halten Sie mich nicht für unhöflich, aber falls Sie Vertreter sind, lassen Sie doch bitte einfach Ihre Kontaktdaten da. Mrs. Auld mag es nicht sonderlich, wenn jemand ungefragt hier vorbeikommt.«

Nun schien der Mann zu ihrem Ärger auch noch amüsiert! »Oh, ich weiß, das alte Mädchen ist eine wahre Traditionalistin.«

Unwillkürlich straffte Helena die Schultern. Sie würde nicht dulden, dass schlecht über ihre Chefin gesprochen wurde! »Ich finde Ihren Tonfall nicht angemessen.«

Nun kam sie doch hinter dem Tresen hervor. Sie wollte, dass dieser Mann ging! Sie fühlte sich unwohl in seiner Nähe und mochte es nicht, wie er über Mrs. Auld redete. »Sie können mir jetzt Ihren Namen und den Grund Ihres Besuchs nennen, und dann gehen Sie bitte. Ich leite ihr die Informationen weiter.«

Ein erschrockener Aufschrei aus Richtung Tür ließ Helena zusammenfahren. »Christopher! Ich glaub's ja nicht! Was, in Gottes Namen, machst du denn hier?«

Mrs. Auld sank gegen den Türrahmen, als sie den blonden Mann sah, und schlug sich die Hand vor den Mund. Dann stürmte sie los und zog den Fremden in eine feste Umarmung, als müsste sie sich davon überzeugen, dass er auch wirklich da war. »Warum hast du mir denn nicht gesagt, dass du kommst?«

»Ich wollte dich überraschen.«

»Na, das ist dir gelungen! Komm her.« Sie drückte ihm eine Reihe dicker Schmatzer auf die Wange. »Hast du abgenommen? Du siehst dünner aus als letztes Mal!« Zärtlich strich sie ihm die Haare zurecht. »Im ersten Moment wollte ich ja sagen, dass du mal wieder zum Frisör musst, aber …«

Lächelnd verdrehte der Mann die Augen. »Aber?«

»Aber es steht dir so.«

Dann wandte Mrs. Auld sich an Helena, als wäre ihr gerade erst eingefallen, dass sie ja noch eine Angestellte hatte, die die gesamte Szene beobachtete. Ihre Wangen waren gerötet vor Aufregung. »Wie ich sehe, haben Sie sich bereits unterhalten?«

Helena stieg die Schamesröte ins Gesicht. O nein … Wie es aussah, schienen sich die beiden äußerst gut zu kennen. Der junge Mann hatte sogar den Arm um Mrs. Aulds Taille geschlungen. Helena hätte im Erdboden versinken können.

»Das ist Christopher«, sagte Mrs. Auld.

Der Fremde zwinkerte Helena zu, sodass ihre Wangen noch

eine Spur heißer wurden. »Eigentlich Chris. Meine Mum ist die Einzige, die mich Christopher nennt.«

Mum?!

Als Mrs. Auld Helenas schockierte Miene bemerkte, brach sie in fröhliches Gelächter aus. »Helena, ich würde Ihnen gern meinen Sohn vorstellen.«

Kurz nachdem sich Jake Caldwell verabschiedet hatte, wurden meine neuen lila Karovorhänge von Cunningham Clan geliefert.

Ich brachte sie an den weißen Gardinenstangen an, die Dad für mich montiert hatte. Sie wurden von breiten Schlaufen zurückgehalten, sodass sie die Aussicht einfassten wie ein edler Rahmen ein Gemälde. Sie passten wunderbar zu den weißen Regalen und fliederfarbenen Wänden und schufen einen Hauch von schottischem Flair in meinem Laden.

Ich hatte Dad angerufen, um ihn zu bitten, kurz vorbeizuschauen und Jake Caldwells neues Gemälde aufzuhängen. Er meinte, er würde in zehn Minuten da sein. Bei der Gelegenheit würde ich ihn gleich auch bitten, sich der Deckenlampe anzunehmen, die sich neulich gelockert hatte. Seitdem baumelte der Lampenschirm wie an einer Liane mitten in den Laden herab.

Kurze Zeit später klopfte es an der Ladentür.

Ich war gerade dabei, mein neues Gemälde zu bewundern, das ich gegen die vertäfelte Wand gelehnt hatte, an der es aufgehängt werden sollte.

»Wow, Dad, du bist aber schnell!« Ich riss die Tür auf – vor der aber nicht mein Vater mit dem Silberhaar und dem faltigen Gesicht stand, sondern Xander North.

»Auch wenn es bei mir gestern spät geworden ist, hoffe ich doch sehr, dass ich nicht wie Ihr Vater aussehe, Ms. Harkness«, verkündete er ungerührt.

Ich bat ihn, einzutreten. »Ach was, nein, nein. Natürlich nicht«, erwiderte ich verlegen. »Es ist nur so, dass mein Vater jeden Moment hier sein sollte, um dieses Bild dort aufzuhängen.«

Xander ging an mir vorbei in den Laden, sah sich dabei aber nach mir um, ohne auf die herabhängende Lampe zu achten.

»Xander! Passen Sie auf!«, rief ich noch.

Doch es war zu spät. Als er sich wieder nach vorn drehte, stieß er sich mit voller Wucht den Kopf an.

»Oh, verdammt! Autsch!«

»Auweia. Alles in Ordnung?«

Xander hielt sich die Stirn. »Natürlich, mir geht's blendend! Abgesehen davon, dass ich mir die Stirn an diesem verfluchten Ding da angeschlagen habe!«

Ich brachte ihn hinter den Tresen und drückte ihn auf einen der beiden Hocker. »Wo genau tut es weh?«, fragte ich und hätte mir noch im selben Moment am liebsten auf die Zunge gebissen.

»Am linken Knie natürlich«, stieß er hervor und funkelte mich aus seinen blaugrünen Augen wütend an. »Was glauben Sie denn?«

Ich musste mir ein Lachen verkneifen. »Warten Sie, ich habe einen Erste-Hilfe-Kasten im Lager.«

Als ich mit dem Verbandszeug zurückkehrte, saß Xander immer noch mit der Hand auf der Stirn auf dem Hocker und brummelte übellaunig vor sich hin.

Ich stellte die rote Blechkiste – ein Geschenk von Mum – auf dem Tresen ab und öffnete sie. Beim Anblick des Inhalts musste ich nun doch lachen. Was glaubte Mum denn, wofür ich einen Erste-Hilfe-Kasten brauchte? Um OPs am offenen Herzen durchzuführen? Neben wasserabweisenden Pflastern und Verbandsmaterial bis hin zu Sicherheitsnadeln, Desinfektionsmitteln, Anti-Brumm und Arnika-Salbe enthielt er eine ganze Hausapotheke.

»Wenn Sie damit fertig sind, den Inhalt zu inspizieren, wäre ich Ihnen dankbar, wenn Sie Ihre Aufmerksamkeit wieder mir widmen könnten, Ms. Harkness.«

Ich spürte, wie ich errötete, riss eine der Einweg-Kältekompressen auf und wickelte sie in einen Einmalwaschlappen. Mum hatte wirklich an alles gedacht. An alles und noch viel mehr. »Hier, drücken Sie sich das auf die Beule.«

»Danke.«

Als er die Kälte auf der Haut spürte, zuckte er zusammen. Ich kam ihm etwas näher, sodass mir der Duft seines Aftershaves in die Nase stieg, der mich an den salzigen Geruch brechender Wellen erinnerte. Xanders Wimpern waren lang und gebogen.

Doch ich konzentrierte mich auf seine Stirn. »Könnte sein, dass das eine ziemliche Beule gibt.«

»Ehrlich? Wie kommen Sie nur darauf?«

»Kein Grund zum Sarkasmus. Ich versuche nur, Ihnen zu helfen.«

»Wirklich geholfen hätte es mir, hätten Sie keine Todesfalle in Ihrem Laden herumhängen lassen.«

»Und *Sie* sollten beim Laufen in Zukunft vielleicht besser geradeaus schauen.«

Xander schien etwas erwidern zu wollen, es sich dann aber anders zu überlegen, denn er schloss den Mund und presste die Lippen zu einer strengen Linie zusammen.

»Hier.« Ich reichte ihm die Arnika-Salbe. »Die sollte helfen.«

»Was ist das?«

»Zyanid«, stieß ich hervor. »Was denken Sie denn?«

Er funkelte mich an. »Keine Ahnung. Deshalb frage ich ja!«

Himmel, Arsch und Zwirn! »Das ist Arnika-Salbe. Sehr hilfreich bei blauen Flecken und Beulen.« Ich musterte ihn. »Wie fühlen Sie sich?«

»Wie der letzte Trampel. Wenn Sie mir jetzt bitte diese Salbe reichen würden?«

Eine Gehirnerschütterung hatte er also schon mal nicht.

Ich drückte etwas Salbe aus der Tube. »Kommen Sie, ich gebe Ihnen etwas auf die freie Hand.«

Er musterte mich kühl. »Und wie soll ich meine Stirn ohne Spiegel bitte sehen?« Er wich meinem Blick aus. »Würden Sie mir freundlicherweise etwas Salbe auf diese melonengroße Beule reiben?«

Aufgebracht stemmte ich die Hand in die Hüfte. »Ich kann Ihnen versichern, dass nichts Melonenartiges zu erkennen ist – mit Ausnahme natürlich von der Melone direkt vor mir auf dem Hocker.«

Er hob die Brauen. »Sehr witzig.«

Ich bat ihn, die Kompresse von seiner Stirn zu nehmen. Darunter befand sich zwar tatsächlich eine Beule, aber sie war winzig, wenn auch blaurot verfärbt. »Halten Sie bitte still.«

Er reckte das Kinn, und ich versuchte, nicht darauf zu achten, wie perfekt sein Gesicht geschnitten war und wie elegant sein dunkel gewelltes Haar fiel. Stattdessen räusperte ich mich und verteilte vorsichtig die Creme auf der geschwollenen Stelle. Xander zuckte kaum merklich zusammen, und ich sagte: »Wenn Sie ein tapferer Junge sind, bekommen Sie nachher auch einen Aufkleber.«

Xander sah zu mir auf, und ein seltsames Gefühl überkam mich, das dazu führte, dass ich so hastig die Hand wegzog, als hätte ich in eine Steckdose gelangt.

Verlegen wandte ich mich ab und machte mich ungeschickt an der Tube und dem Deckel zu schaffen. *Verdammt, Sophie, was ist denn nur los mit dir?*

Als es mir endlich gelungen war, den Deckel aufzuschrauben, stopfte ich die Tube zurück in den Kasten. »So!«, rief ich viel zu laut. »Erledigt.«

Xander musterte mich aufmerksam. »Danke.«

»Gern geschehen.«

Ich klemmte mir den Kasten unter den Arm, um etwas zu tun zu haben. »Und? Wieso ausgerechnet Geschirr? Warum interessieren Sie sich so für das Thema?«

»Mein verstorbener Vater hat Antiquitäten gesammelt und häufig ausgefallene und wundervolle Stücke mit nach Hause gebracht. Meine Mutter hat er damit halb in den Wahnsinn getrieben.« Der Anflug eines Lächelns umspielte seine Lippen. »Dann ist er eines Tages mit einem Geschirrservice von einer Auktion zurückgekehrt. Es handelte sich um ein perlweißes Royal. Tja, und von da an war es um mich geschehen. Ich war fasziniert.« Er warf mir einen kurzen Blick zu, ehe er weiterredete. »Es waren drei geheimnisvolle Mädchen darauf abgebildet, die aussahen wie Waldnymphen. Ich war damals acht, wenn ich mich richtig erinnere. Alt genug, um mich von seiner Schönheit und dem makellosen Handwerk verzaubern zu lassen.« Wieder zuckten seine Mundwinkel kaum merklich. »Ich fragte mich, wem es wohl gehört hatte und wo es herkam. Ich war überzeugt, dass bereits Piraten und Prinzessinnen davon gespeist hatten.«

Xander erzählte, dass er mit seinen Eltern in Jedburgh gewohnt hatte, einem hübschen Marktflecken an der schottischen Grenze, und dass seine Mum noch immer dort lebte. »Sie ist eine talentierte Landschaftsmalerin. Die Gegend ist ihre größte Inspirationsquelle. Ich versuche, sie so häufig zu besuchen, wie ich kann.« Kurz zuckte er mit den Achseln. »Ich war von klein auf von Kunst umgeben, da war mein Werdegang in gewisser Weise wohl vorherbestimmt.«

»Dann haben Sie Kunstgeschichte studiert?«, fragte ich.

»Genau, in Oxford. Und dann habe ich mich drei weitere Jahre lang in Glasgow auf Keramik und Töpferei spezialisiert. Das Thema war und blieb meine große Liebe.« Er schien sich merklich zu entspannen. »Das finde ich so großartig daran, in diesem Winkel der Welt zu leben. Es gibt so viele Museen und Galerien, in denen man sich verlieren kann.« Er tastete seine Stirn ab. »Ich glaube, Sie haben Ihre wahre Berufung verfehlt«, scherzte er. »Ich fühle mich schon viel besser.«

Um mich zu sammeln, brachte ich den Erste-Hilfe-Kasten in den Lagerraum zurück und atmete ein paarmal tief durch. Dann straffte ich mich, strich mir das Haar zurecht und ging wieder zu Xander, der immer noch hinter dem Tresen saß und inzwischen aufmerksam das Gemälde an der gegenüberliegenden Wand betrachtete. Es war, als wäre die Luft um ihn zu Eis erstarrt. Zwischen zusammengebissenen Zähnen presste er hervor: »Ist das ein Jake Caldwell?«

»Ja, sind Sie ein Fan seiner Arbeit?«

Xanders ohnehin schon finstere Miene verdüsterte sich weiter. »Nein.« Dabei funkelte er das Gemälde derart wütend an, dass ich schon befürchtete, es würde jeden Moment in Flammen aufgehen. Dann fuhr er plötzlich heftig zu mir herum. »Wo haben Sie das her?«

Ich brauchte kurz, um den Mann, der gerade eben beinah mit mir geflirtet hatte, mit dem aufgebrachten Kerl unter einen Hut zu bringen, der sich so maßlos über Jakes Bild aufregte. »Von seiner Webseite. Es ist mir aufgefallen und da ...«

»Kennen Sie ihn persönlich?«

Ich blinzelte. Himmel, klang er aufgebracht! »Nein, nicht wirklich. Aber vorhin war er kurz hier, um das Bild abzuliefern.«

Erneut warf Xander dem Gemälde einen finsteren Blick zu. Warum verhielt er sich so seltsam? Was hatte ihn derart aufgebracht? Ich betrachtete das stimmungsvolle Aquarellbild. Offenbar hatte Xanders Verhalten etwas mit Jake Caldwell zu tun, doch was auch immer das Problem zwischen ihnen war – Xander schien nicht bereit, mit mir darüber zu sprechen. Stattdessen meinte er: »Wie auch immer, ich habe Neuigkeiten für Sie, die ich Ihnen vor meinem kleinen Unfall erzählen wollte.« Er stand auf und lehnte sich, die Hände in den Taschen seiner Jeans, gegen den Tresen. »Haben Sie das Teeservice zufällig gerade hier?« Nun war er wieder genauso unnahbar wie sonst.

Ich schüttelte den Kopf. »Nein, tut mir leid. Zu Hause in meiner Wohnung scheint es mir sicherer aufgehoben zu sein.« Plötzlich kam mir eine Idee, und ich nahm mein Handy vom Tresen. »Aber ich habe ein paar neue Fotos davon gemacht, insbesondere von dem Rosensymbol.«

Ich öffnete die Galerie und reichte das Handy an Xander weiter.

Seine langen Wimpern hoben und senkten sich, während er die Bilder von der kaum erkennbaren Rose unter dem Teekannengriff betrachtete. »Genau wie erwartet.«

Mein Herz pochte schneller. »Dann glauben Sie, es ist tatsächlich von Ernest Telfer?«

Xander nickte. »Jedenfalls deutet alles darauf hin.«

Ich legte mir die Hand aufs Herz. »Ich wünschte, meine verstorbene Großmutter wäre jetzt hier. Sie hätte das alles so aufregend gefunden.« Ich schluckte und versuchte, mich nicht von meinen Gefühlen überwältigen zu lassen.

Xander warf mir einen schwer zu deutenden Blick zu. »Also, was die Neuigkeiten betrifft«, sagte er nach kurzem Zögern. »Sie haben weniger mit dem Teeservice als mit dem Brief zu tun, den Sie darin gefunden haben.«

Aufgeregt sah ich ihn an.

»Freuen Sie sich nicht zu früh«, warnte er mich. »Das alles könnte auch nichts zu bedeuten haben.«

Ehe er weiterreden konnte, rannte ich ins Büro und holte die beiden Klappstühle, die Mum dagelassen hatte. Dann bedeutete ich Xander, sich zu setzen.

Er musterte den apfelgrün, schwarz und knallgelb gestreiften Stuhl, den ich ihm hingestellt hatte, als würde er sich lieber einen Arm abhacken, als darauf Platz zu nehmen, während ich mich mit einem kaum verhohlenen Grinsen setzte. Hätte ich es nicht besser gewusst, hätte ich getippt, dass Xander North noch nie in seinem Leben auf einem Klappstuhl gesessen hatte.

Er fuhr sich über sein dunkles Haar, wobei er sorgsam darauf achtete, nicht die Beule zu berühren, die über seiner rechten Braue prangte. Moment. War er allen Ernstes so ein Snob, dass er noch nie einen Klappstuhl zu Gesicht bekommen hatte?

Als er sich zögerlich setzte, schien er nur noch aus langen Beinen und Armen zu bestehen. »Also«, sagte er, nachdem er es sich so bequem wie möglich gemacht hatte, »es besteht die Möglichkeit, dass ich über einen meiner Kontakte aus der Kunstbranche an neue Informationen über Telfer herankommen könnte.«

Ich nickte eifrig, um ihn zum Weiterreden zu animieren.

»Und auch wenn Saffy – Saffron Clements mit vollem Namen – selbst nicht aus der Gegend stammt, kennt sie jemanden, der von dort kam.«

Gespannt beugte ich mich auf meinem zitronengelben Klappstuhl mit Gänseblümchenmuster vor und versuchte, seinen Gesichtsausdruck zu deuten.

Aber er verdrehte nur die Augen. »Himmel, Ms. Harkness. Sie fallen ja gleich in Ohnmacht vor Aufregung! Keine Sorge, ich erzähle Ihnen alles.« Nun beugte auch er sich vor und legte die Hände zusammen. Sein Stuhl gab ein indigniertes Quietschen von sich. »Saffys Urgroßvater ist ganz in der Nähe von Briar Glen aufgewachsen, und zwar in Darroch. Er war Bibliothekar und fasziniert von Heimatkunde. Ich nehme an, daher weiß Saffy überhaupt nur von Ernest Telfer.«

Mein Optimismus wuchs. Vielleicht würden wir bald ja wirklich mehr über den geheimnisvollen Brief erfahren! »Ich muss gestehen, dass ich zwar von hier bin, aber kaum etwas über die Geschichte von Briar Glen weiß«, gab ich zu. »Außer dass die Stadt nach der blauen Hundsrose benannt wurde, die angeblich hier in der Gegend wächst.«

Xander Norths Miene nahm einen zynischen Ausdruck an. »Ah, ja, die sagenumwobene blaue Briar Rose. Saffron erwähnte sie ebenfalls.«

Ich musterte ihn stirnrunzelnd. »Dann glauben Sie nicht, dass es sie gibt?«

»Saffy hat ein wenig in den Unterlagen und Tagebüchern ihres Urgroßvaters für mich gestöbert. Seiner Überzeugung nach wuchs hier offenbar tatsächlich eine Rosenart mit einer außergewöhnlich seltenen Schattierung. Aber ich habe da so meine Zweifel.«

Warum wunderte mich das nicht?

Ich verschränkte die Arme, weil ich das Bedürfnis hatte, die hübsche kleine Stadt, in der ich geboren und aufgewachsen war, zu verteidigen. »Jeder hat ein Recht auf seine Meinung, Mr. North. Ich gebe ja zu, dass es sich bei der blauen Rose womöglich nur um eine Legende handeln könnte, mit der man Touristen anlocken will. Aber manchmal kann es nicht schaden, seiner Fantasie freien Lauf zu lassen und der Realität für eine Weile zu entfliehen, meinen Sie nicht?«

Skeptisch betrachtete mich Xander von seinem Klappstuhl aus. »Sind Sie immer so naiv, Ms. Harkness?«

Jetzt war es an mir, eine Braue zu heben. »Und sind Sie immer so stur, Mr. North?«

Seine Mundwinkel zuckten wieder. »Nicht immer, nein.«

Ich sah zu, wie er sich von seinem Stuhl erhob und so ausgiebig reckte, als hätte ich ihn stundenlang in ein mittelalterliches Folterwerkzeug gespannt. »Je nachdem, wie viel Sie heute hier zu tun haben, könnten Sie mich begleiten, wenn ich Saffy Clements einen Besuch abstatte.«

»Ich dachte, Sie interessieren sich nicht für den Hintergrund dieses Briefs.«

Vereinzelte Sonnenstrahlen drangen durchs Ladenfenster und verfingen sich in Xanders Haar, das hier und da rot schimmerte. »Sie haben recht. Was mich interessiert, ist das Teeservice.«

Wie konnte er den Brief nur einfach so abtun?

Xander deutete auf die leeren, frisch lackierten Regale an den Wänden. »Wann trifft Ihre Ware ein?«

»Donnerstag.«

»Dann ist also alles organisiert, und Sie sind Ihrem Zeitplan voraus?«

»Ja.« Worauf er damit wohl hinauswollte? »Ich warte nur noch darauf, dass mein Dad vorbeikommt, um mir dabei zu helfen, das Bild aufzuhängen. Wieso?«

Xander North ging zur Ladentür, wobei er geflissentlich Abstand zu der herunterhängenden Lampe hielt, und hielt sie mir auf. »Warum rufen Sie nicht Ihren Vater an und bitten ihn, erst später vorbeizuschauen? Wir könnten gleich jetzt bei Saffy vorbeischauen.«

Kapitel 21

Saffron Clements' Keramikatelier befand sich auf der grünen Südseite von Glasgow im Souterrain einer stattlichen alten Stadtvilla, die eine Anwaltskanzlei beherbergte.

Das Gebäude war aus grauem Stein errichtet und hatte eine Vortreppe, die zu einer schwarz lackierten, von zwei ausladenden Farnpflanzen flankierten Tür führte. Auf einer Keramikplakette neben einem hohen Sprossenfenster prangte die Aufschrift *Clements Ceramics.*

Xander, der mir zu meiner größten Überraschung in seiner typisch spröden Art auf der Fahrt hierher das Du angeboten hatte, ging mir voraus, drückte auf die Klingel und sagte seinen Namen in die Gegensprechanlage. Ein kehliges Lachen ertönte, dann öffnete sich die Tür mit einem leisen Klicken.

Dahinter erstreckte sich ein wild zusammengewürfeltes Büro mit offenem Grundriss. Rechts stand ein chaotischer Schreibtisch, im Raum verteilt befanden sich mehrere nicht zusammenpassende Stühle, darüber hinaus gab es eine Reihe von beleuchteten Vitrinen, in denen fantastisch gearbeitete glasierte Keramikarbeiten ausgestellt waren, die vermutlich von Saffron Clements selbst angefertigt worden waren.

Im hinteren Teil des Büros ging eine weitere Tür ab, die vermutlich ins Atelier führte. Sie öffnete sich und heraus kam eine kurvenreiche, attraktive Frau mit brünettem Haar, sahneweißer Haut und einer Handvoll zimtfarbener Sommersprossen im Gesicht. Sie trug ein locker sitzendes T-Shirt voller Tonspritzer und enge Jeans.

Als sie Xander entdeckte, funkelten ihre dunklen Augen. »Na, mein Hübscher? Was verschafft mir die Ehre?« Beim Näherkommen entdeckte sie die Beule an seiner Stirn. »O Gott, Xan! Was ist denn mit dir passiert?«

Doch Xander winkte nur ab. »Keine Sorge, Saffy, alles noch dran. Ich habe einfach nicht aufgepasst, wo ich hinlaufe.« Allerdings konnte er es sich nicht verkneifen, mir dabei einen langen Seitenblick zuzuwerfen.

Saffron strich ihm mit den Fingerspitzen über die Beule und fragte mit rauchiger Stimme: »Tut es sehr weh?«

Dann erst registrierte sie meine Anwesenheit, und ihre Flirtlaune verpuffte schlagartig. Bildete ich es mir nur ein, oder war die Temperatur hier im Büro gerade schlagartig um mehrere Grad gefallen?

Xander schien von alldem nichts mitzubekommen. »Saffy, das hier ist Sophie Harkness, die Bekannte, von der ich dir erzählt habe.«

Saffron Clements bedachte mich mit einem gezwungenen Lächeln und reichte mir die Hand. »Schön, dich kennenzulernen.«

»Ebenso.« Ich schüttelte ihr die Hand. »Ich hoffe, wir stören nicht.«

Ihr Blick kehrte zu Xander zurück. »Oh, ich bin es gewohnt, dass Xan hier einfach hereinspaziert, als würde ihm der Laden gehören.«

Doch er schien gar nicht mitzubekommen, was sie sagte, da er eingehend eine der Vasen in den Vitrinen begutachtete.

Der bewundernde Blick, mit dem Saffy ihn musterte,

erinnerte an eine Blume, die sich an einem Frühlingstag der Sonne entgegenreckte.

Xander richtete seine Aufmerksamkeit wieder auf sie. »Ich wollte fragen, ob du vielleicht kurz Zeit hättest, uns einen Blick in die Tagebücher deines Urgroßvaters zu gewähren? Es geht uns insbesondere um seine Erlebnisse in und um Briar Glen.«

»Aber gern doch.« Sie schob sich die dunklen, wilden Locken hinter die Ohren und winkte uns zu ihrem Schreibtisch, auf dem zwischen Rechnungen und Entwürfen ihr Computer stand. Die Tür, durch die sie vorhin gekommen war, stand einen Spaltbreit offen, durch den ich von hier aus erkennen konnte, dass sich dahinter tatsächlich ihr Atelier befand. Radiomusik drang heraus. In der Raummitte standen ein langer Holztisch und eine strombetriebene Töpferscheibe, dazu mehrere Eimer, ein alter Kühlschrank, ein robustes Waschbecken und ein Brennofen.

Saffy öffnete mehrere Dateien, und gleich darauf war der Monitor erfüllt von einer engen, ordentlichen Handschrift. Es handelte sich um drei digitalisierte Tagebücher, deren Titelseiten jeweils in Großbuchstaben mit dem Namen ihres Urgroßvaters bedruckt waren: Victor George Prentice.

»Ich kann allerdings nicht garantieren, dass sie euch von großem Nutzen sein werden«, bemerkte sie, während sie die Ansicht vergrößerte, damit wir den Text leichter lesen konnten. »Eins finde ich übrigens seltsam: Mein Urgroßvater war so akribisch. In *allem,* was er getan hat. Und er war Bibliothekar von Beruf, dadurch hat er fast schon automatisch dafür gesorgt, dass seine Unterlagen ordentlich sortiert waren. Trotzdem fehlen einige Abschnitte in seinen Notizen.«

Sie schloss ihre sommersprossige Hand um die Maus.

Xander und ich steckten vor dem Bildschirm die Köpfe zusammen, was mir einen missbilligenden Blick von Saffy einbrachte.

»Ich habe sie bisher nur teilweise gelesen. Leider bin ich nicht annähernd so weit gekommen, wie ich wollte. Das ist eine von diesen Sachen, die ich mir regelmäßig vornehme, aber dann kommt mir jedes Mal die Arbeit in die Quere.«

Saffys Urgroßvater hatte mehrere Absätze über die Bevölkerung und das Stadtbild von Briar Glen verfasst und einige Skizzen der sagenhaften blauen Rose angefertigt. Doch erst als wir schon weiterblättern wollten, ging mir plötzlich ein Licht auf. Mir stockte der Atem.

»Könntest du bitte noch mal zurückblättern?«, fragte ich Saffy.

Xander sah mich an. »Was ist? Hast du irgendwo Briar Forsyths Namen entdeckt?«

Ich schüttelte den Kopf. »Nein, das nicht.« Ich las die betreffenden Zeilen noch einmal, um sicherzugehen, dass ich es mir nicht eingebildet hatte. Dann deutete ich auf den Bildschirm. »Siehst du, wessen Namen Mr. Prentice hier erwähnt hat? Und in welchem Zusammenhang?« Ich wandte mich an Xander. In meinem Bauch kribbelte es vor Hoffnung und Aufregung. »Jonathan. Jonathan Gray!«

Xander zuckte mit den Achseln. »Und?«

Erneut deutete ich auf den Bildschirm. »Jonathan ist der Name des Mannes, an den Briar Forsyth ihren Brief gerichtet hat!« Ich schluckte nervös. »Und ich glaube, es könnte sich um denselben Jonathan Gray handeln, von dem hier die Rede ist.«

Kapitel 22

Saffy betrachtete die Handschrift ihres Urgroßvaters und las, was er über Jonathan Gray verfasst hatte. »Victor schien ja nicht sonderlich begeistert von ihm gewesen zu sein, was?«

Xander rieb sich das Kinn. Ich bemerkte, dass er einen feinen Bartschatten hatte. Das Bildschirmlicht fiel auf seine konzentrierte Miene, als er sich daranmachte, die Tagebucheinträge selbst zu lesen.

24. Dezember 1899

Es ist Weihnachten, doch so mancher hier scheint nicht recht in Festtagsstimmung zu sein.
Ich hatte das Pech, auf dem Rückweg von der Bibliothek von Briar Glen nach Darroch Mr. Jonathan Gray über den Weg zu laufen.
Der Schnee wirbelte und peitschte durch die Luft, und die Bäume wirkten verloren unter ihrer schweren Last aus Schnee und Eis. Irgendwo in den Gassen kreischte eine Kinderschar in vorweihnachtlicher Aufregung.
Gerade wollte ich in die Kutsche steigen, da erschien Gray mit einer Frau. Er bemerkte mich gar nicht, dazu war er viel zu beschäftigt damit, die zarte, aufgewühlte junge Dame mit Vorwürfen zu überschütten.

Selbst aus der Ferne und durch das Schneegestöber konnte ich den Schmerz in ihrem Blick sehen. Der kalte Wind ließ ihr die Rocksäume gegen die Fesseln schlagen.
Der Kutscher beharrte darauf, noch einen Moment zu warten, weil er hoffte, weitere Reisende mitnehmen zu können, und so saß ich in der engen Kabine fest und wurde Zeuge des elenden Spektakels, das Gray dort draußen im Schnee zum Besten gab, indem er auf die junge Dame einredete.
Zwar konnte ich die genauen Worte nicht ausmachen, doch es war offensichtlich, dass er wütend war und sie zutiefst verzweifelt.
Als er sie schließlich grob am Arm packte, gingen vor Wut die Pferde mit mir durch. Ich wollte gerade aus der Kutsche springen und der jungen Frau zu Hilfe eilen, da verkündete der Fahrer, nun aufbrechen zu wollen. Er hatte Sorge, dass dieses Höllenwetter andernfalls noch schlimmer werden und uns die Reise unmöglich machen könnte.
Wir holperten gerade unter einem kaltweißen Mond über den Kopfsteinpflasterplatz, da hörte ich, wie Grays Stimme die Luft durchschnitt. ≥Wenn du irgendjemandem davon erzählst, ruiniere ich dich und deine erbärmliche Familie, du Luder.≤
Ich reckte den Kopf aus dem Fenster und drückte mir den Schal um den Hals, um dem eiskalten Wind nicht schutzlos ausgeliefert zu sein. Die junge Frau hielt ihre Haube an dem Band fest, mit dem sie unter ihrem Kinn befestigt war. Ihre Augen hatten etwas Kindliches an sich und schimmerten vor Tränen.
Sie streckte eine Hand nach ihm aus, um ihn zu

besänftigen, ihn zum Zuhören zu bewegen. ≥Aber Jonathan, ich will doch gar nichts von Ihnen, außer dass Sie dazu stehen, was geschehen ist.≤

Die Kutsche schwankte nach rechts, die Pferdehufe pflügten durch den frisch gefallenen Schnee.

Die Gestalten von Jonathan Gray und der jungen Frau verschwanden in der Ferne, wurden zu Schatten in der Dämmerung.

Aber als der Kutscher auf die Landstraße abbog, sah ich Gray noch von der jungen Frau fortstürmen. Der Zylinder wippte ihm bei jedem Schritt wütend auf dem Kopf. Sie schien ihm etwas hinterherzurufen, dann folgte sie ihm in ihren abgetretenen Stiefeletten über den glatten Boden. Was sie auch gesagt hatte, es bewegte ihn dazu, stehen zu bleiben. Sein Gesicht war wutverzerrt. Er fuhr zu ihr herum, der Gehstock mit dem goldenen Griff blinkte gleich dem Schmuck am Weihnachtsbaum auf dem Kirchhof von Briar Glen. ≥Halte dich fern von mir, du Flittchen!≤, rief er. ≥Und von meinen Eltern ebenso! Sonst werde ich Rache nehmen in einer Form, die du dir nicht einmal auszumalen wagst!≤

Das letzte Bild, das sich mir bot, ehe die Kutsche um die nächste Ecke bog und diese triste Szene hinter sich ließ, war Jonathan Gray, der zu seiner wartenden Kutsche marschierte, während die junge Frau hinter ihm im Schnee in die Knie ging.

Ich gab einen langen, tiefen Seufzer von mir. Victor Prentice' Schilderung der Ereignisse zu lesen, war beinah so, als hätte ich persönlich an jenem Weihnachtsabend im glitzernden Schnee gestanden und die Szene beobachtet. Ich konnte die verzweifelte junge Frau vor mir sehen, spürte den kalten Wind in ihre Knochen beißen, sah den grausamen, teuer gekleideten jungen Mann, der sie harsch in ihre Schranken verwies, ehe er davonging und sie auf Knien im tiefen Schnee zurückließ.

Selbst Xander verstummte kurz. Dann wandte er sich mir zu. »Und? Glaubst du, der Jonathan aus dem Brief, den du gefunden hast, ist dieser Jonathan Gray hier?«

»Jedenfalls halte ich es für gut möglich. Und wenn das stimmt, dann könnte das arme junge Ding, das er im Schnee hat sitzen lassen, Briar Forsyth sein, die Lady, die ihm den Brief geschrieben hat.«

Saffy, die hinter Xander stand, verfolgte aufmerksam unser Gespräch. »In seinen anderen Tagebüchern gibt es noch weitere Informationen. Er war ein fleißiger Chronist seiner Erlebnisse.« Sie drängte sich vor Xander und schenkte ihm ein strahlendes Lächeln. »Ich könnte sie dir per E-Mail schicken, und falls du irgendwelche Fragen hast, rufst du einfach an.«

»Danke, Saffy, das wäre mir eine große Hilfe. Oh, und wenn Sophie dir ihre E-Mail-Adresse gibt, schick die Unterlagen doch bitte auch an sie. Wir recherchieren gemeinsam in dieser Angelegenheit.«

Unter ihrem neiderfüllten Blick spürte ich mich förmlich zusammenschrumpfen.

»Gern«, stieß sie nach kurzem Schweigen hervor, und ihre hellrosa Lippen verzogen sich zu einem kühlen Lächeln. »Ich schätze, jeder Sherlock braucht seinen Dr. Watson.«

Kapitel 23

1970, Briar Glen

Helena liebte ihre neue Arbeit mit jedem Mal ein wenig mehr.

Gut, Sparkling Gifts mochte nicht denselben traditionellen Glanz haben wie Carter's oder Drury's, aber trotzdem wachte sie Woche für Woche an ihren drei Arbeitstagen auf und freute sich darauf, die freundlichen Gesichter ihrer Kunden aus dem Dorf und die neuen Gesichter der Touristen im Laden begrüßen zu dürfen.

Mit Chris Auld hatte ihre Begeisterung rein gar nichts zu tun, davon war sie überzeugt.

Chris schaute ein paarmal die Woche im Laden vorbei, zufälligerweise immer genau dann, wenn Helena ebenfalls dort war. Er plauderte mit ihr über seine Mutter, das Leben im Allgemeinen und die drei Herrenmodeunternehmen, in die er gerade investiert hatte.

Helena freute sich mehr und mehr auf seine Besuche. Aber wenn sie sich besondere Mühe mit ihrem Haar gab und zur Arbeit stets nur ihre hübschesten Kleider und geblümten Blusen anzog, dann lag das einzig und allein daran, dass sie Mrs. Auld und Sparkling Gifts keine Schande machen wollte.

Doch hinter all den Beteuerungen, die sie sich selbst vorbetete, wusste sie es in Wahrheit besser.

Mrs. Auld hatte Helena erklärt, dass Chris eine Weile in

Briar Glen bleiben wollte, ehe er nach London zurückkehrte, wo er eine Wohnung angemietet hatte. »Er meinte, hier oben gäbe es im Augenblick bessere Möglichkeiten, Geschäfte zu machen.«

Helena hatte genickt. Mrs. Aulds Worte hatten eine warm schimmernde Freude in ihr zum Leuchten gebracht. Sie wollte gar nicht daran denken, wie leer und zerbrechlich sich ihr Leben anfühlen würde, wenn Chris eines Tages kein Teil mehr davon wäre.

Zwischen ihnen hatte sich eine zwanglose Routine eingestellt. Chris kam vorbei und legte seine Besuche so, dass er Helena zu ihrer Teepause in den Park auf der anderen Seite des Dorfs begleiten konnte. Dort setzten sie sich gemeinsam auf eine Bank, tranken Tee aus Styroporbechern und lachten lauthals über irgendein Missgeschick, das im Laden passiert war. Oder Chris erzählte Geschichten darüber, wie es gewesen war, zwischen seiner unbeugsamen Mutter und seinem fügsamen Vater aufzuwachsen. »Es war wohl unser aller Glück, dass Dad so unterwürfig war«, überlegte er laut und verzog das Gesicht, als er einen Schluck Tee trank. »Weiß der Himmel, wie es mir ergangen wäre, wenn er genauso eine Naturgewalt wäre wie meine Mutter.«

Die Septembersonne spielte Verstecken hinter den Bäumen, deren Blätter sich teilweise schon kupferrot verfärbt hatten und den beiden um die Füße tanzten. Helena warf einen Blick auf die Uhr. Ihre Teepause schien stets zu kurz zu sein. Sie kuschelte sich tiefer in ihre Plüschjacke.

»Was willst du mit deinem Leben anstellen, Helena?«

Sie trank ihren Tee aus und warf den Becher in den Mülleimer neben der Bank. »Wow, das ist eine große Frage!«

Chris hob die Brauen. »Und?«

Wenn er sie so ansah und seine hellbraunen Augen vor Spannung blitzten, fiel es ihr jedes Mal wieder schwer, einen klaren Gedanken zu fassen. »Ich will Marnie eine gute Mutter sein. Ich wünsche mir, dass sie mich später, wenn sie älter wird, nicht nur als Mum betrachtet, sondern auch als Freundin.«

»Ich glaube, eine gute Mutter bist du schon«, antwortete er in seinem seltsamen, aber selbstsicheren Akzent. »Doch eigentlich interessiere ich mich dafür, was du für dich selbst willst.«

Sie warf ihm einen Blick zu. »Aber nicht lachen.«

»Versprochen. Außer natürlich, du erzählst mir, dass du Profifußballerin werden willst.«

Helena grinste. »Woher willst du wissen, dass ich keine brillante Fußballerin bin?«

»Stimmt, möglich wär's. Es gibt so vieles, was ich gern noch über dich herausfinden würde.«

Hitze erfasste sie. Hätte sie doch nur den Styroporbecher nicht weggeworfen! Dann hätte sie jetzt etwas zum Herumspielen gehabt.

Chris rutschte auf der Bank etwas näher an sie heran. Sein blonder Pony tanzte im Wind. »Komm schon, erzähl es mir.«

Sie verzog das Gesicht. »Na gut. Aber nur, weil du gefragt hast. Also, ich hätte gern eines Tages meinen eigenen Porzellanwarenladen. Ich weiß, das klingt nicht sonderlich grandios oder spannend, aber ich träume schon ewig davon.« Als Chris nicht reagierte, lachte sie verlegen auf. »Siehst du? Es ist albern.« Sie ließ den Blick von der herbstlichen Umgebung zu Chris wandern.

»Ich lache nicht und finde deinen Wunsch auch kein biss-

chen albern.« Er rückte seinen Lederblazer zurecht. »Ich glaube sogar, wenn du deinen Traum wahr machen würdest, könntest du damit ziemlich erfolgreich werden.« Er spielte mit seinem leeren Becher. »Und was hält dein Mann davon?«

Helena blinzelte. Der Gedanke war zwar schrecklich, aber es fühlte sich an, als wäre Donald ein Störfaktor in ihrem Gespräch. »Oh, ich rede mit ihm nicht viel über solche Dinge. Überhaupt nicht, um genau zu sein. Kurz nach unserer Hochzeit habe ich das Thema ein-, zweimal erwähnt, aber er hat nur abgewunken.«

»Warum?«

Unbehaglich rutschte Helena auf der Bank herum. »Er ist ein wenig altmodisch. Er findet, wenn eine Frau geheiratet hat, sollte sie von da an Hausfrau sein.«

Chris schien ihre Worte sacken zu lassen. »Na ja, jeder hat das Recht auf eine Meinung. Aber ich teile seine Einstellung nicht.«

Alles andere hätte sie auch verwundert. Sie musste lächeln.

Dann warf sie einen Blick auf die Uhr und sprang panisch auf. »Oh, verdammt! Ich muss sofort zurück in den Laden, sonst kürzt deine Mum mir das Gehalt.«

»Helena.« Chris stand ebenfalls auf und legte ihr die Hand auf den flauschigen weißen Ärmel. »Du darfst nicht zulassen, dass er dir deine Träume nimmt. Du bist klug, ehrgeizig und schön …«

Sie konnte ihm nicht länger in die Augen sehen. All die gemeinsamen Momente mit ihm verschmolzen zu etwas, das ihr viel bedeutete und das sie nicht verlieren wollte. »Chris …«

Sie sahen einander in die Augen. Ihre Gesichter leuchteten in der goldenen Herbstsonne.

»Es ist nur eine Träumerei«, erklärte sie, als sie nebeneinander zurück zum Laden liefen. Helenas hohe weiße Schnürstiefel klackerten neben Chris' Halbschuhen über den Weg. »Wie gesagt, Donald weiß noch nicht mal, dass ich arbeite. Mal sehen, wie lange ich das Geheimnis noch bewahren kann. Es ist nur noch eine Frage der Zeit, bis er es herausfindet. Und dann wird er sicher stinksauer sein.«

Chris' attraktives Gesicht nahm einen harten Zug an. »Du solltest nicht verheimlichen müssen, dass du arbeiten gehst.«

Sie rückte ihre Handtasche zurecht. »Weißt du, letzte Woche wäre ich fast erwischt worden. Ein Arbeitskollege von Donald war wegen eines Arzttermins hier im Dorf und hat Donald erzählt, er sei ganz sicher, dass er mich im Souvenirladen hinter der Kasse habe stehen sehen. Aber zum Glück hat Donald ihm nicht geglaubt.«

Sie verließen den Park durch ein Tor und überquerten die angrenzende Straße. Chris warf Helena einen Seitenblick zu. »Ich wette, dein Mann hätte nichts dagegen, wenn du ein eigenes Unternehmen hättest, das gutes Geld nach Hause bringt.«

Sie zuckte mit den Achseln. Aus dem Schaufenster von Sparkling Gifts strömte warmes Licht.

»Um wie viel Uhr hast du heute Feierabend, Helena? Wie immer um halb drei?«

»Ja, wieso?«

»Treffen wir uns wieder am Parkeingang, wenn du fertig bist?«

Helenas Herz hämmerte wild gegen ihren Brustkorb. »Aber ich muss Marnie von der Schule abholen.«

»Keine Sorge, es dauert nicht lange. Bitte!«

Helena konnte einfach nicht Nein sagen. »In Ordnung,

aber ich darf auf keinen Fall zu spät bei ihr sein. Worum geht es denn überhaupt?«

Aber Chris blinzelte nur, schlug den Kragen seiner Lederjacke hoch und ging davon.

Helena blieb nichts weiter übrig, als ihm verwirrt hinterherzusehen.

Xander musterte mich stirnrunzelnd, während wir nach Briar Glen zurückfuhren. »Du solltest nicht lesen, während du in einem fahrenden Wagen sitzt. Nicht dass dir noch übel wird.«

Ich sah von meinem Handy auf. Hinter den Fenstern glitten Bürogebäude und teure Restaurants mit verdunkelten Scheiben vorbei und wichen nach und nach den vertrauten Wäldern rund um Briar Glen. Ein braunes Schild verkündete anreisenden Touristen: *Willkommen in der Stadt der blauen Hundsrose, in der Ihnen ein warmer schottischer Empfang sicher ist!*

»Danke, Dad. Ich versuche, daran zu denken.«

Xander runzelte die Stirn. »Kann das viele Lesen nicht warten, bis du zu Hause bist?«

Doch ich scrollte weiter durch die E-Mail voller Dokumente, die Saffy uns geschickt hatte – mir allerdings mit sichtlichem Widerwillen. »Könnte es«, antwortete ich. »Aber ich will unbedingt herausfinden, ob Saffys Urgroßvater noch mehr über diesen Fiesling Jonathan Gray zu sagen hatte.«

Xander setzte den Blinker seines sportlichen kleinen Mazdas. »Wieso denn Fiesling?«

»Na, wie würdest du denn einen Mann beschreiben, der am Weihnachtsabend eine verzweifelte junge Frau im Schnee sitzen lässt?«

Aus dem Augenwinkel warf Xander mir einen kurzen Blick zu. »Aber wir kennen doch die Hintergründe gar nicht.«

»Stimmt, da hast du natürlich recht«, erwiderte ich kühl. »Sicher hatte er gute Gründe, am Weihnachtsabend mitten auf der Straße eine Frau zu beschimpfen und sie anschließend Wind und Kälte zu überlassen.«

Er warf mir einen verärgerten Blick zu, aber wenigstens sagte er nichts mehr.

Ich schloss die Dokumente mit den Tagebucheinträgen und klickte mich durch die Fotogalerie bis zu den Aufnahmen von dem Pfauengeschirr, die ich vergrößerte, um sie mir genauer ansehen zu können. Welche Rolle spielte das Service bei der ganzen Sache? War es überhaupt von Bedeutung? Oder hatte der Koffer nur als zufälliges Versteck für Briars Brief gedient?

Xander fuhr mich zurück zu dem Parkplatz hinter The Cup That Cheers und beobachtete, wie ich meine Tasche aus dem Fußraum angelte.

»Danke, dass du mich zu Saffy mitgenommen hast«, sagte ich.

Er zuckte mit den Achseln. »Keine Ursache.«

Ich stieg aus. Welche Gründe auch immer er haben mochte, mir dabei zu helfen, die Bedeutung von Briars Briefen zu ermitteln – immerhin half er mir überhaupt. Ich schaute noch einmal zur offenen Beifahrertür hinein. »Die offizielle Eröffnung ist am 30. Juni um zehn. Du bist herzlich eingeladen. Es gibt warme Scones und natürlich Tee. Vielleicht entdeckst du ja sogar etwas, das dir gefällt.« Um Zweideutigkeiten zu vermeiden, räusperte ich mich und fügte hinzu: »In meinem Porzellansortiment, meinte ich.«

Mir brannten die Wangen, als Xander mir in die Augen sah und antwortete: »Mir ist bewusst, was du gemeint hast.«

»Nun, also dann …«, erwiderte ich, in der Hoffnung, fröhlich und unbekümmert zu klingen. »Du bist jedenfalls herzlich eingeladen, vorbeizuschauen.«

Er setzte eine verspiegelte Sonnenbrille auf, die er aus dem Handschuhfach geangelt hatte. »Gut möglich, dass ich tatsächlich komme. Sind wir uns einig, dass wir uns gegenseitig auf dem Laufenden halten, falls es Neuigkeiten bezüglich des Briefs geben sollte? So können wir hoffentlich bald die Auktion anberaumen.«

Und damit verschwand er die Hauptstraße entlang, während ich ihm entnervt und enttäuscht zugleich hinterhersah. War das wirklich das Einzige, was ihn beschäftigte? Seine Provision einzustreichen und mit dem Pfauengeschirr in den Nachrichten zu landen? Wieso interessierte er sich so wenig dafür, die Geschichte dahinter zu erfahren und herauszufinden, weshalb die fremde Dame mir das Service einfach so in die Hand gedrückt hatte?

Ich ärgerte mich darüber, dass ich tatsächlich kurz geglaubt hatte, Xander North hätte auch einen Funken Interesse an Briars Brief. Ihm ging es nur ums Geld. Aber solche Menschen gibt es eben auch, grummelte ich vor mich hin. Menschen ohne Seele.

Es war wie Weihnachten.

Der Boden vom The Cup That Cheers war übersät mit Schätzen. Es war einfach alles dabei – von modern gepunktetem Geschirr über traditionelle Wedgwood-Blumen,

Anysley-China-Service, Portmeirion Water Garden und European Titanium in Dunkelgold.

Ich hoffte, dass es mir gelungen war, für jeden Geschmack und jedes Budget etwas zu finden. Während ich die vergoldeten Henkel, gebogenen Tüllen und schimmernden Untertassen begutachtete, jubilierte mein Herz vor Freude und pochte gleichzeitig wie wild vor Angst. Ach, hätte Gran jetzt doch nur bei mir sein können!

Ewan hatte mir schon vor einer ganzen Weile die beiden Ladenschilder geliefert, die Dad und einer seiner Tischlerjungs heute Nachmittag anbringen würden.

Wie erhofft waren sie wunderschön und von Hand gemalt. Der Schriftzug *The Cup That Cheers* zog sich wie auf dem Entwurf in Weiß über einen dunkellila Hintergrund, flankiert von einer Teetasse mit Untertasse und einem Teekessel. Es sah so kunstvoll und elegant aus, dass man nie darauf gekommen wäre, dass es mit wasserfester PVC-Farbe angefertigt worden war.

Nachdem Dad das große Schild über dem Laden und das kleinere an der Stange aufgehängt hatte, bot er mir an, eine Gardinenstange an der Eingangstür anzubringen, damit auch die kleineren Vorhänge angebracht werden konnten, die ich nachträglich noch besorgt hatte, nachdem mir das Ergebnis an den Fenstern so gefallen hatte. Sie bestanden aus demselben lilafarbenen Karostoff von Cunningham Clan wie die übrigen, der dem Ladeninneren ein Flair von Geborgenheit verlieh.

Das Konzept vom The Cup That Cheers mit der Schaufensterauslage, dem Geschirrsortiment und seiner gemütlichen Atmosphäre fügte sich nach und nach zu einem großen Ganzen zusammen.

Cass vibrierte förmlich vor Begeisterung, während sie Mum dabei half, eine Reihe von Teekannen in Neonfarben samt passenden Tassen auf einem der mittleren Regale zu arrangieren. »So viel zum Thema *Wer die Wahl hat, hat die Qual*«, sagte sie grinsend.

Mum schenkte ihr ein Lächeln. »Zum Glück haben eure Kundinnen zwei fabelhafte Beraterinnen, die ihnen bei der Entscheidung zur Seite stehen werden.«

»Vielleicht fällt einigen von ihnen die Entscheidung ja sogar so schwer, dass sie gleich mehr als nur ein Service kaufen.« Ich lachte, dann machte ich mich daran, die leere Schaufensterfläche auszumessen. Ich hatte eine grobe Vorstellung davon, wie meine erste Dekoration aussehen sollte, und das Fenster zunächst mit lilafarbenen Leinentüchern verhängt, damit man von außen noch nichts sehen konnte. Das Ergebnis meiner kreativen Bemühungen wollte ich erst am Montag bei der Eröffnung preisgeben.

Himmel, ich konnte noch immer nicht glauben, dass es fast schon so weit war! Jetzt blieb mir nur noch zu hoffen, dass ich nichts vergessen hatte.

Mum und Cass summten einen Carly-Simon-Song mit, der gerade im Radio lief, während ich den Inhalt der Kisten voller Warenlieferungen neben mir begutachtete. Adrenalin rauschte durch meine Adern, doch trotz der Aufregung und Vorfreude war ich ziemlich erschöpft.

In den vergangenen Tagen war ich nämlich nicht nur damit beschäftigt gewesen, letzte Hand an den Laden anzulegen, sondern auch die Aufzeichnungen von Saffy Clements' Urgroßvater zu durchforsten, weil ich nach wie vor hoffte, darin mehr über Jonathan Gray und Briar Forsyth herauszufinden.

Ich war überzeugt davon, dass es in seinen Unterlagen noch weitere Hinweise darauf gab, was zwischen ihnen vorgefallen war, und ich nur geduldig danach zu suchen brauchte.

Xander hatte sich schon mehrfach telefonisch und per Mail bei mir gemeldet, um mir mitzuteilen, dass er beruflich gerade viel zu tun habe, was ihn aber nicht davon abhalte, in den Tagebüchern und seinen Archiven nach weiteren wertvollen Informationen zu suchen. Jake dagegen hatte nichts mehr von sich hören lassen, weswegen ich davon ausging, dass er nur mit mir geflirtet hatte, weil ich gerade ein teures Bild von ihm gekauft hatte. Ein wenig kratzte diese Erkenntnis zwar an meinem Stolz, aber ich hatte Wichtigeres im Kopf.

Mittlerweile war ich so müde, dass ich ein äußerst undamenhaftes Gähnen von mir gab, das ich hinter der flachen Hand verbarg.

Mum kam in ihren Segelschuhen zu mir gelaufen. »Ich hoffe, du übertreibst es nicht, junge Dame. Die vergangenen Wochen bist du durch die Gegend geflitzt wie ein Tasmanischer Teufel.«

Ich musste schuldbewusst geguckt haben, da sie die Hände in die Hüften stemmte und mir einen strengen Blick zuwarf. »Sobald wir hier fertig sind, fährst du gefälligst nach Hause und entspannst in der Badewanne. Keine Arbeit und keine Tagebücher bis morgen früh. Das ist ein Befehl.«

Ich griff nach einem Teeservice in Flieder und Weiß, das mit kleinen lilafarbenen Vergissmeinnicht bemalt war, und arrangierte es im Schaufenster auf einem passenden Tuch mit Vichy-Karo, das ich bei der Stofffirma bestellt hatte, bei der es auch die lilafarbenen Leinentücher für das Schaufenster gegeben hatte. Bei einem Online-Floristen, den mir Cass empfohlen hatte, hatte ich zudem einige verblüffend echt aussehende blaue Rosen bestellt, die ich nun um das Geschirr herum verteilte. Die Deko sollte eine hübsche Hommage an meine Heimatstadt werden – falls die Geschichte mit den Rosen überhaupt mehr war als eine Legende. Ach je, langsam klang ich schon wie Xander North!

»Den restlichen Tag nehme ich mir frei, versprochen, Mum«, sagte ich.

Ein bohrender Blick war die Antwort. »Ich nehme dich beim Wort.« Dann begutachtete sie meine Schaufensterdekoration und nickte anerkennend.

Auch Cass kam mit einer rot-weiß gestreiften Teekanne in der Hand zu uns. »Das sieht ja entzückend aus!«

Ich straffte die Schultern. »Danke! Ich dachte, die erste Auslage sollte eher einfach gehalten sein und mit dem Ladeninneren in Weiß und Lavendel harmonieren.« Wenn erst einmal das Briar-Glen-Teeservice mit der blauen Rose da wäre, würde ich es ganz nach vorn stellen und mit weiteren blauen Stoffblumen umrahmen. Langsam kam ich richtig in Fahrt und erzählte Mum und Cass mehr über meine Dekopläne. »Anfang Herbst würde ich dann gern zu Rot, Rost und Bernstein übergehen, zu Halloween zu Orangetönen und zu Weihnachten dann das volle Programm mit Geschirr in Rot- und Grüntönen, Lametta, Lichterketten …«

»Und im Frühling vielleicht Gelb- und Sahnetöne? Narzissen und Ostereier?«, schlug Cass vor. »Und im Sommer dann Porzellan in Sand und Meerblau, ein paar Plastikeimer und Schaufeln und ein Spielzeugboot?«

Ich grinste sie an. »Unbedingt! Ich kann es schon vor mir sehen!«

Cass nickte so begeistert, dass ihr der wuschelige brünette Pferdeschwanz um die Schultern tanzte. »Ich wette, das Briar-Glen-Teeservice ist hinreißend geworden. Die Nachfrage wird bestimmt riesig.«

Ich beugte mich wieder in die Auslage, um ein paar Stoffrosen zurechtzuzupfen. »Das hoffe ich. Und Noah, der Künstler, der es entworfen hat, wird ebenfalls daran verdienen. Nach allem, was Ewan mir erzählt hat, lebt er von seinen Werken eher schlecht als recht. Allerdings studiert er auch noch.«

»Dann werdet ihr sicherlich beide ein gutes Geschäft damit machen.« Als es laut an der Ladentür klopfte, fuhr Mum erschrocken herum. »Oh! Vielleicht ist das ja schon die Lieferung mit dem Teeservice!«

»Das wäre ein klarer Fall von perfektem Timing«, antwortete ich. »Wenn ich direkt mit dem Geschirr arbeiten kann, geht mir die Schaufensterdeko sicherlich noch leichter von der Hand.«

Aber es war nicht das Teeservice. Sondern Xander.

Cass und Mum warfen ihm bewundernde Blicke zu. Und sogar ich musste zugeben, dass er mit seiner großen Statur und dem dunklen Haar eine eindrucksvolle Erscheinung war.

Xander nickte ihnen zur Begrüßung zu und deutete auf die ersten Geschirrsets, die in den Regalen arrangiert waren. »Wie ich sehe, hast du zu tun. Wie geht die Arbeit voran?«

»Es wird. Mein Vater kommt heute Nachmittag vorbei, um noch ein paar kleine Spots über den Regalen zu installieren.«

Er warf Mum und Cass, die weiter hinten im Laden Geschirr aus Luftpolsterfolie wickelten, einen raschen Blick zu. »Ich wollte nur nachfragen, ob es von deiner Seite aus Neuigkeiten gibt. Der Laden sieht gut aus, mir gefällt die bunte Mischung aus …« Er verstummte, als er das Bild von Jake Caldwell entdeckte, das inzwischen an der Wand hing. Dann fuhr er zähneknirschend fort: »Allerdings muss ich sagen, dass dein Kunstgeschmack meines Erachtens zu wünschen übrig lässt.«

Ich betrachtete das Bild mit dem Bauerntisch, der klobigen Teekanne und den Tassen in zarten Aquarelltönen. Was störte Xander nur so an dem Bild – beziehungsweise an Jake Caldwell?

»Was hast du denn dagegen?«, fragte ich. Seine erste, noch deutlich heftigere Reaktion auf das Bild hatte sich tief in mein Gedächtnis eingebrannt.

Xander nahm eine petrolblaue Teetasse aus dem Regal und begutachtete sie, dann stellte er sie wieder weg. »Es geht nicht um das Bild an sich«, meinte er.

»Und um was geht es dann? So finster, wie du es anstarrst, muss man ja befürchten, dass du es jeden Moment von der Wand reißt.«

Xander warf mir einen aufgewühlten Blick zu. »Lass uns nicht darüber sprechen. Caldwell und seine Bilder interessieren mich nicht. Hast du kurz Zeit? Ich würde gern mit dir reden.«

Ich war zwar wenig überzeugt davon, dass das Thema für ihn wirklich erledigt war, ließ mich aber auf den Themenwechsel ein und antwortete: »Ja, natürlich.«

Gemeinsam gingen wir in mein Büro. Mum und Cass taten so, als wären sie beschäftigt, aber ich merkte genau, wie sie uns neugierige Blicke hinterherwarfen.

Ich schloss die Tür und nahm hinter meinem Schreibtisch Platz, während sich Xander auf einen der beiden neuen Besucherstühle in Schwarz und Chrom sinken ließ.

Er räusperte sich. »Die vergangenen Wochen waren zwar sehr arbeitsreich für mich, aber es ist mir dennoch gelungen, weiter in den Aufzeichnungen von Saffys Urgroßvater zu lesen.«

Gespannt rutschte ich zur Stuhlkante vor. »Und? Hast du was entdeckt?«

Er nickte knapp. »Ja, ich denke schon.« Nun beugte auch er sich vor. »Es geht um Castle Marrian.«

Nun war ich wirklich überrascht. »Wow … Okay? Merkwürdig, dort habe ich als Hochzeitsplanerin gearbeitet.«

»Ach, ehrlich? Nun, in diesem Fall dürftest du meine Entdeckung besonders interessant finden.«

»Nun spann mich doch nicht so auf die Folter.«

Er streckte die langen Beine aus. »Wir müssten das alles noch genau überprüfen, um sicherzugehen, dass wir uns nicht irren. Aber laut Victor Prentice' Aufzeichnungen ging Castle Marrian zwischen Ende des 19. und Anfang des 20. Jahrhunderts durch die Hände mehrerer reicher Familien aus der Gegend.«

»Das stimmt. An zwei Namen kann ich mich noch erinnern: die Masters und die Dayells.«

Xanders Augen blitzten auf. »Unter anderem, genau. Aber weißt du auch, wer zu den Eigentümern zählte, die das Haus nur ganz kurz besaßen?«

Ich schüttelte den Kopf. Durch das Bürofenster hinter mir fiel die Frühsommersonne auf meinen Mahagonischreibtisch.

Xander beugte sich noch weiter zu mir vor. »Ihr Nachname lautete Gray«, sagte er langsam. »Leonora und Chadwick Gray.«

»Gray?«, wiederholte ich. »Soll das heißen, diesem Jonathan Gray gehörte Castle Marrian?«

»Das jedenfalls war der Plan. Seine Eltern Leonora und Chadwick kauften das Anwesen in der Absicht, es ihrem ältesten Sohn Jonathan zu vererben.«

Ich ließ mich wieder zurücksinken. »Aber in den Annalen des Hauses wird die Familie gar nicht erwähnt. Als ich dort eingestellt wurde, habe ich mich intensiv mit der Geschichte von Castle Marrian beschäftigt. Doch der Name Gray tauchte nirgendwo auf.«

»Das überrascht mich nicht, denn laut Victors Aufzeichnungen wohnten sie nur ein Jahr lang dort«, antwortete Xander.

»Was soll das heißen?«

»Dass sie sich im Castle Marrian nicht wohlgefühlt und es umgehend wieder verkauft haben.«

Ich dachte an den Brief, den Briar Forsyth geschrieben hatte. An den tiefen Schmerz, das Leid, das aus ihren Worten gesprochen hatte. »Um was wetten wir, dass es in Wahrheit einen Skandal gegeben hat, in den dieser Jonathan verwickelt war, und die Familie deswegen so schnell das Weite gesucht hat?«

Xander wollte etwas erwidern, aber wir wurden von Mum unterbrochen, die an die Bürotür klopfte. »Tut mir leid, dass ich störe, Liebes, aber dein Dad ist hier, um die Lichter über den Regalen anzubringen.«

Kapitel 24

Auch wenn mir am Donnerstagabend nach all dem Herumlaufen, Schleppen und Bücken jeder einzelne Knochen wehtat, war ich stolz auf das, was wir geschafft hatten.

Nachdem ich geduscht und meinen Schlafanzug angezogen hatte, machte ich mir einen Käse-Tomaten-Toast mit Salat und ging beim Essen die Zusammenfassung von Victor Prentice' Aufzeichnungen durch, die mir Xander geschickt hatte.

Ich rieb mir die müden Augen und las die Stelle, die meine Aufmerksamkeit erregt hatte, noch einmal. Dann biss ich nachdenklich von meinem Sandwich ab. »Könnte durchaus sein, dass du recht hast, Victor«, murmelte ich vor mich hin. Meine Stimme hallte von den Wohnzimmerwänden wider. »Denn genau dasselbe habe ich auch gedacht.«

Zu meiner Erleichterung wartete der Montag mit blassem Sonnenlicht und einem von Wolken getupften blauen Himmel auf.

Die Räumlichkeiten vom The Cup That Cheers waren zwar nicht winzig, aber eben auch nicht riesig, und ich hatte Sorge, all den neugierigen potenziellen Kunden, die heute (hoffentlich) zur Ladeneröffnung erscheinen würden, bei Regen kein Dach über dem Kopf bieten zu können. Aber vielleicht waren das ja ohnehin nur fromme Wünsche.

In jedem Fall beschlossen wir, die beiden Biertische, die

Mum von ihrer Freundin Jill aus dem Women's Institute geliehen hatte, aufzuteilen, sodass einer draußen vor dem Laden stand und der andere im Inneren.

Beide waren mit Tischtüchern in einem hübschen Vichy-Muster bedeckt. Gleich würden die Scones von unserer Dorfbäckerei Innes geliefert werden. Außerdem hatte ich einige der etwas günstigeren, aber trotzdem schmucken Teeservice aus meinem Sortiment aufgebaut, aus denen ich meinen Gästen Tee servieren würde. Falls sie jemandem gefielen, konnte ich einen günstigen Preis nennen, was sich dann hoffentlich herumsprechen würde.

Die lilafarbenen Leinentücher ließ ich noch vor dem Schaufenster hängen, um meine Auslage zu verbergen. Die Regale bogen sich unter dem Gewicht der Porzellanwaren aus meinem Sortiment, die jeweils mit einem kleinen fliederfarbenen Preisschild versehen waren.

Neben dem Tresen hatte Dad einen Haken angebracht, an den ich die hochwertigen Papiertüten hängte, die ich für The Cup That Cheers hatte bedrucken lassen. Sie zeigten das Laden-Logo und konnten mit einem Seidenband in dem fliederfarbenen Karomuster zugebunden werden, in dem auch die Vorhänge vor dem Seitenfenster und der Ladentür gehalten waren.

Mum, Dad, Cass und ich waren bereits seit sieben Uhr früh hier, um alles für die große Eröffnung vorzubereiten.

Ich sah mich um und prüfte noch einmal jede Kleinigkeit – von den schimmernden Teekannen über Jake Caldwells Aquarellbild an der Wand bis hin zu meiner Registrierkasse auf dem Tresen, mit deren Bedienung ich mich inzwischen vertraut gemacht hatte.

Meine Gedanken wanderten zu Gran, und ein Gefühl tiefer Dankbarkeit überkam mich. Ich musste schlucken. Ohne sie hätte ich nichts von alldem hier je erreicht. Hätte sie nicht mein geheimes Erbe organisiert und so fest an mich geglaubt – wer weiß, was ich getan hätte, nachdem ich meinen Job auf Castle Marrian an den Haken gehängt hatte?

Ich ließ den Blick schweifen und war mir sicher, dass The Cup That Cheers mit seinem Hauch von Retrochic ganz nach Grans Geschmack gewesen wäre.

Innes würde jeden Moment die warmen Scones liefern – normale, Kirsche und Kokosnuss, Trockenobst, Apfel-Zimt, Käse und Rübensirup. Da ich mich nicht hatte entscheiden können, war am Ende einfach die gesamte Palette auf meinem Bestellzettel gelandet.

Ich zog mich ins Bad zurück, wo ich meine abgetragene kurze schwarze Hose und das alte T-Shirt gegen einen eleganteren Look austauschte, der aus einem hübschen himmelblauen Sommerkleid mit Margeritenmuster und meinen bequemen weißen Ballerinas bestand. Dann befreite ich meine Haare aus dem Pferdeschwanz und frisierte sie zu einem eingeflochtenen Seitenzopf.

Nachdem ich noch einen Spritzer von meinem liebsten Jo-Malone-Parfüm, etwas beigefarbenen Lidschatten, Wimperntusche und rosa Rouge, das zu meinem bonbonrosa Lippenstift passte, aufgetragen hatte, überließ ich die Angestelltentoilette Cass, die ebenfalls Wechselsachen dabeihatte.

Mum und Dad waren noch einmal nach Hause gefahren, um sich zurechtzumachen, und kehrten im selben Moment zurück, als Innes mit einem Berg an riesigen Tupperdosen hinter dem Haus parkte, in denen die frischen Scones vor sich hin dampften. Mein Magen gab ein begeistertes Knurren von sich.

Cass hatte einen flatternden beigefarbenen Rock und ein Spitzentop in Creme angezogen und sich die kastanienbraunen Haare hochgesteckt, was ihre großen Augen besonders gut zur Geltung brachte. »Nicht schlecht!«, rief sie, als sie Innes mit seinen Scones-Bergen durch die Hintertür hereinkommen sah. Warmer, süßer Gebäckgeruch erfüllte die Luft. »Bist du auch wirklich sicher, dass die reichen?«

Dad verdrehte fröhlich die Augen und zupfte sich an der Krawatte herum. »Sophie kommt ganz nach ihrer Mutter. Besorgt Essen für ein ganzes Regiment, obwohl sie nur eine Fußballmannschaft satt bekommen muss.«

»Du hättest doch keine Krawatte tragen müssen«, sagte ich zu Dad. Ich wusste, wie viel wohler er sich in seinen Polohemden fühlte.

Aber er brummelte nur: »Erzähl das mal deiner Mutter. Sie hat mich mit dem Stemmeisen in diesen Anzug gehebelt.«

»Schick siehst du jedenfalls aus.«

Durch die offene Hintertür drang leises Klirren vom Parkplatz herein, dann kam Mum in einem pfirsichfarbenen Taftkleid mit passendem Leinenblazer herein. Der rote Bob tanzte um ihr Gesicht. Sie trug ein paar riesige Thermoskannen vor sich her. »Dora vom Women's Institute hat mir die hier mitgegeben, damit du genügend heißes Wasser hast.« Sie warf mir ein strahlendes, aber nervöses Lächeln zu. »Gleich ist es Zeit, die Türen zu öffnen, Liebes.«

Ich winkte Cass zu mir. In meinem Magen kribbelte es wie in einem Bienenstock. Die Zeiger auf meiner Uhr krochen auf die Zehn zu. Es war so weit. Der Tag, auf den ich so lange hingearbeitet hatte, war gekommen. Dies war der Augenblick, den sich Gran erst für sich selbst und dann für mich so sehr gewünscht hatte. »Alles klar, Ladys und Gentlemen. Es kann losgehen.«

Nachdem ich die Leinentücher von den Schaufenstern entfernt hatte, hinter denen die Auslage mit dem sonderangefertigten Briar-Glen-Geschirr im Zentrum zum Vorschein gekommen war, drängten sich scharenweise neugierige Besucher in den Laden. Scones wurden verschlungen, Teetassen klapperten, und höfliches, angeregtes Geplauder hallte durch den Laden.

Zu meiner Freude waren auch einige meiner ehemaligen Arbeitskollegen von Castle Marrian gekommen und winkten mir aus der Gästeschar zu. Ich hatte sie per E-Mail zur Eröffnungsfeier eingeladen, und Derek, Connie, Ivy und Stacey klatschten nun mit den übrigen Besuchern mit, als The Cup That Cheers zum ersten Mal seine Türen öffnete.

Ich hatte auch Xander in der Menge entdeckt, was nicht schwer war, da er die übrigen Gäste um Haupteslänge überragte. Jake dagegen hatte sich bisher nicht blicken lassen, wie ich voller Erleichterung registrierte. So liefen Xander und er zumindest nicht Gefahr, ihre Probleme – worin auch immer sie bestehen mochten – vor meinem versammelten Publikum mit lautstarken Diskussionen bereinigen zu müssen. Da ich gar nichts mehr von Jake gehört hatte, ging ich davon aus, dass er die Eröffnungsfeier einfach vergessen hatte und nicht mehr kommen würde.

Ich bediente gerade eine Kundin, die ein roségoldenes Teeservice von Astley als Verlobungsgeschenk für ihre Nichte kaufte, als sich Xander mit einer Teetasse in der Hand zu mir gesellte. »Glückwunsch«, sagte er.

Cass übernahm die Kasse, damit ich mich kurz mit ihm unterhalten konnte. Mum hatte in der Playlist zu ihrem Lieblingssänger Michael Bublé gewechselt, der mit seiner Samtstimme vor sich hin schmachtete, während Xander einen Schluck Tee trank.

Cass warf ihm immer wieder hingerissene Blicke zu, und auch ich musste zugeben, dass er in seinem hellgelben Hemd und der schwarzen Weste tatsächlich ausgesprochen gut aussah, wortkarger Sonderling hin oder her. Und wie sich seine ausdrucksstarken dunklen Brauen hoben, wenn er über irgendetwas Ernstes sprach …

Schnell schob ich diese Gedanken beiseite, um wieder ins Hier und Jetzt zurückzufinden. »Ich wollte heute Abend in Victor Prentice' Tagebüchern weiterlesen. Wie du schon festgestellt haben dürftest, ist meine Fantasie ziemlich ausgeprägt, und nach allem, was ich mir bisher zusammengereimt habe, muss dieser Jonathan Gray seine Familie in beträchtliche Schwierigkeiten gebracht haben. Sonst hätten sie doch niemals in einer Nacht-und-Nebel-Aktion die Gegend verlassen und Castle Marrian verkauft.«

Xander fixierte mich. »Du bist eine Frau mit einer Mission, was?«

Ich richtete mich kerzengerade auf. »Machst du dich etwa über mich lustig?«

Sein Blick war schwer zu deuten. Er öffnete den Mund, doch dann berührte mich jemand an der Schulter, und Xander presste die Lippen zu einer missbilligenden Linie zusammen.

»Hey, Sophie, tut mir leid, dass ich so spät dran bin. Hatte noch dies und das zu erledigen, aber du weißt ja, wie das ist.«

Jakes lieblos dahergeplapperte Erklärung verärgerte mich eher, als dass sie mich besänftigte. Es klang fast so, als wäre die Eröffnung seinen Besuch eigentlich kaum wert.

Xanders Miene hatte inzwischen einen finsteren Ausdruck angenommen. So viel zu meiner Hoffnung, dass sich die beiden nicht über den Weg laufen würden.

Jakes entspanntes Lächeln wurde noch eine Spur breiter, als er bemerkte, mit wem ich mich gerade unterhalten hatte. Er musterte Xander von Kopf bis Fuß und bemerkte süffisant: »Na schau mal einer an, wen haben wir denn da? Hi, Xander. Wie geht's?«

Xander stellte seine Tasse auf dem Tresen ab. Er schien Jake nicht in die Augen sehen zu können. »Danke, gut. Und selbst?«

Jakes Verhalten war unangenehm, fast schon provokativ. »Ach, weißt du, die Auftragslage ist gut, ich habe viel zu tun. Und wie läuft's in der Welt der Kunstkritik?«

Nach kurzem Schweigen hob Xander nun doch den Blick, um Jake anzusehen. »Ausgesprochen erfreulich. Jedenfalls wenn man es mit ehrlichen, aufrichtigen Arbeiten zu tun hat.« Xander sah sich um. Sein Blick glitt suchend über die Kunden, die das Geschirr in den Regalen bewunderten, und landete schließlich auf Jakes Aquarell. »Aber solches Glück kann man wohl nicht immer haben.«

Autsch! Wenn die Atmosphäre hier drinnen noch eisiger wurde, könnte ich demnächst auch Eisbären und Pinguine zu meinen Kunden zählen.

Ich sah zwischen den zwei Streithähnen hin und her wie bei einem Tennisspiel. Was hatten sie denn nur gegeneinander? Zwischen diesen beiden Riesenkerlen kam ich mir winzig klein vor.

Xander zupfte seine schwarz schimmernde Weste zurecht und zog sein Handy aus der Gesäßtasche. Ohne Jake weiter zu beachten, richtete er seine Aufmerksamkeit auf mich. »Danke für die Einladung, Sophie. Dein Laden ist ausgesprochen hübsch geworden, und ich wünsche dir allen Erfolg der Welt.«

Seine Worte versetzten mir einen Stich. Irgendwie war ich enttäuscht. »Du gehst schon?«

»Ja. Ich muss noch zur Eröffnung einer neuen Kunstgalerie in Edinburgh.«

Mit einem missbilligenden Zug um den Mund marschierte er an Jake vorbei. »Ich melde mich die Tage bei dir«, meinte er noch zu mir. Zu Jake sagte er nichts.

Auf Jakes Gesicht breitete sich ein selbstzufriedenes Grinsen aus. »Tschüss, Xander. War schön, dich wiederzusehen.«

Xanders ganze Haltung wirkte angespannt, als er The Cup That Cheers verließ.

Ich wandte mich an Jake, der immer noch ausgesprochen stolz auf seine Leistung zu sein schien. »Und, wie ist es dir ergangen? Viel zu tun?«

»Sehr, ich kann mich vor Aufträgen kaum retten«, antwortete er lässig. »Tut mir leid, dass ich mich in den letzten Wochen nicht mehr gemeldet habe, aber wie gesagt, du weißt ja, wie das ist.«

Stirnrunzelnd musterte ich ihn. Das war eine mehr als vage Erklärung für sein Verhalten. Ich deutete zur Tür, durch die

Xander gerade verschwunden war. »Was war das eigentlich gerade?«

Gespielt ahnungslos riss Jake die Augen auf. »Was meinst du?«

Hinter mir gab die Kasse eine Reihe von äußerst befriedigenden Klingeltönen von sich. Skeptisch musterte ich Jake. »Bitte halt mich nicht für neugierig, aber die Stimmung zwischen euch beiden war ja kaum zu ertragen. Was habt ihr für ein Problem?«

Jake lehnte sich so lässig gegen den Tresen, als würde ihm der Laden gehören, schenkte sich eine Tasse Tee ein und musterte mich über den Rand hinweg, während er einen Schluck trank. »Ich wusste ja gar nicht, dass du Frozen North kennst.«

»Wir haben uns über einen Freund meiner verstorbenen Großmutter kennengelernt. Sag mal, wie hast du ihn gerade genannt?«

Jakes Mundwinkel zuckten spöttisch. »Frozen North. Weil der Typ so eiskalt ist, dass er keinerlei Gefühle zeigen kann. Jetzt sag bloß, das ist dir noch gar nicht aufgefallen.«

Ich war selbst überrascht, mit welcher Selbstverständlichkeit ich Xander verteidigte. »Das finde ich nicht ganz fair. Ich meine, ja, natürlich ist er eher zurückhaltend, aber …«

Jake lachte so laut auf, dass die Damengruppe, die mein Wedgwood-Geschirr umschwärmte, überrascht zu uns herumfuhr. »Zurückhaltend? So kann man es natürlich auch ausdrücken.« Er beugte sich zu mir vor. »Der Mann ist ein emotionales Vakuum.« Mit einem vielsagenden Lächeln fragte er: »Und? Ist da was zwischen euch beiden?«

»Nein, natürlich nicht«, erwiderte ich kühl. »Xander und ich arbeiten gemeinsam an einem …« Ich biss mir auf die

Zunge. Der Brief und das Pfauen-Service gingen Jake nichts an. Die ganze Angelegenheit kam mir seltsam privat vor. Je weniger Leute davon wussten, desto besser. Also zuckte ich nur möglichst beiläufig mit den Achseln. »Xander hilft mir dabei, einige alte Teeservice meiner Großmutter zu schätzen.«

»Ah, ach so.« Jake schien meine Erklärung zu schlucken, warf mir aber einen raschen Blick aus dem Augenwinkel zu. »Sei bloß auf der Hut vor dem alten Frozen, okay?«

»Was soll das heißen?«

Jake strich sich durch sein kurzes Haar, das im Sonnenlicht, das durchs Schaufenster in den Laden fiel, schimmerte wie gesponnenes Gold. »Ach, vergiss, was ich gesagt habe. Ich hätte besser den Mund halten sollen.«

Ein unangenehmes Gefühl beschlich mich. »Ach, komm, jetzt lass mich nicht hängen. Schieß los, was ist passiert?«

Doch er antwortete nicht.

»Jake, ehrlich. Du kannst doch nicht einfach solche Andeutungen machen und dann nichts weiter dazu sagen!«

Er rieb sich das glatt rasierte Kinn. »Ich glaube nicht, dass wir hier und jetzt darüber reden sollten. Hast du heute Abend zufällig noch nichts vor?«

»Ich … ähm … heute Abend?«, wiederholte ich wie ein Papagei, während sich Mum an mir vorbeiquetschte. In der Hand hielt sie eine der Teekannen mit Sonnenblumenmuster, die offenbar für eine junge Mum gedacht war, die ihr Baby im Kinderwagen vor sich herschob.

»Ja, wir könnten doch essen gehen. Dann erzähle ich dir alles über den guten alten Northy-Boy.«

Ich ließ mir Jakes Einladung durch den Kopf gehen. »Ich würde wirklich gern, aber ich fürchte, nach diesem hektischen

Tag heute werde ich einfach nur erschöpft mit einem Glas Wein auf mein Sofa sinken wollen.«

»Na, dann komme ich doch einfach mit dem Essen bei dir zu Hause vorbei.« Jake blendete mich mit seinem strahlenden Lächeln. »Wenn du mir deine Adresse gibst, bin ich gegen neunzehn Uhr bei dir.«

Eine leise Stimme in meinem Kopf beharrte zwar darauf, dass ich lieber gar nicht wissen wollte, was Xander angeblich getan hatte, aber die Neugierde war stärker. Nein, ich konnte das Thema nicht einfach auf sich beruhen lassen.

Kapitel 25

»Also, was geht hier vor sich?«, fragte ich Jake, während ich mir eine Portion Zitronenhühnchen mit Ananas auf den vorgewärmten Teller füllte.

»Wie bitte?«

»Du wolltest doch etwas mit mir besprechen. Wegen Xander.«

Jake nahm sich einen Löffel Bratreis mit Ei und Rind in Knusperhülle. »Ach so, das.«

Wir saßen uns am Küchentisch gegenüber. Mit betrübter Miene trank er einen Schluck Weißwein. »Also, das ist eine etwas heikle Angelegenheit.«

Ich legte Messer und Gabel neben meinem Teller ab. »Du kannst mir vertrauen, Jake. Was auch immer es ist.«

Er schob seinen Teller weg und ließ sich in seinem Stuhl zurücksinken. »Okay. Das Ganze ist ein paar Jahre her. Ich war gerade dabei, mir einen Namen in der Kunstszene zu machen. Eine verdammte Plackerei war das! Und auf einmal lief mir dieses Mädchen über den Weg. Ich habe mich Hals über Kopf in sie verliebt. Was ich nicht wusste: Sie war die Freundin von Xander North.« Jake seufzte tief. »Ihre Beziehung war so gut wie vorbei. Sie war todunglücklich mit ihm! Aber als er von uns erfuhr, beschloss er, meine Karriere zu zerstören, ehe sie überhaupt richtig angefangen hatte.« Er musste bemerkt haben, dass ich die Stirn runzelte, denn er fügte hinzu: »Oh, ich weiß. So viel Rachsucht passt schlecht zu dem Image, das er sich inzwischen zugelegt hat. Aber die Jekyll-und-Hyde-Nummer beherrscht er wie kein Zweiter.« Er trank noch einen Schluck Wein.

»Und wie ist die Geschichte weitergegangen?«, fragte ich gespannt.

Jake ließ die Schultern hängen. »Er hat mir eine vernichtende Kritik verpasst. Richtig hasserfüllt. Und andere folgten seinem Beispiel. Bei all den Kontakten, die er damals schon in der Szene hatte, kannst du dir sicher vorstellen, dass meine aufstrebende Karriere dadurch eine ziemlich abrupte Bruchlandung hinlegte.«

Ich nahm meine Gabel und stocherte im Essen herum, aber der Appetit war mir vergangen. »Und dann?«

»Mir blieb keine andere Wahl, als Beschwerde gegen ihn einzureichen – bei der Zeitung, für die er damals gearbeitet hat.«

»Und hat er zugegeben, was er getan hat?«

Jake nickte knapp. »Aber nur, weil er musste.«

Ich würde etwas Zeit brauchen, um alle Zusammenhänge zu verstehen. Ich dachte an Xander. Mir war bewusst, dass ich ihn kaum kannte. Aber dass er böswillig und systematisch die Karriere eines anderen Menschen zerstörte? Das schien so gar nicht zu ihm zu passen. »Und wie ist es für ihn weitergegangen? Bei der Zeitung und mit seiner Freundin?«

Jake verzog die Lippen zu einem zynischen Lächeln. »Sagen wir, der Altherrenverein hielt zusammen. Er musste sich bei mir entschuldigen und mir versichern, dass er seinen Rachefeldzug umgehend beendet. Im Gegenzug durfte er seine Kunstkritikkolumne behalten. Tja, und was das Mädchen betrifft – Nadia hieß sie: Nach der ganzen Geschichte hatte sie die Nase gründlich voll von uns beiden und zog wieder nach Kroatien.«

Ich spießte ein Stück Zitronenhühnchen auf. Irgendwie fühlte es sich so an, als wäre gerade alles, was ich über Xander zu wissen geglaubt hatte, auf den Kopf gestellt worden. So ganz wollte ich noch immer nicht wahrhaben, dass er sich so unprofessionell und gehässig verhalten haben sollte. Natürlich hatte es ihn verletzt, seine Freundin an einen anderen zu verlieren. Aber Jake deswegen öffentlich niederzumachen? Das war nichts, worauf man stolz sein konnte. Doch dann fiel mir wieder ein, wie wenig er sich für den Brief von Briar Forsyth interessiert und dass für ihn eigentlich nur der Wert des Pfauen-Service gezählt hatte. Vielleicht hatte er ja wirklich ein zweites, skrupelloses Gesicht, das er nach außen hin normalerweise sorgsam verbarg.

Ich legte die Gabel weg und trank einen Schluck Wasser. Aufgewühlt, wie ich war, schossen mir tausend Gedanken gleichzeitig durch den Kopf.

Aufmerksam sah Jake mich an. »Sophie? Alles in Ordnung?«

Ich zwang mich zu einem Lächeln. »Ja, sicher. Alles bestens. Ich bin nur ein bisschen überrascht.«

Er rieb sich die Stirn. »Mist, ich wusste, ich hätte besser nichts sagen sollen.«

»Nein, nein«, versicherte ich ihm. »Ich bin froh, dass du es getan hast. Und das mit Nadia tut mir leid.«

Doch Jake schien sich mit der Vergangenheit arrangiert zu haben. »Ich glaube, alles geschieht aus einem bestimmten Grund. Versteh mich nicht falsch, als Nadia damals sagte, dass sie zurück nach Kroatien geht, war ich am Boden zerstört. Aber jetzt …« Er zuckte mit den Achseln. »Das Leben geht weiter.«

Und dann zwinkerte er mir über den Tisch voller Takeaway-Schachteln hinweg zu, und mir stieg die Hitze in die Wangen.

Während ich die leeren Gefäße ausspülte, ließ ich mir noch einmal durch den Kopf gehen, was mir Jake über Xander erzählt hatte.

Jake hatte anschließend noch über seine neusten Aufträge geplaudert, aber ich hatte nur mit halbem Ohr zugehört. Ich war zutiefst verwirrt. Mir wollte Xanders fassungsloser Gesichtsausdruck einfach nicht aus dem Kopf gehen, als er Jakes Bild in meinem Laden entdeckt hatte. Oder die Wut in seiner Stimme, als er Jakes Namen ausgesprochen hatte.

»Kaffee?«, rief ich ins Wohnzimmer, worauf Jake mit einem begeisterten »Ja, gern!« antwortete.

Als ich den Wasserkessel füllte, glaubte ich, das schrille Bimmeln meines Handys aus dem Wohnzimmer zu hören, stellte die Becher hin und lief nach drüben, um dranzugehen.

Jake lungerte entspannt auf dem Sofa herum. »Alles okay?«, fragte er.

Ich warf einen Blick auf mein Handy, das auf dem Sofatisch lag. »Ach, ich dachte nur, mein Telefon hätte geklingelt.«

Er lächelte. »Das war meins. Wir müssen denselben Klingelton haben.«

»Ah, okay.«

»War aber nichts Wichtiges«, fügte er mit einem gewinnenden Lächeln hinzu.

»Danke für den schönen Abend.«

Ich merkte, wie ich rot wurde, als Jake mit seinen markanten Wangenknochen und der selbstbewussten Haltung in meiner Tür stand.

»Gern.«

Er beugte sich vor und streifte meine Lippen mit seinen, zuckte aber sofort wieder zurück. »Oh, entschuldige bitte. Ich hoffe, das war nicht zu forsch.«

»Du brauchst dich nicht zu entschuldigen.«

Er deutete verlegen nach unten, wo sein Taxi wartete, und wandte sich zum Gehen, doch dann drehte er sich noch einmal um. »Ich weiß, du hast mit dem Laden im Moment viel um die Ohren. Aber vielleicht könnten wir am Wochenende ja mal ausgehen? In der Stadt gibt es eine hervorragende Tapas-Bar.«

Xanders Gesicht blitzte vor meinem geistigen Auge auf, aber ich verdrängte es hastig wieder. »Sehr gern.«

»Toll, dann rufe ich dich die Tage an.«

Ich schloss die Tür hinter ihm. Jake war ausgesprochen attraktiv, und der kurze Kuss war angenehm gewesen.

Angenehm? O Gott! Was war denn das für ein lächerlicher Gedanke? So sprach man höchstens über das Wetter!

Aber das Prickeln im Bauch war nun mal ausgeblieben, als er mich geküsst hatte. Keine weichen Knie, kein Herzklopfen. Ich verdrehte die Augen. *Das Leben ist eben keiner von Grans Liebesromanen.*

Außerdem hatte Callum am Anfang genau solche Gefühle in mir ausgelöst. Und jetzt hatte ich den Salat. Vielleicht war es ja an der Zeit, weniger nachzudenken und mehr zu leben.

Kapitel 26

1970, Briar Glen Park

»Sag das noch mal.«

Chris musterte Helena aus funkelnden Bernsteinaugen. »Ich möchte dir vorschlagen, die Leitung meines neuen Ladens zu übernehmen.«

Sie zog die Brauen so weit in die Höhe, dass es wehtat. Die Nachmittagssonne verfing sich in Chris' blondem Haar, als sie durch das schmiedeeiserne Parktor traten. Die goldenen Töne ließen ihn fast engelsgleich wirken, auch wenn Helena wusste, dass er alles andere war als das.

»Um was für ein Unternehmen geht es überhaupt?«, fragte sie überrumpelt.

Seite an Seite spazierten sie nebeneinanderher. Eine frische Brise wehte und spielte mit dem Gras.

Helena merkte, wie sie automatisch in Gleichschritt verfielen. Sich einander vollkommen mühelos anpassten. Nervös spielte sie mit ihrer Jacke herum. Ehe sie sich von Mrs. Auld verabschiedet hatte und zu ihrem Treffen mit Chris geeilt war, hatte sie sorgfältig ihren schwarzen Lidstrich nachgezogen und den babyrosa Lippenstift aufgefrischt.

O Gott. Es gelang ihr einfach nicht, den Blick von ihm zu lösen. Das war doch lächerlich! In ihrem Bauch flatterten Schmetterlinge, dabei war sie eine verheiratete Frau mit einer kleinen Tochter. Wochen ging das jetzt schon so. Jeden Montag, Mittwoch und Freitag stand sie morgens eine Ewigkeit vor dem Spiegel und fragte sich, was sie anziehen und wie sie ihre Haare tragen sollte.

Ein Teil von ihr hasste das alles. Die Nervosität, mit der sie durch die kleinen, runden Ladenfenster von Sparkling Gifts sah und sich fragte, ob Chris auch heute wieder kommen würde. Und dann die plötzliche Panik, als Mrs. Auld erwähnt hatte, dass Chris früher oder später nach London zurückkehren würde. Auf einmal war da eine schmerzhafte Leere in ihrem Herzen gewesen, und sie hatte den Blick abwenden müssen, damit ihre Chefin ihr den Kummer nicht ansah.

»Helena? Hörst du mir überhaupt zu? Du wirkst total abwesend.«

Sie kuschelte sich tiefer in ihre rosafarbene Plüschjacke. »Oh, tut mir leid.«

Chris schenkte ihr sein charmantes schiefes Grinsen, bei dem ihr immer ganz kribbelig in der Brust wurde. »Ich sagte gerade, dass ich dir gern die Leitung meines neuen Ladens übergeben würde. Also, sobald ich ihn eröffnet habe, versteht sich.«

Helena musterte ihn blinzelnd. Dann hatte sie es sich also nicht eingebildet. Er hatte das gerade wirklich gesagt. »Aber … Aber ich verstehe das nicht. Ich arbeite doch für deine Mum!«

Innerlich hätte sie sich ohrfeigen können. Eine dümmere Reaktion war ihr nicht eingefallen?

Chris deutete auf eine Bank, und sobald sie saßen, nahm er ihre Hand. Helena schnappte nach Luft und versuchte, ihre Reaktion auf die Berührung hinter einem gezwungenen Lachen zu verbergen. »Ich habe schon einen Job«, stieß sie hervor.

Falls Chris bemerkte, wie durcheinander sie war, ließ er sich nichts anmerken. »Das weiß ich doch. Aber – nichts gegen meine Mum – du kannst so viel mehr als das.«

Helena spürte, wie er näher an sie heranrutschte. Betete, dass er noch *näher kam. Doch als sein Knie ihren Schenkel streifte, zuckte sie zurück wie vom Blitz getroffen.* Herr im Himmel, jetzt reiß dich aber zusammen!, *schalt sie sich in Gedanken.* Du hast einen Mann und eine sechsjährige Tochter!

»Aber deine Mum hat mich so gut behandelt.« Sie musterte ihn genau, sog den Anblick seines attraktiven Gesichts in sich auf. »Und um was für einen Laden geht es überhaupt? Ich meine, ich fühle mich natürlich sehr geschmeichelt, und ich liebe Kleidung, aber ich bin alles andere als eine Modeexpertin und …«

Chris hob die Hand, um sie zu unterbrechen. Ein Lächeln umspielte seine Lippen. »Der Laden wird nichts mit Mode zu tun haben.«

»Tut mir leid, aber jetzt komme ich wirklich nicht mehr hinterher.« Was unter anderem auch daran lag, dass er sie so eindringlich musterte, dass sie kaum mehr einen klaren Gedanken fassen konnte. Hastig richtete sie sich auf. Das war doch verrückt! Sie hätte nicht einmal hier sein, geschweige denn sich Chris' Jobangebot anhören sollen. Sie wusste, was sie zu tun hatte: sich bei ihm bedanken, dass er an sie gedacht hatte, und gehen. Von dieser verfluchten Parkbank aufstehen, wo das Herbstlaub um ihre hohen Schnürstiefel wirbelte, Marnie von der Schule abholen und nach Hause gehen.

Sie wusste, dass sie drauf und dran war, sich in Chris zu verlieben. Jedes Mal, wenn sie ihn sah, wurde das Ziehen in ihrem Herzen schmerzhafter. Sie musste damit aufhören. Sie musste an Marnie denken. Aber was ist das hier überhaupt?, *flüsterte eine zweite Stimme in ihrem Kopf. Eine Affäre jedenfalls nicht. Bei dem bloßen Gedanken wurden ihre Wangen heiß. Sie tat doch nichts Falsches, oder?*

»Um was für ein Unternehmen geht es denn, wenn es sich nicht um Mode dreht?«

Chris musterte sie so genau, als wollte er ihre Reaktion an ihren Augen ablesen. »Um einen Porzellanwarenladen.«

Helena fuhr hoch. »Soll das ein Witz sein?«

»Sehe ich aus, als würde ich Witze machen?«

Sie runzelte die Stirn. »Aber warum? Deine Mum verkauft doch bereits Geschirr.«

»Ja, aber doch nur nebenbei.« Chris schenkte ihr dieses spitzbübische Lachen, von dem ihr immer ganz flau im Magen wurde.

Ein kleiner Junge kam auf seinem Roller vorbei, gefolgt von seiner entnervt wirkenden Mutter.

»Und sie weiß bereits von meinen Plänen, du brauchst also keine Gewissensbisse zu haben.«

Einen Moment lang war Helena sprachlos. »Und … Und was sagt sie dazu?«, fragte sie dann.

Chris zuckte mit den breiten Schultern. »Sie war begeistert. Zumal ihr klar ist, dass ich eine ganze Weile lang nicht nach London zurückkehren werde, wenn ich hier einen neuen Laden eröffne.«

Helena war sich ziemlich sicher, dass seine Worte auch eine versteckte Botschaft an sie enthielten. Ihre Gedanken überschlugen sich. Das waren doch tolle Neuigkeiten. Fantastische sogar! Oder?

Die Herbstsonne brachte das Gras zum Leuchten und tauchte die leeren Schaukeln und das Karussell in goldenes Licht.

»Ich habe bereits ein Ladenlokal hier in Briar Glen gekauft. Es ist ziemlich in der Nähe. Der Eigentümer wollte es schnell loswerden, und es wird nicht lange dauern, die Räumlichkeiten auf Vordermann zu bringen.«

In ihrem Kopf arbeitete es wie verrückt, aber gleichzeitig war ihr so schwindelig, als hätte sie gerade ein paar Runden auf dem Kinderkarussell gedreht. »Also, faul warst du wirklich nicht, Chris.«

»Mum schwärmt von deinen Fähigkeiten. Aber sie hat mir auch erzählt, dass der Platz in Sparkling Gifts begrenzt ist und du manchmal frustriert bist, weil du die Porzellanabteilung gern erweitern würdest.«

Und dann schenkte er ihr ein Lächeln, das sie vermutlich umgehauen hätte, wenn sie gestanden hätte. »Also habe ich ihr vorgeschlagen, mit dir zusammen einen eigenen Porzellanwarenladen zu eröffnen, in dem wir auch das Geschirr verkaufen, das sie bereits im Laden hat, sodass sie sich wieder auf ihr eigentliches Geschäft konzentrieren kann.«

Ein aufgeregtes Kribbeln kroch ihre Wirbelsäule hoch. Doch dann traf sie die kalte Realität, vermengt mit einer Prise Schuldgefühle, wie ein Faustschlag ins Gesicht. »Aber Marnie! Ich …«

Chris winkte ab. »Du würdest natürlich Angestellte bekommen. Du wärst nur die Managerin und hättest noch genügend Zeit für deine Tochter.«

Helena spürte ihren inneren Widerstand schwinden. Sie liebte die Arbeit im Sparkling Gifts und hatte Mrs. Auld mit ihrer etwas bärbeißigen Art, unter der sich eine liebenswürdige und liebevolle Persönlichkeit verbarg, ins Herz geschlossen. Aber die Aussicht, mit Chris zusammenzuarbeiten … Bei dem bloßen Gedanken daran entflammte etwas in ihr, von dem sie nicht einmal gewusst hatte, dass es überhaupt da war.

Sie schluckte. Ihre Kehle war wie zugeschnürt. »Und dieser Laden«, stieß sie mit brennenden Wangen hervor. »Welcher ist das?«

Ich schlüpfte in meinen Schlafanzug und kuschelte mich mit dem Laptop auf einem Frühstückstablett ins Bett. Mit einer Tasse Kamillentee auf dem Nachttisch machte ich mich daran, weiter in Victor Prentice' Aufzeichnungen zu lesen, vor allem um nicht weiter darüber nachdenken zu müssen, was mir Jake über Xander erzählt hatte.

Entschieden schob ich meine Enttäuschung über Xanders Persönlichkeit beiseite und konzentrierte mich ganz auf die Prentice-Tagebücher.

1. Februar 1900

Der Morgen in der Bibliothek verlief recht ereignislos – bis auf einmal Police Constable Doolan auftauchte.
Ich war gerade damit beschäftigt, den Pharmaziebereich neu zu ordnen, da kam eine ausgesprochen aufgeregte Mrs. Mortimer angelaufen. ≥O Mr. Prentice, PC Doolan ist hier! Und er wünscht, über ein Verbrechen mit Ihnen zu sprechen.≤

Fassungslos musterte ich sie, bereit, meine Unschuld zu beteuern, welch unbedeutendes Vergehen man mir auch vorwerfen sollte. Aber sie winkte nur ab. ≥Sie missverstehen mich. Er ermittelt doch nicht gegen Sie.≤ An dieser Stelle senkte sie die Stimme. ≥PC Doolan hat mich informiert, dass auf Castle Marrian ein Verbrechen begangen worden sein soll.≤

≥Und welches?≤

≥Ein Diebstahl!≤ Mrs. Mortimers Wangen hatten vor Aufregung denselben Korallenton angenommen wie die Kamee, die sie am Hals trug. Sie bat mich, ihr zu folgen, und ich tat wie geheißen.

PC Doolan erwartete mich neben dem Sekretär. Seine großen, fleischigen Hände hatte er hinter dem Rücken verschränkt und seine auf Hochglanz polierten Uniformknöpfe schimmerten im Licht der Öllampen. Nachdem wir einige Höflichkeiten ausgetauscht hatten, erklärte mir PC Doolan den Grund für seinen Besuch in der Bibliothek.

≥Ein Teeservice?≤, wiederholte ich. ≥Auf Castle Marrian ist ein Teeservice verschwunden?≤

Mrs. Mortimer drückte sich in der Nähe des Sekretärs herum. Der Turm aus schimmernden Locken auf ihrem Kopf wippte bei jeder Bewegung, als sie so tat, als würde sie das Register ordnen. Mit einem diskreten Nicken schickte ich sie in die Pharmazieabteilung, wo sie meine Aufgabe fortführen sollte. Sie ist eine verlässliche und fleißige Hilfe, doch leider mit einem Hang zum Klatsch gestraft. Ich sah Mrs. Mortimer in ihrem knöchellangen lachsfarbenen Kleid davoneilen. Dann bedeutete ich PC Doolan, mir in mein Büro zu folgen, wo wir einander gegenüber am Schreibtisch Platz nahmen. Es roch nach Bienenwachs, und um uns herum in den Regalen schimmerten all die edlen Buchrücken, deren Anblick meine Laune stets aufs Neue hebt.

Die Bibliothek führt insgesamt zweitausend Bände, was für eine Kleinstadt in Schottland eine respektable Menge sein mag, aber doch etwas ganz anderes ist als die achttausend, die angeblich die Dundalk Free Library beherbergt. Zugegebenermaßen habe ich mit mehr als nur einem Anflug von Neid davon gelesen. Es ist mein erklärtes Ziel, so viele Menschen wie möglich in die Briar Glen Free Library zu locken. Die Freude am Lesen sowie die Bildung und die Möglichkeit zu kleinen Seelenfluchten sollten meiner bescheidenen Meinung nach kein alleiniges Privileg einer gebildeten Elite sein. Umso dankbarer bin ich Leonora und Chadwick Gray für ihre großzügigen Spenden an die Bibliothek.

Viel hatten wir an jenem Tag nicht zu tun, doch drei der Mahagoninischen waren von Mitgliedern belegt, und die schweren Schritte der Polizeistiefel von PC Doolan auf dem Parkettboden hatten allgemeine Aufmerksamkeit erregt. Aus diesem Grund zog ich es vor, unser Gespräch unter vier Augen fortzuführen.

≥Mr. und Mrs. Gray haben den Diebstahl gestern Abend gemeldet≤, erklärte PC Doolan. Sein beeindruckender grauer Schnauzbart wippte. ≥Das Geschirr ist für sie von großem sentimentalen Wert, insbesondere für Mrs. Gray. Nach allem, was ich weiß, hat Mr. Gray es letztes Jahr bei dem hiesigen Künstler Ernest Telfer als

Geburtstagsgeschenk für seine Frau in Auftrag gegeben. Entsprechend wertvoll ist es.≤

Ich lauschte seiner Erzählung mit großem Interesse und zunehmender Verärgerung über den Dieb, der Mr. und Mrs. Gray so böswillig hintergangen hatte.

PC Doolan musterte mich durchdringend. ≥Mr. Prentice. Sie sind ein respektiertes Mitglied der Gemeinde von Briar Glen, und Sie verfügen über ein beträchtliches Wissen über die Menschen, die hier leben. Ich hatte gehofft, dass Sie womöglich etwas Ungewöhnliches gehört haben, das in Zusammenhang mit diesem Verbrechen stehen könnte. Oder ist Ihnen vielleicht Tratsch und Klatsch über das verschwundene Service zu Ohren gekommen?≤

Ich schüttelte den Kopf. ≥Ich bitte um Verzeihung, PC Doolan, aber ich höre heute zum ersten Mal von der Angelegenheit. Hegt die Familie denn einen Verdacht, wer es gestohlen haben könnte?≤

Nun war es an PC Doolan, den Kopf zu schütteln, auf dem sein runder Polizeihelm saß. ≥Nein, bislang noch nicht. Aber die naheliegende Schlussfolgerung besteht meines Erachtens darin, dass ein Mitglied des Personals in finanzielle Schieflage geraten ist und als einzigen Ausweg den Diebstahl und Weiterverkauf des Teeservice sah.≤

PC Doolans These entlockte mir ein Stirnrunzeln. Leonora und Chadwick Gray sind allgemein geachtet, und bei den wenigen Gelegenheiten, zu denen ich eingeladen war, ihre Privatbibliothek auf Castle Marrian zu besuchen, war deutlich zu erkennen, dass sie ihre Angestellten voller Umsicht behandeln und von diesen geachtet und geschätzt werden.

»Mir ist bewusst, dass Sie über weitaus mehr Einzelheiten informiert sind als ich, PC Doolan«, bemerkte ich so taktvoll, wie es mir möglich war. »Aber nach allem, was ich über Mr. und Mrs. Gray und ihr Verhältnis zu ihrem Personal weiß, erscheint es mir äußerst unwahrscheinlich, dass sich jemand von ihren Angestellten zu einer solchen Tat hinreißen lassen sollte.«

Ich schnappte nach Luft und schoss aus meinen Kissen hoch, wobei ich fast meinen Kamillentee umgestoßen hätte. Dann hatte ich also recht gehabt. Das Service war damals gestohlen worden!

Im warmen Licht meiner Nachttischlampe starrte ich fasziniert auf die Tagebuchseiten auf meinem Bildschirm. Aber wer mochte das Pfauengeschirr gestohlen haben? Und warum?

Ich las noch einmal die letzten Absätze. Dieser PC Doolan war damals direkt davon ausgegangen, dass die schuldige Person im Kreis der Angestellten auf Castle Marrian zu suchen war. Aber was, wenn er sich geirrt hatte? Was, wenn die Polizei genau das hatte denken sollen?

Aufgeregt blätterte ich weiter bis zu der nächsten Stelle im Tagebuch, an der der Fall wieder thematisiert wurde.

2. April 1900

In der Stadt geht das Gerücht um, dass Castle Marrian womöglich innerhalb der kommenden Monate erneut seinen Besitzer wechseln wird.

Es mag nur harmloses Gerede sein, aber es heißt, dass Leonora und Chadwick Gray, die derzeitigen Besitzer des geschichtsträchtigen Anwesens, unerwartet und plötzlich beschlossen haben, nicht nur Castle Marrian, sondern gleich ganz Briar Glen den Rücken zu kehren. Angeblich wollen sie das Anwesen so schnell wie möglich verkaufen und sich anderswo niederlassen.

Ich kann nicht anders, als in diesem Zusammenhang an die hässliche Szene zu denken, die sich mir am Weihnachtsabend geboten hat, als ihr Sohn das bemitleidenswerte junge Ding beschimpfte und anschließend mitten im Schneegestöber seinem Schicksal überließ.

Mag sein, dass ich meiner Fantasie gestatte, meinen Verstand zu übertönen, doch ich hege den Verdacht, dass ihre Entscheidung, die Gegend zu verlassen, mit jenem Weihnachtsabend und Jonathan Grays berüchtigt liederlichem Charakter zusammenhängt.

Erneut musste ich an den verzweifelten Brief denken, den Briar Forsyth für diesen Jonathan Gray verfasst hatte. Wie sie darauf beharrt hatte, sie sei nicht auf Reichtümer aus, sondern wolle nur mit Anstand und Respekt behandelt werden. Was, wenn es sich bei diesen Reichtümern um das Teeservice gehandelt hatte?

Und warum hatten sich die Grays so plötzlich entschieden, Castle Marrian aufzugeben und Briar Glen zu verlassen? Ihr Entschluss wirkte so übereilt und impulsiv!

Meine Fantasie ging mit mir durch. Was, wenn der angebliche Diebstahl des Teeservice bewusst inszeniert worden war? Was, wenn es kein Mitglied des Personals gewesen war, sondern jemand, der Leonora und Chadwick Gray deutlich näherstand? Eine Idee kristallisierte sich aus meinen Gedanken heraus und hielt sich hartnäckig.

Was, wenn es ihr eigener Sohn Jonathan gewesen war?

Kapitel 27

Als ich am nächsten Morgen nach einem erfrischenden Spaziergang von meiner Wohnung zu meinem ersten regulären Arbeitstag im The Cup That Cheers eintraf, herrschte noch immer das reinste Chaos in meinem Kopf.

Durchs Schaufenster sah ich Cass bereits alles für die Öffnung um neun Uhr vorbereiten.

Als ich eintrat, strahlte sie mich an. »Guten Morgen, Chefin.« Sie grinste. »Das lief fantastisch gestern, oder?«

»Absolut, viel besser, als ich je zu träumen gewagt hätte.«

Ich begrüßte gerade eine ältere Dame, die mit ihrer gut gekleideten Tochter den Laden betrat, als in den Tiefen meiner Schultertasche mein Handy klingelte.

Es war Xander.

Ich deutete auf mein Büro, um Cass zu signalisieren, dass ich den Anruf dort entgegennehmen würde, und sie nickte.

Nachdem ich die Tür hinter mir zugezogen hatte, öffnete ich das Schiebefenster, durch das eine angenehme Brise und fröhliches Vogelgezwitscher hereindrangen. Es war der 1. Juli, und in der Luft lag bereits das Versprechen von hochsommerlichen Temperaturen.

Ich schaltete den Computer ein. »Wie geht es dir?«, fragte ich. In Gedanken war ich wieder bei den Dingen, die Jake mir gestern Abend über ihn erzählt hatte.

»Gut, danke.« Xanders tiefe Stimme klang heute etwas weniger selbstsicher als üblich.

»Wie kann ich dir helfen?«, fragte ich, wobei ich keinen Deut normaler klang als er.

Xander schien die Anspannung in meiner Stimme nicht zu entgehen. Er machte eine bedeutungsvolle Pause, dann räusperte er sich. »Ich habe das Tagebuch von Saffys Urgroßvater weitergelesen und glaube, du hattest recht, was das Teeservice betrifft.«

Das Handy am Ohr lief ich in meinem Büro auf und ab und verspürte einen Hauch von Zuversicht.

»Nach allem, was ich gelesen habe, wurde es von einem Mitglied des Personals auf Castle Marrian gestohlen. Der Himmel weiß, was danach damit passiert ist.«

Was?! Er hatte dieselben Tagebucheinträge gelesen wie ich, interpretierte sie aber offenbar ganz anders. Ja, er klang fast schon herablassend, wie ich fand. »Ach, wirklich?«

»Was soll das denn nun wieder heißen?«

»Dass du voreilige Schlüsse ziehst, Xander.«

Er stieß einen abfälligen Laut aus. »Hältst du es nicht für mehr als wahrscheinlich, dass es einer oder eine von den Angestellten war? Vielleicht jemand mit Geldsorgen?«

Obwohl Xander mich nicht sehen konnte, schüttelte ich den Kopf. »Ich gebe zwar zu, dass es den Anschein hat, aber du hast keinerlei Beweise für deine These.« Langsam redete ich mich in Fahrt. Ich war richtig enttäuscht über Xanders Ansichten. »Man kann so seine Überraschungen mit seinen Mitmenschen erleben – und nicht immer sind sie positiv.«

Xander hörte sich meinen verärgerten Vortrag an, ohne sich dazu zu äußern.

»Meiner Meinung nach könnte jeder das Service gestohlen haben, nicht nur die Angestellten.«

Nun machte Xander doch Anstalten, zu widersprechen, aber ich ließ ihn nicht zu Wort kommen. »Versteh mich nicht falsch. Ich behaupte nicht, dass es so gewesen sein *muss*. Aber es *könnte* so gewesen sein.«

»Nehmen wir mal an, du hast recht und es war keiner der Angestellten der Grays. Wer sollte es dann gewesen sein? Und was hätte er oder sie für ein Motiv gehabt?«

Ich rief mir noch einmal Briar Forsyths Zeilen ins Gedächtnis. »Wer auch immer diese Briar war, ihr Brief deutet darauf hin, dass Jonathan Gray sie äußerst schlecht behandelt hat. Und wenn er schon eine verzweifelte junge Frau allein im Schnee sitzen lässt, dann würde er sicherlich auch seinen Eltern ein Teeservice stehlen, ohne mit der Wimper zu zucken. Zudem wissen wir ja noch immer nicht, worum es bei dem Streit zwischen den beiden ging, den Victor Prentice an jenem Weihnachtsabend beobachtet hat.«

Xander ließ sich meine Worte durch den Kopf gehen. »Möglich, aber unwahrscheinlich«, urteilte er dann. »Wieso sollte ein Mann vom Stand eines Jonathan Gray ein solches Risiko eingehen? Nein, ich bin mir sicher, dass der Diebstahl von einem Mitglied des Personals begangen wurde.«

Ich schnitt dem Telefon eine Grimasse. Hoffentlich würden wir die Wahrheit noch herausfinden. Ich wollte Xander wirklich gern beweisen, dass er im Unrecht war.

»Ich muss dir etwas beichten, Sophie«, riss mich seine Stimme aus meinen Gedanken.

»Ja?« Jetzt war ich aber überrascht.

»Eigentlich habe ich angerufen, um mich dafür zu entschuldigen, dass ich gestern einfach so von deiner Eröffnungsfeier verschwunden bin.«

Ich knibbelte an der Schreibtischkante herum. »Ja, das kam tatsächlich etwas überraschend.« Ob Xander mir gestehen würde, was sich zwischen Jake und ihm abgespielt hatte?

»Na ja, also …« Er gab ein frustriertes Brummen von sich. »Die Wahrheit ist, ich ertrage es einfach nicht, mich in einem Raum mit Jake Caldwell aufzuhalten.«

»Ach, ehrlich? Und wieso nicht?« Hoffentlich klang ich überrascht genug, denn Xander sollte nicht merken, dass Jake mir erzählt hatte, was zwischen ihnen vorgefallen war.

Ich konnte förmlich hören, wie sich die Rädchen in Xanders Kopf drehten und er überlegte, ob er mir die ganze Geschichte erzählen sollte oder nicht. Am Ende entschied er sich dagegen und seufzte resigniert. »Sagen wir einfach, dass sich unsere Wege in der Vergangenheit schon einmal gekreuzt haben.«

Ein Teil von mir hatte gehofft, dass Jake Xanders Verhalten übertrieben dargestellt hatte oder vielleicht sogar alles ganz anders gewesen war. Aber Xanders mangelnde Bereitschaft, überhaupt über ihre gemeinsame Vorgeschichte zu sprechen, bestärkte mich eher in meinem Misstrauen.

Ich schloss die Finger um mein Handy. Warum war es mir überhaupt so wichtig, dass Xander nicht der Mensch war, als den Jake ihn dargestellt hatte? War Xander wirklich so rachsüchtig und nachtragend, dass er bewusst versucht hatte, die Karriere eines Menschen zu zerstören?

Die Beschreibung passte nicht zu dem Mann, den ich kennenzulernen geglaubt hatte. Allerdings durfte ich nicht vergessen, dass ich einen fatalen Hang dazu hatte, Menschen zu vertrauen, die es nicht verdient hatten. So wie Callum, der mich einfach inmitten eines Bergs an Lügen und Halbwahrheiten hatte sitzen lassen – für eine Frau, die mit ihrer dicken Villa und ihren noch dickeren Kontoauszügen seinen Lebensstandard deutlich verbessert hatte. Ich hatte damals genau gemerkt, dass etwas nicht stimmte. Aber ich hatte mir eingeredet, wenn ich das Gefühl ignorierte, würde es irgendwann schon wieder verschwinden. Danach hatte ich mir hoch und heilig geschworen, das nie wieder zu tun.

»Sophie? Bist du noch dran?«

Ich riss mich von meinen Grübeleien los. »Ja, tut mir leid.« Erneut rieb ich an dem imaginären Schmutzfleck an meiner Tischkante herum. »Ich habe überlegt, dass ich noch ein paar Fotos von dem Service auf meiner Webseite und den Social-Media-Accounts des Ladens posten könnte. Man weiß ja nie. Vielleicht hat jemand aus der Gegend Informationen über die Angelegenheit.«

»Das ist eine gute Idee«, stimmte Xander mir zu. »Je eher wir mehr über das Geschirr herausfinden, desto besser.«

Ich wusste, was er damit sagen wollte. Und mir war auch klar, dass ich einen schärferen Tonfall anschlug, doch das war mir nur recht. »Du meinst, je eher wir mehr über die Geschichte des Service und Briars Brief wissen, desto schneller kannst du die Auktion arrangieren?«

Xander schien widersprechen zu wollen, doch ich kam ihm zuvor. »Ich lass dich wissen, wie ich vorankomme.«

»Oh … okay.« Er wirkte vor den Kopf gestoßen.

Ich legte auf und ließ mich in den Bürostuhl zurücksinken. Aus irgendeinem Grund war ich so enttäuscht wie ein Kind, das gerade erfahren hatte, dass der Weihnachtsmann gar nicht existierte.

Kapitel 28

Nach einem wahren Kundenansturm und einer ganzen Busladung von Tagesausflüglern, die neugierig auf die Gegend waren, in der einst die legendäre blaue Hundsrose geblüht haben sollte, war ich fix und fertig, als ich mich auf den Heimweg machte.

Cass hatte ein geniales Verkaufstalent bewiesen, indem sie eine unentschlossene Kundin davon überzeugt hatte, einfach gleich mehrere unserer extravaganten Kate-Spade-Service zu kaufen. Zudem hatte sie einer Clique von jungen Mädchen, die alle fortziehen und an unterschiedlichen Universitäten studieren würden, ein paar unserer stylishen und etwas günstigeren Service verkauft. Ich war ihr unendlich dankbar für ihre harte Arbeit. Doch trotz des erfolgreichen ersten Tags trottete ich energielos in meine Wohnung, zog mich um und schaufelte wie ein Roboter meinen Eintopf in mich hinein.

Jakes Kommentare über Xander hatten mich tief getroffen. Ohne sagen zu können, weshalb, fühlte ich mich seltsam betrogen. Und dass ich so empfand, ging mir gehörig auf die Nerven.

Nachdem ich eine ganze Schüssel Erdnussbuttereiscreme verschlungen hatte, die ich eigentlich gar nicht hatte essen wollen, saß ich im Schneidersitz auf dem Sofa und fuhr meinen Laptop hoch. Als Erstes loggte ich mich auf der Webseite vom The Cup That Cheers ein und postete dort sowie auf

Twitter, Facebook und Instagram meine beiden schönsten Fotos von dem Pfauengeschirr. Dazu veröffentlichte ich folgenden Text:

> Weiß vielleicht jemand etwas über die Herkunft des Teeservice auf diesen Fotos?
> Sämtliche Reaktionen werden mit äußerster Vertraulichkeit behandelt. Wir sind dankbar für jede Information, so unbedeutend sie auch erscheinen mag. Hinweise bitte per E-Mail an Sophie Harkness unter der Adresse auf dieser Webseite. Danke!

Ich leckte meinen Teelöffel ab, an dem noch ein paar Tropfen geschmolzene Eiscreme hingen, und ließ ihn klappernd zurück in die Schüssel fallen. Nach längerem Überlegen hatte ich entschieden, in meinem Aufruf nicht die gut gekleidete Dame zu erwähnen, die das Service bei mir abgegeben hatte. Ich hoffte, dass sie den Text vielleicht lesen und wegen meiner Diskretion den Eindruck gewinnen würde, dass sie mir genug vertrauen konnte, um doch noch Kontakt zu mir aufzunehmen.

Ich ging ins Schlafzimmer, holte den Koffer mit dem Service aus meinem Schrank und legte ihn aufs Bett, wo ich ihn öffnete. Das Geschirr kam mir inzwischen so vertraut vor wie ein alter Freund. Es war schon seltsam: Anfangs hatte ich das auffällige Pfauenmuster mit seinen leuchtenden Blau- und Grüntönen viel zu knallig und unruhig gefunden. Doch je öfter ich es ansah, desto besser gefielen mir die mutigen Pinselstriche und die extravaganten Details am aufgeschlagenen Pfauenrad.

Ich holte den Brief aus dem Geheimfach und las ihn noch einmal. *Briar Forsyth und ich haben etwas gemeinsam*, überlegte ich, während ich den Brief wieder im Koffer verstaute. *Wir beide haben jemandem vertraut, der nicht der war, wofür wir ihn gehalten haben.*

Ehe ich am nächsten Morgen zur Arbeit aufbrach, rief mich Jake an, und wir verabredeten uns für Samstag. Als ich an den blühenden Gärten und niedlichen kleinen Cottages von Briar Glen vorbeifuhr, grübelte ich, wieso ich mich so wenig auf mein Date mit Jake freute. Er war ein erfolgreicher, talentierter Künstler und ziemlich attraktiv. Vom Typ her erinnerte er mich ein wenig an einen gut aussehenden Wikinger.

Aber ich war kein bisschen aufgeregt. Ich fand es nett, mit ihm essen zu gehen, und war sicher, dass es ein schöner Abend werden würde. Doch mehr auch nicht.

Warum hast du dann überhaupt zugesagt?, schalt mich eine strenge Stimme in meinem Kopf. *Findest du ihn jetzt attraktiv oder nicht?*

Ich bog auf eine von Eichen gesäumte Landstraße ab. Doch, sicher fand ich Jake attraktiv. Er war intelligent und flirtete gern. Aber er … er …

Ich befahl der Stimme in meinem Kopf, die Klappe zu halten, und beschloss, lieber nicht genauer darüber nachzudenken, weshalb ich beim Gedanken an ihn keine Schmetterlinge im Bauch hatte. Das lag sicherlich alles nur an dem ganzen Stress rund um die Eröffnung vom The Cup That Cheers. Und der Samstag würde bestimmt ein toller Abend werden. Jake war witzig und charmant und mochte Tapas, es sprach also alles dafür. Jedenfalls war er eindeutig die bessere Dating-Wahl als ein griesgrämiger Keramiksammler.

Auch an diesem Tag lief der Laden hervorragend. Unter anderem wurden gleich drei Exemplare des Briar-Glen-Service in Auftrag gegeben.

Als ich Ewans Freund Noah nach dem Mittagessen schrieb, dass Arbeit auf ihn wartete, schickte er mir als Antwort ein »Yay, yay!«, gefolgt von drei Party-Emojis.

Am Nachmittag war ich gerade dabei, Cass ein Teeservice im Alice-im-Wunderland-Stil zu zeigen, das ich in einem Manufakturkatalog entdeckt hatte, da klingelte das Festnetztelefon. Cass hastete ins Büro, um dranzugehen, und musterte mich mit einem vielsagenden Blick, während sie mit der Anruferin redete. »Dürfte ich nach Ihrem Namen fragen, Madam?« Sie winkte mich zu sich. »Aber sicher, Mrs. Dunsmuir. Ich reiche Sie jetzt an Sophie weiter.« Sie hielt den Hörer zu. Ihre grünbraunen Augen funkelten vor Begeisterung. »Eine gewisse Ivy Dunsmuir ist dran. Sie meint, sie hätte vielleicht Informationen über dein Pfauengeschirr.«

»Das ist Ivy?« Ich kam angelaufen. »Wie schön! Danke, Cass.« Aufgeregt nahm ich den Hörer. Da gerade keine Kunden im Laden waren, wuselte Cass mit dem Staubwedel herum, während ich telefonierte.

»Hi, Ivy, das ist ja eine schöne Überraschung. Wie geht es dir?«

»Ich freue mich, endlich mal wieder deine Stimme zu hören, Sophie«, antwortete sie. »Ich hoffe, es geht dir gut. Hier auf Castle Marrian wirst du schmerzlich vermisst.« Sie zögerte. »Aber eigentlich rufe ich aus einem anderen Grund an,

Liebes. Es geht um dieses Teeservice, das du auf Facebook gepostet hast.«

Mein Herz schlug eine Spur schneller. »Ja? Kennst du es etwa, Ivy?«

»Und? Gibt es was Neues?«, fragte Cass, nachdem ich aufgelegt hatte.

»Könnte sein. Ivy ist eine ehemalige Kollegin aus Castle Marrian und sie meint, sie hätte das Teeservice auf Facebook wiedererkannt.«

Cass senkte den Staubwedel. »Das ist ja spannend. Aber sie ist nicht die Frau, die das Service hier abgegeben hat?«

Ich schüttelte den Kopf. »Nein, das nicht.« Nachdenklich klopfte ich mit dem Stift auf dem Tresen herum. In meinem Bauch kribbelte es vor Optimismus. »Aber sie meinte, sie weiß vielleicht, wer sie ist.«

Kapitel 29

Ich vereinbarte mit Ivy, dass ich nach Feierabend bei ihr vorbeikommen würde.

Ab Viertel vor sechs war die Fußgängerzone wie ausgestorben, sodass Cass und ich beschlossen, den Laden heute zehn Minuten früher dichtzumachen.

Sie bestand darauf, dass ich schon gehen konnte, während sie den Laden abschloss. Offenbar merkte sie mir meine Aufregung deutlich an – allerdings hüpfte ich auch im Laden herum wie eine Fünfjährige, die dringend aufs Klo musste.

Ivy wohnte in einem der Cottages am Fuß der Briar Glen Hills. Ihr Häuschen war klein und hübsch und bestand aus cremeweißen und braunen Ziegeln, hatte eine Tür aus Birkenholz und einen gepflegten Vorgarten voller hübscher Bäume.

Nach einer herzlichen Begrüßung bat Ivy mich herein. Ihr freundlicher Cockapoo beschnupperte mich neugierig und folgte uns dann ins Wohnzimmer mit seinen honiggelben Wänden und einer gedrungenen beigefarbenen Sitzgarnitur voller Wurfkissen.

Ich nahm auf dem Sofa Platz, Ivy setzte sich gegenüber in einen Sessel. »Sitz, Cooper«, sagte sie. »Tut mir leid, Cooper liebt es, wenn wir Besuch haben.«

»Dafür brauchst du dich doch nicht zu entschuldigen, Ivy.« Grinsend kraulte ich Cooper, der es sich zu meinen Füßen bequem gemacht hatte, hinter den Ohren. »Er ist so niedlich!«

Sie deutete auf die kleine Küche, die ans Wohnzimmer grenzte. »Warte kurz, ich setze uns einen Tee auf.«

Einige Minuten später kehrte Ivy mit einem Tablett voll Cath-Kidston-Geschirr zurück, das ich auf den ersten Blick erkannte. Lächelnd deutete ich auf das weiße Porzellan mit dem Blumenmuster in Primärfarben. »Das kommt mir irgendwie bekannt vor.«

Lächelnd goss Ivy uns Tee ein. »Ich konnte einfach nicht widerstehen. Ich hätte deinen ganzen hübschen Laden leer kaufen können.«

»Danke.« Ich musterte ihr offenes, freundliches Gesicht. »Aber du bist nicht von mir bedient worden, oder? Ich hätte dir nämlich einen saftigen Rabatt gegeben.«

Ivy lachte auf. »Nein, das war eine ganz entzückende junge Dame mit einer Schleife im Haar.«

»Cass«, meinte ich. »Sie ist ein Schatz.«

Es folgte eine kurze Gesprächspause, in der wir beide einen Schluck von Ivys hervorragendem Tee nahmen.

»Ivy«, nahm ich dann den Faden wieder auf. »Du meintest am Telefon, du hättest eine Ah…«

Aber ehe ich meinen Satz zu Ende bringen konnte, beugte sich Ivy in ihrer schimmernden, geblümten Bluse schon eifrig zu mir vor, wobei sie ihre Untertasse auf dem Knie balancierte. »Ich glaube, ich weiß, wer die Frau mit dem Teeservice war.«

Mein Herz tat einen hoffnungsvollen Satz.

Sie stellte ihre Tasse auf einem Beistelltischchen neben ihrem Sessel ab. »Ich habe eine gute Freundin. Ophelia Walker. Sie lebt am Stadtrand von Briar Glen.« Ivy verschränkte die Hände mit dem goldschimmernden Ehering im Schoß.

»Ophelia hat jahrelang als Grundschullehrerin hier im Ort gearbeitet. Letztes Jahr ist sie in Rente gegangen. Sie hat ein paar Sendungen über Ahnenforschung gesehen und meinte, jetzt, da sie mehr Zeit habe, wolle sie das als Hobby betreiben.«

Ich nickte und trank noch einen Schluck Tee.

Ivy lächelte. »Tut mir leid, ich komme vom Thema ab. Worauf ich eigentlich hinauswill: Ich kenne dieses Teeservice, weil ich es bei Ophelia zu Hause gesehen habe.«

Gespannt rutschte ich bis zur Sofakante vor. »Und deiner Freundin – dieser Ophelia Walker – gehört dieses Teeservice?«

Ivy nickte. »Oder besser gesagt ihrer Schwester Annabel. Sie ist letztes Jahr gestorben, und da hat Ophelia das Service oben auf dem Dachboden entdeckt. Ich weiß noch, wie sie mir damals davon erzählt hat.« Ivy runzelte die Stirn. »Allerdings verstehe ich nicht, wieso sie es plötzlich nicht mehr haben wollte.« Sie zuckte die Schultern. »Als ich deinen Aufruf auf Facebook gesehen habe, habe ich das Geschirr sofort wiedererkannt. Ich war unentschlossen, ob ich Ophelia darauf ansprechen soll oder nicht. Weißt du, es fällt ihr schwer, den Tod ihrer Schwester zu verarbeiten, und ich wollte sie nicht bloßstellen oder ihr das Gefühl geben, ich würde in ihrem Leben herumschnüffeln.« Ivy musterte mich mit ihren nebelgrauen Augen, die von feinen Fältchen umgeben waren. »Als sie das Geschirr gefunden hat, war sie total darin vernarrt. Warum also wollte sie es jetzt auf einmal so dringend loswerden?«, fragte sie ratlos. »Und dann auch noch mit dem alten Brief … Als ich deinen Aufruf gelesen habe, war ich richtig durcheinander.«

Ich kraulte Cooper gerade hinter seinen samtigen Schlappohren, womit ich ihm ein zufriedenes Stöhnen entlockte, da horchte ich überrascht auf und verharrte mitten in der Bewegung. »Dann hat Mrs. Walker den Brief in dem Koffer also entdeckt?«

Ivy nickte. »Ja. Also, nicht sofort. Ich glaube, es war ein oder zwei Tage nachdem sie das Service gefunden hatte. Sie hat mir aber nichts über den Inhalt des Briefs erzählt. Fast schon verschlossen hat sie gewirkt. Das war ganz untypisch für sie.«

Ob es wohl am Brief und seinem Inhalt gelegen hatte, dass Ophelia Walker das Geschirr nicht hatte behalten wollen? Vielleicht steckte ja mehr dahinter, als sie sich Ivy gegenüber hatte anmerken lassen. »Du sagtest, dass Mrs. Walker ihren Stammbaum erforschen wollte. Aber hat sie dir auch gesagt, wie? Oder ob sie irgendwelche interessanten Entdeckungen gemacht hat?«

Ivy trank einen Schluck Tee. »Das ist ja das Seltsame. Sie war so begeistert von der Vorstellung, sich mit ihrer Familiengeschichte zu beschäftigen. Ständig hat sie mir davon erzählt, was sie alles versuchen will.«

»Und jetzt?«

»Jetzt hat sie seit Wochen nicht mehr darüber gesprochen. Weder von dem Service noch von dem Brief oder ihrem Stammbaum. Nichts.« Ivy runzelte die Stirn. »Als wir letztes Mal Kaffee trinken waren, habe ich sie darauf angesprochen, aber sie ist gar nicht weiter darauf eingegangen, sondern hat sofort das Thema gewechselt.« Ivy lächelte über Cooper, der sich hingebungsvoll an mein Bein schmiegte. »Ich wollte nicht neugierig wirken, also habe ich es auf sich beruhen lassen.«

Ich tätschelte Cooper das lockige, warme Fell. »Könntest du mir vielleicht Mrs. Walkers Kontaktdaten geben? Ich würde so gern mit ihr reden.«

Ivy sah aus dem Fenster auf die Hügel, die ins Licht der Abendsonne getaucht waren, und schien über meine Bitte nachzudenken. Nach einer Weile nickte sie. »Ja, natürlich. Was auch immer sie so beschäftigt – sie sollte sich damit auseinandersetzen. Es gefällt mir nicht, dass der Fund dieses Teegeschirrs sie so aufgewühlt hat.« Ivy stand auf, um Zettel und Stift von ihrem Sekretär am Fenster zu holen. Dann schrieb sie Adresse und Telefonnummer ihrer Freundin auf. »Hier, Sophie. Viel Glück, Liebes. Du wirst es brauchen.«

Kapitel 30

Meine Gedanken überschlugen sich förmlich, während ich mich bei Ivy für ihre Hilfe bedankte und zu meinem Wagen zurückkehrte.

Obwohl mein Magen lautstark knurrend sein Abendessen einforderte, beschloss ich, nicht direkt nach Hause zu fahren. In dieser Situation war das Überraschungsmoment vielleicht mein wichtigster Verbündeter.

Wenn ich Ophelia Walker anrief, würde sie vielleicht gleich wieder auflegen, weil sie nicht mit mir sprechen wollte, und wäre von da an gewarnt, dass ich über sie Bescheid wusste. Aber wenn ich einfach bei ihr zu Hause klingelte, um von Angesicht zu Angesicht mit ihr zu reden, standen meine Chancen auf ein Gespräch vielleicht etwas besser.

Erneut sah ich auf die Adresse, die Ivy mir aufgeschrieben hatte, dann fuhr ich los.

Ich war kurz davor, die Geschichte um Briar Forsyth und das Teeservice zu enthüllen, da war ich mir ganz sicher.

Ophelia Walker wohnte in einem der alten Cottages am Stadtrand mit Blick auf die Hügel, zwischen die sich Briar Glen schmiegte. Bei der Straße handelte es sich um eine idyllische Sackgasse, deren Bewohner ihre eigene kleine Gemeinschaft bildeten.

Der Abendhimmel hatte sich bereits violett und orange verfärbt, als ich vor Ophelias Häuschen hielt. Es hatte schimmernde Sprossenfenster mit seidigen gelben Vorhängen, hübsch bepflanzte Blumenampeln und einen üppig blühenden, gepflegten Garten.

Über der schweren burgunderroten Tür hatte ein Steinmetz vor vielen Jahren das Symbol der blauen Hundsrose in den Klinker gehauen. In einem benachbarten Garten kläffte ein Hund.

Ich lief den gepflasterten Fußweg entlang und klopfte. Drinnen bewegte sich etwas, dann öffnete mir ein gediegener älterer Herr mit seitlich gescheiteltem weißem Haar und fragender Miene. »Kann ich Ihnen helfen?«

»Guten Abend, Sir. Ich würde gern kurz mit Mrs. Ophelia Walker sprechen. Mein Name ist Sophie Harkness. Ich betreibe den neuen Porzellanwarenladen in der Stadt.«

Er nickte zwar, aber seine Haltung veränderte sich kaum merklich, als er hörte, wer ich war. »Ophelia?«, rief er nach hinten ins Haus. »Hier ist eine junge Dame, die gern mir dir sprechen würde.«

»Wer ist sie?«, tönte es durch den Flur zurück.

Als Mr. Walker meinen Namen nannte, reagierte seine Frau nicht mehr.

»Ich verspreche, dass es nicht lang dauern wird«, beharrte ich sanft, aber laut genug, dass Mrs. Walker mich drinnen hören musste. »Bitte, ich bin auf der Suche nach Informationen über ein seltenes Geschirr mit Pfauenmuster, das mir …«

Nun tauchte Ophelia Walker hinter ihrem Mann auf. Sofort erkannte ich die Frau in ihr wieder, die in einem teuren burgunderroten Mantel im The Cup That Cheers aufgetaucht war und mir den Koffer mit dem Service in die Hand gedrückt hatte, um dann fluchtartig den Laden zu verlassen.

Angespannt musterten wir einander, und Ophelia schob sich nervös ihr schulterlanges Haar hinters Ohr.

Dann warf sie ihrem Mann einen Hilfe suchenden Blick zu und verschränkte schützend die Arme vor der Brust. »Worüber wollten Sie denn mit mir sprechen?«

Langsam wurde es albern. Ich hatte doch genau gemerkt, dass sie mich erkannt hatte!

Nun fragte ich mich doch, ob es eine gute Idee gewesen war herzukommen. Denn Ophelia Walker schien meine Anwesenheit kein bisschen erfreulich zu finden. Vermutlich schlug sie mir gleich die Tür vor der Nase zu. Was hatte Ivy noch gesagt? *Viel Glück, Liebes. Du wirst es brauchen.*

Ich schenkte Mrs. Walker ein Lächeln. »Ich war gerade bei einer Freundin von Ihnen, Mrs. Ivy Dunsmuir. Sie meinte, Sie wüssten vielleicht mehr über das Pfauen-Service, das kürzlich in meinem Laden abgegeben wurde.«

Mrs. Walker ließ sich nichts anmerken. »Es tut mir leid, aber ich habe keine Ahnung, wovon Sie sprechen.«

Aha. Die Frau schien nicht vorzuhaben, es mir leicht zu machen. Ich versuchte mich an einem noch liebenswürdigeren Lächeln.

Ihr armer Mann, der immer noch neben ihr in der Tür stand, beobachtete uns besorgt.

»Mrs. Walker, ich wüsste gern, weshalb Sie das Service bei mir im Laden abgegeben haben. Und wenn Sie über das Service nichts wissen, dann haben Sie ja vielleicht Informationen über den Brief, der in dem Koffer lag, oder?«

Ihre roten Lippen zuckten. Sie schluckte.

»Der Koffer hatte ein Geheimfach, in dem sich ein im März 1900 verfasster Brief befand.«

Mrs. Walker gewann ihre Fassung zurück und hob abwehrend das Kinn. »Ich weiß weder etwas über dieses Teeservice noch über irgendeinen alten Brief. Und wer etwas anderes behauptet, der irrt sich. Wenn Sie mich bitte entschuldigen würden …«

Nein, sie durfte mich nicht abwimmeln! Nicht jetzt! Ich war so kurz vor dem Ziel!

Ophelia Walker log. Aber warum?

Panisch überlegte ich, was ich als Nächstes sagen sollte. Irgendwie musste ich sie dazu bringen, mit mir zu reden. Und zwar ehrlich.

»Mrs. Walker«, setzte ich zu einem verzweifelten Erklärungsversuch an. »Ich glaube, dass zwischen dem Teeservice und dem Brief ein Zusammenhang besteht.«

Ihr Mann warf ihr einen auffordernden Blick zu, doch Mrs. Walker tat so, als würde sie es nicht bemerken.

»Ihre Freundin Mrs. Dunsmuir meinte, Sie hätten zwischen den Sachen Ihrer verstorbenen Schwester ein Teeservice gefunden und dass Sie daraufhin Nachforschungen über Ihren Stammbaum angestellt hätten. Ich möchte doch nur ganz kurz mit Ihnen reden.«

Sie antwortete nicht.

»Der Brief stammt von einer jungen Dame namens Briar Forsyth … Und ich glaube, sie wurde eines Verbrechens bezichtigt, das sie nicht begangen hat.«

Erschrocken wich ich einen Schritt zurück, als Ophelia Walker plötzlich an ihrem Mann vorbei auf mich zuschoss und mit vor Wut funkelnden Augen zischte: »Wie es scheint, brauchen Sie gar nicht mehr mit mir zu sprechen, da Sie ja ohnehin schon so viel über mich wissen.«

»Ophelia …«, sagte ihr Mann beschwichtigend.

Aber sie beachtete ihn gar nicht. »Ich kann Ihnen nicht helfen. Wenn Sie jetzt bitte gehen würden?«

Und damit knallte sie mir die Haustür vor der Nase zu.

Kapitel 31

1970, Cup of Joy, Briar Glen

Der Laden sah aus, als wäre er in eine Kiste voll Weihnachtsschmuck gefallen.

Helena war bewusst, dass sie es mit der Dekoration womöglich ein klein wenig übertrieben hatte, aber sie wollte Chris unbedingt beeindrucken. Er sollte merken, wie wichtig es ihr war, seinem Laden zum Erfolg zu verhelfen.

Sie hatte die Sprossenfenster mit Gold- und Silberlametta von Woolworth verziert und ein mit Kugeln geschmücktes Bäumchen aufgestellt. Selbst an den Regalen hing Lametta, und das Geschirr in der Auslage schimmerte mit der Dekoration um die Wette. Ihr Sortiment umfasste die ganze Palette von antikem Denby über Kilncraft-Bacchus-Tassen und -Untertassen bis hin zu ausgefalleneren und teureren Entwürfen wie denen von Royal Copenhagen.

Mrs. Auld hatte Helena voll und ganz in ihrer Entscheidung unterstützt, als sie ihr mitteilte, dass sie Chris' Jobangebot gern annehmen würde. Sie hatte nicht im Mindesten überrascht gewirkt und sogar zugegeben, dass sie eigentlich mit nichts anderem gerechnet hatte. Zudem hatte sie Chris mit Handkuss ihre kleine Auswahl an Porzellanwaren überlassen, allein schon deshalb, weil sie sich so freute, dass ihr einziger Sohn zumindest vorläufig in Briar Glen bleiben würde.

Der gesamte Prozess war faszinierend und befremdlich zugleich gewesen, beginnend mit dem Tag, an dem Chris ihr die Räumlichkeiten gezeigt hatte, in denen sich zuvor ein Fahrradladen befunden hatte, bis hin zur Auswahl der Angestellten und der Eröffnung, die bereits am 1. Dezember stattgefunden hatte, damit sie das Weihnachtsgeschäft mitnehmen konnten.

Helena hatte ihren neuen Job nicht lange vor Donald geheim halten können und es bitter bereut, ihm nicht von Anfang an reinen Wein eingeschenkt zu haben. Zunächst hatte er sich gar nicht mehr eingekriegt vor Wut und ihr Vorträge darüber gehalten, dass sein Platz hinter dem Schreibtisch und ihrer hinter dem Herd sei, so wie es sich für Mann und Frau nun einmal gehörte.

Helena hatte kaum merklich die Fäuste geballt und in Gedanken ihren unambitionierten Ehemann mit dem charismatischen Chris verglichen. Es war gut zwei Monate her, dass sie den Sprung ins kalte Wasser gewagt hatte. Nun leitete sie selbst einen Laden und hatte dabei nach und nach auch ihre eigene Stimme entdeckt – und Donald hatte erstaunt und mit widerwilliger Bewunderung festgestellt, dass seine Frau zu einem ganz neuen Menschen geworden war.

»Ich kümmere mich genauso weiter um Marnie wie früher«, hatte sie gesagt. »Aber meine Entscheidung ist gefallen. Keine Diskussion.«

Donald hatte sie nur fassungslos angestarrt, wie sie da mit ihrer hübschen Stupsnase und der kampfbereiten Haltung in ihrem Wohnzimmer stand. Noch nie zuvor hatte er sie so gesehen. Und wenn er ehrlich war, fand er diese neue Helena ausgesprochen attraktiv.

Aber ehe er ihr das mitteilen konnte, hatte sie auch schon auf dem Absatz kehrtgemacht und war in der Küche verschwunden, um das Abendessen zuzubereiten und mit Marnie Crackerjack! *zu schauen.*

Helena hatte sich verändert. Doch zum Besseren?

Er war sich nicht sicher.

Helena dagegen interessierte es im Augenblick nicht, was ihr Mann von ihrem neuen Status als berufstätige Mutter hielt. Dafür schwebte sie viel zu hoch auf Wolke sieben – nicht nur wegen ihres Jobs, sondern auch wegen Chris. Denn obwohl zwischen ihnen noch immer nichts gelaufen war, spürte sie deutlich, dass es immer heftiger funkte.

Sie wusste, dass es ein Fehler gewesen wäre, irgendetwas zu forcieren. Deswegen empfand sie es in gewisser Weise auch jedes Mal wieder als Erleichterung, wenn ihre beiden Mitarbeiterinnen Barbara und Angela mit im Laden waren. So lief sie gar nicht erst Gefahr, einen Fehler zu machen.

Chris und sie hatten einander immer schon Geschichten aus ihrer jeweiligen Vergangenheit erzählt. Aber seit sie im Cup of Joy arbeitete, hatte sie das Gefühl, Tag für Tag etwas Neues über ihn herauszufinden. Er war Fan der Rangers und von Arsenal. Er mochte Elvis und Sweet. Er liebte Italo-Western. Und so gaben sie langsam immer mehr von sich preis, erzählten von Momenten in ihrem Leben, die ihnen etwas bedeutet hatten.

Es war nur eine Frage der Zeit, bis zwischen ihnen etwas laufen würde. Das wussten sie beide, und beide weigerten sie sich beharrlich, es sich einzugestehen.

Heute hatte Helena einen geschäftigen Freitagnachmittag hinter sich. Winzige Schneeflocken wirbelten durch das kleine

Zentrum von Briar Glen. Die Einheimischen hatten entschieden, bei diesem Wetter lieber nicht in die Stadt zu fahren, und ihre Weihnachtseinkäufe hier im Dorf erledigt.

Marnie war nach der Schule mit ihrer Freundin Joanne nach Hause gegangen, was bedeutete, dass Helena länger als üblich hatte arbeiten können und Angela und Barbara mit der Weihnachtskundschaft zur Hand gegangen war.

Sie legte sich gerade ihren dunkelroten Häkelschal um, als Chris aus dem Lager kam. »Willst du schon los? Ich dachte, Marnie ist bei einer Freundin?«

»Ist sie ja auch.«

»Na dann? Darf ich dich vielleicht auf einen Weihnachtsumtrunk einladen?«

Helena zupfte sich eine Haarsträhne zurecht. »Oh.«

Chris musterte sie mit zur Seite geneigtem Kopf. »Das war nicht unbedingt die Reaktion, die ich mir erhofft hatte.«

Helena konnte nicht anders, als zu grinsen. »Und was hattest du dir erhofft? Pauken und Trompeten?«

»Mindestens eine Marschkapelle.«

Sie musterte ihn, der durch die Lichterkette an der Wand hinter ihm von einem Heiligenschein umgeben zu sein schien. Fast hätte sie gelacht. Heilig war er nun wirklich nicht.

»Und? Wie lautet deine Antwort? Ich muss dir doch noch dein Weihnachtsgeschenk überreichen, Helena.«

Sie war froh, dass sie den Schal trug, weil sie sicher war, vor Aufregung schon rote Flecke am Hals zu haben. »Wenn es sich nicht zufällig um einen rosa Diamanten handelt, bin ich nicht interessiert.«

Lächelnd langte Chris in seine Jacke, die gleich neben ihm an einem Haken hing, und holte eine kleine Schmuckschachtel aus schimmerndem dunkelbraunen Holz mit einer hellgrünen Schleife heraus. »Hier, das ist für dich.«

Helena spielte mit ihrem Schal herum, weil sie vor Verlegenheit plötzlich nicht mehr wusste, wohin mit ihren Händen. »Was ist das?«

»Um das herauszufinden, wirst du es schon öffnen müssen.«

Helena warf Chris einen angespannten Blick zu, dann drehte sie sich um und kramte unter dem Tresen herum. Sie hatte ihr Geschenk für Chris bereits vor Wochen besorgt und in einer der Schubladen versteckt, für die nur sie einen Schlüssel besaß. Bis jetzt war sie nicht einmal sicher gewesen, ob sie es ihm wirklich geben wollte. Aber nun war sie einfach nur froh, ihm etwas zurückschenken zu können.

Es war in leuchtend blaues Hochglanzpapier mit Weihnachtsbaummuster gewickelt und mit einer dunkelblauen Schleife versehen, an der ein hübscher Geschenkanhänger in Form einer glitzernden Schneeflocke hing.

Sie lachten beide verlegen auf und sahen einander im warmen Schimmer der Straßenbeleuchtung vor den Ladenfenstern an.

»Du zuerst«, beharrte Chris.

Lächelnd nahm Helena ihren dicken Schal wieder ab und legte ihn auf den Tresen. Chris musterte sie aus seinen grünbraunen Augen so durchdringend, dass ihr die Knie weich wurden.

Sie konzentrierte sich auf das Geschenk und nestelte ungeschickt an der Schleife herum. Dann endlich gelang es ihr, den Deckel zu öffnen.

Auf einem cremefarbenen Kissen lag eine handgefertigte Brosche in Form einer Teetasse mit Untertasse aus Porzellan mit einem Muster aus blassrosa Teerosen.

Helena konnte den Blick nicht davon lösen. Die Brosche war so zart und elegant!

»Chris«, murmelte sie nach einer gefühlten Ewigkeit. »Die … Die ist ja umwerfend!«

»Dann gefällt sie dir?«

»Sie ist toll! Vielen, vielen Dank.« Wieder und wieder zeichnete sie das filigrane Blumenmuster nach. Dann riss sie sich von dem Anblick los und sah zu Chris auf. »So, jetzt bist du aber an der Reihe.«

Es war ein so vertrauter, intimer Moment – nur sie beide allein im Cup of Joy, draußen wirbelte der Schnee durch die Dunkelheit, und die letzten Passanten duckten sich auf dem Heimweg gegen den Wind und drückten sich ihre Weihnachtseinkäufe an die Brust.

Wieder lächelte Chris und befreite sein Präsent von dem Geschenkpapier, das er auf dem Tresen neben Helenas Schal ablegte. Dann öffnete er die längliche weiße Schachtel und bewunderte den schwarz marmorierten Stift mit den Goldelementen, den Helena ihm gekauft hatte.

»Weil du doch ständig deine Stifte verlierst«, erklärte sie hastig. Sie kam sich unbeholfen vor, hatte das Gefühl, alles falsch zu machen.

Doch Chris schien sich aufrichtig zu freuen. »Diesen hier nicht, das versichere ich dir. Danke, der ist toll.«

Mit einem Kloß im Hals beobachtete sie, wie er den Stift langsam in den Händen drehte.

»Und, wie sieht es jetzt aus mit unserem Weihnachtsumtrunk?«, fragte er schließlich.

Die funkelnden Lichter, der goldene Schimmer, der Chris umgab, und das Wissen, dass Marnie in guten Händen war und ihren Spaß hatte – vermutlich bei einem Teller Thunfischpastensandwiches und ein paar Folgen Scooby-Doo *–, brachten Helenas Entschlossenheit ins Wanken.*

Es war doch nur ein einziger Drink. Ein Drink, um mit diesem umwerfenden Mann auf die Gründung von Cup of Joy und die bevorstehenden Weihnachtsfeiertage anzustoßen. Und anschließend würde sie sofort ein Taxi nach Hause nehmen. »In Ordnung«, antwortete sie atemlos, ehe sie es sich wieder anders überlegen konnte. »Aber ich brauche noch einen Augenblick.«

Chris strahlte. »Super, dann mach ich schon mal die Lichter aus.«

Helena stürmte an ihm vorbei auf die Angestelltentoilette im hinteren Bereich des Ladens, schloss die Tür hinter sich und ließ sich dagegensinken. Adrenalin und Verlangen pulsierten durch ihren Körper.

Sie zwang sich, nicht genauer darüber nachzudenken, was sie hier machte, und kramte in ihrer Fransentasche herum, um ihren hellrosa Lippenstift herauszuholen. Während sie ihn auftrug, vermied sie es bewusst, sich im Spiegel in die Augen zu sehen. Sie wollte sich nicht mit den Fragen auseinandersetzen, die bestimmt darin geschrieben standen.

Nachdem sie zweimal tief durchgeatmet hatte, strich sie sich das schwarze Haar über die Schultern und drehte sich zur Tür um. Doch noch ehe sie den Verkaufsraum betrat, hörte sie unterdrückte Stimmen.

Sie blieb stehen und zog ihren Wintermantel mit dem Gürtel fester um sich. War so kurz vor Ladenschluss noch Kundschaft hereingekommen? Aber dann ergriff die andere Person erneut das Wort, und die Erkenntnis traf sie wie ein Faust-

schlag. Das konnte doch nicht sein! Nein! War das wirklich Donald?

Helena drückte sich gegen die nächste Wand, so fest, dass ihre Schultertasche unangenehm drückte.

»Ich wollte mich erkundigen, ob Sie das … Moment, warten Sie bitte kurz …« Man hörte ihn herumkramen, dann raschelte Papier. »… das J&G-Meakin-Poppy-Teeservice reservieren könnten?«

Was? Was wollte Donald hier im Cup of Joy? Und wieso wollte er ein Teeservice reservieren lassen? Helenas Gedanken rasten. Sie fühlte sich ertappt und schuldig und zwang sich, noch einmal tief durchzuatmen.

Drinnen im Verkaufsraum ging das Gespräch zu ihrem Entsetzen weiter. »Ach so, Verzeihung«, fuhr Donald fort. »Ich hätte mich vorstellen sollen. Ich bin Helenas Mann.«

Helena schloss die Augen, wünschte, diese irrwitzige, unangenehme Situation würde einfach enden. Was glaubte er denn, was er hier machte? Was wollte er hier? Hatte er Sorge, dass sie ein Verhältnis mit Chris hatte?

Chris' Schweigen dröhnte in ihren Ohren.

»Ihr Ehemann?«, brachte er nach kurzem Schweigen heraus. »Oh, natürlich, wie schön, Sie endlich kennenzulernen. Ich heiße Chris Auld. Der Laden hier gehört mir.«

Helena drückte sich von der Wand ab und wagte einen vorsichtigen Blick um die Ecke. Die beiden Männer schüttelten sich gerade die Hände und lächelten einander höflich an.

»Helena ist eine absolute Bereicherung für das Geschäft«, sagte Chris. »Sie hat hier wahre Wunder gewirkt.«

Donald betrachtete die Regale voller Geschirr und die üppige Weihnachtsdekoration. »Sie hat sich immer schon für

Porzellan begeistern können. Ich für meinen Teil kann das nicht nachvollziehen, aber …« Als hätte er gespürt, dass Chris ihn skeptisch musterte, ruderte er sofort zurück. »Tut mir leid, eigentlich bin ich einfach nur hier, weil sie inzwischen so häufig von diesem Teeservice geschwärmt hat, seit es geliefert wurde, dass ich es ihr gern zu Weihnachten schenken würde.«

Helena nahm die Ereignisse wie durch einen Nebel wahr. Sie klammerte sich an ihrer Handtasche fest wie an einer Rettungsboje.

»Ist sie noch hier?«, fragte Donald plötzlich. »Weil dort ihr Schal liegt und ich doch gern möchte, dass es eine Überraschung wird.«

»Sie ist hinten«, antwortete Chris. »Vermutlich ist sie gleich wieder da.«

»Ah so.«

Helena rieb sich das Gesicht und wünschte sich in weite Ferne. Was für ein Debakel! Und das Meakin-Service, von dem Donald sprach, konnte er sich doch gar nicht leisten! Warum also erkundigte er sich überhaupt danach?

Sie kam sich wie eine Verbrecherin vor, hier in ihrem Versteck hinter der Verbindungstür. Mit geschlossenen Augen ließ sie den Kopf gegen die Wand sinken.

»Der Preis ist kein Thema«, fuhr Donald fort. »Ich habe darauf gespart.«

Nein. Nein! Das war alles von hinten bis vorne verkehrt! Tiefe Schuldgefühle nagten an ihr. Sie durfte das nicht zulassen!

Obwohl sie sich innerlich ganz klein fühlte, reckte sie das Kinn und kehrte mit zitternden Knien in den Verkaufsraum zurück. Unter Aufbringung ihrer gesammelten Schauspielkünste gelang es ihr, so zu tun, als würde Donalds Anblick sie überraschen.

Chris anzusehen, traute sie sich nicht, zumindest nicht sofort. Stattdessen rang sie sich ein Lächeln für ihren Mann ab. »Donald! Was machst du denn hier?«

Chris beobachtete das Geschehen mit einem ebenso gezwungenen Lächeln.

»Ach, ich dachte, ich schaue kurz vorbei und nehme dich mit nach Hause. Wir könnten auf dem Weg auch gleich Marnie bei Joanne abholen. Das Wetter ist heute ja nicht gerade einladend.«

Helena griff nach ihrem roten Schal, der wie eine schlummernde Schlange auf dem Tresen lag. Sie steckte in der Zwickmühle, und es brach ihr fast das Herz. Auf der einen Seite war Chris, auf dessen attraktivem Gesicht ein verletzter Ausdruck ruhte. Auf der anderen Donald, der mit den Händen in den Hosentaschen und den üblichen hängenden Schultern wartete, dass sie endlich kam.

Draußen vor den Fenstern wirbelte der Schnee wie verrückt.

Warum wollte Donald ihr das Teeservice schenken? Okay, sie hatte zu Hause immer wieder davon geschwärmt, dabei aber stets den Eindruck gehabt, dass er ihr gar nicht richtig zuhörte. Wann immer sie über Cup of Joy oder Porzellan sprach, trat ein glasiger Ausdruck in seine Augen.

Helena rückte ihre Tasche zurecht und streifte dabei mit der Hand die Schachtel mit der Brosche, die Chris ihr gerade geschenkt hatte. Sie lag ganz obenauf. Chris bemerkte es, und ein resigniertes Lächeln glitt über seine Lippen.

Donald hielt ihr die Ladentür auf, und die eiskalte Dezemberluft stach ihr in die Wangen. Fast wäre sie ihrem Mann von hinten in die Donkey-Jacke gelaufen.

»Ach so, wegen der Sache, die wir gerade besprochen haben«, sagte Donald noch in geheimniskrämerischem Ton zu Chris. »Kümmern Sie sich darum?«

»Sicher, kein Problem. Gute Nacht, Helena. Wir sehen uns am Montag.«

Wie von Donald gewünscht, lieferte Chris das Meakin-Poppy-Teeservice am Samstag zu ihnen nach Hause. Marnie und Helena waren hinten im Garten und bauten einen Schneemann. Danach sollte es heiße Schokolade geben.

Was Helena nicht wusste: Chris weigerte sich, Geld von Donald für das Geschirr zu nehmen, in das sie sich Hals über Kopf verliebt hatte, als sie es im Laden aus dem Karton geholt und das knallrote Mohnblumenmuster gesehen hatte, das an explodierende Herzen erinnerte. Was ihr nun wie ein schlechter Scherz vorkam, weil sich ihr Herz genau so anfühlte.

Während Helena Marnies begeisterten Ausführungen darüber zuhörte, dass sie dem Schneemann eine von Daddys alten Bommelmützen auf den schiefen Kopf setzen wollte, kam ihr eine Erkenntnis, die sie bis tief in ihre Seele traf.

Was hatte sie sich nur dabei gedacht? Der Anblick ihrer kleinen Tochter, die mit roten Wangen ein Freudentänzchen vor ihr aufführte, zwang sie dazu, den Tatsachen ins Auge zu sehen. Dazu Donald, wie er im Cup of Joy vor Chris gestanden hatte, bereit, sich zu ruinieren, um ihr dieses Teeservice schenken zu können.

Chris war alles, was Donald niemals sein würde: selbstbewusst, charismatisch und gefährlich. Aber was war mit Marnie?

Wie ferngesteuert klopfte Helena in ihren Lederhandschuhen den Schnee auf dem Schneemann fest.

»Du machst das toll, Mummy«, rief Marnie und strahlte sie mit Schneeflocken in den Wimpern an.

Am Montag erschien Helena nicht zur Arbeit im Cup of Joy. Donald gegenüber erklärte sie ihre Entscheidung damit, dass sie doch schlechter als gedacht damit zurechtkomme, weniger für Marnie da sein zu können, und das Gefühl habe, auch die Kleine würde darunter leiden. Was natürlich gelogen war, aber immer noch besser als die Wahrheit.

Donalds anfängliche Überraschung wich schnell einer gewissen Befriedigung darüber, dass seine Frau am Ende doch noch zur Vernunft gekommen war. Ihm war klar, dass er ihre Gefühle für diesen kleinen Angeber Chris Auld nicht über Nacht ausradieren konnte. Aber sein plötzliches Auftauchen im Laden war ein echter Geniestreich gewesen.

Insgeheim gratulierte er sich zum wiederholten Mal, als er daran dachte, wie fassungslos Helena über sein Auftauchen gewesen war. Und dass er dann auch noch das Teeservice erwähnt hatte, von dem sie so schwärmte! Und wie sich am Ende herausgestellt hatte, hatte er nicht einmal dafür in die Tasche langen müssen. Dieser aufgeblasene Auld hatte darauf beharrt, dass es sich um ein Abschiedsgeschenk für Helena handelte. Was Donald ihr allerdings ganz sicher nicht auf die Nase binden würde.

Wenn sie davon erfuhr, würde sie Auld bloß noch mehr hinterherheulen. Und das durfte er nicht riskieren.

Donald grinste siegesgewiss. Dank seines Einfallsreichtums war die Angelegenheit vorüber, ehe sie überhaupt richtig begonnen hatte. Und seine Frau war wieder da, wo sie hingehörte: hinter dem Herd.

Fortan mied Helena den kleinen Dorfkern. Sie ertrug den Anblick von Cup of Joy nicht, geschweige denn den von Chris. Schon der bloße Gedanke versetzte ihr einen Stich mitten ins Herz.

Drei Wochen später erfuhr sie von Mrs. Docherty im Tante-Emma-Laden, dass Cup of Joy wieder schloss. Der Laden stand zum Verkauf, und Chris würde nach London zurückkehren. »Schätze, er hat es hier oben nicht ausgehalten«, bemerkte Mrs. Docherty mit einem abfälligen Schniefen. »Zu leise und provinziell für seiner einer.«

Helena hatte ihre Einkäufe in ihrem Netzbeutel verstaut und war aus dem engen Laden geflüchtet, ehe die Tränen fließen konnten.

Sie sah Chris niemals wieder. Aber als Abschiedsgeschenk hinterließ er ihr die vier teuersten Service aus seinem Sortiment mit der einfachen Nachricht: Für dich von mir. X

Ansonsten blieben ihr von ihm nur die Erinnerungen, die sie einfach nicht loslassen wollten.

Cup of Joy wurde innerhalb weniger Wochen an eine junge Frau verkauft, die dort einen Blumenladen eröffnen wollte.

Es wunderte mich wenig, dass Ophelia Walker keinerlei Anstalten machte, mich zu kontaktieren. Aber ich hatte keine Ahnung, wie ich bezüglich des Pfauen-Service weiter vorgehen sollte.

Ich hatte zwar darüber nachgedacht, Xander um Rat zu bitten, aber seit unserem letzten Telefonat benahm er sich sogar noch reservierter als sonst. Außerdem hatte ich Angst, die Auseinandersetzung zwischen Jake und ihm wieder zu entfachen. Ach, hätte mir Xander doch nur selbst davon erzählt. Ich hätte die Einzelheiten viel lieber von ihm erfahren als von Jake.

Trotzdem hatte ich das erfreuliche Gefühl, dem Geheimnis des Teeservice und des Briefs immer weiter auf die Spur zu kommen, wenn auch langsamer, als ich gehofft hatte, und ohne die Hilfe von Ophelia Walker. All die kleinen Fäden, die Briar Forsyths Brief und das Geschirr verbanden, waren so dünn und ausgefranst gewesen, dass ich sie kaum hatte erkennen können. Aber nun hatte ich sie so weit gebündelt, dass ich zumindest einen ungefähren Eindruck davon gewann, wohin sie führten und was sie zusammenhielt.

Dennoch war mir klar, dass ich versuchen musste, noch einmal mit Ophelia Walker zu sprechen. Als ich auf ihrer Türschwelle gestanden hatte, war ihr eindeutig anzusehen gewesen, dass sie mich erkannte. Aber warum wollte sie nicht mit mir über das Teeservice oder ihr merkwürdiges Verhalten sprechen?

Solange ich nicht mit ihr geredet hätte, würden mir auch weiterhin einige zentrale Puzzleteile fehlen. Denn ich war sicher, dass Ophelia Walker deutlich mehr wusste als ich.

Der Samstag verging wie im Flug, und ehe ich michs versah, war es auch schon fast an der Zeit für mein Dinner mit Jake.

»Freust du dich?«, fragte Mum, als sie am Nachmittag kurz im Laden vorbeischaute.

Ich nickte. »Ja, klar.«

Es würde sicherlich ein schöner Abend werden. Ein Dinner-Date mit einem ausgesprochen attraktiven Mann – warum auch nicht? Zu Hause angelte ich mein hellblaues, knöchellanges Sommerkleid mit dem rosa Rosenmuster aus dem

Schrank und steckte mir die Haare zu einem legeren Knoten hoch.

Jake holte mich eine halbe Stunde zu spät ab, aber auf eine Entschuldigung wartete ich vergebens. Stattdessen warf er mir nur ein lakonisches Lächeln zu, als ich ihm die Wohnungstür öffnete. »So, da bin ich endlich. Hatte noch ein wichtiges Telefonat.«

Verärgert runzelte ich die Stirn. Er hätte mich wenigstens anrufen können, um Bescheid zu sagen. Aber ich verkniff mir jeden Kommentar. Bestimmt hatte er seine Gründe gehabt.

Je näher wir Glasgow kamen, desto seltener wurden die hübschen Cottages und gepflegten Vorgärten. Stattdessen schraubten sich schimmernde Glastürme und trutzige Wohnblöcke in den Himmel.

Auf der Fahrt erzählte ich Jake von Ophelia Walker, doch er winkte nur ab. »Ach, ich an deiner Stelle würde mir nicht so viele Gedanken über sie machen. Wenn sie nicht mit dir reden will, wirst du wohl damit leben müssen. Verkauf doch das Geschirr einfach und freu dich über den Gewinn, den du damit machst. Diese Frau hat dir das Service überlassen, und wenn sie nichts von dem Geld zu sehen bekommt, ist das allein ihr Problem.« Er schenkte mir ein charmantes Lächeln. »Sie hätte es dir gar nicht erst geben dürfen.«

Ich betrachtete sein Profil. *Aber ich bin nicht wie du.*

»Komm, vergessen wir das Thema für heute Abend und genießen das Fischrestaurant. Es hat gerade wieder eine fantastische Rezension im Feinschmecker-Dossier kassiert.«

»Fisch? Ich dachte, wir gehen in eine Tapas-Bar.«

Jake stellte seinen weißen Audi TT auf dem Parkplatz eines hell erleuchteten Restaurants namens Sea Scape ab. Dann antwortete er mir gut gelaunt: »Kleine Planänderung. Ich dachte, der Laden hier passt besser zu dir.« Er schaltete sein Megawattlächeln ein. »Es ist zwar ein bisschen teurer, aber das bist du wert.« Und schon war er aus dem Wagen gesprungen, und ich starrte überrumpelt auf seinen leeren schwarzen Ledersitz.

Drinnen wurden wir von einem überfreundlichen Angestellten in Empfang genommen, der uns zu einem Fensterplatz führte, der auf den botanischen Garten mit seinen beeindruckenden Glaskuppelbauten hinausging. Darüber erstreckte sich der Himmel in einem beeindruckenden Farbspiel aus Pastelltönen.

Die Karte war sensationell und hatte alles von Meeresfrüchte-Linguine über Krebsschwanzsuppe bis hin zu Kabeljau-Chorizo-Eintopf und Räucherforellensalat zu bieten.

»Ich nehme an, du warst hier schon essen. Kannst du mir etwas empfehlen? Ich kann mich nicht entscheiden.« Ich suchte Jakes Blick, aber er schien mit den Gedanken woanders. Die ledergebundene Karte lag unbeachtet vor ihm. Irgendetwas beschäftigte ihn, und er rückte seinen Stuhl so zurecht, dass er den Restaurantparkplatz im Auge hatte.

Gedankenverloren zupfte er am Kragen seines gestreiften Paul-Smith-Hemds herum. »Äh, wie bitte?«

Ich folgte seinem Blick durchs Fenster nach draußen. »Ich habe gefragt, ob du mir etwas empfehlen kannst.«

»Ach so, ja sicher, entschuldige.« Er blickte in die Karte und überflog den Inhalt. »Wie wär's mit den Garnelen mit Paprika und Spinat oder dem gedünsteten Fisch nach

Thai-Art?« Und schon war seine Aufmerksamkeit wieder beim Parkplatz, wo er mit seinen wachen, hellen Augen die Fahrzeuge musterte.

Ich ließ die Karte sinken und sah mich um. Überall um uns herum saßen Paare, die in angeregte Gespräche über das Menü oder privatere Themen vertieft waren. »Jake? Ist alles in Ordnung?«

Er blinzelte mich über die flackernde Kerze in der Tischmitte hinweg an. »Was? Ach so, ja, tut mir leid.«

Nun nahm auch ich den Parkplatz genauer unter die Lupe, konnte aber nichts Interessantes entdecken. »Du wirkst nicht recht bei der Sache.«

Jake sah wieder in die Karte. »Ach was, alles bestens, ehrlich. Ich kann mich nur nicht entscheiden, was ich nehmen soll.«

»Dabei dürfte die Karte allerdings hilfreicher sein als der Parkplatz.«

Jake gab einen lauten, theatralischen Lacher von sich, der die neugierigen Blicke der Paare um uns herum auf ihn lenkte. Was war denn nur los mit ihm?

Ich musterte ihn über den Rand meiner Speisekarte hinweg. Jetzt starrte er schon wieder aus dem Fenster, ohne mich eines Blickes zu würdigen! Es wäre ihm vermutlich nicht einmal aufgefallen, wenn ich meinen Platz mit einer Wachsfigur von Kylie Minogue getauscht hätte.

Einen Moment lang saß ich noch schweigend da, dann ging die Wut mit mir durch. Ich knallte die Speisekarte neben mein poliertes Besteck auf den Tisch und wollte gerade aufspringen, da griff Jake vollkommen unvermittelt nach meiner Hand. Vor Überraschung zuckte ich so heftig zusammen, dass ich mir das Knie am Tischbein anstieß. Jakes angespannter Blick glitt zwischen dem Restauranteingang und mir hin und her.

Hinter mir hörte ich den überschwänglichen Oberkellner neue Gäste empfangen. Jake umklammerte derweil so fest meine Hand, dass es sich anfühlte, als wäre sie in einem Schraubstock eingeklemmt. Langsam fühlte ich mich richtig unwohl, und es wäre mir deutlich lieber gewesen, wenn er wieder angefangen hätte, nach draußen auf den Parkplatz zu starren und mich zu ignorieren. »Jake? Könntest du freundlicherweise meine Hand loslassen?«

Aber er hörte mich gar nicht. Schon wieder war seine Aufmerksamkeit woanders als bei mir. Doch nun wich die Anspannung in seiner Miene einem selbstzufriedenen Ausdruck. Er beobachtete etwas, das sich rechts hinter mir abspielte.

Aber was? Ich wollte seinem Blick folgen und mich umdrehen – doch Jake überrumpelte mich ein zweites Mal, indem er sich über den Tisch beugte und mich auf den Mund küsste.

Mein Kopf und meine Lippen brauchten kurz, um zu begreifen, was da gerade passiert war. Doch dann zuckte ich ruckartig zurück. Vor Schock stockte mir der Atem. Mir brannten die Wangen.

Ich zupfte mir das Dekolleté zurecht und wand mich unter den verblüfften Blicken der Gäste an den Nachbartischen.

Dann nahm ich aus dem Augenwinkel eine Bewegung direkt neben mir wahr.

In der Erwartung, einen Kellner vor mir zu sehen, sah ich auf.

Aber es war kein Kellner.

Es war Xander.

Kapitel 32

Jake sah hoch und grinste Xander triumphierend an.

Hinter Xander wartete mit strengem Blick Saffy Clements in einem knallroten Etuikleid. Ihre dunklen, schulterlangen Korkenzieherlocken trug sie heute offen. Sie sah einfach nur umwerfend aus.

Xander hatte ein dunkelgraues Hemd mit passender Hose und eine schwarze Satinweste an. Die beiden gaben ein bemerkenswert attraktives Paar ab. Bei dem Gedanken wurde mir flau im Magen.

Ich schluckte.

»Guten Abend, Xander.« Jake grinste. »Das ist ja ein Zufall.« Seine Worte troffen förmlich vor Sarkasmus.

Unwillkürlich richtete ich mich auf und musterte ihn über den Tisch hinweg argwöhnisch.

Xanders unterkühlter Blick fiel derweil auf mich. »Ja, wirklich bemerkenswert«, sagte er, ohne Jake anzusehen. »Na, hast du ein Date, Sophie?«

Ich wollte etwas erwidern, aber in meinem Kopf herrschte ein solches Chaos, dass ich keinen geraden Satz herausbrachte. »Ja … Nein? Vielleicht … irgendwie?«

Saffy sah zwischen Jake und mir hin und her, dann stöckelte sie mit einem schwer zu deutenden Blick in meine Richtung auf ihren spitzen High Heels an mir vorbei. »Schönen Abend noch. Komm, Xander, unser Tisch wartet.«

Aber Xander rührte sich nicht, sondern stand weiter neben mir und suchte meinen Blick. Er wirkte … enttäuscht. Aber konnte das wirklich sein? Dann sah er zurück zu Jake, dessen Mundwinkel belustigt zuckten.

»Gehen wir woanders essen«, stieß Xander hervor.

Saffy zog einen Flunsch. »Aber wolltest du diesen Laden hier nicht unbedingt ausprobieren?«

»Das wird nicht die letzte Gelegenheit gewesen sein«, stieß Xander zwischen zusammengebissenen Zähnen hervor, legte Saffy die Hand ins Kreuz und schob sie sachte davon. Die vertraute Geste versetzte mir einen Stich ins Herz. Und schon war er mit einem »Viel Spaß noch!« in Jakes und meine Richtung verschwunden.

Ich sah den beiden nach, wie sie das Restaurant verließen, gefolgt von einem verwirrten Oberkellner, der wissen wollte, ob alles in Ordnung sei, und ihnen versicherte, dass er auch einen anderen Tisch in einer ruhigen Nische für sie freimachen könne, wenn ihnen das lieber sei.

Als ich mich wieder Jake zuwandte, grinste er mich an wie der weiße Hai.

»So klein ist die Welt, was?«, fragte er triumphierend. Sein Interesse am Parkplatz und seine innere Anspannung waren wie weggeblasen. »Tut mir leid, dass ich vorhin so abgelenkt war«, fuhr er fort. »Und jetzt lass uns mal sehen, was diese beeindruckende Speisekarte zu bieten hat, ja?«

Während er weiter oberflächlichen Small Talk machte und über die Fischkarte und den formidablen schottischen Lachs, den sie hier angeblich servierten, schwärmte, saß ich nur stumm da und versuchte zu verarbeiten, was da gerade passiert war.

Der plötzliche Meinungswechsel bezüglich des Restaurants … Jakes angespannte Blicke zum Parkplatz und dem Restauranteingang … dann der überraschende Kuss und das plötzliche Händchenhalten genau in dem Moment, als Xander und Saffy das Restaurant betreten hatten …

Jake deutete auf die Karte. »Aber die Garnelen klingen auch nicht schlecht. Was meinst du, Soph?«

Soph?! Ich ballte die Hände in meinem Schoß zu Fäusten. Es war alles so offensichtlich gewesen. Er hatte mich nur benutzt, um Xander eins auszuwischen. Es kostete mich meine gesamte Selbstbeherrschung, nicht laut zu werden. »Sag mal, für wie blöd hältst du mich eigentlich?«

»Wie bitte?«

Ich beugte mich vor. »Du hast das geplant, Jake.«

Mit stolzgeschwellter Brust saß er da, so als hätte er gerade ein Heilmittel gegen Grippe gefunden. »Was soll ich geplant haben? Tut mir leid, aber ich kann dir nicht folgen.«

»Du wolltest Xander verärgern«, stieß ich hervor. »Und da hast du dafür gesorgt, dass wir heute Abend hier essen.« Ich verschränkte die Arme vor der Brust. Der Seidenstoff meines Kleids raschelte in scheinbarer Empörung.

Ein Kellner erschien am Tisch, um unsere Bestellung aufzunehmen, aber Jake schickte ihn mit einer arroganten Kopfbewegung weg. »Nicht jetzt, kommen Sie in einer Minute wieder.«

Der Kellner warf ihm einen eisigen Blick zu und verschwand, während Jake erneut in die Charme-Offensive ging. »Nun komm schon. Das war reiner Zufall!«

Über das schneeweiße Tischtuch hinweg schob er mir die Hand hin, aber ich ergriff sie nicht, sondern musterte ihn mit zusammengebissenen Zähnen und verschränkte die Arme noch eine Spur fester vor der Brust. »Deswegen warst du so nervös und deswegen hast du mich geküsst. Alles nur, um Xander eins auszuwischen.«

Jake gab ein wenig überzeugendes Lachen von sich. »Aber nicht doch, Soph. Woher hätte ich überhaupt wissen sollen, dass Frozen North und seine Freundin heute hier auftauchen würden?«

»Sag du es mir. Jedenfalls finde ich es mehr als seltsam, dass du im letzten Moment das Restaurant gewechselt hast.«

Jakes Schultern verkrampften sich unter seinem Streifenhemd.

»Ist das der Grund, aus dem du dich heute Abend verspätet hast? Weil du noch damit beschäftigt warst, herauszufinden, wo Xander und Saffy hingehen, damit wir *zufällig* im selben Laden sitzen?«

Jake zappelte auf seinem Stuhl herum wie ein kleiner Junge, den man mit der Hand im Bonbonglas erwischt hatte. Erst schien er eine seiner fadenscheinigen Ausreden von sich geben zu wollen, überlegte es sich dann aber offenbar anders, als er begriff, wie wütend ich war, und stieß bloß einen resignierten Seufzer aus, der mich allerdings nur noch wütender machte. »Na gut, du hast mich ertappt.«

Ich bemühte mich weiterhin nach Kräften, mich zusammenzureißen und keine Szene zu machen. »Wie gesagt, das hatte ich mir schon gedacht. Schließlich habt ihr eine Vorgeschichte, das hast du mir selbst erzählt.«

Erneut musste ich daran denken, wie Xander vorhin meinen Blick gesucht hatte. Offenbar hatte er mitbekommen, wie Jake mich geküsst hatte. Es war ja auch kaum zu übersehen gewesen, so demonstrativ, wie sich Jake über den Tisch gebeugt hatte. Bei der Vorstellung, wie Xander die Szene beobachtet hatte, wurde mir ganz schwer ums Herz. »Ich möchte nicht in eure albernen Spielchen reingezogen werden.«

»Aber ich habe mir doch nur einen kleinen Spaß mit ihm erlaubt«, stieß Jake hervor. »Der Typ ist so was von überzeugt von sich selbst, dass ihm ein kleiner Dämpfer sicher nicht schadet.«

Mit flehendem Blick beugte er sich wieder zu mir vor. »Ach Soph. Ich gebe ja zu, dass ich den Kuss so getimt habe, dass North ihn sieht. Aber falls es dich tröstet: Ich habe ihn sehr genossen.« Ein testosterongetränktes Lächeln später fügte er hinzu: »Wenn ich genauer darüber nachdenke, hätte ich nichts gegen eine Wiederholung. Gesetzt den Fall, dass du ebenfalls so denkst.«

Das sollte ja wohl ein Witz sein! Oder meinte dieser Mistkerl das wirklich ernst? Hörte er sich eigentlich selbst reden? Und dachte er je nach, ehe er sprach? Langsam fragte ich mich, wieso ich überhaupt noch hier saß.

Als ich aus dem Augenwinkel ein Taxi auf den Parkplatz fahren und eine vierköpfige Familie aussteigen sah, sprang ich auf und griff nach meiner Handtasche. Die Gäste an den umliegenden Tischen beobachteten mich interessiert, aber das war mir egal. Ich wollte einfach nur noch weg aus diesem Restaurant und von diesem sagenhaften Fiesling.

Jake starrte mich an. »Was machst du denn? Wo willst du hin? Jetzt setz dich wieder, Soph.«

»Hör auf, mich Soph zu nennen!«, zischte ich. »Deine pubertären Spielchen kannst du allein spielen, Jake. Ich will damit nichts zu tun haben.«

»Ach, komm schon. Es ist doch überhaupt nichts passiert!«

Da irrst du dich gewaltig. Natürlich war etwas passiert. Die Aktion hatte Xander verletzt, das war ihm deutlich anzusehen gewesen.

Ich vergrub die Finger im weichen Leder meiner Clutch. »Wenn du das wirklich so siehst, kann ich dich nur bemitleiden, Jake.« Aufgebracht riss ich die Speisekarte vom Tisch und schlug sie bei den Tagesempfehlungen auf. Am Nebentisch beobachtete uns eine ältere Dame, die Gabel auf halbem Weg zum Mund. Ich knallte Jake die Karte hin. »Der Seebarsch klingt hervorragend. Schönen Abend noch.«

Und damit stürmte ich aus dem Restaurant und kaperte mit brennenden Wangen und einem schmerzhaften Ziehen in der Brust das frei gewordene Taxi. Gott, das Ganze war so unendlich peinlich!

Zu Hause angekommen wollte ich einfach nur ins Bett und schlafen, um diesen grauenvollen Abend zumindest zeitweise vergessen zu können.

So eine Vollkatastrophe! Jake war durch und durch manipulativ und besaß offenbar die emotionale Reife eines Fünfjährigen.

Am liebsten hätte ich Xander angerufen, um ihm alles zu erklären – doch mein Stolz hielt mich davon ab. Was sollte ich denn auch groß sagen? Außerdem war er mit Saffy unterwegs, die bei ihrem Date garantiert nicht von mir gestört werden wollte, zumal sie von Anfang an keinen Hehl daraus gemacht hatte, dass sie nicht viel von mir hielt.

Vielleicht war es besser, die Dinge einfach auf sich beruhen zu lassen. Jake und Xander hatten ein Problem miteinander, das sicher nicht besser wurde, wenn ich mich einmischte.

Nachdem ich meinen Schlafanzug angezogen und ein paarmal wütend mein Abendessen, bestehend aus Baked Beans, im Topf umgerührt hatte, schob ich eine Scheibe Brot in den Toaster und holte ein Stück Cornish-Cove-Käse aus dem Kühlschrank. Als der Toast goldgelb gebräunt war, füllte ich die Bohnen darauf und rieb eine ordentliche Portion Käse darüber. Wenn ich mich so elend fühlte wie heute, gab es für mich nichts Tröstlicheres als Bohnentoast mit ganz viel Käse.

Während ich allein am Küchentisch aß, grübelte ich, wie ich nur so dumm hatte sein können, jemanden wie diesen Widerling Jake an mich heranzulassen. Wütend schnibbelte ich an dem Toast herum. Dabei hatte ich mir nach Callum doch geschworen, mich nie wieder manipulieren zu lassen! So viel zum Thema Déjà-vu!

Immer wieder sah ich Xanders verletzten Gesichtsausdruck vor mir, als er mich mit Jake entdeckt hatte. Warum hatte ihn der Anblick so tief getroffen? Vielleicht weil dabei Erinnerungen an seine Ex in ihm hochgekommen waren?

Ich versuchte, mich mit meinen Recherchen über das Teeservice und Briars Brief abzulenken, aber wegen Ophelia Walkers mangelnder Kooperationsbereitschaft hatte ich gerade das Gefühl, in einer Sackgasse zu stecken.

Während ich aß, schaute ich immer wieder auf mein Handy – weil ich auf eine Nachricht von Xander hoffte, wie ich mir zu meiner Verärgerung eingestehen musste.

Aber wieso hätte er mir schreiben sollen?

Stattdessen hatte Jake bereits dreimal versucht, mich anzurufen, und mir anschließend eine Sprachnachricht hinterlassen, die mich noch mehr gegen ihn aufbrachte, als es ohnehin schon der Fall war. »Ach komm, Soph. Ich wollte doch niemandem was Böses! Und du musst schon zugeben, dass Xander North einen ziemlichen Stock im Arsch hat.« Mit zusammengepressten Lippen hörte ich mir seine Nachricht weiter an. »Nach allem, was mit Nadia passiert ist, und seinem gnadenlosen Verriss im Kulturteil …« Er verstummte kurz, dann fuhr er in bissigerem Ton fort: »Keine Ahnung, wieso du dich deswegen überhaupt so aufregst. Außer natürlich, du stehst auf den guten alten Frozen North …«

Ich umklammerte mein Handy, während er in seinem merkwürdigen Mix aus Schottisch und Amerikanisch weiterätzte: »Nur zur Warnung: Er und die Frau, die er heute Abend dabeihatte, sind ein Paar. Es heißt, es sei was Ernstes.«

Mein Magen zog sich schmerzhaft zusammen. Xander und Saffy sollten ein Paar sein? Langsam hatte ich echt genug. Wütend löschte ich Jakes Nachricht. Wieso interessierte es mich eigentlich so, was Xander heute Abend gesehen zu haben glaubte?

Er war mit Saffy zusammen, verdammt noch mal!

Ich wollte mit dieser ganzen Sache nichts zu tun haben. Sollten sie ihre Streitereien doch miteinander ausmachen.

Obwohl mir der Appetit vergangen war, biss ich noch einmal in meinen Toast. Xander North. *Frozen North.* Offenbar hatte er seine Vergangenheit mit Nadia inzwischen verarbeitet und sich für Saffy entschieden. Wieso auch nicht? Sie war ausgesprochen hübsch und dazu noch talentiert.

Der Gedanke war wie ein Schlag in die Magengrube. Mit einem Klappern legte ich meine Gabel auf dem Teller ab und stierte ins Nichts. Durch Grans Tod, die Kündigung auf

Castle Marrian und den neuen Laden hatte es so viel Drama in meinem Leben gegeben, dass ich trotz aller Bemühungen langsam, aber sicher die Kontrolle verloren hatte. Da saß ich nun und fühlte mich, als hätte man mir den Boden unter den Füßen weggezogen.

Und zu allem Überfluss hatte ich wieder und wieder Xander vor Augen, obwohl das gerade das Letzte war, was ich wollte und brauchte. Wie es aussah, war Frozen North inzwischen geschmolzen – und der Grund dafür Saffy.

Kapitel 33

Der Montagmorgen wartete mit einem düsteren Himmel auf.

Doch die Touristen ließen sich davon nicht abschrecken. In Scharen spazierten sie durch die Gassen von Briar Glen und schwärmten von den bunt blühenden Gärten vor den Cottages.

Die Kinder genossen die letzten Tage ihrer Schulferien und bettelten beim Spaziergang durch die Fußgängerzone ihre Eltern um Eis oder einen Ausflug in die Stadt an.

Cass pries gerade zwei älteren Damen ein zartes Apple-Blossom-China-Service von Theodore Haviland an. Die beiden hatten uns erzählt, dass sie in der Stadt waren, um ihre ältere Schwester in ihrer Seniorenresidenz zu besuchen.

»Und da konnten wir einfach nicht anders, als kurz hereinzuschauen«, erklärte die Schwester in der hellblauen Regenjacke strahlend. »Wir haben so viel Gutes über The Cup That Cheers gehört!«

Ihre Schwester, die dasselbe stolze Profil hatte, deutete auf eine unserer Bauernteekannen, eine antike Lingard mit typisch englischem Blütenmuster. »Ich für meinen Teil bin ja eher für Traditionelles zu haben.«

»In unserem Sortiment müsste für jeden Geschmack etwas dabei sein«, erwiderte Cass lächelnd. »Die Produktion des Haviland-Apple-Blossom-Musters wurde 1989 eingestellt, entsprechend gehen wir davon aus, dass dieses Modell hier irgendwann zwischen 1940 und 1989 in New York angefertigt wurde. Aber vielleicht möchten Sie ja gern auch etwas Moderneres ansehen?«

Sie deutete auf ein paar offene Schachteln voller Styroporflocken, die gerade erst vor zehn Minuten geliefert worden waren. »Wie Sie sehen, haben wir sie selbst noch nicht ausgepackt.«

Die beiden Schwestern bewunderten die antike Sadler-Teekanne mit ihrem rosafarbenen Deckel und dem Kirschblütenmuster, die Cass gerade aus ihrer Verpackung genommen hatte.

Ich warf meiner Angestellten ein Lächeln zu und formte lautlos ein »Gute Arbeit!« mit den Lippen, während die beiden Schwestern weiter miteinander diskutierten. Offenbar hatte Cass ihre Hausaufgaben gemacht.

Langsam ließ ich den Blick zu Jakes Bild an der Wand wandern und betrachtete es mit gerunzelter Stirn. Sollte ich es abhängen und ins Lager bringen? Beim Gedanken an mein Date am Samstagabend wäre ich vor Scham am liebsten im Boden versunken. Und wieso bekam ich Xanders Gesichtsausdruck, als er mich mit Jake gesehen hatte, nicht aus dem Kopf?

Die beiden haben einander verdient, dachte ich. Einer schlimmer als der andere. Ich verstand ja, dass sich Xander von Nadia betrogen gefühlt hatte. Aber dafür derart Jakes Kunstkarriere zu torpedieren? Und dann Jake, der mich benutzt hatte, um Xander eins auszuwischen … Ich kam mir vor, als wäre ich in einen Kindergartenkrieg zwischen zwei Fünfjährigen verwickelt worden.

Als die Ladenglocke bimmelte, drehte ich mich um – und mit einem Schlag war jeder Gedanke an die Streitigkeiten zwischen Jake und Xander vergessen.

Ich traute meinen Augen kaum.

Es war Ophelia Walker!

Mit unentschlossener Miene, die einen starken Kontrast zu ihrem selbstbewussten Outfit aus hellbeigem Leinenkostüm und fließendem Blumentuch um die Schultern bildete, stand sie in der Ladentür.

Ich kam mir vor wie bei einem Showdown in einem Clint-Eastwood-Western. Fehlte nur noch, dass eine von uns auf einem Streichholz herumkaute und eine Steppenhexe vorbeiwirbelte.

Ganz langsam trat ich auf sie zu. Ich hatte Angst, dass sie wieder davonlaufen würde, wenn ich eine zu hektische Bewegung machte. »Hallo, Mrs. Walker.«

Sie nickte knapp. »Haben Sie vielleicht ein paar Minuten?«

Cass war immer noch mit dem älteren Schwesternpaar beschäftigt, das inzwischen dazu übergegangen war, die jeweiligen Vorzüge von Porzellan und Keramik zu diskutieren.

Ob Mrs. Walker nun doch mit mir über das Service reden wollte? Ich bemühte mich, keinen allzu großen Optimismus aufkommen zu lassen. Schließlich hatte ich keine Ahnung, ob sie wirklich deshalb hier war. »Natürlich, kommen Sie, gehen wir in mein Büro.«

Mrs. Walker schlang ihren Blazer fester um sich, obwohl es im Laden angenehm warm war und draußen fast schon heiß. Sie sah sich in meinem Büro um, während ich sie einlud, sich zu setzen. »Darf ich Ihnen einen Tee oder Kaffee anbieten?«

»Tee wäre schön, vielen Dank.«

Kurz ließ ich sie allein im Büro und suchte in der Küchenzeile, die ich in einer Ecke des Lagerraums hatte einbauen lassen, zwei unserer hübschesten Tuscan-China-Tassen in Pastellgrün aus.

Mrs. Walkers Besuch hatte mich vollkommen überrumpelt, und ich war unglaublich gespannt, was sie von mir wollte.

Schon kochte das Wasser, und ich goss Tee in unserer passenden Tuscan-China-Kanne auf. Es fühlte sich einfach gut an, dass auch wir selbst derart schöne Antiquitäten verwendeten. Schade, dass Gran das nicht sehen konnte. Sie wäre stolz auf mich gewesen.

Ich holte einen passenden Teller aus dem Hängeschrank und legte ein paar Schokoladenkekse darauf, dann trug ich das Service auf einem Tablett ins Büro. Im Verkaufsraum unterhielten sich Cass und die beiden älteren Damen gerade kichernd über »üppige Rundungen«, womit sie vermutlich die Form der Teekannen meinten.

Bei meiner Rückkehr saß Mrs. Walker noch genauso nachdenklich da wie zuvor. Ich stellte das Tablett auf meinem Schreibtisch ab und schenkte uns Tee ein. Mrs. Walker nahm ihre Tasse mit einem gemurmelten »Danke« in Empfang und warf mir über den Rand hinweg einen zurückhaltenden Blick zu. Angespanntes Schweigen senkte sich über mein Büro. Dann platzte sie plötzlich heraus: »Es tut mir leid. Ich hätte mit Ihnen reden sollen, als Sie vor unserer Tür standen.« Verlegen trank sie einen Schluck Tee, dann stellte sie die Tasse mit einem leisen Klappern auf meinem Schreibtisch ab.

Ich reagierte mit einem verständnisvollen Lächeln und versuchte, nach außen hin weiter ruhig zu wirken. »Dann wissen Sie also etwas über das Service?«

Als ich Mrs. Walkers kaum merkliches verlegenes Nicken bemerkte, begann es heftig in meinem Bauch zu kribbeln.

»Tatsächlich war es sogar die Entdeckung des Teeservice, die mich dazu bewogen hat, mich näher mit meiner Familiengeschichte zu befassen. Tja, das und meine Pensionierung. Auf einmal habe ich so viel mehr Zeit!« Nervös faltete sie die Hände in ihrem Schoß. »Ich wollte auf keinen Fall mit Ihnen reden. Aber dann hat mich mein Mann Hal überredet, es doch zu tun.« Sie musterte mich aus ihren dunklen, sorgsam geschminkten Augen. »Als ich das Geschirr zwischen den Sachen meiner Schwester gefunden habe, wollte ich es anfangs behalten.«

Ich rutschte auf meinem Stuhl nach vorn. »Und dann haben Sie den Brief entdeckt?«

»Am nächsten Tag, als ich mir den Koffer genauer ansah, in dem sich das Geschirr befand.« Mrs. Walker trank noch einen Schluck Tee und musterte dabei die kleinformatigen Teekannen-Gemälde an meiner Bürowand.

»Man könnte durchaus sagen, dass ich eine Art Fimmel habe«, erklärte ich, nachdem ich ihrem Blick gefolgt war.

Mrs. Walker reagierte mit einem geistesabwesenden Lächeln, dann erzählte sie weiter. »Nach Ihrem Besuch rief mir Hal noch einmal in Erinnerung, wie traurig und verzweifelt der Brief geklungen hatte. Er meinte, es würde mir gar nicht ähnlichsehen, anderen meine Hilfe zu verweigern und ein Unrecht einfach so stehen zu lassen.« Ihr Mund verzog sich zu einem Lächeln. »Hal weiß genau, dass ich mich manchmal mehr einmische, als gut für mich ist. Und er weiß, wie man mir ein schlechtes Gewissen macht.«

»Es freut mich jedenfalls sehr, dass Sie jetzt hier sind, um mit mir zu reden.« Mein Hirn sprudelte fast über vor lauter Fragen, die ich ihr stellen wollte. »Mrs. Walker, würden Sie mir sagen, was genau Sie über das Service herausgefunden haben?«

Sie hob die Brauen so weit, dass sie unter ihrem silbernen Pony verschwanden. »Ach, Ms. Harkness, es gibt Dinge, die ich lieber nie erfahren hätte.«

Ich blinzelte überrascht. Durch die geschlossene Bürotür drang Cass' fröhliches Gemurmel, gefolgt von dem Gelächter der beiden Schwestern und dem Bimmeln der Kasse. Wieder einmal war es Cass mit ihrer nahbaren, warmen Art gelungen, einen Verkauf abzuschließen.

Mrs. Walkers Stimme riss mich aus meinen Gedanken. »Wissen Sie, ich habe den armen Hal fast in den Wahnsinn getrieben mit meinem ständigen Gerede darüber, dass ich meinen Stammbaum erforschen will.« Ihr Blick wurde weich. »Annabel – meine Schwester – war begeistert von schottischer Geschichte, insbesondere von der Geschichte Briar Glens und der blauen Hundsrose, der örtlichen Gartenhistorie und natürlich Castle Marrian.«

»Und hat Ihre Schwester irgendetwas Interessantes über Briar Glen und seine ehemaligen Bewohner ans Licht gebracht?«

Die alte Dame seufzte. »Ach, hätte sie nur! Aber vor einem Jahr starb sie ganz plötzlich, nur kurz nachdem sie angefangen hatte, sich mit der Dorfgeschichte zu befassen.«

»Mein Beileid«, sagte ich. »Ich habe vor einigen Monaten meine Großmutter verloren. So bin ich überhaupt erst an diesen Laden hier gekommen.«

Mrs. Walker betrachtete ihre hübsche Teetasse und die Teekannen-Bilder an den Wänden. »Sicherlich wäre ihre Großmutter sehr stolz auf Sie gewesen.«

Sanft lenkte ich das Gespräch wieder zurück auf die Ahnenforschung, die Mrs. Walker erwähnt hatte. »Und darf ich fragen, was Sie bei Ihren Recherchen herausgefunden haben? Über Ihren Stammbaum, meine ich?«

Sie gab ein trockenes Lachen von sich. »Jedenfalls nicht, dass ich mit einem Nobelpreisträger oder einer Ärztin verwandt war, die Millionen Menschenleben gerettet hat. Schön wär's!«

In der Hoffnung, dass sie weitererzählte, warf ich ihr ein aufmunterndes Lächeln zu.

Mit einem resignierten Seufzer trank sie noch einen Schluck Tee, dann erklärte sie: »Was ich gefunden habe, war eher eine Leiche im Familienkeller.«

Ich ließ mich in meinem Drehstuhl zurücksinken. Wie das alles wohl mit Briars Brief zusammenhing?

»Am schmerzlichsten war wohl die Erkenntnis, dass unsere Mutter Geheimnisse vor Annabel und mir gehabt hat.« Mrs. Walker machte eine kurze Pause. »Ich schätze, in allen Familiengeschichten gibt es den einen oder anderen schwarzen Fleck. Aber die Art und Weise, wie ich es herausfand, versetzte mir den Schock meines Lebens.«

Und dann erzählte sie mir alles.

Kapitel 34

»Wie sich herausstellte, war meine verstorbene Großtante Isadora nicht ein-, sondern zweimal verheiratet. Davon hatten wir bisher noch gar nichts gewusst.«

»Ah, verstehe.« Hoffentlich konnte ich Mrs. Walker mit meiner eifrigen Miene dazu bewegen weiterzuerzählen.

Sie rang die Hände. »Über ihre erste Ehe waren wir natürlich informiert. Das war mit meinem Großonkel Sydney Morrice.«

»Und die zweite?«

Sie musterte mich geradeheraus. »Offenbar war ihr zweiter Mann ein gewisser Jonathan Gray.«

Schockiert blinzelte ich sie an. »Jonathan Gray? Wie in dem Brief, der dem Teeservice beilag?«

Ophelia Walker verzog die rosa geschminkten Lippen zu einer grimmigen Linie. »Eben der.«

Ich beugte mich vor. »Und bis Sie den Brief fanden, hatten Sie tatsächlich keine Ahnung?«

»Nicht den blassesten Schimmer. Meine Mutter hat nie erwähnt, dass Isadora noch einmal geheiratet hatte. Und auch sonst niemand in meiner Familie.«

Sie musterte die Bilder an meiner Bürowand, dann kehrte ihr Blick wieder zu mir zurück. »Ich kann allerdings nicht behaupten, dass mich die mangelnde Bereitschaft, über diese Episode zu sprechen, rückblickend sehr überrascht. Jonathan

Gray war in der Gegend berüchtigt. Meinen Nachforschungen zufolge konnte er äußerst charmant sein – aber nur, wenn er sich einen Vorteil davon versprach. Insgesamt war er wohl durch und durch skrupellos.«

»Wie viel wissen Sie über diesen Jonathan Gray? Bis ich den Brief gelesen habe, hatte ich noch nie von ihm gehört.«

»Jedenfalls war er nicht gerade ein Stützpfeiler der hiesigen Gemeinschaft. Ich bin sicher, dass Isadora im Nachhinein nicht sehr stolz auf diese Ehe war. Sie stand ja ohnehin schon in dem Ruf, ein Wildfang zu sein. Und dann auch noch eine Ehe mit einem solchen Mann …«

Ich ließ mich zurücksinken. All diese Informationen musste ich erst einmal sacken lassen. »Und er war der Sohn von Leonora und Chadwick Gray, den Besitzern von Castle Marrian?«

»Genau. Ein verwöhnter, frecher Bengel, wie er im Buche steht. Der Himmel weiß, wie er meine Großtante bezirzt haben muss, damit sie ihn heiratete.«

»Und wie ging es mit Isadora weiter?«

»Ich weiß nur, dass sie nach dem Scheitern ihrer Ehe 1898 nach London verschwand und niemals zurückkehrte.«

Ich dachte an das Pfauengeschirr, das zusammen mit dem Brief von Briar Forsyth an Jonathan Gray unten in meinem Schrank lag. »Ehe ich meinen Porzellanwarenladen eröffnete, habe ich als Hochzeitsplanerin auf Castle Marrian gearbeitet. Aber während der gesamten Zeit habe ich nie davon gehört, dass es einmal im Besitz der Grays war.«

Mrs. Walker hob eine Braue und trank ihren Tee aus. »Ach, ehrlich? Was für ein beeindruckendes Hotel, nicht wahr? Allerdings wundert es mich wenig, dass die Grays nicht in seinen Annalen auftauchen. Ich glaube, die Menschen hier aus der Gegend haben sie sozusagen aus ihren Geschichtsbüchern gelöscht.«

Ich warf ihr einen fragenden Blick zu. »Ist das der Grund, warum Sie das Teeservice nicht behalten wollten? Weil es Jonathan Grays Familie gehört hat?«

Ophelia Walker nickte. »Ich will nicht in Verbindung mit diesem Mann gebracht werden. Nicht nach allem, was ich über ihn herausgefunden habe.«

Ich schwieg, in der Hoffnung, sie dadurch zum Weiterreden zu animieren. Und tatsächlich gab Ophelia Walker nach kurzem Nachdenken einen resignierten Seufzer von sich. »Als ich herausfand, dass er mit Isadora verheiratet gewesen war, habe ich noch ein wenig tiefer in der Vergangenheit gewühlt. Wie es aussah, hatte unser Mr. Gray eine ausgeprägte Schwäche für die jungen Damen von Briar Glen und zeugte mit gleich mehreren von ihnen Kinder. Allerdings … Na ja, sagen wir, es blieb dabei, dass er sie zeugte.«

»Soll das heißen, er hat diese jungen Frauen geschwängert und sie dann sitzen lassen?«

»Genau. Der Bibliothekar hier im Ort hat mir bei meinen Nachforschungen sehr geholfen. Er gab mir den entscheidenden Hinweis auf das Geburtenregister.«

Nun, wie es schien, hatte Isadora mit ihrer raschen Scheidung am Ende Glück im Unglück gehabt.

»Die junge Frau, die den Brief aus dem Koffer unterschrieben hat, hieß Briar Forsyth«, sagte ich. »Haben Sie zufällig etwas über sie herausgefunden?«

»Nein, noch nicht«, gab sie zu. »Aber ich hoffe, dass sich das bald ändert.«

»Wenn Sie möchten, kann ich Ihnen dabei helfen«, bot ich an. »Briars Brief an Jonathan Gray hat mich tief berührt und … Na ja, nach allem, was ich weiß, ist es gut möglich, dass sie zu seinen Opfern zählt.«

Mrs. Walker schürzte die Lippen. »Daran besteht wohl kein Zweifel.« Sie neigte den Kopf zur Seite, und hinter ihrer sonst so strengen Miene zeigte sich der Anflug eines Lächelns. »Sie müssen mich für eine verrückte alte Närrin halten, so wie ich Ihnen das Teeservice einfach in die Hand gedrückt und anschließend die Flucht ergriffen habe. Aber nach dem plötzlichen Verlust meiner Schwester und der Entdeckung, dass das Teeservice in Zusammenhang mit Jonathan Gray steht, konnte ich kaum noch einen klaren Gedanken fassen. Trauer kann einen Menschen ganz schön durcheinanderbringen.«

Ich musste an Grans Tod denken. »Das kann ich gut nachvollziehen, Mrs. Walker. Wenn man einen geliebten Menschen verliert, fühlt sich das an, als würde man selbst ein Stück weit mit ihm sterben, und für eine Weile wirft man alle Rationalität über Bord.«

Sie schenkte mir ein müdes Lächeln. »Es tut mir aufrichtig leid, dass ich nicht eher mit Ihnen gesprochen habe. Danke, dass Sie so verständnisvoll reagieren.« Ihre gepuderten Wangen nahmen einen rosa Schimmer an. »Ich würde mich sehr über Ihre Hilfe freuen, Sophie.« Sie stand auf und klemmte sich ihre Ledertasche unter den Arm. »Und bitte, nennen Sie mich doch Ophelia.«

Kapitel 35

Ehe Ophelia ging, lud sie mich ein, sie Ende der Woche zu besuchen. »So habe ich vorher noch etwas Zeit, Annabels Aufzeichnungen durchzugehen. Ich wünschte nur, sie hätte die Chance gehabt, noch ein wenig länger ihren Leidenschaften nachzugehen, ehe sie …« Sie verstummte.

Ich tätschelte ihr den Arm. »Sind Sie sicher, dass Sie sich der Sache gewachsen fühlen? Ich will Sie auf keinen Fall durcheinanderbringen oder aufwühlen.«

Ophelia lächelte und reckte kampfbereit das Kinn. »Ich glaube, eigentlich fände ich es sogar tröstlich. So erhalten ihre Recherchen die Aufmerksamkeit, die sie verdient haben. Sie war so begeistert von unserer Familiengeschichte.« Ihr Gesicht nahm einen wehmütigen Ausdruck an.

Am Ende vereinbarten wir, dass ich am Freitag nach Ladenschluss bei ihr vorbeikommen würde.

»Wir essen gemeinsam zu Abend«, beharrte sie in einem Tonfall, der deutlich machte, dass Widerspruch zwecklos war. »Und danach sprechen wir bei einem Glas von Hals selbst gemachtem Wein alles durch.«

Nachdem Ophelia in den höchsten Tönen von dem Wein ihres Mannes geschwärmt hatte, beschloss ich, dass es wohl besser sein würde, mit dem Taxi zu fahren.

Als Ophelia ging, hatte auch das ältere Schwesternpaar mit seinen neuen Schätzen unterm Arm den Laden verlassen.

»Sie haben sogar zwei von den Royal-Albert-Polka-Rose-Tassen mit Untertassen gekauft«, erklärte Cass zufrieden. Dann senkte sie den Blick für einen Sekundenbruchteil zu Boden. »Beim Einpacken habe ich bemerkt, dass einer der Henkel einen winzigen Sprung hatte. Da habe ich ihnen fünfzehn Prozent gegeben. Ich hoffe, das war in Ordnung.«

»Aber klar! Das war sogar genau richtig! Darum soll es im The Cup That Cheers doch gehen: hervorragenden Kundenservice. Du hast das toll gemacht.«

Cass' zartes Gesicht strahlte Zufriedenheit aus, aber unser Gespräch wurde vom Klingeln meines Handys unterbrochen. Stirnrunzelnd sah ich auf das Display. »Oh. Es ist Xander.«

Cass zog sich hinter den Tresen zurück, während ich abnahm und mich bemühte, desinteressiert zu klingen.

Er dagegen wirkte befangen und distanziert. »Hi, Sophie. Ich wollte nur fragen, wie es bei dir so läuft.«

»Bei mir oder mit dem Teeservice?« Ich verzog das Gesicht, als ich merkte, wie vorwurfsvoll ich klang. Aber ich konnte einfach nicht anders. Nicht solange ich keine Ahnung hatte, was hier gespielt wurde. Seit dem Fiasko mit Jake im Restaurant zwei Abende zuvor war es unser erster Kontakt.

Ich lächelte einem Backpacker-Pärchen zu, das in unsere sommerliche Schaufensterauslage deutete, die in Blau und Gelb gehalten war.

Nach kurzem Schweigen fragte Xander: »Gibt es denn irgendwas Neues bezüglich des Briefs oder des Geschirrs?«

Also ging es bei diesem Anruf wirklich nicht um mich. Er hatte nie vorgehabt, mich zu fragen, ob es mir unangenehm gewesen war, in den Zwist zwischen Jake und ihm hineingezogen zu werden, oder mir zu beichten, dass es ihn eifersüchtig gemacht hatte, mich neben Jake Caldwell zu sehen.

Frozen North trifft es ganz gut.

Ich presste die Lippen zusammen. Sein Desinteresse verletzte mich, sosehr ich mich auch über mich selbst ärgerte. Und ich musste mir eingestehen, dass es mich eifersüchtig gemacht hatte, ihn neben Saffy mit ihren Kurven und Locken und ihrem roten Kleid zu sehen. Ich hatte versucht, es zu ignorieren, aber das Gefühl war da, Punkt.

Als ich mich zum Weiterreden zwang, klang meine Stimme streng und sachlich. »Es läuft in die richtige Richtung. Die Geschichte ist ein wenig zu lang, als dass ich sie hier zwischen Tür und Angel erzählen könnte, aber ich habe herausgefunden, wer die Frau war, die das Teeservice im Laden abgegeben hat. Ihre verstorbene Schwester hat sich sehr für Heimatgeschichte interessiert und vor ihrem Tod bergeweise Informationen über Briar Glen zusammengetragen.« Ich sah zu, wie das blonde Backpacker-Pärchen in den Laden kam.

»Das klingt durchaus vielversprechend«, meinte Xander. »Würdest du mich darüber auf dem Laufenden halten, wie die Angelegenheit weitergeht? Ein Freund von Freunden aus Frankreich sammelt leidenschaftlich antikes Geschirr. Er ist ausgesprochen interessiert …«

Eine tiefe Frustration überkam mich. »Natürlich. Am Ende geht es einfach nur ums Geld, richtig?«

»Wie bitte?«

Cass ging zu den Backpackern, während ich mich hinter den Tresen verzog. Honiggoldenes Sonnenlicht floss über den Holzboden. »Es stecken Lebensgeschichten hinter diesem

Teeservice und dem Brief. Beziehungen, Familien, Schicksale. Es geht nicht immer nur um Profit, Xan…«

Zu meiner Überraschung unterbrach er mich mitten im Satz. Sein Tonfall klang gequält. »Hey, Moment mal. Für wie herzlos hältst du mich eigentlich?«

Ich schloss den Mund, wusste nichts darauf zu erwidern.

»Hast du dich am Samstag amüsiert?«

Seine plötzliche Frage brachte mich vollkommen aus dem Konzept. Und gleichzeitig war da immer noch die Eifersucht in mir, wenn ich daran dachte, wie er Arm in Arm mit Saffy ins Restaurant gekommen war wie eins von diesen glamourösen Paaren in den Weihnachtswerbungen für Luxusparfüms. »Dasselbe könnte ich dich fragen.«

»Wie bitte?«

»Warst du nicht mit Saffy essen?«

»Aber das war doch rein freundschaftlich.«

Da hatte ihr verführerisches Kleid aber eine ganz andere Sprache gesprochen. Ich war mir sicher, dass Saffy sich deutlich mehr erhoffte als nur Freundschaft.

»Du bist eine erwachsene Frau und kannst natürlich tun und lassen, was du willst und mit wem du willst. Aber du solltest wissen, dass dieser Mann nur Ärger bringt, Sophie«, stieß Xander hervor.

Ich blinzelte. »Oh, ich weiß alles darüber, was zwischen Jake Caldwell und dir vorgefallen ist.«

Lastendes Schweigen senkte sich über die Leitung, dann sagte er: »Ach ja?«

»Ja. Er hat mir alles erzählt.«

Nun wirkte Xander regelrecht fassungslos. »Nicht dein Ernst. Und du hast kein Problem damit?«

Ich fand nicht, dass ich ihm irgendwelche Erklärungen schuldig war. Und die Tatsache, dass ich herausgefunden hatte, welch arroganter, kindischer kleiner Bengel Jake in Wahrheit war, ging Xander nichts an. »Tut mir leid, aber ich muss auflegen. Wir haben Kundschaft.« Ich drückte mir das Handy ans Ohr. »Ich halte dich auf dem Laufenden, wie es mit den Aufzeichnungen von Ophelia Walkers Schwester läuft und ob sie uns irgendwie weiterhelfen.«

Geistesabwesend fragte Xander: »Wer?«

»So heißt die Dame, die das Teeservice bei mir abgegeben hat.«

Xander war seine Verwirrung selbst durchs Telefon anzumerken. Was war denn nur in ihn gefahren? Er schien gar nicht mehr richtig er selbst zu sein. Normalerweise war er immer so selbstbeherrscht! Was auch immer mit ihm los war – offenbar hatte er nicht damit gerechnet, dass Jake mir erzählen würde, was zwischen ihnen vorgefallen war. Denn dem gelassenen, unterkühlten Xander North fehlten plötzlich die Worte.

Höflich beendete ich das Telefonat. Doch den restlichen Tag verspürte ich einen tiefen Frust. Vielleicht wäre es besser für mich gewesen, wenn Xander sich nicht gemeldet hätte. Denn seine Stimme zu hören, hatte den ruhigen Rhythmus aus dem Takt gebracht, den ich mir so dringend für mein Leben wünschte.

Nach dem Telefonat hängte ich mit Cass' Hilfe Jakes Bild ab. Cass hinterfragte meine Entscheidung nicht weiter, sondern quittierte sie nur mit einem überraschten Stirnrunzeln.

Als wir das Gemälde im Lagerraum abgestellt hatten, deckte ich es mit einem lilafarbenen Laken zu und fühlte mich gleich ein wenig besser.

Kapitel 36

Nach einem wunderbaren Abendessen – Ofenhühnchen mit köstlichen Beilagen, gefolgt von einem Stück warmem Apfelkuchen mit Vanillesoße – beharrte Hal darauf, dass ich ein Glas von seinem selbst gemachten Rotwein probierte. »Ich weiß ja, Rotwein sollte man eigentlich zu rotem Fleisch trinken, aber ich schätze mal, die Knigge-Polizei wird sich heute nicht mehr blicken lassen.«

Ich machte es mir auf ihrem Sofa bequem und trank einen Schluck Wein. Er war rubinrot und hatte eine frische, spritzige Note, die mich an warme Felder im Sonnenschein erinnerte. Er war wirklich hervorragend. »Wenn ich das Glas erst mal geleert habe, komme ich vermutlich nie wieder vom Sofa hoch«, scherzte ich.

Ophelia kam lachend aus der Küche und stellte ein Tablett mit einem Teeservice darauf vor mir ab. »Das müssen Sie vorerst doch auch gar nicht. Ich gehe gleich Annabels Aufzeichnungen holen.«

Ich stellte mein leeres Weinglas ab und musterte bewundernd Ophelias Teegeschirr aus weißem Porzellan mit einem entzückenden Muster aus rotem Mohn und Schmetterlingen.

Als sie mich dabei erwischte, wie ich es begutachtete, stieg mir die Hitze in die Wangen. »Entschuldigung, ich kann einfach nicht anders. Ist das aus viktorianischer Zeit?«

»Allerdings«, erwiderte Ophelia beeindruckt. »Woher wissen Sie das?«

»Ach, die Tassen und Untertassen haben einen speziell gewellten Rand, der typisch für die Epoche ist. Es ist entzückend.«

»Ich habe es von meiner Mutter geerbt, die es wiederum als Hochzeitsgeschenk von ihren Eltern erhalten hatte.«

Nachdem sich Hal noch einmal von seinem Rotwein nachgeschenkt hatte, verkrümelte er sich in den Wintergarten, während Ophelia kurz verschwand, um die Kiste mit den Unterlagen zu holen, die ihre verstorbene Schwester über Briar Glen zusammengetragen hatte.

Als sie kurze Zeit später zurückkehrte, hatte sie einen großen braunen Karton in den Armen, in dem sich verschiedene Schreibhefte und Notizbücher mit farbenfrohen Einbänden befanden.

Ich sprang vom Sofa auf, um ihr den Karton abzunehmen, und stellte ihn auf dem beigen Teppich ab.

»Viel ist es nicht«, sagte sie mit leiser Besorgnis. »Mal sehen, ob wir Glück haben und noch mehr über Jonathan Gray herausfinden – gar nicht zu reden von der jungen Dame namens Briar Forsyth.«

»Keine Sorge«, versicherte ich ihr. »In jedem Fall ist es die Mühe wert. Bestimmt sind ihre Aufzeichnungen sehr interessant.«

Ophelia setzte sich neben mich auf das graue Chenille-Sofa, und gemeinsam machten wir uns daran, die Unterlagen aus der Kiste durchzugehen.

Sie wirkte etwas zögerlich, als sie das erste Notizbuch zur Hand nahm, das einen gesteppten Einband mit Strassbesatz hatte. »Es ist das erste Mal seit Annabels Tod, dass ich es mir zutraue, die Sachen anzurühren. Vorher hat mir einfach der Mut gefehlt.«

Die Seiten waren mit Annabels Handschrift gefüllt. Sie war klein und ordentlich und abwechselnd in Schwarz und Dunkelblau gehalten. »Immerhin hat sie mit Überschriften gearbeitet, das erleichtert die Suche ein wenig.«

Und tatsächlich fanden sich immer wieder Zwischenüberschriften *wie Kirchen, Geschichte der Stadtuhr* oder *Die blaue Rose von Briar Glen*, sodass wir uns ein wenig schneller zurechtfanden.

Mit großem Interesse las ich, was Annabel über die legendäre Hundsrose von Briar Glen herausgefunden hatte:

> Es heißt, die hellblaue Rose von Briar Glen sei früher überall in der Gegend gewachsen. Allerdings existieren keinerlei Beweise dafür. Dennoch ist ihre Blüte zum Symbol für das Dorf Briar Glen geworden. Die regionalen Steinmetze nutzen sie als Emblem beim Bau von Cottages, und nahezu alle Steinhäuser aus der Gegend weisen ein Blütensymbol über der Tür auf, das die geheimnisvolle Briar-Glen-Rose in ihrer vollen Pracht zeigt.
> Die blaue Rose steht für Träume, die vielleicht niemals wahr werden, beziehungsweise für Dinge, die über das menschliche Fassungsvermögen hinausgehen.
> In der Liebe symbolisiert sie Hoffnung für jene, deren Gefühle nicht erwidert werden.

Vor meinem geistigen Auge erschien Xanders dunkles, ernstes Gesicht. Doch ich verdrängte den Gedanken rasch wieder und blätterte weiter. Das war doch einfach lächerlich! Einen komplizierteren Mann hätte ich mir als Schwarm kaum aussuchen können.

»Alles in Ordnung, Sophie?«

Ich fuhr zusammen. »Oh, aber ja, natürlich. Entschuldigung, alles bestens.«

Ophelia legte das Notizbuch beiseite, in dem sie gerade geblättert hatte. »Sie müssen todmüde sein. Sie haben ja den ganzen Tag gearbeitet! Es war nicht sehr feinfühlig von mir, unser Treffen auf den heutigen Abend zu legen.«

Entschieden schüttelte ich den Kopf. »Ach was, kein bisschen. Kommen Sie, zumindest bis die Teekanne leer ist, machen wir weiter.«

Der Julihimmel erstreckte sich schwarz über die in schummeriges Laternenlicht getauchte Sackgasse hinter Ophelias Wohnzimmerfenster. Sie stand auf, um die Leselampe einzuschalten.

Inzwischen hatten wir den Großteil der Notizbücher und schmucklosen orangefarbenen Schreibhefte durchgesehen, aber nichts Nennenswertes gefunden, außer einigen interessanten Geschichten über eine Reihe von Pfarrern, die vor rund neunzig Jahren dem Charme einer geheimnisvollen Witwe verfallen zu sein schienen.

Laut Annabels Aufzeichnungen hatte es zudem Gerüchte gegeben, dass 1925 im Garten einer jungen Frau, die in ihren Klavierlehrer verliebt gewesen war, eine blaue Hundsrose erblüht war.

Ich reichte die entsprechenden Abschnitte an Ophelia weiter, die sie mit einiger Belustigung las. »Ich wusste ja gar nicht, dass unser kleines Städtchen so eine Hochburg der Lust und Leidenschaft ist!« Dann bemerkte sie, wie ich die Arme über den Kopf streckte. »Kommen Sie, meine Liebe, machen wir Schluss für heute«, schlug sie vor. »Wir können ja ein baldiges neues Treffen vereinbaren.«

Ich achtete darauf, nicht mit den Füßen gegen den Notizbuchstapel neben meinen Beinen zu stoßen. »Sind Sie sicher?«

»Absolut. Möchten Sie vielleicht noch einen Kaffee, ehe Sie fahren?«

»Nein danke. Ich rufe ein Taxi und fahre nach Hause. Morgen muss ich ja wieder arbeiten. Danke für das wundervolle Abendessen.«

Ophelia strahlte mich an. »Gern doch! Es tut mir so leid, dass wir Sie nicht nach Hause fahren können. Das haben wir nun davon, dass mein Mann unter die Hobbywinzer gegangen ist.«

Ich wollte mich gerade vom Sofa aufrappeln, um Ophelia dabei zu helfen, das Geschirr in die Küche zu tragen, als ich weiter unten im Karton etwas entdeckte, das meine Aufmerksamkeit erregte.

Auf den ersten Blick sah es genauso aus wie die anderen Notizbücher. Doch als ich genauer hinsah, erkannte ich die Aufschrift auf dem roten Samtbuchdeckel.

Castle Marrian & die Familie Gray

Ich nahm es heraus und betrachtete es von allen Seiten. Mein Herz klopfte wie verrückt. »Ophelia? Kommen Sie mal bitte. Das müssen Sie sich ansehen!«

Als sie die Aufschrift auf dem Buch bemerkte, machte sie

große Augen und setzte sich wieder neben mich. »Sehr interessant! Wollen wir es noch durchsehen?«

Ich reichte ihr das Notizbuch, sie schlug es auf und legte es zur einen Hälfte auf ihrem, zur anderen auf meinem Oberschenkel ab. Anders als die übrigen Bücher, die wir durchgesehen hatten, enthielt es kaum Aufzeichnungen, sondern großformatige Schwarz-Weiß-Fotos von Castle Marrian.

Wir tauschten einen aufgeregten Blick.

Die ersten Seiten waren mit stichpunktartigen Anmerkungen versehen: Daten zur Errichtung von Castle Marrian, wer die Gartenanlage pflegte, wie viele Zimmer es hatte und so weiter. Es war seltsam, meinen ehemaligen Arbeitsplatz in diesem historischen Kontext vor mir zu sehen. Zwar war er auch heute noch beeindruckend, hatte damals aber weitaus formeller und stattlicher gewirkt. Doch vielleicht hatte ich diesen Eindruck auch einfach nur durch all die modernen, konfettibunten Hochzeiten gewonnen, die ich dort ausgerichtet hatte.

Fasziniert betrachtete Ophelia die Fotos. »Wie lange haben Sie dort gearbeitet?«

»Drei Jahre. Im April habe ich gekündigt und daraufhin den Porzellanwarenladen eröffnet.«

Als sie neugierig die Brauen hob, lächelte ich. »Das ist eine lange Geschichte. Wenn wir uns das nächste Mal treffen, erzähle ich sie Ihnen gern.«

»Unbedingt! Ich platze vor Neugier!«

Einige Seiten weiter hielten wir beide wie vom Schlag getroffen inne und starrten auf eine in Großbuchstaben verfasste Überschrift.

Nachdem wir einen überraschten Blick gewechselt hatten, lasen wir aufgeregt den folgenden Abschnitt.

Kapitel 37

Die Überschrift lautete: LISTE DER ANGESTELLTEN AUF CASTLE MARRIAN.

Im warmen Licht ihrer Wohnzimmerlampen lasen Ophelia und ich die Aufzeichnungen ihrer verstorbenen Schwester.

Wenn ich die Ergebnisse meiner ersten Nachforschungen richtig deute, gab sich das Personal bei den Grays die Klinke in die Hand.
Dies ist nur eine kleine Auswahl der Namen, die mir dabei begegnet sind:
Oliver Barmwell – Stallbursche – Juli 1899 bis Dezember 1899.
Angus Cairns – leitender Gärtner – Juni 1899 bis September 1899.
Charlotte Evans – Küchenhilfe – Juni 1899 bis Februar 1900.
Briar Forsyth – Küchenmädchen – Juli 1899 bis März 1900.

Aufgeregt deutete ich auf den Eintrag. »O Gott, Ophelia, sehen Sie nur!«

Sie griff nach ihrem weißen Brillenetui, das neben ihr auf einem Tischchen lag. »Warten Sie, Annabels Handschrift ist hier so schwer zu entziffern.« Nachdem sie ihre weißgoldene Brille aufgesetzt hatte, las sie die Stelle, auf die ich so aufgeregt deutete. »Herr im Himmel! Briar Forsyth! Ich bin mir sicher, dass es hier in der Gegend nur eine junge Frau dieses Namens gegeben hat.«

»Und sehen Sie nur, in welchem Monat Briar Forsyths Anstellung auf Castle Marrian endete: im März 1900!«

Der Brief, den Briar an Jonathan Gray geschrieben hatte, war auf den 31. März 1900 datiert gewesen.

Ophelia nahm die Brille ab und klopfte sich damit gegen das Kinn. »Ob sie selbst gekündigt hat oder gar dieser Wüstling Jonathan Gray dahintersteckte?« Stirnrunzelnd musterte sie die Aufzeichnungen ihrer Schwester. »Wenn Annabel alles richtig recherchiert hat, war Briar Forsyth nur wenige Monate lang als Küchenmädchen auf Castle Marrian angestellt.«

Ich ahnte schon, was sie als Nächstes sagen würde. »Und der Tonfall, in dem Briar dem Sohn ihrer Arbeitgeber geschrieben hat, war ziemlich vertraut und leidenschaftlich.«

Ophelia legte ihre Brille wieder auf dem Tisch ab und klatschte einmal kurz in ihre langen, schmalen Hände. »Richtig. Jetzt müssen wir nur noch herausfinden, welche Verbindung genau zwischen Jonathan Gray und Briar Forsyth bestand und welche Rolle das Teeservice in dieser Geschichte gespielt hat.« Sie verzog das Gesicht. »Zum Glück besaß meine Großtante genug gesunden Menschenverstand, um diesen Mann zu verlassen.« Sie deutete auf die wenigen Notizbücher, die noch ganz unten in dem Pappkarton lagen. »Morgen lese ich weiter und dann …« Sie verstummte und wirkte plötzlich ein wenig enttäuscht. »Ach, verflixt, morgen kommt ja mein Sohn. Er und seine Familie besuchen uns für ein paar Tage. Sie wohnen im Lake District.«

Beruhigend hob ich die Hände. »Wenn es Ihnen nichts ausmacht, könnte ich die Hefte mit nach Hause nehmen und im Lauf der Woche durchsehen.«

Ophelia strahlte förmlich vor Dankbarkeit. »Ehrlich, Sophie, das würden Sie für mich tun? Ich liebe meine kleinen Enkelsöhne Jamie und Logan wirklich von ganzem Herzen, aber sie sind erst sechs und vier, und allen bisherigen Erfahrungen nach kann ich von Glück reden, wenn ich in den kommenden Tagen Zeit habe, in Ruhe auf die Toilette zu gehen, geschweige denn mich länger hinzusetzen, um etwas zu lesen.«

Lachend winkte ich ab. »Sie brauchen sich doch nicht zu erklären. Ich kümmere mich gern darum! Falls es morgen im Laden nicht übermäßig hektisch zugeht und ich abends noch ein bisschen Energie habe, mache ich mich gleich nach der Arbeit daran, Annabels Rechercheergebnisse weiter durchzusehen.« Ich schlug mir auf die Schenkel, die in einer sommerlich weißen Hose steckten. »Aber jetzt sollte ich mir besser ein Taxi rufen, sonst döse ich noch auf Ihrem Sofa ein.«

Aus einem recht entspannten Morgen im The Cup That Cheers entwickelte sich ein hektischer Nachmittag. Mehrere Familien aus dem Ort kamen nach dem Mittagessen mit ihrem Besuch zum Stöbern vorbei, was den Umsatz merklich steigerte, und anschließend folgte eine ganze Busladung italienischer Touristen, die bewundernd durch den Laden schlenderten, Teekannen und Teeservice begutachteten und lang und breit ausdiskutierten, was sie kaufen würden. Mehrere von ihnen machten sogar Fotos von der Ladenfassade.

Nachdem wir sie unter zahlreichen »Ciaos« und »Grazies« verabschiedet hatten, sanken Cass und ich erschöpft auf unseren Hockern hinter dem Tresen zusammen.

»Ich weiß ja nicht, aber mir ist irgendwie danach, mich eine halbe Stunde lang in einem dunklen Raum einzusperren«, witzelte ich herum, während ich unsere Schaufensterdekoration betrachtete, die aktuell in Gelb und Blau gehalten war.

Cass folgte meinem Blick und lächelte. »Überlegst du schon, was du im Herbst mit der Auslage anstellen sollst?«

Ich verzog das Gesicht. »Bin ich wirklich so leicht zu durchschauen?«

Wenn bald die Schule wieder losginge, würde es weitaus weniger Besucher in Briar Glen geben, und noch ein paar Wochen mehr, dann würden sich die Parks und Gärten unseres Städtchens in leuchtende Bernsteintöne hüllen.

»Ich überlege, mit Geschirr in Rot und Orange zu arbeiten«, erklärte ich. »Außerdem könnten wir Krepppapier in Kupfertönen und Laubstempel besorgen.«

Cass lächelte begeistert. »Das wird toll, ich kann es schon vor mir sehen. Wenn du möchtest, könnte ich ja schon mal das Lager durchsehen und passende Stücke zusammensuchen.«

»Gern, Cass, damit wäre mir sehr geholfen. Danke!« Ich stand auf, um uns ein wohlverdientes Tässchen Tee aufzusetzen. »Ach so, und zu Halloween wollte ich noch ein paar Kürbisse und Hexenbesen mit ins Schaufenster hängen.«

Auch diese Idee stieß bei Cass auf Begeisterung.

»So machen wir's«, rief ich, während ich auf meinen strassbesetzten Peeptoes in Richtung Lager verschwand. »Ich koche uns nur eben einen Tee, nicht dass wir beide noch verdursten.«

Aber die bimmelnde Ladenglocke hatte offenbar andere Pläne. Ein älteres amerikanisches Paar trat ein und unterhielt sich angeregt über unsere Schaufensterauslage.

Cass sprang mit einem strahlenden Lächeln hinter dem Tresen auf. »Ausruhen können wir, wenn wir tot sind«, raunte sie mir zu. »Ich nehme heute ausnahmsweise zwei Stück Zucker.«

Die Amerikanerin, die eine beigefarbene Leinenhose, goldene Turnschuhe und eine Jacke mit Gürtel trug, musterte bewundernd eine karierte Teekanne. »O Larry, ich weiß gar nicht, wie ich mich entscheiden soll! Diese hier oder die andere da drüben? Nein, doch nicht die mit den Disteln.«

Ich verkniff mir ein Grinsen. »Kann ich Ihnen behilflich sein?«

Die zusätzliche Zuckerinjektion würde heute wohl nicht nur Cass benötigen.

Später am Abend kehrte ich mit brennenden Füßen in meine Wohnung zurück. Ich wollte einfach nur eine Kleinigkeit essen und mir dann irgendetwas Belangloses im Fernsehen anschauen. Aber dann sah ich die Kiste mit Annabels Notizbüchern im Flur stehen. Es kam mir vor, als würde sie mir auffordernd zuzwinkern. Seufzend stellte ich sie auf dem Sofa ab und holte einen kleinen Stapel Notizbücher heraus, darunter auch das, dessen Lektüre Ophelia und ich am Vorabend mittendrin abgebrochen hatten.

Ich kuschelte mich in meine Kissen und machte mich daran, die Liste des ehemaligen Personals auf Castle Marrian weiter durchzugehen.

Wie sich herausstellte, gingen die Namen noch seitenlang so weiter. Die meisten Angestellten hatten es ähnlich gehalten wie Briar Forsyth und waren nur wenige Monate geblieben.

Da die Grays insgesamt nicht einmal ein Jahr lang auf Castle Marrian gelebt hatten, ging ich davon aus, dass die Arbeit für die Angestellten nicht sonderlich angenehm gewesen sein konnte. Auch wenn Victor Prentice in seinen Tagebüchern behauptet hatte, die Grays wären umsichtig und freundlich mit ihren Angestellten umgegangen, konnte ich hier keinerlei Hinweise darauf finden. Tatsächlich deutete die hohe Fluktuation sogar eher auf das Gegenteil hin.

Nach wenigen Seiten las sich die endlose Liste für mich nur noch wie ein Nebel aus Namen und Daten.

Charles Hesketh – Butler – Juni 1899 bis Februar 1900.
Annie Mason – Erste Köchin – Juli 1899 bis Januar 1900.

»Das gibt's doch nicht«, murmelte ich vor mich hin. Hätte ein modernes Unternehmen einen derartigen Personalverschleiß gehabt, hätte längst jemand dringenden Handlungsbedarf gesehen.

Ich rieb mir die müden Lider. Ein Sommerschauer prasselte gegen meine Fenster, auf meiner Anlage lief träge, verträumte Musik, und auf dem Sofa war es so gemütlich, dass ich verlockt war, für einen Moment die Augen zu schließen.

Mit dem offenen Notizbuch auf dem Schoß dämmerte ich auf meinem Sofa weg. Erst als es mit raschelnden Seiten auf den Boden fiel, fuhr ich wieder hoch, setzte mich auf und strich mir das Haar aus dem Gesicht.

Vielleicht war es an der Zeit, für heute aufzuhören. Ich reckte mich, um das Heft vom Boden zu angeln. Es war mit dem Rücken nach oben wie ein kleines Zelt auf dem Teppich aufgekommen.

Als ich es gerade zuklappen und zurück auf den Stapel in der Kiste legen wollte, stach mir etwas auf der Seite, auf die es gefallen war, ins Auge.

Draußen war es inzwischen dunkel geworden, sodass ich meine Tischlampe aus Messing einschaltete.

Ihr Licht fiel auf das offene Heft. Mit klopfendem Herzen las ich. Als ich fertig war, gab ich einen fassungslosen Laut von mir. Ich richtete mich auf und rieb mir ungläubig die Augen. Dann las ich den Text noch einmal.

Einen Moment lang starrte ich ins Nichts zwischen meinen schimmernden Vorhängen und meiner hohen Vase voller gelber Rosen.

Meine Gefühlslage schwankte irgendwo zwischen Aufgeregtheit und Unglauben, während ich verarbeitete, was ich da gerade erfahren hatte. Um auch wirklich sicherzugehen, las ich den Text ein drittes Mal.

Kapitel 38

Es handelte sich um die Kopie eines Zeitungsartikels, der am 5. Februar 1900 im *Briar Glen Informer* erschienen war.

Verfasst war er weniger im sachlichen Nachrichtenstil als vielmehr in einem vertraulichen Klatschspalten-Jargon.

Annabel hatte den Artikel kopiert und auf die rechte Seite geklebt. Dort stand:

> **Es heißt, das Arbeitsverhältnis einer Angestellten des stattlichen Anwesens Castle Marrian sei überstürzt beendet worden, nachdem ein wertvolles Teeservice, bei dem es sich um eine Sonderanfertigung für Mrs. Leonora Gray persönlich handelte, gestohlen worden sein soll.**
>
> **Zwar wurde berichtet, die Familie Gray habe den örtlichen Constable gebeten, die Ermittlungen in diesem bedauerlichen Fall einzustellen. Kurz nach der Entdeckung des Diebstahls, der sich am 31. Januar ereignete, wurde allerdings eine Angestellte entlassen. Unseren Quellen zufolge handelt es sich bei selbiger um eine gewisse Miss Briar Forsyth, Alter: 20 Jahre, die in Briar Glen ansässig ist.**

Ich unterbrach meine Lektüre. Das hatten sie Briar doch nicht antun können! Sie war also tatsächlich des Diebstahls des Teeservice bezichtigt worden und hatte ihre Stelle auf Castle Marrian unfreiwillig aufgeben müssen.

Ich nahm mein Handy und rief Ophelia an. Auch wenn sie gerade Besuch von ihren Enkeln hatte, wollte sie sicher über meine neusten Erkenntnisse auf dem Laufenden gehalten werden.

Nachdem es Ophelia gelungen war, die beiden Jungs mit Schokoladenkeksen und dem Versprechen, »Nanna liest euch gleich eine Extra-Gutenachtgeschichte vor«, bestochen hatte, konnten wir uns immerhin ein paar Minuten lang in Ruhe über den Artikel in Annabels Unterlagen unterhalten.

»Aber das ergibt doch alles keinen Sinn«, grübelte ich laut, nachdem ich Ophelia alles erklärt hatte, und überflog noch einmal den Artikel. »Warum wollten die Grays, dass die Ermittlungen eingestellt werden, wenn sie überzeugt davon waren, von einem Mitglied ihres Hausstabs bestohlen worden zu sein?«

Ophelia gab zustimmendes Gemurmel von sich.

»Und dann dieser Brief, den wir im Koffer gefunden haben … Wenn man einen Diebstahl an der Familie des Manns, in den man sich verliebt hat, begangen hat, würde man doch so etwas nicht schreiben, oder?«

Ich überlegte, was ich wohl an Briars Stelle getan hätte, wenn ich wirklich schuldig gewesen wäre. Wie die meisten Leute hätte ich versucht, so viel Abstand wie möglich zwischen mich und meine ehemaligen Arbeitgeber zu bringen. Ich hätte das Teeservice schnellstmöglich zu Geld gemacht und mich mit dem Erlös abgesetzt. Aber bewusst den Kontakt zu Jonathan oder seiner Familie halten? Abgesehen davon, dass Briar den Brief gar nicht in dem Teeservice hätte aufbewahren können, wenn sie ihn an Jonathan geschickt hätte.

Ophelia schnalzte mit der Zunge, während sie sich meine Worte durch den Kopf gehen ließ. »Da haben Sie wohl recht, meine Liebe. Wenn man sich in der damaligen Zeit eines solchen Verbrechens schuldig gemacht hätte, hätte man sich so schnell wie möglich mit seiner Beute aus dem Staub gemacht.«

Ich knabberte an meiner Unterlippe herum. »Ich weiß nicht. Die ganze Angelegenheit stinkt zum Himmel.«

»Allerdings. Und auch wenn ich nicht viel über Isadoras Ex-Mann weiß – zuzutrauen war diesem Jonathan Gray meiner Einschätzung nach nahezu alles. Wenn er mit mehreren Frauen Kinder gezeugt und sie anschließend im Stich gelassen hat, dann wird er sicherlich auch nicht mit der Wimper gezuckt haben, als es darum ging, einer Angestellten einen Diebstahl unterzuschieben.«

Ich lief im Wohnzimmer auf und ab und sah zu, wie der Regen gegen die Fensterscheiben prasselte. »Wir müssen rausfinden, was mit Briar Forsyth geschehen ist. Und was genau zwischen Jonathan Gray und ihr vorgefallen ist.«

Ehe wir auflegten, erzählte mir Ophelia noch, dass ihr Sohn und ihre Schwiegertochter am Montag mit den Kindern in den Zoo in Edinburgh fahren wollten. »Ich könnte Montagfrüh also in der Bücherei vorbeischauen und versuchen, mehr über Briar Forsyth herauszufinden.«

»Sind Sie sicher, dass Sie die kurze Verschnaufpause nicht lieber nutzen wollen, um einen Moment die Füße hochzulegen?«

Ich konnte praktisch hören, wie Ophelia den Kopf schüttelte. »Ich will endlich wissen, was damals vorgefallen ist«, erwiderte sie entschieden. »Außerdem fühlt es sich gut an, die Arbeit meiner Schwester fortzuführen, jetzt, da sie es nicht mehr kann.«

Wenig später ging ich zu Bett, doch ich war so aufgeregt, dass ich kaum ein Auge zubekam.

Am Montagmorgen stand ich so wie immer hinter dem Verkaufstresen im The Cup That Cheers, nur dass ich diesmal gespannt darauf wartete, dass Ophelia endlich vorbeischaute, um mir zu erzählen, was sie alles Neues herausgefunden hatte.

Ein leichter Nieselregen ging vom Himmel nieder, sodass im Laden kaum etwas los war. Ich nutzte die Zeit, um die Social-Media-Accounts zu pflegen, während Cass hinten im Büro neue Ware bestellte.

Auf unserer Webseite schrieb ich den ersten »Mit wem würden Sie gern einmal Tee trinken und warum?«-Wettbewerb aus. Die interessanteste Antwort würde mit einem 25-Pfund-Gutschein für den Laden belohnt werden. Ich versah die Ankündigung noch mit ein paar Bildern von Berühmtheiten wie Marilyn Monroe, Barack Obama und William Shakespeare, um die Teilnehmenden auf gute Ideen zu bringen.

Danach postete ich noch ein paar Fotos, die Cass von unseren neusten Modellen gemacht hatte und die ich mit dem Kommentar »Frisch eingetroffen! Wer könnte da widerstehen?« versah, auf Twitter, Facebook und Instagram. Zu sehen war eine bunte Mischung aus knalligen, eher jugendlichen Modellen mit Sonnenblumen, bunten Dreiecken und Regenbogenstreifen als Muster und eher klassischen Modellen mit zarter Margeritenmalerei und einfarbigen Servicen in zartem Hellblau und Vanillegelb.

Später am Vormittag stand noch ein kurzer, aber produktiver Termin mit dem Vertreter einer neuen Geschirrmanufaktur an, deren Keramikwaren mit hübschen Zeichnungen von typisch schottischen Tieren wie dem Auerhahn, dem Papageitaucher und dem Soayschaf versehen waren. Ich war mir sicher, damit insbesondere Touristen ansprechen zu können.

Die Mittagspause stand kurz bevor, der Vertreter hatte gerade den Laden verlassen, da kam eine begeisterte Ophelia mit funkelnden Augen hereingeplatzt. Die Ladenglocke bimmelte wild. Ophelia schien kaum an sich halten zu können vor Aufregung. »Guten Morgen, Sophie«, begrüßte sie mich atemlos und rückte sich dabei die weiße Stepptasche auf der Schulter zurecht. »Ich komme gerade aus der Bücherei.«

»Und? Was haben Sie rausfinden können?« In meinem Bauch kribbelte es vor Spannung.

Sie legte ihre Tasche neben meinem aufgeklappten Laptop auf dem Verkaufstresen ab und wühlte darin nach ihrem Handy. »Also«, verkündete sie, während sie auf dem Display herumwischte. »Wie besprochen bin ich gleich nach dem Frühstück in die Briar Glen Library gefahren. Ich wusste selbst nicht, wonach ich eigentlich suchen sollte. Aber dann …« Sie verstummte und hielt mir das Handy hin. Ich beugte mich darüber. »Sehen Sie, was ich gefunden habe. Eine Heiratsurkunde! Von Briar Forsyth!«

Spontan rief ich: »O Gott, sagen Sie bitte nicht, dass sie Jonathan Gray geheiratet hat!«

Ophelia verdrehte die Augen, als wäre die bloße Vorstellung schon vollkommen abwegig. »So etwas Dummes hätte diese mutige junge Frau mit Sicherheit nicht getan. Nein, keine Sorge. Dennoch hat mich der Name des Mannes, den sie geehelicht hat, einigermaßen überrascht.«

Mit zusammengekniffenen Augen musterte ich das Dokument, das Ophelia auf ihrem Handy geöffnet hatte, aber es war zu klein, als dass ich etwas hätte erkennen können. »Puh, das erleichtert mich. Aber wen hat sie denn nun geheiratet?« Dann lachte ich laut auf. »Oh! Ophelia? Ich glaube nicht, dass Sie mir wirklich das da zeigen wollten.« Ich deutete auf das Display, auf dem inzwischen der Sperrbildschirm aktiviert war. Er zeigte ein Foto von Hal, der oben ohne unter Palmen auf einer Sonnenliege lag und mit einem kühlen Bier in Richtung Kamera prostete.

»Ach, diese verfluchte Technik!«, murmelte Ophelia und tippte mit einem hellrosa lackierten Fingernagel auf dem Display herum. »Das war während unseres letzten Mallorca-Urlaubs.« Ungeduldig warf sie das Handy auf den Tresen und sagte: »Ach, egal. Es geht schneller, wenn ich es Ihnen erzähle.« Sie sah mir verschwörerisch in die Augen. »Was würden Sie sagen, wenn ich Ihnen mitteilen würde, dass Briar Ernest Telfer geheiratet hat?«

Mir klappte die Kinnlade herunter. »Ernest Telfer? Den Ernest Telfer, der das Pfauen-Service entworfen hat? Das Service, das Briar angeblich gestohlen hat?«

Ophelia nickte. Sie platzte schier vor Aufregung. »Eben den.«

Kapitel 39

Mehrmals hintereinander öffnete ich den Mund, nur um ihn gleich wieder zu schließen.

Briar hatte den Künstler geheiratet, der das Pfauen-Service für Jonathan Grays Mutter Leonora angefertigt hatte? Eben jenes Service, das Briar der Familie angeblich gestohlen hatte?

»Also, damit hätte ich jetzt nicht gerechnet«, murmelte ich verblüfft.

In ihrer blau-gelben Segeljacke vibrierte Ophelia förmlich vor Aufregung. Regentropfen perlten ihr von den Ärmeln, doch das schien sie im Augenblick nicht zu kümmern. »Und dann ist da noch etwas«, raunte sie mir verschwörerisch zu, obwohl sonst niemand in der Nähe war. »Briar hat im November 1900 einen kleinen Sohn namens George zur Welt gebracht. Aber ihre Hochzeit mit Ernest war erst im Juni.«

Ich rieb mir die Stirn und versuchte, diesen weiteren Puzzleteilchen des Rätsels einen Platz zuzuordnen. Mathe war noch nie meine Stärke gewesen, aber dass diese Rechnung nicht aufging, merkte selbst ich. »Wow, dann besteht also die Möglichkeit, dass das Kind gar nicht von Ernest war?«

»Allerdings. Es kann sein, dass Briar schon schwanger war, als sie Ernest kennenlernte. Denn bei der Hochzeit war sie bereits im vierten Monat.«

Ich ließ den Blick über das Geschirr in den Regalen gleiten. Tausend Gedanken wirbelten mir durch den Kopf. »Dann könnte der Vater Jonathan Gray gewesen sein.«

Ophelia runzelte die Stirn. »Ja, diese Frage habe ich mir ebenfalls gestellt.« Sie wischte von der Heiratsurkunde weiter zu Georges Geburtsurkunde und legte ihr Handy auf den Tresen, damit ich ebenfalls aufs Display schauen konnte. »Vielleicht war George ein Kind mehr auf Jonathan Grays langer Liste illegitimer Nachkommen. Überraschen würde es mich jedenfalls nicht. In Georges Geburtsurkunde steht sein Name allerdings nicht, wobei das natürlich nicht anders zu erwarten war. Offiziell ist Ernest Telfer der Vater.«

Langsam fügte sich das Bild zu einem großen Ganzen zusammen.

Was, wenn Jonathan Gray, Erbe von Castle Marrian, Briar, die als Küchenmädchen für die Familie arbeitete, geschwängert und dann sitzen gelassen hatte? Aber damit war noch immer nicht klar, was es mit dem Teeservice auf sich hatte. Ob Briar damit gedroht hatte, Jonathans Eltern von der Schwangerschaft zu erzählen? Oder sogar dem ganzen Dorf? Vielleicht hatte sie gefordert, dass er öffentlich zu dem Kind stand oder sie sogar heiratete?

Möglicherweise war das ja der Grund, aus dem Jonathan Gray Briar vorgeworfen hatte, das Teeservice seiner Mutter gestohlen zu haben. Vielleicht hatte er Briars Namen in den Dreck ziehen wollen, damit ihr niemand glaubte, falls sie behauptete, das Kind sei von ihm.

Und dann war da noch die Szene zwischen einem erbosten Jonathan Gray und einer verzweifelten jungen Frau, die Saffys Urgroßvater an einem verschneiten Weihnachtsabend in Briar Glen beobachtet hatte. Hatte es sich bei der jungen Frau um Briar Forsyth gehandelt? Und war es bei dem Streit um die Schwangerschaft gegangen?

Ich teilte Ophelia meine Gedanken mit.

»Das klingt alles plausibel«, antwortete sie.

Mein Mitgefühl für Briars und Georges Situation wurde immer größer. Ich schob Ophelia meinen Laptop hin, damit sie den Bildschirm besser sehen konnte. »Sie meinten doch, dass George im November 1900 zur Welt kam, oder?«

Erneut sah sie auf die Geburtsurkunde auf ihrem Handy. »Ja, genau. Am 8. Wieso?«

Ich öffnete die Webseite von Castle Marrian. Es war seltsam, den Ort, an dem ich noch vor Kurzem gearbeitet hatte, wieder vor mir zu sehen, besonders jetzt, da mir die Geister der Menschen, die einst dort gelebt hatten, durch den Kopf spukten.

Ich scrollte mich durch elegante Fotos der Schlossanlage mit ihren sahneweißen Türmchen, die an extravagante Baiser-Kreationen erinnerten, und den Kristallleuchtern, die von üppig verzierten Stuckdecken hingen, bis zu dem Bereich, in dem die Geschichte des Schlosses beschrieben wurde. Dort deutete ich auf den zweiten Abschnitt.

Castle Marrian diente viele Jahren lang als Heim der Familie Masters, bis Lady Eliza Masters ihren geliebten Ehemann Lord Alfred Masters im Frühjahr 1899 durch einen tragischen Reitunfall verlor.

Da Lady Masters die Vorstellung, ohne ihren geliebten »Alf« auf Castle Marrian leben zu müssen, nicht ertrug, bot sie das Anwesen zum Verkauf an.

Zwischen Juni 1899 und April 1900 befand sich das Anwesen gerüchteweise für kurze Zeit im Besitz einer weiteren Familie, die sich bei den Einheimischen und ihrem Personal aber solcher Unbeliebtheit erfreute, dass es ihr nicht recht gelingen wollte, in Briar Glen Fuß zu fassen.

Und so kam Castle Marrian erneut auf den Markt, wurde aber bereits im Januar 1901 von der respektablen Familie Dayell erstanden.

Ophelia las den Abschnitt zu Ende, dann richtete sie sich auf. »Damit müssen die Grays gemeint sein. Wer sonst?« Man hörte förmlich, wie sich die kleinen Rädchen in ihrem Kopf sirrend in Bewegung setzten. »Dann haben Jonathan Grays Eltern Castle Marrian also bis April 1900 bewohnt und daraufhin das Weite gesucht.«

Ich hob eine Braue. »Ein interessanter Zufall, meinen Sie nicht? Sie verkaufen das Anwesen und verlassen die Gegend genau zu der Zeit, in der Briar Forsyths Schwangerschaft sichtbar wird.«

Ophelia ließ kurz sacken, was ich gesagt hatte. »Aber glauben Sie wirklich, dass eine Familie wie die Grays wegen eines Küchenmädchens die Flucht ergreifen würde? Wenn Sie mich fragen, waren sie dazu viel zu unverfroren. Ich überlege, ob nicht vielleicht noch mehr dahintersteckte.«

Als Ophelia wenig später den Laden verließ, schien sie voller Tatendrang zu sein. Sie hatte mir versprochen, dass sie gleich nach dem Mittagessen anfangen würde, nach weiteren Hinweisen und Informationen zu suchen.

Ich bedankte mich für ihre Hilfe, doch sie winkte ab.

»So habe ich das Gefühl, Annabels Arbeit fortzuführen. Und Spaß macht es mir auch«, meinte sie.

Nachdem wir uns verabschiedet hatten, klappte ich meinen Laptop zu. Hinter mir gab die Ladenglocke ihr perlendes Bimmeln von sich. Bestimmt hatte Ophelia etwas vergessen.

Doch als ich mich umdrehte, stand nicht Ophelia vor mir – sondern Saffy Clement, die mich ungerührt aus ihren grünen Katzenaugen musterte.

Ehe ich mich genügend gefasst hatte, um auch nur Hallo zu sagen, verschränkte sie auch schon die Arme. »Ich glaube, wir sollten uns mal unterhalten.«

Kapitel 40

Saffy schlenderte an den Regalen vorbei und ließ den Blick dabei über die weiße Decke und die fliederfarbenen Wände gleiten. In ihren dunklen Locken schimmerten rötliche Reflexe.

Ihre Finger streiften das Royal Worcester und das Spode mit seinem typischen blau-weißen Weidenmuster. Die Spots über den Regalen verliehen The Cup That Cheers eine gemütliche Atmosphäre, die heute durch das sanfte Prasseln des Regens gegen die Schaufensterscheiben noch verstärkt wurde.

Dann fuhr sie auf ihren hohen Wedges, zu denen sie knöchellange Jeans und ein bunt gestreiftes Shirt mit einem feuerroten Regenmantel darüber trug, zu mir herum. »Ich will direkt zum Punkt kommen, Sophie. Was, zur Hölle, hast du mit Jake Caldwell zu schaffen?«

Ich war nicht sicher, was ich erwartet hatte. Ihr plötzlicher Besuch hatte mich komplett aus dem Konzept gebracht. Hastig riss ich mich zusammen. »Warum? Ich meine, wieso fragst du? Ich will ja nicht unhöflich klingen, aber ich wüsste nicht, was dich mein Privatleben angeht.«

Vor meinem geistigen Auge zog die Szene mit Jakes unmöglichem Verhalten und meinem empörten Aufbruch aus dem Restaurant wie ein Film vorbei. Ich wollte nichts mehr mit diesem Mann zu tun haben. Aber was kümmerte das Saffy?

Sie warf sich ihre dunklen Locken über die Schultern.

»*Alles,* was Xander betrifft, geht mich etwas an.« Sie sah mir unverwandt in die Augen. »Also, läuft da was zwischen dir und Jake?«

»Nein. Also, kurz dachte ich es, aber … Na ja, unser Abendessen war eigentlich als Date gedacht.«

Grundgütiger! Jetzt kam ich schon selbst durcheinander. Und Saffy wurde aus meinem Gestammel vermutlich auch nicht schlau.

»Irgendwie verstehe ich ja, dass Xander ihm nach der Geschichte mit seiner Freundin eins auswischen wollte. Aber ich habe keine Lust, in diese Angelegenheit mit reingezogen zu werden.« Ich hob die Hände und ließ sie wieder sinken. »Ich weiß, jede Geschichte hat zwei Seiten, und mir ist bewusst, dass Xanders Gefühle nach der Trennung von Nadia verletzt waren. Aber ich finde nicht, dass man das Recht hat, wegen so etwas eine Karriere zu zerstören.«

Einen Moment lang starrte Saffy mich fassungslos an, bevor sie laut loslachte. »Wovon redest du da überhaupt? Was hat Jake dir erzählt?«

Ohne zu fragen, kam sie hinter den Tresen, setzte sich auf einen der beiden Hocker und stellte ihre Schultertasche auf dem Boden ab. Mit ihrem abschätzenden, distanzierten Blick wirkte sie ein bisschen wie ein französisches Model.

Ich blieb stehen. Ihre abwartende Miene machte mich nervös. »Jake hat gesagt, dass Xander nie darüber hinweggekommen ist, dass Nadia ihn für Jake verlassen hat, und seitdem versucht, es ihm heimzuzahlen.«

Saffy warf den Kopf in den Nacken und lachte schallend, wobei ihre kleinen weißen Zähne zum Vorschein kamen.

»Du liebe Güte. Caldwell hätte ich echt eine originellere Geschichte zugetraut.«

Mir brannten die Wangen. Was sollte das denn nun wieder heißen? »Wovon redest du da?«

Saffy bedeutete mir, mich zu setzen, und ich ließ mich ihr gegenüber auf den zweiten Hocker sinken.

Sie legte die gefalteten Hände, an denen mehrere Ringe glänzten, in ihrem Schoß ab. »Vor zwei Jahren kam Xander mit der Modejournalistin Nadia Gates zusammen.« Ihr hübsches, sommersprossiges Gesicht nahm einen düsteren Ausdruck an. »Richtig verrückt war er nach ihr. Damals recherchierte er gerade für die Zeitung, in der seine Kunstkritikkolumne erscheint, über eine Reihe von gefälschten Gemälden.« Sie fixierte mich mit ihrem intensiven Blick. Ihre langen Wimpern warfen Schatten auf ihre Wangen. »Wie sich herausstellte, kopierte Jake Caldwell die Arbeiten eines längst verstorbenen Künstlers und verkaufte diese sogenannten ›Originale‹ für hohe Beträge als seine eigenen Werke an ahnungslose Kunden.«

Ich erstarrte und versuchte, Saffys Worte zu verarbeiten. Vor Scham schnürte sich mir die Kehle zu. »Ehrlich? Jake hat Gemälde kopiert?«

Saffy hob eine Braue. »Ja. Allerdings nutzte er damals nicht seinen richtigen Namen, sondern den Künstlernamen James Deighton.«

»Und wie ging es dann weiter? Wurde Jake deswegen belangt?«

Saffys zynisches Lächeln war mir Antwort genug. »Aber doch nicht unser Jake. Der Mann ist glitschig wie ein Aal! Er hat dafür gesorgt, dass seine Kopien sich gerade eben so im

Bereich des Legalen bewegten. Eine kleine Änderung hier, eine eigene Idee dort, und schon konnte ihm niemand etwas anhängen. Dazu kam, dass der Künstler, bei dem er sich bediente, ein armer Schlucker gewesen ist, der in den Dreißigerjahren gelebt und gearbeitet und es niemals zu größerer Bekanntheit geschafft hat. Hätte Jake einen renommierten Künstler kopiert, wäre die Sache sicherlich anders ausgegangen.«

»Und dann?«

Saffy spielte mit einem ihrer Ringe herum, während sie weitererzählte: »Na ja, dennoch sprach sich in der Kunstszene natürlich herum, was es mit Jake alias James Deighton auf sich hatte. Es ist eine kleine Welt, in der jeder jeden kennt.« Nach einer kurzen Pause fuhr sie fort: »Beweisen konnte man ihm zwar nichts, aber der Name Deighton war danach gebrandmarkt. Niemand wollte noch etwas mit ihm zu tun haben. Entsprechend konnte er auch kaum noch Werke verkaufen.«

Ich dachte daran, wie Jake in meiner Küche gesessen und mir mit seinem schmierigen Charme Lügengeschichten über Xander aufgetischt hatte. Bei der Vorstellung wurde mir ganz flau im Magen.

»Jedenfalls bekam Jake irgendwann raus, dass Xander an der Aufdeckung der ganzen Geschichte beteiligt gewesen ist. Und dann war Xander auch noch ein angesehener Kunstkritiker! Jake war außer sich vor Wut und Neid. Und da gingen die Pferde mit ihm durch.«

Langsam schwante mir, wie die Angelegenheit geendet hatte. Ich hätte im Boden versinken können vor Scham. Wie hatte ich Jake den ganzen Blödsinn, den er mir erzählt hatte, nur einfach so abkaufen können? Ich hatte so schlecht über Xander gedacht und dabei … Gott, war ich naiv gewesen.

Nachdem ich tief durchgeatmet hatte, fragte ich: »Und wie ging es weiter?«

»Jake beschloss, sich an Xander zu rächen. Und er fand den einen wunden Punkt, an dem man Xander tief treffen konnte.«

Mir lief es kalt den Rücken hinunter. »Du meinst Nadia?«

Saffy ließ den Blick durch den Laden schweifen, dann sah sie aus dem regennassen Fenster. »Genau.« Ernst verzog sie den Mund zu einem dünnen Strich. »Ich hatte gerüchteweise mitbekommen, dass sie ziemlich materialistisch sein und ein Faible für Badboys haben soll. Keine Ahnung, was Xander an ihr fand. Mich hat es jedenfalls nicht wirklich gewundert, als es Jake gelang, sie Xander mit ein paar Designerhandtaschen und Luxuswochenenden in schicken Wellnesshotels auszuspannen.« Ungläubig schüttelte Saffy den Kopf, als könnte sie immer noch kaum fassen, was Nadia Xander damals angetan hatte. »Ich glaube, es gefiel ihr, an der Seite des größten Badboys der Kunstszene gesehen zu werden, wenn du verstehst, was ich meine.«

Was Xander erlebt hatte, tat mir im Herzen weh. Wie hatte diese Nadia ihm das nur antun können? Ich rieb mir übers Gesicht. Und ich hatte Jake seine verdrehte Geschichte auch noch geglaubt! Dabei war in Wahrheit die ganze Zeit über der arme Xander der Leidtragende gewesen! Er war es gewesen, der sich anständig verhalten und das Richtige getan hatte! Er war es, der verhindert hatte, dass Jake weiter ahnungslose Kunstkäufer übers Ohr haute. Und um sich zu rächen, hatte Jake ihm die Freundin ausgespannt.

Ich biss die Zähne zusammen. Wie leichtgläubig ich gewesen war! Wie dumm! Ich schlug mir die Hände vors Gesicht. »Was für ein Mistkerl! Und sind Nadia und Jake zusammengeblieben?«

Saffy verzog die Lippen zu einem freudlosen Lächeln. »Ach was. Nach ein paar Monaten hatte Jake seinen Triumph über Xander ausreichend ausgekostet und ließ Nadia sitzen.« Sie stieß einen missbilligenden Laut aus. »Und dieses Weib besaß doch allen Ernstes die Dreistigkeit, danach wieder bei Xander angekrochen zu kommen! Wie du dir denken kannst, ließ er sie abblitzen. Xander hat seinen Stolz.«

Ein weicher Zug legte sich um ihren Mund, als sie seinen Namen erwähnte. Und wie ihre Augen dabei leuchteten … Mir fiel wieder ein, wie abweisend sie sich mir gegenüber bei unserem Besuch in ihrem Atelier verhalten hatte. Ich musterte ihr sommersprossiges Gesicht. Inzwischen war ich mir absolut sicher: Saffy war in Xander verliebt.

Ich wollte etwas erwidern, brachte aber keinen Ton heraus. Im Augenblick war das alles einfach zu viel für mich.

Falls Saffy es bemerkt hatte, äußerte sie sich nicht dazu, sondern erzählte einfach weiter, ohne zu erwähnen, dass bei der ganzen Geschichte auch ihre eigenen Gefühle verletzt worden sein mussten. »Xander war so am Boden zerstört über Nadias Verhalten, dass ich zeitweise dachte, er würde sein Herz nie wieder einer anderen Frau öffnen können.«

Nun fand ich endlich meine Stimme wieder. »Es war alles ganz anders, als du denkst«, erklärte ich. »Jake hat mich von Anfang an belogen. Er meinte, Xanders Freundin hätte sich in ihn verliebt und Xander hätte seine Karriere aus verletztem Stolz ruiniert. Es klang alles so plausibel!« Mir versagte die Stimme, und ich musste schlucken. »Ich weiß selbst nicht recht, wieso ich überhaupt mit Jake essen gegangen bin. Vermutlich weil ich mich durch seine Aufmerksamkeit geschmeichelt gefühlt habe. Aber mehr steckte nicht dahinter.«

Ich dachte an den Kuss, den Jake mir gestohlen hatte, und wie triumphierend er Xander danach angegrinst hatte. Langsam wich meine Beschämung rasender Wut. Saffy musste unbedingt erfahren, was sich wirklich zugetragen hatte! Sie hatte beschlossen, in den Laden zu kommen und mit mir zu reden. Da war ich ihr zumindest eine Erklärung schuldig. Sie wollte Xander verteidigen und dafür sorgen, dass ich die Wahrheit erfuhr. Dieser Punkt war ihr sehr wichtig, so viel war klar.

»Was ihr beide im Restaurant gesehen habt … Dieser Kuss ging nicht von mir aus, und ich habe ihn auch nicht erwidert. Jake hat sich einfach vorgebeugt, als er sah, wie ihr hereingekommen seid. Er hat das alles genau geplant.«

Vor dem Schaufenster stand ein älteres Paar unter einem riesigen Regenschirm und sah hinein. Ich lächelte ihnen zu und winkte, dann erklärte ich Saffy weiter, was sich im Sea Scape ereignet hatte. »Ich bin direkt nach euch gegangen. Aber vorher habe ich Jake noch ordentlich die Meinung gegeigt.«

Ein zufriedenes Lächeln umspielte Saffys Mundwinkel.

»Deswegen hat Jake die ganze Zeit geistesabwesend gewirkt! Er wollte den Parkplatz im Auge behalten, damit er eure Ankunft nicht verpasst.« Noch immer fassungslos über Jakes abgebrühtes Verhalten, seufzte ich auf. »Er hatte mich schon mit einer halben Stunde Verspätung abgeholt und mir irgendeine Ausrede von wegen wichtiger Anruf aufgetischt. Aber vermutlich hat er in Wahrheit herauszufinden versucht, wo Xander den Abend verbringen würde.«

»Bestimmt hat Xanders Assistentin was ausgeplaudert.« Saffy warf mir einen wissenden Blick zu. »Lorna ist ein nettes Mädchen, aber sie kann einfach nichts für sich behalten – nicht einmal Xanders Terminkalender.« Sie musterte mich eindringlich, dann sagte sie unvermittelt: »Ich glaube dir. Wirklich.«

Erneut hatte ich Jakes selbstzufriedenes Grinsen vor Augen. »Aber wie ist es ihm überhaupt gelungen, seine Künstlerkarriere nach alldem noch mal zu pushen?«

»Eigentlich gar nicht«, offenbarte Saffy. »Ich weiß, wie erfolgreich er sich auf seiner Webseite darstellt, aber das ist alles nur Show. Sobald er bemerkt hatte, dass Xander ihm auf die Schliche gekommen war, gab er den Künstlernamen James Deighton auf und floh für mehrere Monate in die USA. Dort wartete er ab, bis Gras über die Sache gewachsen war. Wie ich höre, hält er aktuell hier und da Vorlesungen.«

Ich nickte. »Er wurde mir vom Sohn eines meiner Handwerker empfohlen, der Kunst studiert.«

Saffy verdrehte die Augen. »Alles in allem ist er mit einem blauen Auge davongekommen. Da die Plagiatsvorwürfe nicht eindeutig nachgewiesen werden konnten, ist es ihm gelungen, sich irgendwie aus der Affäre zu ziehen. Seit seiner Rückkehr aus den Staaten beißt er sich mehr schlecht als recht durch.« Sie warf mir einen Seitenblick zu. »Sag bloß, dir ist sein leichter US-Dialekt gar nicht aufgefallen?« Sie griff nach dem Henkel ihrer Tasche, dann stand sie auf und ging zur Ladentür, hinter der das Ehepaar mit dem riesigen Regenschirm stand.

Ich begleitete sie zur Tür und ließ mir dabei noch einmal durch den Kopf gehen, was sie mir alles erzählt hatte. »Danke, dass du vorbeigekommen bist und mir die Wahrheit gesagt hast. Das war wirklich nett von dir.«

Saffy schob die Hände in die Taschen ihrer stylishen roten Jacke. »Gern geschehen. Nicht, dass ich eine Wahl gehabt hätte. Xander ist mir wichtig, und als gute Freundin ist es meine Aufgabe, auf ihn aufzupassen.« Auf der Türschwelle sah sie sich noch einmal zu mir um. »Ich glaube, du solltest einfach mit ihm reden.«

Sie grüßte das Ehepaar, das gerade hereinkam und unter lautem Schimpfen über das schlechte Wetter den riesigen Regenschirm ausschüttelte, mit einem freundlichen Nicken. Dann rückte sie ihre Handtasche zurecht. »Ich dachte einfach, du solltest die Wahrheit erfahren. Glaub Caldwell kein Wort. Er ist eine echte Schlange.« Sie sah mir direkt in die Augen. »Xander ist hundert Jake Caldwells wert. Und er hat ganz sicher nichts Falsches getan.«

Und damit war sie fort.

Kapitel 41

Nach Saffys Aufbruch herrschte das reinste Chaos in meinem Kopf. Aber irgendwie gelang es mir, meine professionelle Fassade lange genug aufrechtzuerhalten, um dem entzückenden älteren Ehepaar eine neue Teekanne zu verkaufen.

»Unsere Sheridan Staffordshire hatten wir jahrelang«, erklärte die Frau mit den schimmernden silberfarbenen Augen seufzend. »Aber inzwischen hält sie einfach nicht mehr dicht.«

»Tja, und da war es an der Zeit für eine neue Kanne«, warf ihr Ehemann ein.

Nachdem ich mich von den beiden verabschiedet hatte, löste mich Cass, die gerade Ware nachbestellt hatte, im Verkaufsraum ab.

Ich entschuldigte mich kurz und schloss mich mit meinem Handy im Büro ein. Immer wieder blitzten Bilder von dem schockierten, tief enttäuschten Ausdruck in Xanders Augen, als er mich mit Jake gesehen hatte, vor mir auf.

Der Drang, mit ihm zu reden und ihm alles zu erklären, war überwältigend. Während ich seine Nummer heraussuchte, hallten Saffys Worte durch meinen Kopf. Es musste sie große Überwindung gekostet haben, herzukommen und mit mir zu reden. Die Art, wie sie im weichen Tonfall über Xander gesprochen hatte, hatte mich davon überzeugt, dass sie tiefe Gefühle für ihn hegte. Mein Verdacht bei unserem ersten Besuch in ihrem Atelier hatte mich also nicht getrogen.

Ich überlegte kurz, wie ich mich jetzt verhalten sollte. Die Vorstellung, dass Xander dachte, ich wäre mit Jake zusammen, war fürchterlich, andererseits wollte ich aber auch Saffy nicht in Verlegenheit bringen. Dennoch musste Xander die Wahrheit erfahren.

Ich wählte seine Nummer, und es klingelte eine gefühlte Ewigkeit lang. Was sollte ich nur sagen? Irgendwie musste ich ihm begreiflich machen, dass ich nicht wie Nadia war und echte Gefühle für ihn hatte, es mir nach der Trennung von Callum aber ähnlich schwerfiel wie ihm, mich wieder zu öffnen und jemandem zu vertrauen.

Er sollte wissen, wie niederträchtig ich Jake Caldwell fand und wie dumm und naiv ich mir vorkam, weil ich mich von ihm hatte manipulieren lassen. Ich hätte mir seine Lügen gar nicht erst anhören dürfen.

Xanders Telefon läutete noch einige Male, dann klickte es in der Leitung. Er hatte abgenommen.

»Xander …« Mir versagte die Stimme, weil mir das Herz bis zum Hals klopfte.

»Hallo?«

Eine eiskalte Hand schloss sich um mein Herz und drückte zu. Die Stimme gehörte einer Frau.

»Ich … ähm …« Überrascht fuhr ich aus meinem Bürostuhl hoch. »Hallo. Entschuldigung, ich wollte mit Xander North sprechen.«

In einem merkwürdigen Singsang antwortete die Frau: »Hier ist Xanders Freundin Nadia Gates. Er hat gerade eine Zoom-Konferenz, aber ich glaube nicht, dass er noch lange braucht. Kann ich ihm was ausrichten?«

Ich erstarrte. *Nadia?* Und sie bezeichnete sich als seine

Freundin? Bedeutete das, dass er ihr verziehen hatte und es doch noch einmal mit ihr versuchen wollte?

Ein schaler Geschmack breitete sich in meinem Mund aus. Wenn Nadia wiederaufgetaucht war und Xander um Verzeihung und eine zweite Chance gebeten hatte …

Meine Gedanken überschlugen sich.

Ich starrte auf die Teekannen-Bilder, die meine Bürowände schmückten. Es fiel mir schwer, auch nur ein Wort herauszubringen. »Ach, nicht so wichtig«, presste ich an dem Kloß in meinem Hals vorbei. »Tut mir leid, ich wollte nicht stören.«

Dann legte ich auf.

Kapitel 42

Irgendwie gelang es mir, den restlichen Montagvormittag über weiter zu plaudern und zu lächeln, ohne mir etwas anmerken zu lassen.

Nur Cass schien zu spüren, dass etwas passiert war, denn ich ertappte sie immer wieder dabei, wie sie mich besorgt von der Seite musterte. Ein paarmal fragte sie mich, ob alles in Ordnung sei, aber ich redete mich damit heraus, dass ich schlecht geschlafen hätte.

Ich wollte nicht darüber sprechen. Ich kam mir dumm vor und war wütend auf mich.

Während ich für eine Kundin eine hübsche weiße Porzellantasse mit passender Untertasse, die mit einer Distel verziert waren, in lilafarbenes Seidenpapier wickelte, traf ich eine Entscheidung. Ich würde mich einfach damit abfinden, dass die Angelegenheit unschön gelaufen war, und die Geschichte hinter mir lassen.

Trotz Saffys Protesten musste Xander beschlossen haben, dass er Nadia verzeihen und ihr eine zweite Chance geben wollte. Vielleicht hatte er sich wirklich zu mir hingezogen gefühlt, aber mehr eben auch nicht. Offenbar war ich nur ein Zeitvertreib gewesen, während er darauf gewartet und gehofft hatte, dass Nadia erkannte, welch gewaltigen Fehler sie begangen hatte, und sich bei ihm entschuldigte.

»Sophie? Sophie!«

Ich sah zu Cass, die stirnrunzelnd erst mich und das Seidenpapier in meinen Händen musterte und dann einen kurzen Blick in Richtung der Kundin warf, bei der es sich um eine gut gekleidete junge Frau Mitte dreißig handelte, die ihre kleine Tochter an der Hand hielt.

Cass setzte ihr freundlichstes Lächeln auf. »Ich glaube, die Tasse ist jetzt gut genug verpackt, Sophie. Noch eine Schicht mehr, und selbst Houdini würde sich nicht mehr daraus befreien können.«

»Oh.« Ich blickte auf den dicken Klumpen lila Papier in meiner Hand. »Entschuldigung, ich war mit den Gedanken woanders.«

Cass wartete, bis die Kundin und ihre Tochter gegangen waren. Ehrfürchtig trug die Kleine die glänzende Tüte mit unserem Logo an den Kordelhenkeln vor sich her.

»Bitte denk nicht, dass ich mich einmischen will, Sophie«, bemerkte Cass, »aber ich habe seit ein paar Stunden den Eindruck, dass du völlig neben dir stehst.«

»Mit mir ist alles in Ordnung, danke«, beharrte ich. »Ich fühle mich nur ein bisschen angeschlagen. Vielleicht brüte ich irgendwas aus.«

»Und wenn du nach Hause gehst und dich einen Augenblick hinlegst? Ich komme hier auch allein zurecht, und falls der Laden brummt, rufe ich dich einfach an. Vielleicht kann ja auch deine Mum vorbeikommen und mich unterstützen.«

Die Aussicht, allein in meiner Wohnung zu sitzen und mir den Kopf über Xander zu zerbrechen, war noch deprimierender als der Gedanke, weiter im Laden zu arbeiten. Zumindest hatte ich hier etwas zu tun, und draußen herrschte jetzt, da sich der Regen gelegt hatte, wieder reges Treiben.

Ich tätschelte Cass' Arm. »Danke, das ist wirklich lieb. Aber so schlimm ist es nicht.«

Sie schien widersprechen zu wollen, doch in diesem Moment öffnete sich die Ladentür, und eine aufgeregte, überschwängliche Ophelia kam hereingestürmt und wedelte mit einem Blatt Papier herum. »Ich habe gute Nachrichten!«

Sie grinste Cass und mich so strahlend an, als würde sie für eine Zahnpastawerbung vorsprechen. »Bei meinen Recherchen im Stammbaum der Grays habe ich das hier gefunden.« Sie hielt mir den Zettel hin.

Ich überflog, was Ophelia in ihrer eleganten, geschwungenen Schrift aufgezeichnet hatte.

»Mr. Carson Gray?« Verblüfft sah ich sie an. »*Der* Carson Gray, dem unsere Buchhandlung Cover to Cover gehört?«

Ophelia nickte. »Wie Sie sich vermutlich denken können, ist er ein Nachkomme der Grays. Und er wohnt ganz in der Nähe. Sehen Sie?« Sie deutete auf das Blatt. »Direkt hinter St. Barnaby's.«

Ich schaute zwischen Carson Grays Adresse und Ophelia hin und her. »Ich will ja keine Spielverderberin sein, aber vielleicht weiß er gar nichts über seine Familie oder Jonathan Gray.«

Ophelia verschränkte die Arme vor der Brust. »Das dachte ich zunächst auch. Bis ich ein paar Nachforschungen über ihn angestellt habe.«

Ich musste lächeln. »Na, Sie machen ja Columbo Konkurrenz!«

Ophelia lachte. »Meine Schwester wäre jedenfalls beeindruckt gewesen. Wie sich herausgestellt hat, betreibt Carson Gray Ahnenforschung als Hobby. Er war lange Geschichtslehrer an einer Privatschule in Glasgow.« Erwartungsvoll hob sie die Brauen. »Da wird er mit Sicherheit auch seine eigene Vergangenheit unter die Lupe genommen haben. Als Nageldesignerin kümmert man sich schließlich auch um die eigenen Fingernägel.«

Cass lachte. »Da haben Sie recht. Toller Vergleich!«

Ophelia schenkte Cass ein strahlendes Lächeln. »Ich habe mir die Freiheit erlaubt, Carson Gray auf dem Weg von der Bibliothek hierher anzurufen. Er würde sich gern heute Abend mit uns treffen.« Sie warf mir einen etwas zerknirschten Blick zu. »Ich hoffe, das passt Ihnen, Sophie. Bitte sagen Sie ehrlich, wenn Sie schon etwas vorhaben.«

Ich stellte mir vor, wie ich in meiner Wohnung herumtigerte und händeringend nach Beschäftigungen suchte, damit ich nicht über die Geschichte mit Xander nachdenken musste. Nein, ich hatte nichts vor und war froh, mich ablenken zu können.

Ich schüttelte den Kopf und gab ihr den Zettel mit Carson Grays Adresse zurück. »Kein Problem«, antwortete ich lächelnd, »ich habe heute Abend Zeit.«

Kapitel 43

Mit kaum verhohlener Begeisterung empfing Carson Gray Ophelia und mich an seiner Haustür. Er war groß und drahtig, hatte dichtes grau meliertes Haar und ein längliches, freundliches Gesicht.

Nachdem er uns hereingebeten hatte, führte er uns in ein chaotisches, aber gemütliches Wohnzimmer voller schwerer, verschnörkelter Holzmöbel. Im hinteren Bereich des Raums stand ein Regal, das vor Büchern überquoll.

Carson Gray bedeutete uns, auf zwei bordeauxrot bezogenen Stühlen Platz zu nehmen. Dann machte er uns Tee und setzte sich anschließend auf das Sofa gegenüber von uns. »Meine Frau ist heute Abend mit ihrem Lesezirkel unterwegs, wir haben also alle Zeit der Welt.« Er warf uns ein sympathisch schiefes Lächeln zu.

»Danke, dass Sie uns überhaupt empfangen haben, Mr. Gray«, erwiderte ich ebenfalls lächelnd.

»Ach, sagen Sie doch bitte Carson.« Er beugte sich vor. »Und Sie interessieren sich also für Briar Glen und die Familiengeschichte der Grays.« Erwartungsvoll hob er seine buschigen Brauen.

Ophelia machte den Anfang und erzählte ihm die ganze Geschichte. Auch ihr Entsetzen darüber, dass ihre Großtante Isadora kurz mit Jonathan Gray verheiratet gewesen war, ließ sie nicht aus.

An dieser Stelle übernahm ich das Gespräch. »Nachdem Ophelia und ich den Brief von Briar Forsyth an Jonathan Gray in dem Geheimfach entdeckt hatten, wollten wir gern mehr über die junge Frau herausfinden.«

Auf der Fahrt zu Carson Grays Bungalow hatten wir abgesprochen, ihm nichts davon zu erzählen, wie Ophelia das Teeservice bei mir abgeladen hatte, da wir nicht wussten, wie er es aufnehmen würde, und nicht unhöflich wirken wollten.

Carsons Mienenspiel, als Ophelia und ich abwechselnd unsere bisherigen Erkenntnisse schilderten, die wir größtenteils Annabels harter Arbeit zu verdanken hatten, war einfach herrlich. Er schien sich nicht entscheiden zu können, wessen Erzählung er fesselnder finden sollte.

Nachdem Ophelia ihm von dem angeblichen Diebstahl des Service erzählt hatte, beugte ich mich zu dem Lederkoffer zu meinen Füßen hinunter und ließ mit einem Klicken den Deckel aufschnappen.

Carson Gray leuchteten die satten Farben des Pfauenmusters entgegen. »Verdammte Axt!«, stieß er keuchend hervor. »Das ist es also? Das Teeservice, um das es damals ging?«

Als ich nun auch noch den vergilbten Brief von Briar Forsyth aus dem Geheimfach zog, gab Carson einen fast schon verzückten Laut von sich. Das Papier raschelte leise und verströmte den Geruch warmer Vanille. Ich reichte den Brief an Carson weiter, dem fast die rauchgrauen Augen aus dem Kopf fielen.

»Grundgütiger.« Er las den Inhalt mehrfach. »Das … Das ist das letzte fehlende Puzzleteil!«

Ophelia gab einen heiseren Lacher von sich. »Ach, wenn das nur stimmen würde.«

Verblüfft sah Carson zu ihr auf. »Wie meinen Sie das?«

Daraufhin erzählte sie ihm mehr über Briar Forsyth und den Diebstahl des Teeservice, der ihr angehängt worden war.

»Na, in diesem Fall freut es mich umso mehr, dass Sie hergekommen sind, um mir alles zu erzählen.«

Ich warf ihm ein hoffnungsvolles Lächeln zu. »Oh, und warum das?«

Begeistert klatschte er in seine großen, knotigen Hände. »Weil Sie recht haben. Briar Forsyth hat das Teeservice nicht gestohlen.« Langsam ließ er den Blick über den offenen Koffer zu meinen Füßen gleiten.

Ophelia klatschte sich triumphierend auf die Schenkel. »Wusste ich's doch! Also, was genau ist zwischen den beiden vorgefallen? Hat Jonathan Gray Briar geschwängert und ihr dann den Diebstahl angehängt, um sie in Verruf zu bringen?«

Carson streckte die langen, dünnen Beine aus. »So ungefähr«, erwiderte er zögerlich.

Seine zurückhaltende Reaktion überraschte mich. »Könnten Sie das bitte genauer erklären?«

Carsons markante Wangenpartie nahm einen rosafarbenen Schimmer an. »Das ist nicht unbedingt die Art Geschichte, die man gern auf Dinnerpartys über seine Familie verbreitet.« Die goldene Reiseuhr auf dem steinernen Kamin tickte, während Carson uns nachdenklich musterte. Schließlich sagte er: »In gewisser Weise haben Sie recht. Ja, Jonathan hat das Teeservice damals gestohlen. Und ja, er hat versucht, den Diebstahl Briar anzuhängen. Und darum geht es auch in diesem Brief.« Er deutete auf den Umschlag, den er auf den Sofatisch gelegt hatte.

»Aber warum meinten Sie dann, wir hätten nur teilweise recht?«, fragte ich.

Carsons nächster Satz ließ mich kerzengerade in die Höhe schnellen. »Sie haben recht damit, dass Briar Forsyth damals schwanger war. Aber Sie irren sich, was die Identität des Vaters angeht.«

Kapitel 44

Ophelia klappte die Kinnlade herunter.

Sie wühlte in ihrer roségoldenen Handtasche herum und zog ihr Handy hervor, rief die Kopie von Georges' Geburtsurkunde auf und schob Carson das Telefon hin. »In diesem Dokument hier wird Ernest Telfer als Vater genannt. Aber der leibliche Vater des Kindes war Jonathan Gray. Anders kann es gar nicht sein! Warum sonst hätte er sich die Mühe machen sollen, dem armen Mädchen einen Diebstahl anzuhängen?«

Ich musste an den Tagebucheintrag denken, den Saffys Urgroßvater über jenen eiskalten Weihnachtsabend verfasst hatte, an dem Jonathan Gray eine sichtlich verzweifelte junge Frau beschimpft hatte, und erzählte Carson die Geschichte.

Beschwichtigend hob er die Hände. »Das stimmt alles. Sie hatte einen Sohn namens George, und Ernest Telfer wurde in der Geburtsurkunde als Vater vermerkt. Und ich bezweifle auch nicht, dass Jonathan Gray, ohne mit der Wimper zu zucken, eine Frau inmitten von Eis und Schnee ihrem Schicksal überlassen hätte.« Er schüttelte den Kopf. »Man kann wirklich nicht von ihm behaupten, dass er ein anständiger Mann war.«

Ich runzelte die Stirn. »Aber wenn Jonathan Gray nicht Georges leiblicher Vater war, warum hat er dann versucht, sie loszuwerden, indem er sie beschuldigte, das hier gestohlen zu haben?« Ich deutete auf das Teeservice, das in seinem Koffer auf Carsons auffälligem Paisley-Teppich lag.

»Und warum wollte er sie damit bestechen?«, meldete sich Ophelia erneut zu Wort. »Denn das wollte er unserer Meinung nach. So jedenfalls interpretieren wir Briars Brief.«

Auf einmal kam mir ein ganz neuer Gedanke. Was, wenn diese arme junge Frau noch viel stärker manipuliert und wie eine unwillkommene Last behandelt worden war, als wir bisher angenommen hatten?

Carson musterte uns aufmerksam, dann deutete er auf das Teeservice. »Jonathan sah rot vor Wut, als er erfuhr, dass Briar Forsyth schwanger war, und wollte um jeden Preis seine eigenen Interessen wahren. Sie des Diebstahls zu bezichtigen und unehrenhaft aus Castle Marrian zu entlassen, schien ihm die perfekte Lösung für all seine Probleme zu sein.«

Ophelia rümpfte die lange, herrschaftliche Nase und machte ein konzentriertes Gesicht. »Und das soll heißen?«

Das Herz wurde mir schwer in der Brust. Ich hatte da so eine Ahnung, und tatsächlich bestätigte mich Carsons nächster Satz in meiner traurigen Annahme.

»Nicht Jonathan Gray war der leibliche Vater von Briar Forsyths Sohn. Sondern Chadwick Gray.«

Ophelia gab einen schockierten Laut von sich. »Wie bitte?«

»Ich habe einige Polizeiunterlagen von damals im Archiv aufstöbern können. Chadwick Gray wurde angelastet, Briar Forsyth eines Abends in der Vorweihnachtszeit vergewaltigt zu haben, als seine Frau und sein Sohn eine Veranstaltung im Dorf besuchten. Der alte Gray schien ein kleines Alkoholproblem zu haben, das die Familie verzweifelt zu vertuschen versuchte.«

Meine Abneigung gegen Jonathan Gray und seinen Vater wurde noch eine Spur tiefer. »Das arme junge Ding.« Ich schluckte. »Und wie ging es danach weiter?«

»Als Briar herausfand, dass sie schwanger war, erfuhr Jonathan Gray, was sein Vater getan hatte, und geriet in Panik. Was, wenn er Castle Marrian und sein Erbe mit einem Halbbruder oder einer Halbschwester hätte teilen müssen?«

Ophelia spielte mit einem ihrer Ohrstecker herum und ließ die Informationen sacken. Mehrfach schien sie etwas sagen zu wollen, schloss den Mund aber jedes Mal wieder, bis sie irgendwann fragte: »Dann hat er Briar den Diebstahl also untergeschoben, um seinen Vater zu schützen?«

»So lautete zumindest der Plan«, bestätigte Carson. »Doch am Ende stellte sich heraus, dass Briar Forsyth am Vormittag des 31. Januar, als das Teeservice verschwand, gar nicht gearbeitet hat. Sie hatte ein Alibi. Das Kartenhaus fiel in sich zusammen.«

Ich freute mich diebisch für Briar.

»Nach allem, was ich herausgefunden habe, wusste Jonathan, dass er handeln musste«, fuhr Carson fort. »Briar schien ein mutiges junges Ding zu sein, das sich nicht einfach herumschubsen ließ.« Nach kurzem Schweigen fuhr er fort: »Nachdem Chadwick Gray sie vergewaltigt hatte, und da zudem hinter jeder Ecke sein hinterhältiger Sohn lauern konnte, war sie verständlicherweise nicht mehr bereit, auf Castle Marrian zu arbeiten. Aber aus der Stadt vertreiben lassen wollte sie sich auch nicht, schließlich war sie in dieser Geschichte ja das Opfer.«

»Sie hat sich geweigert, Briar Glen zu verlassen?« Meine Bewunderung und Sympathie für diese tapfere junge Frau wuchsen immer mehr.

»Ganz genau«, antwortete Carson. »Briar hatte Gerechtigkeit gewollt – doch dazu waren die Grays nicht bereit. Da kam Jonathan auf die Idee, sie mit ebenjenem Teeservice zu bestechen, dessen Diebstahl er ihr kurz zuvor hatte unterjubeln wollen. Es handelte sich um eine Sonderanfertigung, die Chadwick Gray zum Geburtstag seiner Frau Leonora in Auftrag gegeben hatte.«

»Hergestellt von Ernest Telfer«, fügte ich mit einem Blick in den Koffer zu meinen Füßen hinzu.

Ophelia runzelte die Stirn. »Und Leonora hat sich nie die Frage gestellt, wohin es verschwunden war?«

Grimmig verzog Carson den breiten Mund. »Wenn ich alles richtig deute, hat Leonora mit Jonathan unter einer Decke gesteckt. Sie wollten, dass Briar samt ihrem ungeborenen Kind aus ihrem Leben verschwand.«

»Grundgütiger!«, flüsterte ich. Dann hatte Leonora also gewusst, was ihr Mann angerichtet hatte. Sie hatte gewusst, dass er eine ihrer Angestellten vergewaltigt und dabei geschwängert hatte, und trotzdem hatte sie ihren Sohn in seinem hinterhältigen Plan unterstützt, Briar ein Verbrechen in die Schuhe zu schieben, um ihre eigene Familie zu schützen.

»Aber Briar ließ sich nicht einschüchtern«, murmelte Ophelia. Auch sie wirkte tief beeindruckt von dem Mut der jungen Frau. »Bravo.«

Carson deutete auf den Brief. »Hier schreibt sie Jonathan ja recht deutlich, wohin er sich sein Teeservice stecken kann.«

Meine Gedanken kreisten um Briar und Ernest Telfer. »Und als sich die Grays aus Angst, sie könnten auffliegen, weigerten, das Teeservice wieder zurückzunehmen, wandte Briar sich damit an Ernest Telfer, der es angefertigt hatte.«

»Ganz genau!«, rief Carson begeistert. »Ernest verliebte sich Hals über Kopf in Briar, sie heirateten, und er übernahm die Vaterschaft für George. Und sie lebten bis ans Ende ihrer Tage in Briar Glen.«

Für Ophelia und mich war das Wissen, dass Briar und ihr kleiner Sohn mit einem anständigen und liebevollen Mann wie Ernest Telfer ein glückliches und zufriedenes Leben hatten führen können, zumindest ein kleiner Trost.

»Und was ist mit den Grays?«, fragte Ophelia fasziniert. »Soweit Sophie und ich wissen, sind sie im Frühjahr 1900 aus Castle Marrian ausgezogen und haben Briar Glen verlassen.«

Carson nickte. »Laut den Unterlagen, die ich gesehen habe, sind sie in irgendein verfallenes altes Anwesen im Lake District gezogen, das einen Großteil ihres Vermögens verschlang, und lebten am Ende von der Hand in den Mund. Die Gerüchte, dass Chadwick Gray einen Hang zum Alkohol und zu jungen Frauen habe, hielten sich. Wie der Vater, so der Sohn, würde ich sagen. Die Geschichten schadeten seinem Geschäft, immer mehr Kunden wandten sich von ihm ab.« Carson verzog das Gesicht. »Mit einer Familie, die kurz vor dem Ruin stand, wollte der Landadel lieber nichts zu tun haben.«

»Sie wurden geächtet?«, fragte ich nach. Die Geschichte war ebenso spannend wie schockierend, da ging es mir nicht viel anders als Ophelia.

»Leonora und Chadwick Gray verstarben im Jahr 1904 mit wenigen Monaten Abstand, sie an Tuberkulose, er an einem Herzinfarkt.«

»Und Jonathan?«, wollte Ophelia wissen. »Wie ging es mit ihm weiter?«

»Falls es Sie tröstet: Ich glaube, Ihre Großtante hatte Glück im Unglück.«

Carson stand auf und trat an sein überfülltes Bücherregal. Daneben stand ein alter Sekretär, aus dem er einen Aktenordner holte. Er schlug ihn auf und blätterte darin herum, dann breitete sich ein triumphierendes Lächeln auf seinen Lippen aus. »Ah, da ist sie ja.«

Mit dem aufgeschlagenen Ordner in der Hand kehrte er zu uns zurück und reichte ihn uns. Darin befand sich Jonathan Grays Sterbeurkunde, laut der er am zweiten Weihnachtsfeiertag 1910 im Alter von nur zweiunddreißig Jahren im Stirling Prison an einer Lungenentzündung verstorben war.

Überrascht blickte ich auf. »Im Gefängnis?«

Carson blieb stehen und schob sich die teppichklopfergroßen Hände in die Hosentaschen. »Ich konnte ein paar Artikel über seine Gerichtsverhandlung in der Lokalzeitung auftreiben. Wie es aussieht, hatte er seine alten Tricks nicht verlernt.«

»Diebstahl?«, fragte Ophelia fasziniert.

»Er ist in eine Kirche in der Gegend eingebrochen und hat ein paar vergoldete Ornamente sowie die Kollekte mitgehen lassen.« Angewidert schüttelte Carson den Kopf. »Offenbar hat ihn einer der Kirchenältesten, der gerade mit seinen Jagdhunden Gassi war, auf frischer Tat ertappt.« Er lief zum Wohnzimmerfenster, wo aus einer hohen, dünnen Vase hübsche Lilien und cremefarbene Rosen ragten. »Wie Sie sehen, kann ich also nicht gerade mit einem rühmlichen Stammbaum aufwarten.«

Ophelia und ich legten den Ordner beiseite, und ich bedachte Carson mit einem mitfühlenden Lächeln. »Aber dafür haben Sie gerade den Ruf einer verzweifelten jungen Frau und ihres Sohns gerettet.«

Ophelia neben mir nickte. »Wenn das nicht rühmlich ist, dann weiß ich auch nicht.«

Carsons Wangen wurden diesmal sogar feuerrot. »Danke.«

Erfreut und erleichtert, dass wir endlich die Wahrheit ans Licht befördert hatten, lächelten wir einander an.

Dann blinzelte Carson uns verschwörerisch zu. »Wissen Sie, ich gebe einen Kurs in Ahnenforschung an der Volkshochschule. Hätten Sie beide vielleicht Interesse?«

Kapitel 45

Ophelia war nach all den verblüffenden Enthüllungen, deren Zeuginnen wir gerade geworden waren, vermutlich ähnlich schwindelig wie mir.

Wie es aussah, hatte Jonathan weniger seinen grauenvollen Vater als vielmehr seine eigene finanzielle Zukunft retten wollen. Nach allem, was wir über ihn wussten, wunderte mich das allerdings wenig. Jemandem, der bewusst versuchte, eine schwangere junge Frau zu hintergehen, die von seinem eigenen Vater vergewaltigt worden war, war wohl so gut wie alles zuzutrauen.

»Wissen Sie, was hiermit anschließend passiert ist?« Ich deutete auf das Teeservice. »Haben Briar und Ernest es behalten?«

Carson antwortete, dass sie es verkauft hätten. »Versteigert, um genau zu sein.« Er blätterte noch einmal in dem unscheinbaren Ordner, diesmal zu einem Zeitungsartikel vom 13. Dezember 1902 mit der Überschrift **TEESERVICE FÜR DEN GUTEN ZWECK VERSTEIGERT**.

Dann las er laut vor:

> **»Am gestrigen Vormittag wurde in Briar Glen ein herrliches Teeservice aus den Händen des regionalen Künstlers Ernest Telfer im Rahmen einer öffentlichen Auktion versteigert.**
> **Das von Briar und Ernest Telfer gespendete Service, das im Rah-**

men einer von Mrs. Telfer organisierten Versteigerung in der Glen Valley Church angeboten wurde, erzielte einen atemberaubenden Preis von einhundert Pfund.
Die Hälfte des Betrags wird der örtlichen Heilsarmee zur Versorgung der Witwen und Waisen zur Verfügung gestellt. Die andere Hälfte wandert in ein Treuhandvermögen für Mr. und Mrs. Telfers Sohn George, das ihm im Alter von einundzwanzig Jahren zugänglich gemacht werden soll.
Mr. und Mrs. Telfer waren überaus erfreut über die Begeisterung, mit der die Auktion aufgenommen wurde, und die großzügigen Gebote, die von den Mitgliedern der Dorfgemeinschaft und den übrigen Bietenden getätigt wurden.
Der Zuschlag ging letztlich an eine Person aus London, die anonym zu bleiben wünscht.«

Auf einmal hatte ich einen dicken Kloß im Hals. »Was für eine wunderbare Geste.«

Carson nickte zustimmend. »Ja, da haben Sie recht. Die beiden mögen nicht dieselbe Bildung oder die Privilegien einer Familie Gray genossen haben, aber über Anstand und Klasse hätten sie ihnen trotzdem eine ganze Menge beibringen können.«

Ophelia strich sich ihr silbernes Haar hinter das Ohr. »Ich frage mich, wer wohl diese ominöse Person aus London war, die das Teeservice für so viel Geld ersteigert hat. Zur damaligen Zeit waren hundert Pfund ein kleines Vermögen.«

Carson musterte sie aus funkelnden Augen. »Nachdem ich den Artikel gelesen hatte, habe ich mir erlaubt, die alten Auktionsunterlagen herauszusuchen. Diese Frage hat mich nämlich genauso beschäftigt wie Sie.«

»Und? Ist etwas dabei herausgekommen?«, fragte Ophelia gespannt.

Carson sah zwischen uns hin und her. »Wie in dem Artikel erwähnt, wollte die Person anonym bleiben. Aber ihre Initialen konnte ich aufspüren.« Er verschränkte die Arme vor der Brust und ließ sich auf dem Sofa zurücksinken. »Sie lauteten I. G.«

Nach einer kurzen, atemlosen Pause schlug sich Ophelia die altersfleckige Hand vor den Mund. »Himmel, nein! Sind Sie sicher? I. G.?«

Carson lächelte. »Absolut sicher. Ich kann Ihnen eine Kopie der Quittung zeigen, die damals ausgestellt wurde. Sie muss sich irgendwo in meinen Unterlagen bef…«

»Nein, nein, sparen Sie sich die Mühe«, unterbrach ihn Ophelia aufgeregt. Dann sah sie mich an. »I. G. Isadora Graves. Meine Großtante.«

Es dauerte einen Moment, bis mein Gehirn hinterherkam. Dann klappte mir vor Überraschung die Kinnlade herunter. »Wow! Dann hat Isadora das Service also gekauft! Ob Jonathan Gray wohl je erfahren hat, dass es letztendlich bei seiner Ex-Frau gelandet ist?«

Ophelia blinzelte. »Schön wäre es jedenfalls. So hätte sich der Kreis geschlossen.« Sie nickte und erklärte entschlossen: »Damit steht meine nächste Aufgabe fest. Ich werde herausfinden, wie es für Isadora weiterging.«

Ich ließ den Blick zu dem Teeservice wandern. »Und haben Sie schon darüber nachgedacht, was Sie damit anstellen wollen?«

Ophelia musterte mich verwundert. »Aber ich habe es Ihnen doch geschenkt, meine Liebe. Es gehört mir nicht mehr.«

Ich winkte ab. »Natürlich tut es das. Isadora wollte, dass es etwas Positives bewirkt. Und jetzt ist es an Ihnen, darüber zu entscheiden, was.«

Carson hob eine seiner buschigen Brauen, und Ophelia musterte den Pfau, der über die Kanne stolzierte. »Dann werde ich wohl die Hilfe des jungen Mannes aus Ihrem Bekanntenkreis in Anspruch nehmen müssen. Xander, richtig?«

Bei der Erwähnung seines Namens zuckte ich unwillkürlich zusammen. Hoffentlich hatten die beiden nichts davon bemerkt. Die Suche nach den Vorbesitzern des Service hatte mir eine willkommene Ablenkung von den Bildern von ihm mit Nadia geboten, die mich verfolgten. Ich räusperte mich. »Ach ja? Und wieso?«

Ophelia löste den Blick von dem Service und musterte erst Carson, dann mich. »Weil mir gerade eine Idee gekommen ist. Ich würde es gern versteigern und den Erlös nutzen, um zu Ehren meiner verstorbenen Schwester die Annabel Crichton Fellowship zu gründen, ein Stipendium für künstlerisch begabte junge Leute aus finanziell schwächeren Verhältnissen.«

»Das klingt wunderbar«, verkündete Carson begeistert. »Ein derart einzigartiges Service mit einer so pikanten Vorgeschichte ist sicherlich ein hübsches Sümmchen wert.«

Ich beugte mich vor und drückte Ophelias Arm. »Ich bin mir sicher, dass Briar und Isadora Ihre Idee ganz hervorragend gefunden hätten.«

Kapitel 46

Ophelia und ich waren gerade dabei, uns überschwänglich bei Carson für seine Hilfe zu bedanken, als seine Frau von ihrem Treffen mit ihrem Lesezirkel zurückkehrte.

Sie schob sich ein paar Taschenbücher unter den Arm, dann schloss sie ihren weißen Corsa ab. »Ach du liebes bisschen! Mein Mann hat Sie doch wohl nicht etwa bis jetzt mit seinen Geschichten aufgehalten? Hach, das tut mir aber leid.«

Marion Gray war eine kleine, fröhliche Frau mit fluffigen blonden Haaren.

»Nein, nein«, versicherte ich ihr. »Ihr Mann war uns eine große Hilfe.«

Mrs. Gray zuckte gut gelaunt mit den Brauen. »Wenn Carson sich erst einmal in Fahrt geredet hat, gibt es kein Halten mehr, besonders wenn es um seine Familiengeschichte geht.«

Ophelia, die neben mir auf dem von Blumen gesäumten Gartenweg stand, lachte auf. »Dank seiner Akribie und Sachkunde haben wir viele offene Fragen klären können.«

Carson stand strahlend und mit stolzgeschwellter Brust neben uns.

»Na, nicht dass du mir noch platzt vor Freude«, sagte Mrs. Gray gutmütig und lächelte ihren Mann an. Dann wünschte sie uns einen schönen Abend und verschwand im Haus.

Carson winkte uns noch nach, dann folgte er ihr in seiner dunkelbraunen Cordhose und seinem Karohemd nach drinnen.

Erleichtert und überrascht über all die Neuigkeiten, die wir erfahren hatten, stieg ich wieder in meinen Wagen und wartete, bis sich Ophelia neben mir angeschnallt hatte. Ich wollte gerade den Motor anlassen, da sprach sie mich noch einmal auf Xander an. »Ob Sie mir wohl noch die Kontaktdaten Ihres Freundes geben könnten, Sophie?«

Ich setzte ein gezwungenes Lächeln auf. »Oh, er ist nicht mein Freund.« Unter Ophelias wissendem Blick entspannte ich die Schultern und bemühte mich um einen möglichst gelassenen Tonfall. »Und natürlich, das mache ich gern.«

Ich griff nach meiner Handtasche, die neben dem Koffer mit dem Teeservice auf dem Rücksitz lag, suchte Xanders Nummer und E-Mail-Adresse aus meinem Handy heraus und schickte Ophelia die Daten. Dann warf ich das Telefon wieder in meine Tasche.

Ophelia musterte mich weiter aufmerksam. »Danke. Geht es Ihnen gut, Liebes?«

Ich ließ den Motor an und fuhr auf die Hauptstraße. Am Himmel war wie so oft im Juli ein beeindruckendes Farbspiel aus leuchtendem Orange und Rosa zu sehen.

»Ja«, versicherte ich ihr eine Spur zu fröhlich. »Mir geht's blendend. Warum fragen Sie?«

Ophelia legte die gefalteten Hände in den Schoß und sah mich von der Seite an. »Bitte sagen Sie, wenn ich Ihnen zu nahe trete.«

Ich hielt den Blick stur geradeaus auf die Windschutzscheibe gerichtet.

»Aber als ich den Namen des jungen Mannes erwähnt habe, ist ein merkwürdiger Ausdruck über Ihr Gesicht geglitten.«

Meine Schultern verkrampften sich wieder. »Was denn für ein Ausdruck?«

Nun war es an Ophelia, betont unauffällig nach draußen zu sehen. Dennoch entging mir nicht, dass sie mir einen winzigen Seitenblick zuwarf, als sie sagte: »Einer, den ich in jungen Jahren nur allzu oft selbst aufgesetzt habe. Typischerweise wenn ich Liebeskummer hatte.«

Eigentlich hatte ich Ophelia direkt bei ihr zu Hause absetzen wollen, doch als sie nicht aufhörte, mir besorgte Seitenblicke zuzuwerfen, hielt ich schließlich resigniert vor dem Eingang zum Briar Glen Park.

Ophelia schnallte sich ab und wandte sich mir zu. Ich stellte den Motor ab und beobachtete, wie sich die letzten Sonnenstrahlen wie Lichtfinger zwischen dem Blätterdach der Bäume im Park hindurchschoben.

Ich wollte nicht über Xander reden. Wollte nicht an seine meergrünen Augen denken oder an sein schiefes Lächeln. Oder wie er zu strahlen begann, wenn er über seine Lieblingsgemälde sprach. Aber Ophelias abwartendes Schweigen hatte etwas seltsam Hypnotisches an sich, und ehe ich michs versah, erzählte ich ihr die ganze Geschichte.

Während im Hintergrund Kinder im Park lachten und die Vögel zwitscherten, berichtete ich, wie ich langsam Gefühle für Xander entwickelt hatte und wie er mit Jake Caldwell um Nadia konkurriert hatte. Wie Jake sich einen Kuss von mir gestohlen hatte, und wie eingeschnappt Xander darauf reagiert hatte. Bis ich schließlich zu Saffy Clements' Besuch im The Cup That Cheers kam.

»Es ist nicht zu übersehen, dass Saffy Xander vergöttert«, fuhr ich fort. Zu meiner Überraschung merkte ich, dass es mir guttat, offen darüber zu reden. »Sie meinte, ich solle die Wahrheit über ihn erfahren – was für ein anständiger Kerl er ist.«

Ophelia beugte sich neugierig vor. »Und?«

Geistesabwesend strich ich über das Lenkrad und sah einem jungen Paar nach, das einen Kinderwagen mit einem schlafenden Baby darin vorbeischob und sich dabei verliebte Blicke zuwarf. »Nach Saffys Besuch habe ich Xander sofort angerufen, weil ich ihm meine Gefühle gestehen und mich entschuldigen wollte, dass ich Jake seine verdrehte Version der Geschichte geglaubt hatte. Aber er ging nicht dran. Stattdessen hatte ich seine Ex-Freundin Nadia am Apparat.« Frustriert spielte ich mit meinem Pferdeschwanz herum.

»Und jetzt stellen Sie Vermutungen an. Aber eigentlich wissen Sie nichts«, gab Ophelia zu bedenken.

»Mag sein«, gab ich zu. »Aber er war verrückt nach ihr. Saffy hat erzählt, dass er am Boden zerstört war, als Nadia ihn für Jake verlassen hat.«

»Aber das heißt doch noch lange nicht, dass er ihr verziehen hat«, warf Ophelia ein.

Mutlosigkeit überkam mich. »In diesem Punkt muss ich leider widersprechen. Denn bei meinem Anruf gestern Abend hat sie sich als seine Freundin bezeichnet.« Ich spielte mit meinem Schlüsselbund herum, der im Zündschloss baumelte. Den Anhänger in Form eines rosa Glitzerherzchens hatte mir Mum geschenkt. »Es ist einfach alles so ein Chaos«, murmelte ich, auch wenn in meinem Herzen absolute Klarheit herrschte. »Ich bin nicht bereit, als bloßer Ersatz für Nadia herzuhalten.«

Ich ließ den Motor wieder an. Eine merkwürdige Mischung aus Erleichterung und Melancholie überkam mich. »Also!«, rief ich mit gespielter Fröhlichkeit. »Dann fahre ich Sie mal nach Hause! Nicht dass Hal noch denkt, Sie machen die Clubszene von Briar Glen unsicher.«

Ophelia lachte auf. »Schön wär's!«

Aber sie musterte mich die gesamte Rückfahrt über prüfend.

Kapitel 47

Der Dienstagmorgen kam mir merkwürdig ernüchternd vor.

Nach all den überraschenden Informationen, die wir am Vorabend über Jonathan Gray und seine schrecklichen Eltern bekommen hatten, hatten alle Puzzleteilchen ihren Platz gefunden und ein großes, zusammenhängendes Bild ergeben.

Trotzdem fühlte ich mich leer und erschöpft.

Wir hatten herausgefunden, dass Briar ihr restliches Leben mit dem kleinen George glücklich an der Seite von Ernest Telfer verbracht und dass Isadora auf der Auktion das Service ersteigert hatte, vermutlich um ihrem Ex-Mann eins auszuwischen.

Das Teeservice hatte Ophelia mitgenommen, als ich sie zu Hause abgesetzt hatte. Ich wusste, dass sie Xander anrufen und ihm erzählen würde, was alles passiert war und dass Carson Gray all unsere offenen Fragen beantwortet hatte.

Das Teeservice gehörte ihr, und sie wollte gern etwas Positives damit bewirken und es erneut in eine Auktion geben. Ich fand die Idee wundervoll, ein Kunststipendium für junge Leute im Namen ihrer verstorbenen Schwester zu vergeben. Und wenn jemand dafür sorgen konnte, dass die Auktion Aufmerksamkeit erregte und das Service ein hübsches Sümmchen erzielte, dann Xander.

Ich versuchte, nicht mehr an ihn zu denken. Falls er immer noch Gefühle für Nadia hatte und ihr das mit Jake verzieh, konnte ich sowieso nichts tun. Wenn überhaupt, wurden meine Gefühle für ihn dadurch nur noch stärker, weil es für seinen Charakter sprach, dass er glaubte, selbst nach einer solchen Enttäuschung noch eine gemeinsame Zukunft mit ihr haben zu können.

Cass war nicht dumm. Sie bemerkte, dass irgendetwas mit mir nicht stimmte, und wenn sie dachte, ich würde es nicht sehen, musterte sie mich quer durch den Laden mit langen Blicken. Zwar nannte sie Xanders Namen nicht, versicherte mir aber immer wieder, dass sie ein offenes Ohr für mich hätte, egal, worum es ginge.

Ich suchte mein Heil in ständiger Beschäftigung. Umso mehr freute es mich, dass an diesem Vormittag ein steter Kundenstrom durch den Laden floss und zusätzlich die Dekoartikel geliefert wurden, die ich für die Herbstdekoration des Schaufensters bestellt hatte.

Der Karton enthielt alles Mögliche – von hübschen Laubstempeln über Krepppapier in Rost- und Kupfertönen bis hin zu Halloween-Artikeln wie kleinen Glitzerkürbissen, Hexenbesen, Fledermäusen und funkelnden Spinnennetzen aus Watte.

»Du bist aber früh dran!«, meinte Cass grinsend, während sie einen der kleinen Kürbisse bewunderte.

»Früher Vogel fängt den Wurm.« Ich musste lächeln. »Außerdem gab es gerade zehn Prozent Rabatt auf Herbstartikel.«

Ich sortierte Herbstwalddekoration und Halloween-Schmuck in unterschiedliche Kisten. »Ich dachte, wir könnten nächste Woche schon mal gemeinsam überlegen, wie die Herbstdeko aussehen soll«, rief ich Cass zu, während ich die Kisten ins Lager brachte.

»Gern!«, rief sie zurück, während die Ladenglocke bimmelte. Ich klopfte mir den Staub von den Händen, dann kehrte ich in den Verkaufsraum zurück.

Es war Ophelia.

»Guten Morgen«, begrüßte ich sie lächelnd und umarmte sie kurz. Sie roch nach Zitronenshampoo. »Wie geht es Ihnen heute?«

Sie erwiderte die Umarmung. »Sehr gut, und Ihnen?«

Ich hielt sie auf Armeslänge Abstand und musterte sie prüfend. »Sind Sie sicher?«

»Aber ja.« Sie gab ein gezwungenes Lachen von sich. »Warum denn auch nicht?«

Ich wechselte einen Blick mit Cass, die nur eine Braue hob.

»Und, was kann ich für Sie tun?«, fragte ich Ophelia.

Sie warf einen Blick auf ihre Uhr, dann zupfte sie sich den gelben Chiffonschal zurecht. »Ach, ich dachte, ich schaue kurz vorbei und sage Hallo, auch wenn ich heute noch einiges zu tun habe. Ach ja, so viel zu tun! Sie wissen ja, wie das ist. Da geht man in Rente, und auf einmal hat man für nichts mehr Zeit! Nun, tatsächlich können Sie das natürlich gar nicht wissen, da Sie ja noch so ein junges Ding sind …« Sie verstummte verlegen.

Ich musterte sie verwirrt. »Oh. Okay.«

Nervös trat sie von einem Bein aufs andere. Irgendetwas beschäftigte sie. So zappelig hatte ich sie noch nie erlebt.

»Sind Sie wirklich sicher, dass es Ihnen gut geht, Ophelia?«

Sie betrachtete gerade eine Sara-Miller-Portmeirion-Tasse mit Untertasse in Weiß und Gold mit Taubenmuster. Nun sah sie mich wieder an. »Oh, ja, ähm, aber natürlich! Sicher! Ich wollte nur kurz hereinschauen und Ihnen sagen, dass ich gestern mit Xander gesprochen habe und er das Teeservice für uns versteigern wird.«

Ich rang mir ein Lächeln ab. »Das sind ja schöne Neuigkeiten.«

Jetzt, da das Teeservice wieder in Ophelias Besitz war, hielt ich es für unwahrscheinlich, dass ich jemals wieder Kontakt zu Xander haben würde. Das hoffte ich jedenfalls. Je mehr Abstand ich zu ihm hatte, desto besser. So würde ich mich wieder voll und ganz auf The Cup That Cheers konzentrieren können.

Ophelia plapperte weiter, und ich zwang mich, ihr zuzuhören. »Xander ist sicher, dass das Teeservice allein schon aufgrund seiner aufregenden Geschichte einen bemerkenswerten Preis erzielen wird.«

»Wunderbar«, sagte ich. Und das meinte ich auch so. »Das wäre doch eine schöne Grundlage für Annabels Stipendium.«

Aber auch nachdem mir Ophelia die Neuigkeiten erzählt hatte, machte sie keinerlei Anstalten zu gehen.

Misstrauisch musterte ich sie. Sie warf immer wieder angespannte Blicke zum Schaufenster. »Warten Sie auf jemanden?«

Mit einem fast schon grotesk gezwungenen Lächeln auf den Lippen fuhr sie zu mir herum. »Was? Wieso sollte ich auf jemanden warten? Auf wen denn?«

Ich neigte den Kopf zur Seite. »Entweder Sie warten auf jemanden, oder hier ist irgendwas anderes im Busch. Auf jeden Fall verhalten Sie sich merkwürdig.«

Doch Ophelia winkte nur ab. »Was soll denn daran ungewöhnlich sein? Ich benehme mich ganz und gar normal. Überhaupt ist einfach alles normal. Ein ganz normaler Tag.«

An die inzwischen mehr als verwirrte Cass gewandt fuhr sie fort: »Ich hatte einfach kurz Zeit und dachte, ich stöbere in bisschen hier im Laden herum.«

»Natürlich, gern doch.«

Ich suchte Cass' Blick und zuckte ratlos mit den Achseln, während Ophelia zwischen den Regalen verschwand.

Das Festnetztelefon klingelte, also entschuldigte ich mich und ging dran. Aber es war nur ein Werbeanruf von einer Firma, die doppelverglaste Fenster einbaute. »Das ist jetzt schon das dritte Mal in dieser Woche, dass die hier anrufen«, meinte ich gerade und stöhnte, als auch schon wieder die Ladenglocke bimmelte. Ich kehrte in den Verkaufsraum zurück, um den Kunden zu bedienen.

Doch kaum war ich durch die Tür, legte ich eine Vollbremsung ein, und mein Herz tat einen Satz.

Denn es war kein Kunde.

Es war Xander.

Kapitel 48

Cass und Ophelia drückten sich auffällig unauffällig in unserer Nähe herum.

Schuldbewusst wich Ophelia meinem Blick aus.

Vor dem Tresen blieb Xander stehen und musterte mich aus seinen hypnotischen Augen. »Hallo, Sophie.«

Ich merkte, dass mein Mund auf nicht gerade vorteilhafte Weise offen stand, und schloss ihn hastig. »Hallo.«

Was ging hier vor sich? Was hatte Xander hier verloren? Und wieso guckte Ophelia so schuldbewusst wie ein Welpe, der einen Pantoffel zerkaut hatte, und versuchte, sich unbemerkt zur Tür zu schieben? »Ich muss los«, rief sie mit der Klinke in der Hand. »Sachen … machen. Dinge … erledigen.«

Auf einmal ergab ihr seltsames Verhalten Sinn. Ich verschränkte die Arme vor der Brust. »Nicht so schnell, Ophelia! Was haben Sie ausgeheckt?«

Aber sie winkte mir schon zum Abschied und schoss davon in die Fußgängerzone.

Cass gab ein verlegenes Räuspern von sich. »Ich habe noch im Lager zu tun.« Wieselschnell schob sie sich an mir vorbei, und schon war ich mit Xander allein.

Er blickte zwischen seinen Lederstiefeletten und mir hin und her. Eine schwarze Locke fiel ihm in die Stirn, und er schob sie zurück. »Peinlicher geht's wohl kaum«, murmelte er vor sich hin.

Ich bemühte mich redlich, mir das aufgeregte Kribbeln in meinem Bauch nicht anmerken zu lassen. »Wie kann ich dir helfen?«, krächzte ich erstickt.

Meine Stimme war kaum wiederzuerkennen. Innerlich starb ich tausend Tode. *Himmel noch mal, jetzt reiß dich aber zusammen, Sophie!* Schützend verschränkte ich die Arme vor der Brust.

»Ich weiß ja nicht, was Ophelia dir erzählt hat«, sagte ich und ertappte mich dabei, wie ich unbewusst hinter ihm nach Nadia suchte.

»Eine ganze Menge«, erklärte er und machte einen Schritt auf mich zu. »Sie ist eine kluge Frau mit einer Menge Lebenserfahrung.«

Ich ließ die Arme hängen, wusste nicht, wohin mit meinen Händen. Als ich zum gefühlt zehnten Mal die Finger verschränkte, beschloss ich, sie wie König Charles hinter dem Rücken zu falten.

»Ach so?« Ich deutete vage in Richtung der Regale voller Geschirr. »Also, was willst du hier, Xander? Brauchst du ein Geschenk für Nadia? Wir haben gerade die neue Kollektion von Portmeirion reinbekommen und …«

Xander blieb stehen und runzelte verwirrt die Stirn. »Nadia? Wieso sollte ich ein Geschenk für Nadia kaufen wollen?« Aber ehe ich etwas erwidern konnte, klärte sich seine Miene. »Ach so, natürlich. Weil sie neulich Abend an mein Handy gegangen ist, als du angerufen hast. Ophelia hat es erwähnt.« Der Anflug eines Lächelns umspielte seine schön geschwungenen Lippen.

Das hatte Ophelia erwähnt?

Ich verschränkte die Arme vor der Brust. Mir brannten die

Wangen, als wäre ich ohne Sonnenschutz durch die Sahara gewandert. »Ophelia hat es sicherlich gut gemeint, aber sie hätte sich wirklich aus dieser Angelegenheit raushalten sollen.«

Doch Xander ging ungerührt die letzten Schritte auf mich zu, bis er dicht vor mir stand. Er kam mir riesig vor, als würde er meinen gesamten kleinen Laden ausfüllen. »Dabei war das noch nicht einmal alles, was Ophelia mir erzählt hat.«

Ich wartete darauf, dass er näher darauf einging, aber er schwieg.

Irgendwann im Lauf unserer Unterhaltung musste ich das Atmen vergessen haben und schnappte nach Luft. Xander schien nicht vorzuhaben, es mir leicht zu machen. Ich hoffte nur, dass mein Gesicht nicht verriet, welcher Aufruhr in meinem Inneren tobte. Ich kam mir vor, als würde ich in der steilsten Achterbahn der Welt sitzen. »Und was genau hat Ophelia gesagt?«

Unter seinen blauschwarzen Wimpern heraus sah Xander mich an. »Dass du dachtest, Nadia und ich wären wieder zusammen, weil sie an mein Handy gegangen ist.«

Was haben Sie sich nur dabei gedacht, Ophelia?

»Was du in deiner Freizeit treibst, geht mich nichts an«, sagte ich mit brennenden Wangen.

»Ach, wirklich nicht?« Er kam noch einen Schritt näher.

»Natürlich nicht«, erwiderte ich kühl. »Und mit wem du deine Zeit verbringst, auch nicht.«

Sein Blick wirkte aufgewühlt wie die See an einem stürmischen Tag. »Das glaube ich dir nicht.«

Ich schluckte und spielte mit den Manschetten an meiner Bluse herum.

»Nadia hat mich besucht, und ja, sie wollte wieder einmal eine zweite Chance. Aber ich habe ihr deutlich zu verstehen gegeben, dass ich kein Interesse habe.«

Mein Herz fühlte sich an, als würde es mir jeden Moment aus der Brust springen. Ich räusperte mich. »Ach so, verstehe.«

»Sie ist genau wie Jake. Ständig spielt sie Spielchen und bildet sich ein, dadurch hätte sie die Fäden in der Hand.« Xander stand da und musterte mich schweigend. Nach einer Weile sagte er: »Willst du denn gar nicht wissen, wieso?«

Ich konnte den Blick nicht von ihm lösen. Die Schmetterlinge in meinem Bauch flatterten wild durcheinander.

»Wieso was?«, brachte ich mühsam hervor.

»Wieso ich Nadia gesagt habe, dass ich kein Interesse mehr an ihr habe.« Xander kam noch einen halben Schritt näher. Nun stand er direkt vor mir und musterte mich aufmerksam. Fragend. Dann hob er ganz langsam die Hand und strich mir sachte eine Haarsträhne hinter das Ohr. Mir stockte der Atem. »Es liegt daran, dass Frozen North endlich geschmolzen ist, Sophie.«

Heftig atmend sah ich zu ihm auf. Ich musste es aus seinem Mund hören. Es ging nicht anders.

Als ich nichts weiter sagte, legte er sanft die Hände um meine Oberarme. »Muss ich es denn wirklich aussprechen?«

Plötzlich fiel mir auf, dass ich ihn noch nie so gesehen hatte. Selbst seine Stimme klang verletzlich.

»Es tut mir leid, Sophie. So unendlich leid. Ich bin einfach vom Schlimmsten ausgegangen, ohne mit dir zu reden. Als ich dich zusammen mit Jake gesehen habe, kam die ganze Geschichte mit Nadia wieder hoch.« Er sah mir fest in die

Augen. »Von dem Abend an, an dem ich dich angerufen habe und Jake abnahm, war ich sicher, dass ich auch dich an ihn verlieren würde.«

Überrascht starrte ich ihn an. »Er ... Er hat was? Welcher Abend?« Dann ging mir ein Licht auf. »Moment. Das muss gewesen sein, als er mit dem Takeaway bei mir vorbeigekommen ist. Ich dachte, ich hätte mein Handy klingeln hören, aber er meinte, es sei seins gewesen und nicht meins.«

Langsam reichte es mir aber wirklich mit diesem Typen! »Er meinte noch, wir hätten offenbar denselben Klingelton.« Wütend schüttelte ich den Kopf. »So ein verdammter Lügner! Du hast mich also angerufen, und er ist einfach drangegangen?«

Xander nickte. »Es hat ihm sichtlich Freude bereitet, mir unter die Nase zu reiben, dass er gerade bei dir zu Hause ist.«

Ich schüttelte den Kopf. »Aber es war nicht so, wie du denkst, Xander. Ich gebe ja zu, dass ich mich geschmeichelt fühlte, als er mich um ein Date gebeten hat. Aber der Kuss war inszeniert! Damit wollte Jake dir eins auswischen. So wie sein gesamtes Verhalten aufgesetzt war, von dem Moment an, in dem er herausgefunden hat, dass ich dich kenne. Rückblickend ist das alles so offensichtlich!«

Xanders Gesichtsausdruck wechselte von Zärtlichkeit zu tiefer Verärgerung, wurde aber gleich wieder weich, als er mir in die Augen sah. »Das meinte Saffy auch. Sie hat darauf bestanden, dass ich herkomme, um mit dir zu reden.«

Ich strich über die Ärmel seiner schwarzen Jacke. »Jake hat mich von Tag eins an belogen. Er meinte, Nadia wäre unglücklich mit dir gewesen und hätte sich nur deshalb auf ihn eingelassen. Und daraufhin hättest du aus Eifersucht einen

Rachefeldzug gegen ihn gestartet, seine Kunst in den Dreck gezogen und seine Karriere ruiniert.«

Ich legte die Hand an seine stoppelige Wange. »Aber er hat mir nie etwas bedeutet, Xander. Gar nichts.« Ich räusperte mich, hoffte, die richtigen Worte zu finden. »Saffy hat mir die ganze Wahrheit erzählt. Sie hat mir erklärt, was wirklich mit Nadia und Jake passiert ist und dass er sich unter dem Künstlernamen James Deighton bei einem anderen Maler bedient hat.« Noch immer sahen wir einander in die Augen. »Du bist Saffy sehr wichtig, Xander.«

»Das weiß ich. Sie ist schon ewig eine meiner engsten Freundinnen, aber mehr auch nicht.«

Ich ließ seine Worte sacken. »Es tut mir so leid, was Nadia dir angetan hat. Das muss entsetzlich wehgetan haben.«

»Ja, das hat es«, gab er nach kurzem Nachdenken zu. »Und meinem Stolz hat ihr Verhalten auch einen ordentlichen Dämpfer verpasst. Aber dann habe ich dich kennengelernt und …« Er schien nach den passenden Worten zu suchen. »Also, was ich zu sagen versuche …«

Er musste über sich selbst lachen. »Das mit Nadia war nichts weiter als eine perfekte Illusion. Ich habe mir eingeredet, zwischen uns würde es großartig laufen. Dabei hat es sich eigentlich nie echt angefühlt. Nicht so wie mit dir.« Er strich mir sanft über den Nasenrücken, und ich musste grinsen. »Damals sah ich das anders, aber als ich dich kennengelernt und nach und nach Gefühle für dich entwickelt habe, wurde mir klar, dass das mit Nadia nur ein müder Abklatsch war.«

Er wurde ein winziges bisschen rot. »Als ich dich mit Caldwell gesehen habe, kam ich mir vor wie in *Und täglich grüßt das Murmeltier.* Der Gedanke, dich zu verlieren, war unerträglich. Und dann auch noch ausgerechnet an ihn.«

Mir schlug das Herz bis zum Hals. »Ich kann dir versichern, dass nie auch nur die geringste Gefahr bestand, dass ich mit Jake zusammenkomme. Als er mich gefragt hat, ob ich mit ihm ausgehen würde, hatte ich nicht mal richtig Lust. Ich weiß bis heute nicht, wieso ich überhaupt Ja gesagt habe.«

Ich warf ihm ein schüchternes Lächeln zu. »Um ehrlich zu sein, glaube ich, dass ich mich nie darauf eingelassen hätte, wenn ich nicht überzeugt gewesen wäre, dass du keinerlei Interesse an mir hast.«

Dabei hat es sich eigentlich nie echt angefühlt. Nicht so wie mit dir … Xanders Worte von eben hallten noch in meinem Herzen nach.

Als er über meinen langen Zopf strich, schnappte ich kaum hörbar nach Luft. »Und, Ms. Harkness, was meinen Sie? Wie soll es jetzt weitergehen, nachdem wir so viel Zeit damit verschwendet haben, umeinander herumzuschleichen?«

Mein Herz wummerte wie verrückt. »Vielleicht wäre ein erstes Date ja ein guter Anfang?«

Und da war es wieder, dieses Lächeln, bei dessen Anblick mir die Knie weich wurden. »Klingt gut. Fantastisch sogar! Aber um ehrlich zu sein, hatte ich andere Pläne.«

»Ach ja?«

Xander beugte sich vor, sodass seine Lippen keine Handbreit mehr von meinen entfernt waren. »Nämlich diese hier.«

Und dann küsste er mich.

Ich drängte mich ihm entgegen, und er hielt mich in seinen Armen, drückte mich an sich, während er meinen Mund erst langsam, dann immer leidenschaftlicher erkundete.

Mein ganzer Körper schien unter Strom zu stehen. Xander gab ein leises, kehliges Stöhnen von sich, und ich genoss die Wärme seines Körpers, seinen Duft nach Zedernholz und das angenehme Kratzen seiner rauen Bartstoppeln auf meiner Haut.

Wie durch Watte glaubte ich, ein triumphierendes Kichern und ein leises »Ja!« von Cass aus dem Lager zu hören.

Kapitel 49

13. Oktober, Auktionshalle der Glasgow Art Gallery

Nun waren es nur noch gut zwei Wochen bis Halloween. Buntes Laub wirbelte über die Fußwege. In den Ladenfenstern leuchteten Kürbisse, und die Luft roch nach Kaminfeuer. The Cup That Cheers zog mehr und mehr Kunden an.

Grans Cottage war verkauft, im vergangenen Monat war ein junges Paar mit Kind eingezogen. Jedes Mal wenn wir an dem Haus vorbeispazierten, mussten wir an die fröhlich funkelnden blauen Augen meiner Großmutter und ihr heiseres, schelmisches Lachen denken. Und daran würde sich wohl auch nie etwas ändern.

Heute fand die Auktion des Pfauen-Service statt, und ich hatte mir extra für den Anlass ein neues Kleid gekauft. Es war knallblau mit weißen Pünktchen und hatte einen weißen Kragen. Meine kniehohen marineblauen Wildlederstiefel passten perfekt dazu.

Der heutige Tag kam mir vor wie der krönende Abschluss unserer monatelangen Spekulationen, Nachforschungen und Überlegungen. Für mich stellte er einen wichtigen persönlichen Meilenstein dar.

Die Granitstufen vor der Glasgow Art Gallery waren noch feucht von dem Schauer, der am frühen Morgen niedergegangen war.

Xander stellte seinen Wagen bei einer kleinen Baumgruppe auf dem großen Grundstück ab, half mir heraus und nahm meine Hand. Doch ich blieb in meinem weit schwingenden Mantel noch einen Augenblick neben der Beifahrertür stehen. »Ich hoffe, dass das Teeservice nach all unseren Anstrengungen jetzt nicht unter Wert verkauft wird. Alles andere würde mir für Ophelia wirklich leidtun.« Aufgeregt atmete ich tief durch. »Das wäre so ein toller Anfang für Annabels Stiftung.«

Xander schloss seine Hand noch ein wenig fester um meine, und ich riss den Blick von dem imposanten Gebäude im georgianischen Stil mit seinen Bogenfenstern und spitzen Türmchen los.

»Nun mach dir nicht so viele Gedanken«, versuchte Xander, mich zu beruhigen. »Du siehst doch selbst, wie groß das Interesse an dem Geschirr ist.« Mit dem Kopf deutete er nach rechts, wo sich eine Gruppe von Journalisten und Fotografen an Kaffee in Pappbechern wärmte und in der steifen Brise von einem Fuß auf den anderen trat.

Xander schenkte mir ein aufmunterndes Grinsen. »Komm, wir wollen doch nicht zu spät kommen.«

Ein Sicherheitsmann überprüfte unsere Ausweise, dann wurden wir durch einen Bogengang zur Rechten in einen riesigen Auktionssaal geführt, in dem auf einem auf Hochglanz polierten Parkettboden Reihe um Reihe an vergoldeten Besucherstühlen mit Samtbezug standen.

Antike Porträts wichtiger Persönlichkeiten schienen uns streng von oben zu mustern, während wir von einem Angestellten der Galerie eine kurze Treppe entlang nach oben auf einen Balkon geführt wurden, von dem aus man den gesamten Saal überblicken konnte.

Ophelia und Hal saßen bereits dort, ebenso wie meine Eltern, Cass, Ivy, Carson Gray und seine Frau. Lächelnd wechselten wir nervöse, aufgeregte Blicke und tauschten Höflichkeiten aus.

Die Reihen unter uns füllten sich zunehmend mit Kaufinteressenten. Ein Menschenstrom ergoss sich in den Saal. Seidene Fliegen, teurer Schmuck, Filzhüte und elegante Mäntel, wohin man auch sah.

Xander schien praktisch jeden in diesem Saal zu kennen oder zumindest zu wissen, wer wen repräsentierte. »Die Dame dort in den rosa Lederstiefeln mit dem Fascinator ist Melody Vincent. Sie arbeitet als Einkäuferin für einige der reichsten Familien Schottlands. Und der Mann links von ihr mit der roten Brille ist Albie Cyrus-Hughes.«

Der Name kam mir bekannt vor. »Ist er mit den Cyrus-Hughes verwandt, denen der Wildpark gehört?«

Xander nickte. »Er ist ihr ältester Sohn und angeblich ein ziemliches Schlitzohr.«

Oben auf der Kanzel aus schimmerndem dunklen Holz trat ein Mann mit ernster Miene und auffällig kariertem Anzug durch den schwarzen Vorhang. Durch die bodentiefen Fenster fiel warmes Herbstlicht in den Saal und brachte die Glatze des Mannes zum Glänzen. Ein wenig erinnerte er mich an ein Ei auf zwei Beinen.

Auf einem Tisch neben ihm stand das Teeservice, das im Augenblick noch unter einem roten Tuch verborgen war. In meinem Bauch kribbelte es vor Aufregung, und ich musste schlucken.

Zu meiner Überraschung wich die ernste Miene des Auktionators einem breiten Lächeln. Er schlug mit seinem Hammer auf den hölzernen Resonanzblock. »Guten Morgen, Ladys und Gentlemen. Ich hoffe, Sie haben an diesem recht trüben Oktobertag wohlbehalten zu uns gefunden. Willkommen zu dieser ganz besonderen Auktion des Pfauen-Service von Ernest Telfer.«

Ich warf Xander, der in seinem eleganten, dunklen Dreiteiler neben mir saß, einen aufgeregten Blick zu. Sein stahlgraues Hemd und die hellgraue Seidenkrawatte betonten das leuchtende Blaugrün seiner Augen.

»Nun hör schon auf, dir Sorgen zu machen«, wiederholte er lächelnd und drückte meine Hand.

Der Auktionator, der sich als Raymond Curtis vorstellte, musste irgendetwas Amüsantes gesagt haben, denn durch den Saal hallte Gelächter, und hier und da wurde sogar geklatscht.

»Raymond Curtis ist der beste Auktionator Schottlands«, raunte mir Xander zu. »Erinnerst du dich noch an den Aufruhr, als vor anderthalb Jahren an einem Strand in Norwegen eine Brosche gefunden wurde, die einer skandinavischen Königin gehört hat?«

Ich nickte. Die Geschichte hatte auch in Schottland ein großes Medienecho ausgelöst.

Xander deutete auf den Auktionator. »Raymond ist damals von den norwegischen Behörden gebeten worden, die Auktion durchzuführen. Er ist eine wahre Legende in der Kunstwelt.« Er drehte sich zu Ophelia um, die mit nachdenklichem Gesichtsausdruck hinter uns saß, und warf ihr ein beruhigendes Lächeln zu. »Ihr Teeservice könnte nirgendwo besser aufgehoben sein.«

Unten im Saal kehrte Stille ein. Von hier oben sahen die bunten Jacketts, extravaganten Hüte und auffälligen Schuhe aus, als hätte eine Horde Kinder in der Verkleidungskiste gewühlt.

Xander richtete sich auf. »Oh, es geht los.«

Raymond Curtis schlug noch einmal mit dem Hammer zu. »So, Ladys und Gentlemen, dann kann die Show ja beginnen.«

Er nickte einem jungen Mann zu seiner Rechten zu, der nach vorn trat und das rote Tuch entfernte. Darunter schimmerte das Service in dem geöffneten Koffer in all seinen prächtigen Grün- und Goldschattierungen.

Ich rutschte bis zur Stuhlkante vor. Obwohl ich das Geschirr schon unzählige Male gesehen hatte, erschien es mir heute beinah schon majestätisch und seltsam geheimnisvoll.

Unwillkürlich stellte ich mir die Frage, was Briar und Ernest wohl von der Journalistentraube vor der Tür, den aufwändigen Sicherheitsmaßnahmen und der strengen Überprüfung aller Besucher sowie der Aufregung der potenziellen Käufer gehalten hätten. Ich fand das alles geradezu absurd. Wie wäre es da wohl erst den beiden ergangen?

Mum, Dad, Cass und Ophelia lächelten Carson aufmunternd zu, während Raymond Curtis vorn auf der Kanzel strahlte. »Beginnen wir mit einem Einstiegsgebot von fünftausend Pfund. Kommen Sie, Ladys und Gentlemen, keine falsche Schüchternheit. Ah, danke, Sir.«

Über die Balustrade spähte ich zu einem großen, dünnen Mann mit runder Brille hinab, der mit einem knappen Nicken das erste Gebot geäußert hatte.

Und so ging es weiter. Nicken, Blinzeln, gehobene Hände. Ich saß stocksteif da und hielt mich an Xanders Hand fest, während die Gebote immer mehr in die Höhe schnellten.

Als der Betrag von 25 000 Pfund erreicht wurde, rutschte mir ein fassungsloser kleiner Schrei heraus. Unten im Parkett wurden ein paar Köpfe gedreht, und ich erntete strenge Blicke.

Xander musste ein Lachen unterdrücken. »Nimm dich in Acht, nicht dass du am Ende versehentlich ein Gebot abgibst.«

Ich reckte den Hals, um die Frau zu mustern, die die astronomische Summe genannt hatte. Es handelte sich um eine etwas ältere Dame mit strengem Gesicht, knallrotem Lippenstift und einem akkurat geschnittenen schwarzen Bob.

»Wer ist das?«, fragte ich Xander leise.

Stirnrunzelnd musterte er sie genauer. »Keine Ahnung, ich sehe sie heute zum ersten Mal.«

»Neureich?«, zischte mein Dad, der hinter uns saß.

Mum rollte neben ihm mit den Augen. »Ich fürchte, du hast ein paar Folgen zu viel vom *Das Haus am Eaton Place* geschaut.«

Xander grinste und beugte sich zur Brüstung vor, um die geheimnisvolle Bieterin besser sehen zu können. »Sie telefoniert mit jemandem. Offenbar ist sie für einen Auftraggeber hier und bietet gar nicht für sich selbst.«

Nachdem die Frau überboten worden war und ihr Gebot auf 30 000 Pfund erhöht hatte, erhob sich aufgeregtes Gemurmel im Saal.

Schweigend beobachtete Xander die Frau. Dann warf er mir plötzlich einen schwer zu deutenden Blick zu, sprang auf und flüsterte mir zu: »Ich bin in zwei Minuten wieder da.«

»Wo willst du denn hin?«

Doch anstatt mir zu antworten, küsste er mich nur flüchtig, und schon war er weg.

Zusammen mit den anderen beobachtete ich fasziniert, wie die Fremde mit dem roten Lippenstift einen Mitbietenden nach dem nächsten ausstach, als wären sie nichts weiter als lästige Fliegen, die sie bei ihrem Picknick störten.

Köpfe wurden gedreht, es wurde getuschelt, und immer wieder ging ein kollektives Raunen durch den Saal.

»Sie scheint wild entschlossen, das Teeservice zu ersteigern«, flüsterte ich Mum, Dad, Cass, Ophelia, Hal und Ivy über Xanders leeren Platz hinweg zu.

Hinter mir brummelten Carson und seine Frau zustimmend vor sich hin. Das Höchstgebot lag inzwischen bei schwindelerregenden 40 000 Pfund.

»Wer sie auch ist, sie muss Geld haben wie Heu«, bemerkte Dad und strich sich die gestreifte Krawatte glatt.

»Sie oder ihr Kunde. Wie es aussieht, erhält sie von irgendjemandem Anweisungen.« Mum zuckte mit den Achseln. »So was kommt häufiger vor, das kenne ich aus dem Fernsehen.«

Cass und ich wechselten einen amüsierten Blick, der durch Xanders Rückkehr unterbrochen wurde.

»Inzwischen liegt das Gebot bei 40 000 Pfund«, flüsterte ich ihm aufgeregt zu. »Ist das nicht der helle Wahnsinn?«

Ich sah wieder nach unten zu der Frau, die ihren Mantelkragen hochgeschlagen hatte und sich das Handy ans Ohr presste. Dann kehrte mein Blick zu Xander zurück, der das Geschehen mit finsterer Miene beobachtete.

»Xander? Was ist denn? Wo warst du?«

Er antwortete nicht, sondern saß schweigend und angespannt auf seiner Stuhlkante und brodelte düster vor sich hin.

»Xander! Geht es dir gut?«

Er starrte weiter wortlos die Frau mit den schwarzen Haaren an.

Ich folgte seinem Blick. »Nun sag schon, was los ist, Xander.«

Raymond Curtis' Stimme hallte durch den Saal wie eine rostige Kirchenglocke. »Das aktuelle Gebot liegt bei 40 000 Pfund. Höre ich 45 000?«

Die Menge unten im Saal wurde immer unruhiger. Stuhlbeine schabten über den Parkettboden, weil sich immer mehr Besucher ein Bild von der Frau machen wollten, die die Auktion dominierte.

Eine Hand schoss in die Höhe. »45 000!«

»Ich höre 45 000! Kommen Sie, Ladys und Gentlemen, sehen Sie sich dieses herrliche Service noch einmal ganz genau an. Es hat eine Geschichte, die eines Romans würdig ist. Ein echtes Ernest Telfer aus feinstem Porzellan. Und, höre ich 50 000?«

Mit großen Augen beobachtete ich, wie die Frau mit den roten Lippen etwas in ihr Handy murmelte. Dann nickte sie dem Auktionator zu.

Aufgeregt rief Raymond Curtis: »Danke, Madam! Damit sind wir bei 50 000 Pfund angelangt. Höre ich ein höheres Gebot?«

Angespannte Stille senkte sich über den Saal. Ich hielt die Luft an. Mum und Dad hatten sich an den Händen gefasst, und Cass, Ophelia, Hal und Ivy sahen aus, als würde ihnen ein Kampf mit einem hungrigen Werwolf bevorstehen. Carson griff hinter mir nach der Hand seiner Frau.

»Dann bleibt es bei 50 000 Pfund?«, rief der Auktionator.

Stille.

»50 000 Pfund zum Ersten, zum Zweiten und …«

Die dunkelhaarige Frau saß unten auf ihrem Platz, ohne eine Miene zu verziehen. Nur das kaum merkliche Zucken ihrer Mundwinkel verriet, dass sie ihren Triumph genoss.

»55 000 Pfund!«, hallte da eine Stimme durch den Saal, die mir seltsam bekannt vorkam.

Irritiert blinzelte ich und sah nach unten ins Publikum, bis mir klar wurde, dass die Stimme dem Mann auf dem Stuhl direkt neben mir gehörte. Cass schnappte nach Luft, Mum und Dad wechselten einen fassungslosen Blick, Ophelia ließ sich in ihrem Stuhl zurücksinken, und Hal und Ivy öffneten und schlossen den Mund wie Fische auf dem Trockenen.

»Was machen Sie denn da, junger Mann?«, zischte Carson.

»55 000 Pfund«, wiederholte Xander, der sich neben mir kerzengerade aufgerichtet hatte.

Unten im Parkett drehten sich alle Köpfe zu uns um.

Xander begegnete dem eisigen Blick der schwarzhaarigen Frau mit seinem nicht minder kühlen. »Ich biete 55 000 Pfund!«

Kapitel 50

Ich sprang auf und packte Xander am Ärmel. »Xander! Was machst du denn da?«

Er verzog den Mund und zischte mir zu: »Keine Sorge, Sophie. Ich weiß, was ich tue.«

»Aber … Aber das darfst du nicht! Das ist doch eine gewaltige Summe!«

Doch er achtete nicht auf mich, sondern konzentrierte sich auf die Frau in der Galerie unter uns, die ihn von ihrem Platz aus mit vernichtenden Blicken bombardierte.

Hilflos drehte ich mich zu meinen Eltern um. Ich wusste, dass Xander eine beeindruckende private Kunstsammlung besaß. Aber er hatte doch sicher nicht vor, eines seiner geliebten Bilder zu verkaufen, nur um das Teeservice ersteigern zu können?

Bei dem Gedanken klopfte mein Herz zwar wie verrückt vor Dankbarkeit und Liebe, doch ich durfte auf keinen Fall zulassen, dass er so viel Geld ausgab. Wieder legte ich ihm die Hand auf den Arm.

Raymond Curtis konnte sein Vergnügen an dieser dramatischen Wendung der Ereignisse nicht verbergen. Im Auktionssaal herrschte heller Aufruhr, und Mr. Curtis strahlte wie ein Sechsjähriger vor dem Weihnachtsbaum.

»Bitte, Ladys und Gentlemen, fahren wir mit der Auktion fort. Der Herr auf dem Balkon bietet 55 000 Pfund. Höre ich weitere Gebote?« Er wandte sich an die mysteriöse Fremde: »Madam, kann ich Sie vielleicht überzeugen?«

Doch die rot geschminkten Lippen der Frau blieben verschlossen.

»Xander«, sagte ich so ruhig, wie es mir unter den Umständen möglich war. »Ich weiß, was du versuchst, und ich liebe dich dafür. Aber bitte, das ist einfach zu viel Geld!«

»Der Meinung bin ich auch«, meldete sich Ophelia zu Wort. »Ich finde es großartig, dass Sie den Kauf in Erwägung ziehen, Xander, aber …«

Doch er schüttelte den Kopf. »Ich werde gleich erklären, was dahintersteckt.«

Erwartungsvolle Stille senkte sich über den Auktionssaal. Der Blick der dunkelhaarigen Frau war nun kalt wie die Arktis, und ich hörte sie leise in ihr Handy zischen. Mit wem sie auch sprach, es schien eine hitzige Debatte zu entbrennen.

Mein Blick schnellte so hektisch zwischen der Frau, Xander und unserer schockierten Entourage hin und her, dass ich mir fast die Hochsteckfrisur ruinierte.

Als die Frau schließlich knapp den Kopf schüttelte, um zu signalisieren, dass sie nicht mehr weiterbieten würde, schnappte der gesamte Saal kollektiv nach Luft. Es klang, als würde ein Windstoß durch Herbstlaub fahren.

»55 000 Pfund zum Ersten, zum Zweiten und zum Dritten!«, rief Raymond Curtis mit einem dramatischen Hammerschlag. »Das Service geht an den elegant gekleideten Herrn auf dem obersten Rang.«

Erleichtert seufzte Xander auf und lächelte zufrieden. Und ehe ich noch etwas sagen konnte, zog er mich in die Arme und gab mir einen leidenschaftlichen Kuss.

Nicht, dass ich mich beschwert hätte – aber verwirrend fand ich sein Verhalten trotzdem. »Kannst du mir jetzt bitte endlich verraten, was hier vor sich geht?«

Ophelia wirkte durch und durch ratlos, und Mum, Dad, Cass und die anderen sahen sich mit großen Augen um, als wären sie gerade aus einem langen Winterschlaf erwacht.

Xander schlang mir den Arm um die Taille. »Die Frau heißt Cameron Lomax«, erklärte er mir, während unten bereits die Stuhlbeine übers Parkett schabten und die Auktionsbesucher zum Brunch in den Empfangssaal schlenderten. »Sie ist Amerikanerin.«

»Okay.« Worauf lief das nun wieder hinaus? »Dann hast du sie also doch noch erkannt.«

»Anfangs nicht. Aber irgendwie kam sie mir bekannt vor.« Nun richtete Xander das Wort an unsere gesamte Gruppe. »Vermutlich haben sich alle Anwesenden hier bereits gedacht, dass sie deswegen so an ihrem Handy geklebt hat, weil sie stellvertretend für jemanden geboten hat, der das Teeservice gern in seinen Besitz bringen will.«

»Ein russischer Oligarch vielleicht?«, schlug Dad vor. »Oder ein italienischer Mafioso?«

Mum stieß ihm den Ellenbogen in die Seite. »Kenny, nun hör aber auf. Lass den jungen Mann ausreden!«

Xanders Lippen zuckten belustigt. »So etwas in der Art, wenn auch nicht ganz so aufregend.« Langsam ließ er den Blick aus blaugrünen Augen über sein Publikum wandern, das wie gebannt an seinen Lippen hing – ebenso wie ich. »Ich war kurz weg, um mich zu erkundigen, ob jemand weiß, wer sie ist. Ein Bekannter von mir, der das Security-Team leitet, das heute hier arbeitet, schuldete mir noch einen Gefallen.«

»Erzähl weiter«, drängte ich ihn ungeduldig.

»Tony meinte, dass sich Cameron Lomax in den USA einen Namen als kontroverse Kunstkritikerin machen will. Sie war mit irgendeinem reichen Großindustriellen verheiratet, aber letztes Jahr haben sie sich scheiden lassen.«

Cass war begeistert. »Das klingt ja wie aus einem Jackie-Collins-Roman!«

Xander deutete auf den Platz, an dem Cameron Lomax noch vor wenigen Minuten gesessen hatte. Ihr Stuhl war nun ebenso leer wie die meisten im Saal. »Tony wollte mir nicht mehr über sie verraten, meinte aber, wenn ich zufällig in einem günstigen Moment einen Blick auf seinen Monitor werfen würde, könnte er nicht viel dagegen ausrichten.« Er lächelte vielsagend. »Da es so eine hochkarätige Auktion war, mussten Tony und sein Team sämtliche Besucher einer Sicherheitsprüfung unterziehen. Dabei stellte sich heraus, dass Ms. Lomax aktuell einen neuen, jüngeren Lebenspartner hat, der sie in der Stadt herumführt. Er war es, dem der Kauf des Service so wichtig war.«

»Die Glückliche!«, rief Mum, was Ophelia mit einem fröhlichen Glucksen und Dad und Hal mit Stirnrunzeln quittierten.

»Dann weißt du also, wer dieser Mann ist?«, fragte ich. »Und wieso er das Service unbedingt haben will?«

Warum sollte sich irgendein junger Frauenheld so brennend für ein antikes Teeservice interessieren?

Xander wandte sich mir zu. »Den Grund wirst du von selbst verstehen, wenn ich dir den Namen von Ms. Lomax' neuem Freund verrate.« Er lachte ungläubig.

Aus dem Empfangssaal hallten klirrendes Geschirr und

Stimmengewirr, durchbrochen von schallendem Gelächter, zu uns herüber.

»Sie ist mit Jake Caldwell zusammen. Er war es, mit dem sie telefoniert hat und der das Service unbedingt haben wollte.«

Kapitel 51

»Soll das ein Witz sein?«, fragte Dad. »Doch nicht dieser aufgeblasene kleine Scheißer, mit dem unsere Sophie dieses katastrophale Date hatte, oder?«

»Danke auch, Dad«, murmelte ich mit brennenden Wangen.

Xander verstärkte den Griff um meine Taille. »Eben der.«

Cass verschränkte die Arme vor ihrem beigen Wollkleid.

»Aber ich dachte, Jake Caldwell hätte seine Glaubwürdigkeit eingebüßt und kaum noch Bilder verkauft, nachdem du öffentlich gemacht hast, dass er die Arbeiten verstorbener Künstler als seine eigenen ausgibt?«

»Das ist auch so«, bestätigte Xander. »Ich bin mir einigermaßen sicher, dass er nicht sein eigenes Geld geboten hat, sondern ihres.«

»Und er wollte nicht persönlich erscheinen, weil er wusste, dass wir hier sein würden«, schlussfolgerte ich halb erleichtert, halb angewidert.

»Aber warum war es ihm überhaupt so entsetzlich wichtig, dieses vermaledeite Teeservice in die Hände zu bekommen?«, wollte Dad wissen.

»Weil er ein nachtragender, bösartiger kleiner Mistkerl ist?«, schlug Cass vor.

Xander nickte zustimmend. Dann holt er sein Handy aus der Innentasche seines Seidenanzugs und öffnete die Bildergalerie. »Hier, ich habe diese Cameron Lomax gegoogelt, von der mir Tony erzählt hat.«

Ich nahm das Handy und las den Artikel, der aus der Klatschspalte einer größeren Tageszeitung stammte.

»Cameron Lomax hat bei der Scheidung eine großzügige Abfindung von ihrem Ex-Mann erhalten«, erzählte Xander. »Und Jake scheint ziemlich konkrete Vorstellungen davon zu haben, wofür sie das Geld am besten ausgeben sollte.«

»Himmel!«, murmelte ich, als ich die zahlreichen pikanten Details über die Scheidung las. Dann reichte ich Xander das Handy zurück, der wieder auf dem Display herumwischte, um einen weiteren Artikel aufzurufen.

»Und jetzt lies mal das hier.«

Der Beitrag stammte aus dem News-Segment eines Klatschmagazins aus den Staaten.

LOMAX' NEUER LOVER AUS DER KUNSTSZENE PLANT EIGENES MUSEUM

Jake Caldwell, der attraktive britische Künstler, an dessen Seite Cameron Lomax zuletzt häufiger zu sehen war, plant die Gründung eines eigenen Museums.
Caldwell (36), dessen Reputation als einfallsreicher Künstler – damals noch unter dem Namen James Deighton – in Verruf geriet, als der angesehene Kunstkritiker Xander North eine Reihe von Plagiatsvorwürfen gegen ihn vorbrachte, wagt einen neuen Versuch, in der Kunstszene Fuß zu fassen – diesmal durch die Eröffnung von Museen in Großbritannien und den Staaten.
Der ursprünglich aus Edinburgh stammende Caldwell plant nach seinem Gesichtsverlust eigenen Angaben nach mindestens zwei

Museen, in denen eine Auswahl bahnbrechender britischer Kunstwerke und Keramiken Besuchern aus der ganzen Welt zugänglich gemacht werden sollen.

Ich wusste nicht, was ich zuerst sein sollte: wütend oder ungläubig. Jake hatte das Geschirr nicht aus aufrichtigem Interesse oder Sammelleidenschaft gewollt, sondern nur, um Xander und mir eins auszuwischen. Wäre sein Plan aufgegangen und das Service in seinen Besitz gelangt, hätte er natürlich alles geleugnet – zumindest zeitweise, bis die Versuchung, sich damit zu brüsten, zu stark geworden wäre.

Ich las Mum, Dad und den anderen den Artikel laut vor, was mit ungläubigen Lauten und dem ein oder anderen Schimpfwort quittiert wurde.

Dann hatte Cameron Lomax also tatsächlich ihr eigenes Geld geboten, war aber von Jake manipuliert worden.

Xander deutete auf sein Telefon, das ich noch in der Hand hielt. »Ich gehe davon aus, dass sie es war, die sich letztendlich dagegen entschieden hat, noch mehr von ihrem Vermögen für das Geschirr zu bieten, und würde alles darauf verwetten, dass Jake am anderen Ende der Leitung versucht hat, sie davon zu überzeugen, noch deutlich mehr Geld in die Auktion zu stecken.« Sein schöner Mund verzog sich zu einem zufriedenen Grinsen. »Jake muss rasend vor Wut gewesen sein, als sie sich geweigert hat, mich am Ende noch einmal zu überbieten.«

Es dauerte kurz, bis all die neuen Informationen wirklich bei mir angekommen waren und sich zu einem Gesamtbild zusammengesetzt hatten. »Und genau darauf hast du es angelegt, oder?«, fragte ich Xander.

»Ich war mir sicher, dass er Ophelias Teeservice in New York herumgezeigt hätte wie irgendein bizarres Kuriosum«, antwortete er. »Und das wollte ich auf jeden Fall verhindern. Er hat es nicht aus den richtigen Gründen kaufen wollen.«

Fassungslos schüttelte Ophelia den Kopf. »Aber was Sie dafür bezahlt haben ... Das ist doch ein kleines Vermögen!«

Doch er winkte nur ab. »Bitte machen Sie sich deswegen keine Gedanken. Ich stehe kurz davor, einen Banksy zu vermitteln.«

Ophelia fielen fast die Augen aus dem Kopf, ebenso wie mir. Sie beugte sich vor und drückte ihm einen dankbaren Kuss auf die Wange. »Danke. Ich weiß gar nicht, was ich zu so viel Großzügigkeit sagen soll! Das Geld wird Annabels Stiftung einen gewaltigen Startvorteil verschaffen.«

»Dann sagen Sie doch am besten gar nichts.« Er lächelte und wurde doch tatsächlich ein winziges bisschen rot. »Ich würde das Service gern dem Glasgow Museum stiften. Dann bleibt es in Schottland und sogar in der Nähe seines eigentlichen Zuhauses in Briar Glen.«

Während wir die kleine Treppe nach unten liefen, die uns in den Empfangssaal zum Brunch führte, hielt ich Xander noch für einen Augenblick zurück und sog den Anblick seines edel geschnittenen Gesichts und seiner dunklen, geschwungenen Brauen in mich auf. »Sie überraschen mich immer wieder, Mr. North.«

Er schenkte mir ein Lächeln, das ein riesiges Silvesterfeuerwerk in meinem Herzen entzündete. »Und ich habe vor, dafür zu sorgen, dass es auch so bleibt, Ms. Harkness.«

Nach einem sachten, aber sehnsuchtsvollen Kuss tauschten wir ein stilles Lächeln. Dann rief ich plötzlich: »Ach, verdammt!« *Wie dumm von mir.* »Ich habe mein Handy im Laden vergessen! Ich war heute in Gedanken so bei der Auktion, dass ich …«

»Keine Sorge«, versicherte mir Xander. »Komm, wir essen unten eine Kleinigkeit, und dann fahren wir noch kurz im The Cup That Cheers vorbei und holen es. Wie ich dich kenne, bekommst du sonst Entzugserscheinungen.«

Ich bedachte ihn mit einem sarkastischen Lächeln. »Danke auch, Liebster.«

Nach ein paar köstlichen Hummerkanapees verabschiedeten wir uns und fuhren mit Xanders Wagen am Laden vorbei, um das Handy zu holen.

Ich hatte entschieden, heute nicht zu öffnen, um die Auktion angemessen feiern zu können.

Als ich die Ladentür aufschloss, blieb Xander mit einem theatralischen Schaudern stehen. »Beeil dich ein bisschen, ja? Die Temperaturen sind nicht gerade tropisch hier draußen.«

Tatsächlich wehte eine steife Oktoberbrise durch die Fußgängerzone und wirbelte das Herbstlaub über die Straße.

Gut gelaunt verdrehte ich die Augen. »Keine Sorge, ich weiß genau, wo es liegt.«

Hastig lief ich ins Lager, wo ich das Telefon auf einer der noch ungeöffneten Kisten mit neuer Ware vergessen hatte.

Ich schnappte es mir und wollte gerade die Lagertür wieder hinter mir schließen, als eine Windbö in den Laden fuhr. Hastig hielt ich mit der freien Hand den dicken Stapel Seidenpapier auf dem Resopaltisch fest. Die Mühe, die großen

Bogen nachher überall aufsammeln zu müssen, wollte ich mir ersparen.

Als ich anschließend gehen wollte, sah ich im Augenwinkel etwas Glitzerndes auf dem Boden liegen.

Ich bückte mich, um es aufzuheben. Es musste unter einem der Regale hervorgeweht sein.

Ich legte das Handy weg, um mir den Gegenstand genauer anzusehen. Es handelte sich um einen alten Weihnachtsgeschenkanhänger in Form einer Schneeflocke. Irgendwann einmal musste er von Silberglitzer bedeckt gewesen sein, der bis auf ein paar Stellen aber abgefallen war. Ich drehte ihn um – und gab ein überraschtes Keuchen von mir. Denn ich erkannte Grans anmutige, ausladende Handschrift sofort. Auf dem Anhänger stand:

Für Chris.
Ich hoffe, diesen hier verlierst du nicht!
In Liebe
Helena XX

Fassungslos starrte ich auf den Anhänger. Wer war Chris? Ich konnte mich nicht erinnern, dass sie den Namen je erwähnt hatte.

Und was hatte sie mit »Ich hoffe, diesen hier verlierst du nicht!« gemeint?

Sachte zeichnete ich ihre Worte mit dem Finger nach, als würde ich auf diese Weise unsere Verbundenheit wieder zum Leben erwecken. Mein Herz tat einen kleinen Satz.

»Sophie?«, rief Xander von draußen. »Hast du dein Handy endlich? Meine Beine werden langsam taub vor Kälte!«

Mit einem breiten Lächeln steckte ich das Telefon ein und schob den Geschenkanhänger in meine Handtasche, damit ich ihn auf keinen Fall verlor.

»Komme schon!«, rief ich und zog die Tür zum Lagerraum hinter mir zu.

Epilog

Sechs Monate später

Seitdem Xander überraschend das Teeservice gekauft hatte, hatte sich einiges geändert.

Wie erhofft hatte es seinen Weg in eine Sonderausstellung im Glasgow Museum gefunden. Daneben befand sich ein großes Display, auf dem seine aufregende Reise vom Geburtstagsgeschenk Anfang des 20. Jahrhunderts an Leonora Gray bis hin zu seiner aufsehenerregenden Versteigerung geschildert wurde.

Es wurden Bilder gezeigt, wie Castle Marrian und Briar Glen damals ausgesehen hatten – samt Kopfsteinpflastergassen und gasbetriebenen Straßenlaternen.

Leider hatten wir keine Fotos von Briar Forsyth auftreiben können, aber Noah, der junge Künstler, der auch das Briar-Glen-Teeservice entworfen hatte, hatte seiner Fantasie freien Lauf gelassen und einige entzückende Bleistiftskizzen von der Briar in seiner Vorstellung angefertigt.

Xander meinte, sie hätte eine gewisse Ähnlichkeit mit mir, was mich insgeheim sehr freute. Mit einer so starken, mutigen und entschlossenen jungen Frau verglichen zu werden, empfand ich als riesiges Kompliment.

Wie zu erwarten gewesen war, lockte die Geschichte des Pfauen-Service zusätzliche Touristen nach Briar Glen.

Nicht lange nachdem Xander es gekauft hatte, erfuhren wir aus den Klatschspalten, dass sich Cameron Lomax von Jake getrennt hatte. Nachdem die US-Presse herausgefunden hatte, dass er der in Ungnade gefallene Künstler James Deighton war, hatte Jake in den Staaten keine Chance gehabt, noch einmal Fuß zu fassen. In der Kunstszene wurde gemunkelt, Jake sei nach Schottland zurückgekehrt, nachdem Cameron es leid geworden wäre, sich von ihm ausnehmen zu lassen und sich anzuhören, dass er der nächste John Paul Getty werden würde, solange sie mit ihrem Geld nur weiter seine Pläne für eine weltweite Reihe von Caldwell-Museen unterstütze. Laut neusten Gerüchten war Jake nach Edinburgh zurückgekehrt und verdingte sich mehr schlecht als recht als Nacktmodell für Abendkurse im Aktzeichnen.

The Cup That Cheers lief fantastisch, und am 31. Mai – Briar Forsyths Geburtstag – schmückte ich das Schaufenster im Gedenken an sie mit den künstlichen blauen Rosen, einer Illustration von ihr und zwei der Briar-Glen-Service, die sich ausgesprochen gut verkauften.

Und was Xander und mich betraf ... Ich warf einen Blick auf meinen Ringfinger, an dem die Saphire auf meinem goldenen Verlobungsring funkelten. Xander hatte ihn extra in Form der sagenumwobenen blauen Hundsrose für mich anfertigen lassen.

Hätte Ophelia im vergangenen Jahr nicht das Teeservice vorbeigebracht und anschließend die Flucht ergriffen, hätte ich Xander nie kennengelernt und auch nie die Geschichte der unbezwingbaren jungen Frau erfahren, die gegen alle Widerstände gekämpft und dafür gesorgt hatte, dass ihr kleiner Sohn und sie ein gutes Leben führen konnten.

Die Türglocke gab ihr vertrautes fröhliches Bimmeln von sich, und mehrere Kunden traten ein. Mit strahlenden Gesichtern bewunderten sie die Teekannen und Service, die in meiner Auslage auf ein neues Zuhause warteten.

Danke, Gran, dass du an mich geglaubt hast.
Ich hoffe, ich werde deinen Träumen gerecht.

***

The Steadings 12, Briar Glen
Ein Jahr später

Mit einem schweren Spaten grub ich im Garten hinter unserem Haus eimerweise satte schwarze Erde um.

Am Himmel wechselten sich watteweiche Wölkchen und die warme Aprilsonne ab. Ich schloss den Reißverschluss meiner rosafarbenen Fleecejacke und rückte meine glitzernde Häkelmütze zurecht. Dann zog ich ein dickes Büschel Unkraut aus dem Boden und ließ es in einen kleinen Eimer zu meinen Füßen fallen. Ich hatte Glück, dass die Vorbesitzer Keith und Andrew einen grünen Daumen gehabt hatten.

Stöhnend richtete ich mich auf, zog einen Handschuh aus und massierte mir das Kreuz. Hinter unserem Haus erstreckten sich die sanft geschwungenen Hügel von Briar Glen. Die sandfarbenen Ziegelmauern unseres neuen Heims schimmerten verschlafen in der Sonne.

Als ich gerade zur Hintertür gehen wollte, bemerkte ich in einem der Beete entlang des Holzzauns ein sachtes Flattern. Eine neue Blume? Ich stieg über Spaten und Eimer, um nachzusehen. Viel blühte noch nicht im Garten, nur hier und da reckten die ersten tapferen Narzissen ihre gelben Köpfe in die Höhe.

Als ich mich über das sorgsam gepflegte Beet beugte, blinzelte ich fassungslos. Das konnte doch nicht sein! Es handelte sich um eine Rose, deren starker Stängel sich gegen den Zaun lehnte.

Und es war nicht irgendeine Rose.

Ich schnappte nach Luft und schlug mir die Hand vor den Mund, während ich ungläubig die runden Blütenblätter bewunderte, die mir in mattem Hellblau entgegenstrahlten und in der Brise tanzten.

»Das glaub ich einfach nicht!« Ich lief ein paar Schritte rückwärts, wollte die Blume aber nicht aus den Augen lassen, für den Fall, dass ich mir ihre Existenz nur einbildete.

»Xander? Xander!«, rief ich durch die offen stehende Verandatür.

Xander befand sich im Esszimmer, wo er gerade ein Set Spots aus Chrom anbrachte, die wir erst kürzlich gekauft hatten. Nun fuhr er zu mir herum. »Na, was gibt's, Mrs. North?« Ein träges Lächeln umspielte seine Lippen.

»Komm, das musst du dir anschauen!« Ich sah mich noch einmal um, weil ich befürchtete, die Rose könnte nicht mehr dort sein, wenn ich zurückkehrte. »Weißt du noch, wie du mir gesagt hast, dass du nicht an die Existenz der blauen Rose von Briar Glen glaubst?«

Danksagung

Tausend Dank an meine wunderbaren Redakteurinnen Jennie Rothwell, Nicola Doherty, Dushi Horti und Tony Russell von HarperCollins für ihren Enthusiasmus, ihre Kreativität und ihre scharfsinnigen Überarbeitungsvorschläge sowie an das übrige Verlagsteam. Sie alle machen nicht nur den Veröffentlichungsprozess, sondern das Lesen überhaupt zu einem magischen Erlebnis. Ich bin euch unendlich dankbar.

Ein dickes Dankeschön auch an meine großartigen Agentinnen Selwa und Linda Anthony. Es ist mir eine Ehre, euch zwei zu kennen.

All meine Liebe – wie immer – an Lawrence, Daniel, Ethan und Cooper.

Und an meine verstorbene Mum Ellenor Trevallion, die mich gelehrt hat, dass Träume wahr werden können und man nie aufgeben darf.

Ich liebe dich und werde dich auf ewig vermissen.